textes rassemblés
par Eric Rondel

Terre-neuvas

romans des brumes

Collection

Mer & Aventures

Site Editions Astoure : **http://astoure.site.voila.fr**

Ce livre est une œuvre de fiction. Les personnages, les situations et les lieux décrits dans ce roman sont purement imaginaires. Toute ressemblance avec des personnes ou des événements ayant existé ou existant, ne serait que pure coïncidence et le fruit du hasard.

ONZE DRAMES DANS LES BRUMES
par Éric Rondel

Certaines de ces histoires extraordinaires et terribles, sont des témoignages sur des mauvais traitements infligés à des équipages par des supérieurs autoritaires et violents, et sont basées sur des faits réels. Même si elles ont été écrites grâce à des documents d'archives incontestables, elles ne sont que le reflet d'une minorité, et ne doivent pas être généralisées à tous les capitaines terre-neuvas, qui, pour la plus grande majorité, respectaient leurs hommes et naviguaient bien souvent avec les mêmes marins pêcheurs qui avaient pourtant, tous les ans, le choix de se rembarquer ou non avec le même patron : *Campagne n'est pas mariage !* clame d'ailleurs un dicton de la Grande Pêche.

Les bourreaux de la mer

Après avoir passé sa vie active à voyager pour son plaisir à travers le monde, Édouard, retiré dans un petit village breton, las de la vie oisive imposée par sa retraite, quelques années avant la Première Guerre Mondiale, décide d'aller étudier les mœurs des terre-neuvas. Son rêve est de connaître les misères des pêcheurs de morues pour... peut-être... en faire un ouvrage !

Il va les connaître ces vicissitudes des pauvres marins pêcheurs, et au-delà de ses espérances. Il ne va pas en être seulement le témoin..., mais la victime.

Aidé par des marins de son village et après de multiples démarches pour se faire accepter à bord d'un bateau, Édouard, cachant son véritable but aux armateurs et au capitaine, contracte enfin un engagement pour une campagne.

Mais il signe là son arrêt de mort.

Embarqué avec Euloge et Henri, deux frères violents et implacables, dont l'un est capitaine, l'autre son second, sa vie quotidienne va basculer dans un cauchemar jusqu'à son terrible dénouement final.

Quelque temps avant le départ, apprenant par une indiscrétion la véritable raison pour laquelle Édouard s'est engagé et devinant qu'il n'a jamais navigué au long cours, le capitaine Euloge, qui n'aime pas les mensonges... que font les autres, bien entendu..., lui adresse une mise en garde. Comme le capitaine fait des fautes à tous les mots, ainsi qu'en témoigne la lecture fastidieuse de son journal de bord gardé dans le dossier de la procédure judiciaire, c'est l'instituteur du village qui fait la lettre pleine de menaces : « *Si vous ne résiliez pas votre engagement,* dit-il, *vous ne tarderez pas à vous en repentir. Nous avons à bord de nos bateaux des moyens capables de faire plier les volontés les plus rebelles et vous regretterez bien vite le projet que vous avez caressé de venir nous espionner...* »

Rien n'y fait, aucune menace ne fait plier Édouard. Plus déterminé que jamais et excité par l'aventure qui se prépare, il embarque un 17 mars à Saint-Malo pour Saint-Pierre où attend la goélette qui doit l'emmener, avec ses compagnons de route, vers son tragique destin.

Il arrive à Terre-Neuve le 2 avril.

Le voyage transatlantique entre Saint-Malo et Saint-Pierre s'était relativement bien passé. Le capitaine Euloge, ne voulant sans doute pas éveiller les soupçons sur ses machiavéliques intentions devant un autre capitaine, honnête celui-là, était resté tranquille et prévenant.

Tout allait changer à partir du 20 avril, jour du premier départ de la goélette l'*Amélie-Julia* pour les lieux de pêche, quand le violent capitaine, seulement âgé de vingt-six ans, odieux personnage d'un mètre soixante-six, arborant une fière moustache et trapu, prend officiellement le commandement. Le sort tragique d'Édouard et de ses compagnons était, dès lors, entre les mains d'un fou furieux, capable de toutes les horreurs pour arriver à ses fins. Il sera aidé dans ses actes barbares par Henri, le second, propre frère du capitaine et âgé lui de vingt-neuf ans, qui avait la même corpulence et le même aspect physique qu'Euloge, entièrement dévoué aux ordres inhumains du seul maître à bord après Dieu.

Ces deux frères, irascibles et cyniques, ont une piètre réputation dans leur propre village. Reconnus pour être prêts à tout pour arriver, on les connaît pour être fiers à terre et brutaux en mer. C'est à ces deux odieux personnages que le terrible sort des pauvres marins de cette goélette saint-pierraise est confié.

Que s'est-il donc passé de si grave à bord de *l'Amélie-Julia*, pour entraîner le capitaine et son frère devant les assises de l'Ille-et-Vilaine ?

* * *

Campagne de misère, campagne maudite, avait inscrit en guise de conclusion le patron Euloge dans son journal de bord le jeudi 22 octobre, en rentrant à Saint-Pierre-et-Miquelon à 4h00 du matin avec 5.000 morues dans les cales de sa goélette.

Les pêcheurs de *l'Amélie-Julia* vont enfin pouvoir rentrer en France, mais, dans leurs bagages, il y a un secret, un terrible secret qui les rend tristes et songeurs.

La goélette *Amélie-Julia* était partie de Saint-Pierre pour sa première pêche le mardi 21 avril et avait fait route au sud-sud-ouest vers le Bancquereau avec une jolie brise d'Est qui obligea le capitaine à prendre un ris dans la grand-voile. Elle arriva sur ses bases de pêche le jeudi et fit immédiatement tendre ses lignes dans la soirée en les *boëtant* moitié avec des encornets salés et moitié avec des encornets glacés. Le lendemain, les doris ramenèrent cent-quatre-vingt-dix morues. La neige s'invita le 27 avril.

Trois jours plus tard, on déplore la mort d'un premier homme à bord. Cet évènement est consigné comme suit dans le journal de bord du capitaine, qui, visiblement, sait à peine écrire :

Jeudi 30 avril : « *grosse brise de vent N-E, les doris d'éhore* (dehors) *récolté 420 morues. Le saleur a embarqué pour prendre les fonctions de Gaffrique* (nom du premier homme qui va mourir à bord) *rester malade à bord d'une congestion froid. À 7h00 du matin je lui est fait prendre une tasse de vin chaud avec peine, à 11h, une œuf avec du lait avec peine aussi. Je l'ai regardé et il m'a semblé qu'ille avait les yeux vitrés. À 3h de l'après-midi, j'ai dit à Pellerin, patron doris et sont saleur, deux hommes qui s'entende un peut avec les malades de lui chauffé un lait poule, on a exécuté mes ordres ont lui fit boire, il prent très bien le lait. Javait dit au saleur de levé pour quon netoye sa cabanes. Aux moment que le saleur le prend dans ses bras il rend un dernier soupire et trépasse à 3h30 malgré tout les effort que je fait pour lui sauver la vie. J'ai fait tout le monde desandre* (descendre)... *la casciette* (casquette) *a la main. Je lui est mis le crusifie* (crucifix) *sur la poitrine et nous lui avons dit les prière de bonne mort. J'ai envoyé les doris tendre leurs lignes. Aussi vite le souper terminé deux hommes luis ont fait les honneur voulut de la mort, nous l'avons ensevelli dans sa paillasse et je l'ai fait mèttre dans la cale sur le sel.* »

Le lendemain, comme le veut la tradition maritime, le corps est immergé, le capitaine raconte ce fait dans son jargon :

Vendredi 1er mai « *à 5h du matin j'aie fait débarqué les doris par beau temps petite brise de vent S-E. Après avoir veiller de temp ent temps le mort. Dans la nuit je l'ait fait embarqué dans le doris à Marchand, maître d'équipage. Je l'ai fait filé vis-à-vis de la chambre. J'aie fait réunire toute l'équipage derrière. Nous avons dit qu'elle-ques prières et j'aie fait larguer la bosse. Pour le transporter dans l'androit que j'aie dit. Part une latitude 44°47'N longitude 60°20' ouest. Les doris arrivés à bord à 9h30, récolté 495 morues. Nous avons déjeuné et tiré aux guindeaux faire di milles dans le N-O mouiller à 4h du soir (envoyer tendre les lignes à 6h, les doris arrivés à bord à 7h30)...* »

Le gamin qui venait ainsi de mourir à bord de l'*Amélie-Julia,* soi-disant de froid - au procès, des marins affirmèrent que c'était des suites des violences qu'il avait subies - n'était âgé que de seize ans, et s'était engagé pour la somme de 420 francs.

Mais, la vie continue à bord, il faut remplir les cales de morues...

Jusqu'au vendredi 15 mai, il ne se passa rien de particulier à bord de *l'Amélie-Julia*, si ce n'est que le lendemain, sous une petite brise de nord, la goélette cassa son mât flèche et un des hommes resta suspendu dans les gréements. Il fut ramené à bord sans blessure.

Le samedi 23, par une bonne brise vers 5h30, les doris vont tendre les lignes, et le deuxième drame de cette campagne va prendre forme : on va perdre un doris et deux hommes. Écoutons encore le patron, avec son orthographe si particulière :

« Le second et Hardy se sont remonté dans vent et Marchand et Pellerin dessous. Je voyait que les deux doris du vent ne gagné pas beaucoup. J'ai corné pour les rappellé. Ils ont continué leurs route et tendre leurs lignes. Marchand et Pellerin qui tandait dessou ont arrivé les premiers à 7h30. J'ai filé 100 brasses de câble et un doris sur 5 orins. La nuit tombé, le second a réussie à crocher le doris… sur les orins. Arrivé à bord à 9h il m'a dit que Hardy le suivait par derrière à 100 mètre environ et qu'il devrait être sur le doris mais comme il était nuit nous ne pouvions le voire. Nous avons espéré jusqu'à 11h, pas doris. J'aie fait souper les deux hommes resté constamment sur le pont de relève en relève pour veiller c'est alarme. La nuit s'est passé avec une grosse brise et marée de dessou et le doris armé par Beaulieu et Hardy n'ont peut rapatrier le bord. Nous étions plusieurs goélettes au mouillage dans le parage dans toutes les aires du vent de la rose… »

Il faudra attendre le mercredi 3 juin - onze jours sans nouvelles - alors que le patron de *L'Amélie-Julia* a mis son pavillon en berne, pour connaître le sort des deux malheureux perdus dans les brumes. Ce jour-là, le patron Euloge apprend par le capitaine de *l'Etincel* que son doris parti en dérive avait été recueilli par le *Xénophan*. Un des hommes avait été sauvé, mais son compagnon avait été enlevé par une lame et était mort noyé.

Cinq jours plus tard, le lundi 8 juin, l'*Amélie-Julia* monte toute sa toile à 9h00 du matin et fait route vers

Saint-Pierre avec onze-mille morues dans la cale où elle arrive le lendemain vers 11h00.

Ceci conclura sa première pêche.

Euloge repartira pour sa deuxième pêche le vendredi 12 juin. Cette deuxième pêche se déroula sans incident notoire, c'est pourquoi nous passerons dessus. La troisième, celle où un assassinat fut commis, fut la plus terrible.

Mais, avant de détailler ce qui se passa sur *L'Amélie-Julia* du 15 juillet au 12 août, revenons un peu en arrière pour comprendre les raisons des violences que subit Édouard.

On sait comment Édouard embarqua à bord de *l'Amélie-Julia* en abusant le patron, ce qui rendit ce dernier furieux.

Déjà, à bord du *Burgundia*, un puissant vapeur qui transportait cette année-là neuf cents marins de Saint-Malo à Saint-Pierre-et-Miquelon, Édouard s'était fait remarquer de son capitaine en souffrant d'une dysenterie - on n'aime pas les faibles à Terre-neuve - ce qui le fit hospitaliser quelques jours.

Il embarqua pour la première pêche, mais, à cause de sa faiblesse, ne travailla jamais... en raison de son état de santé, je n'ai pu, que très rarement, l'employer à pêcher à bord des doris. La plupart du temps, je le laissais sur l'Amélie-Julia, où je l'occupais aux travaux d'intérieur, le faisant nettoyer le pont, débrouiller les lignes, casser certains coquillages, que dans notre langage nous appelons des coucous... Quand la goélette revint, il fut de nouveau hospitalisé et resta à terre tout le temps de la deuxième pêche... précisera le capitaine aux autorités judiciaires.

Le 15 juin, Édouard avait écrit à sa femme depuis l'hôpital de Saint-Pierre et Miquelon et lui avait fait part de ses inquiétudes : « *Ma chère Jeanne, je t'écris ces deux mots à la hâte, car j'ai les deux mains en compote. Je suis blessé avec les morues et autres poissons... je vois de la misère... Gaffrique est mort de coups qu'il a reçus. Et moi, j'en ai reçu aussi ? C'est des brigands qui sont à ce bord...* »

Le capitaine apprit l'existence de cette lettre et de plaintes formulées par Édouard à l'autorité, ce qui excita encore plus son animosité. C'est pourquoi, malade ou pas, il voulait qu'Édouard revienne à bord... là au moins il pourrait le contrôler, et, peut-être..., le mater.

Le retour d'Édouard à bord de l'*Amélie-Julia* ne se fit pas sans ménagement. Écoutons le capitaine nous raconter cet épisode :

« Ayant rencontré Édouard sur les quais de Saint-Pierre, je l'avisai du jour de notre départ en l'invitant à venir à bord pour y reprendre sa place. Il me répondit qu'il avait vendu ses vêtements et son équipement de pêcheur, notamment ses bottes, croyant qu'il rentrerait de suite en France. Cette première rencontre eut lieu le 12 ou 13 juillet. Le 14, l'ayant trouvé de nouveau, cette fois en complet état d'ivresse, je le fis saisir en présence de l'agent de police Poupard et porter par deux hommes à bord d'un doris détaché de l'*Amélie-Julia.* Le doris était à peine à une vingtaine de mètres de la cale lorsque le matelot se jeta brusquement à la mer. Nous ne pûmes le repêcher qu'avec peine : c'est moi qui parvins à le saisir par les cheveux et à le ramener à bord... Ce sauvetage opéré, nous avons regagné l'*Amélie Julia.* Il est resté deux ou trois jours malade et alité, puis, son état s'étant amélioré, je l'ai envoyé deux ou trois fois pêcher à bord des doris. Ayant constaté qu'il était incapable de se livrer à ce genre de travail je l'ai gardé sur la goélette et l'ai occupé à quelques travaux faciles du bord… »

Dès le premier jour de la troisième pêche, les relations entre Édouard - qui était surnommé *le Parisien* par ses camarades - le capitaine et le second se tendent. Bientôt, au grand étonnement des autres marins qui ne comprennent pas ces violences gratuites, il est battu sans ménagement. Sans cesse, on lui reproche son inaptitude au travail.

Mais à bord, les actes de cruauté ne sont pas que pour lui : un jour, le mousse est obligé de lécher le derrière d'une chatte qui vient d'avoir ses petits. Une autre fois, on lui reproche d'avoir fait trop de soupe, le patron la jette sur le pont et l'oblige à tout lécher. Une autre fois, attaché nu à un mât le pauvre gamin est flagellé à grands coups de garcette. Indigné de ce traitement barbare, Édouard veut s'interposer, mais, vite ceinturé et déshabillé, il subit le même sort que le mousse.

Pour le capitaine Euloge, qui n'accepte aucun acte pouvant entraver sa supériorité sans limites, la réaction humaine d'Édouard est une preuve de rébellion envers son autorité. Et il va payer chèrement son audace.

La violence que subit le pauvre Édouard va s'aggraver de jour en jour jusqu'à atteindre un tel degré de paroxysme de la part du furieux capitaine, que le dénouement de cette terrible affaire va se faire dans l'horreur la plus complète.

Les deux frères ne l'oublient jamais dans leurs violences. Souvent, pendant des heures, dans le froid de Terre-Neuve, on le laisse nu sur le pont.

Au fil des jours, la fièvre commence à le gagner et son organisme a bien du mal à panser ses multiples plaies.

Un soir du début du mois d'août, Édouard est poussé délibérément à la mer par le second. Alors qu'il est en train de se noyer, avec une gaffe, le second fait tout ce qu'il peut pour l'éloigner du bateau afin de l'abandonner à son terrible sort. Témoins de la scène, deux marins parviennent tout de même à remonter le malheureux.

Une fois de plus, Édouard est sauvé.

Furieux, le second, dont les plans viennent encore d'être contrés, va s'enfermer dans sa cabine où il rumine.

Vexés d'avoir encore échoué dans leur tentative de se débarrasser de cet importun, le lendemain de cet acte ignoble, les deux frères décident de recommencer et d'en finir avec lui. Cette fois, ils vont employer une méthode plus radicale.

Attaché nu à un mât, il est frappé à grands coups de garcette. Un violent coup d'épissoir sur la tête achève ces actes de barbarie et il est laissé pour mort sur le pont, baignant dans son sang.

Arrivés près du corps pour porter secours, les autres marins sont très vite dispersés par le capitaine. Seul le mousse reste près du corps et commence à nettoyer la plaie. Pour seule récompense, il reçoit un coup de bâton sur la tête par le capitaine en furie.

Décidément, ce patron n'apprécie pas les actes humanitaires à son bord.

Édouard rendra son dernier souffle quelques heures plus tard, le 12 août, après avoir eu pour seuls soins des coups de pieds et des brimades.

« *Quelques jours avant sa mort*, précisera le mousse au tribunal, *Édouard disait au capitaine que les blessures qu'il avait sur le corps le gênaient pour travailler ; celui-ci l'a fait déshabiller, puis, aidé du second, ils l'ont ligoté avec des cordes, ensuite ils frappaient dessus à tour de rôle avec un martinet, histoire, disaient-ils de guérir ses blessures…* »

Avant d'être immergé, certains journaux diront que son corps fut pendu au sommet du mât pendant vingt-quatre heures en guise d'exemple, mais la lecture des minutes du procès dément cet acte barbare.

Le bref acte de décès, dressé en mer par le capitaine, affirme que le marin pêcheur est mort des suites d'une forte attaque de dysenterie. Mais, vers la mi-novembre, rentrés dans leur village, le même qu'Édouard, des marins se confient à la veuve du martyr et lui apprennent que son mari a été assassiné dans des circonstances atroces par le second du bord, frère du capitaine. La femme dépose une plainte devant le maire.

Bientôt, les deux frères sont arrêtés, puis jugés aux assises, prévenus de coups mortels et tentative d'homicide volontaire. Comme il s'agissait de crimes, les faits incriminés échappaient à la juridiction maritime.

Henri, le second de la goélette, reconnu coupable d'avoir, en mer sur le Banc de Terre-neuve à bord de la goélette l'*Amélie-Julia* volontairement porté des coups et fait des blessures à Édouard, a été condamné à dix mois de prison. Mais, comme il avait déjà fait neuf mois de préventive, dont trois en cellule, il fut remis immédiatement en liberté. Quant à son frère, Euloge, il fut acquitté.

Gelé nu sur le pont

Un novice, timide et craintif, qui apprend le dur métier de marin lors de cette terrible campagne de pêche, devient bien malgré lui le souffre-douleur de son violent patron de doris, un fieffé imbécile qui va le prendre en grippe dès les premiers jours sur le Banc.

Comme le gamin n'a pas d'expérience, il faut tout lui expliquer, d'où perte de temps et d'argent pour le vieux marin qui n'accepte pas cela. Les terre-neuvas sont payés au rendement et lui, le marin expérimenté, il ne s'est pas engagé dans cette campagne pour rien, il faut qu'il marche ce novice bon-sang ! À n'importe quel prix !

Brimades, gifles, coups d'avirons sur la tête, coups de poings, de bottes, de pieds, sont le lot journalier du pauvre gamin qui reçoit sans broncher. Il rentre parfois à bord le visage tuméfié par la violence des coups. Pour expliquer les bosses et les bleus, l'irascible matelot dit que son novice, maladroit, trébuche et tombe dans le doris à la moindre occasion. Le capitaine, partit prenante lui aussi dans la quantité de morues pêchée, comprend son marin et l'encourage même à frapper avec des dictons puisés dans les plus sombres méandres de l'imbécillité :

- Les coups ne sont pas faits pour faire du mal, mais pour faire marcher les mauvais travailleurs ! dit-il à qui veut l'entendre.

Le pauvre novice, très choqué par les violences gratuites qu'il endure chaque jour à bord du doris, refuse de retourner pêcher la morue avec le même patron. Mais le capitaine ne va tout de même pas tout bouleverser à bord pour un gamin... il va s'habituer cet imbécile… ou bien...

Les équipes restent les mêmes.

Loin de s'atténuer avec le temps, la violence à bord du doris s'accentue de jour en jour.

Pour un rien, son patron l'attrape le long du bord et le frappe. L'animosité entre les deux hommes devient inquiétante. Le patron du doris clame même à qui veut l'entendre :

- Le novice ne retournera pas au pays, il sera mangé par les morues !

Rendu fou par ce traitement inhumain, le gamin veut déserter :

- Tuez-moi plutôt ! Achevez-moi ! J'aime mieux en finir tout à fait, que de traîner une si misérable existence ! gémit-il en pleurant.

Le capitaine, qui boit beaucoup, dit-on - il aurait vidé en quelques jours ses provisions de vin et d'eau de vie - assiste parfois aux séances de bastonnade à bord du navire…, en y prêtant même la main.

Ce qui agace aussi à bord, c'est que l'apprenti, venant de Basse-Bretagne, ose se plaindre en breton à ses camarades, langue que le capitaine, un Breton de Haute-Bretagne, ne comprend pas. Quand le novice agit de cette façon, le capitaine, qui le traite de *sot-breton*, pense qu'il se moque de lui et sa fureur redouble. Il en est de même dans le doris avec son patron.

Un matin de juillet, après le petit déjeuner, une violente dispute éclate sur la goélette à propos de la façon de mettre la *boëte* sur les lignes :

- Si tu ne les arrimes pas mieux que ça, je vais te crucifier, menace le patron de doris.

Le novice lui révèle alors qu'il n'y voit pas suffisamment.

- Et en plus, il est bigleux ! Et c'est moi *qu'a* hérité de cet imbécile !

Agacé par cette révélation qui va lui compromettre sa campagne de pêche, c'est sûr, le vieux marin empoigne le souffre-douleur par le cou et le jette sur le pont recouvert d'eau de mer, chaque coup de roulis embarque de l'eau.

- Tue-moi, je serai plus heureux d'être mort que d'avoir une existence aussi misérable ! gémit le gamin.

Le capitaine, occupé à trancher une morue sur le pont, mais qui a entendu la conversation, se mêle à la scène de violence et vient titiller le novice à coups de genou. Il lui crie :

- Ah ! Il n'y voit pas le bas-breton, je vais m'en rendre compte ! Ouvre la bouche !

Le pauvre gamin s'exécute et un énorme foie de morue cru, violemment poussé par la main du capitaine, est engouffré dans sa bouche. Un seau d'eau de mer glacé sur la tête, *pour lui éclaircir les idées,* finit cet acte barbare.

- Tu voudrais bien aller te coucher maintenant, fainéant ! dit le capitaine en lui bottant le derrière. Mais non, mon p'tit gars, tu vas rester debout en équilibre sur le mât de misaine… allez grimpe… et à poil…

En pleurs et hué par ses camarades qui, pour la plupart, rient cruellement au lieu de lui venir en aide, il s'exécute et s'installe sur le mât.

Après une dizaine de minutes de supplice, grelottant

et menaçant de perdre l'équilibre à tout instant sous les quolibets de son patron de doris, il tombe comme une masse sur le pont et reste sans connaissance. On le transporte dans une cabine, raide comme une barre de fer. Il reste ainsi pendant huit jours, jusqu'à ce qu'il meurt après avoir vainement appelé sa mère.

On dit que le capitaine a pleuré sur sa dépouille !...

Bien que sur le cadavre les marins chargés de sa toilette mortuaire remarquèrent, au niveau des reins, des traces noires, témoins de coups de botte, on conclut sur le journal de bord que le novice était mort d'une congestion : « *le sang lui est monté à la tête !* »

Vingt-quatre heures après sa mort, son coéquipier de doris, celui-là même qui a été à l'origine de tous ces malheurs, immerge son corps, comme le veut la coutume à bord des bateaux :

- En voilà un qui ne reviendra plus ! s'écrie-t-il en jetant le cadavre dans les flots sans se découvrir.

Après jugement, le capitaine sera condamné à six mois de prison et à une suspension de commandement, tandis que le patron du doris fera deux ans...

Mangé par les morues

Quelques jours après l'arrivée à Terre-Neuve, Jean-Marie, un matelot de quarante ans, tombe malade. Le capitaine, âgé de seulement vingt-six ans, lui refuse le droit de prendre un doris pour aller se faire soigner à terre, alors que le navire est mouillé en rade de Saint-Pierre, à quelques encablures de la côte.

- Tu as fait le même coup l'année dernière ! lui rétorque le capitaine, mais cette année, il faut que tu gagnes les cinq-cents francs d'avance que tu as touchés.

Jean-Marie menace alors de se jeter à l'eau et de gagner Saint-Pierre à la nage.

- T'es pas cap' ! Mais, si tu le fais, je te donnerais bien un boujaron d'alcool ! le défie bêtement un autre marin.

Celui-là, c'était un meneur, capable de mettre la révolte à bord, et qui n'avait jamais fait deux campagnes de suite avec le même armateur.

Décidé par l'enjeu, Jean-Marie, qui ne crache pas sur l'alcool, se déshabille immédiatement et saute à l'eau. Mais, surpris par le froid, il revient bien vite à bord. Cette tentative idiote, vue comme une désertion de la part du capitaine, redouble sa fureur envers le marin et son imagination bascule dans l'horreur.

Parfois, la nuit, il fait descendre Jean-Marie dans le parc à *boëte*, ou le fait coucher tout nu sur un tas de sel. Le matin, au retour des doris, il le fait remonter dans la même tenue afin de décoller les morues. Battu le soir à fond de cale par le capitaine, il n'a de la soupe que quand il en reste.

Suite à ces violences, un autre matelot prend peur et déserte dans les premiers jours de pêche. Retrouvé et jugé, il sera condamné à trois mois de prison à Saint-Pierre.

Un soir, Jean-Marie est surpris en train d'allumer un feu dans une poignée de paille tirée de sa paillasse, il s'excuse en disant que c'était seulement pour allumer sa pipe. Soupçonné d'avoir voulu mettre le feu au navire, on l'attache nu à un mât, les mains derrière le dos.

Jean-Marie paye durement ses maladresses.

Lors d'une sortie en doris, il installe mal la *boëte* sur les lignes et les embrouille. Après avoir pris un coup d'aviron de la part de son avant, Jean-Marie reçoit un terrible coup de mailloche sur la tête. Cet acte barbare lui occasionne une profonde blessure. Le coupable est tout de même puni par le patron.

Après ce coup sur la tête, ne pouvant plus aller en doris, le capitaine le garde à bord à décoller les morues, travail qu'il est obligé d'accomplir totalement nu (il aurait jeté lui même ses effets à la mer).

Il arrive parfois, alors que Jean-Marie est tranquillement occupé à décoller la morue, que le capitaine excite son chien à le mordre. Pour se défendre contre le molosse en furie, le souffre-douleur fait ce qu'il peut, et se sert de tout ce qu'il trouve sous sa main. Une fois, il commet l'impudence de lancer des têtes de morues au chien. À cet acte, impardonnable à bord d'une goélette de terre-neuvas, le capitaine redouble de fureur : *rien ne se jette dans ce poisson noble.*

Parfois, on l'attache au guindeau avec des lignes très solides, et le pauvre est obligé, pour se libérer, de les couper avec les dents.

Privé de son quart de vin, et comme il n'a droit qu'à un biscuit par jour, ses camarades lui en font passer en cachette, ce qui le sauve provisoirement de la mort.

Après une dizaine de jours d'un traitement aussi inhumain, Jean-Marie meurt. Jugé en France, le capitaine sera condamné à trente jours de prison pendant que la foule réclamait sa tête.

Les ressuscités de Terre-neuve

Cette histoire extraordinaire a été écrite d'après le témoignage anonyme d'un habitant de Saint-Cast publié dans de nombreux journaux locaux.

Un triste matin d'automne, un bruit sinistre se répandit dans nos contrées. Détachés pour la pêche de la morue à bord du navire *l'Eponine*, auquel ils appartenaient, quelques matelots avaient été subitement assaillis par une tempête sur le banc de Terre-Neuve, et, leur frêle embarcation, incapable de résister à la violence de la bourrasque, s'était abîmée sous les flots. Des renseignements de plus en plus précis, confirmaient chaque jour la triste nouvelle.

Enfin, *l'Eponine* arriva à Saint-Malo, et son capitaine, dans un rapport adressé au commissariat de la marine, déclara que sept hommes de son bord étaient partis, un matin de septembre, munis de leurs lignes, sur l'une des chaloupes du bâtiment ; qu'un impétueux ouragan était survenu qui les avait bien vite emportés hors de vue, et que, malgré des recherches actives continuées pendant trois jours, il n'avait pu trouver la moindre trace de ses marins.

Sa conclusion était qu'ils avaient péri...

On ne saurait se faire une idée de la consternation dans laquelle ce désastre plongea le pays... C'était à fendre le cœur d'entrer dans les maisons qui comptaient quelques victimes, la désolation, presque partout, y était poussée jusqu'aux dernières limites du possible. On citait, entre autres, une pauvre mère affolée de douleurs qui courait sur la grève, et là, menaçant du poing un élément perfide, lui criait avec désespoir : *rends-moi mon fils ! rends-moi mon fils !*

Lorsque le capitaine se fut officiellement prononcé, la paroisse entière prit le deuil, ce qui fut facile de constater le dimanche suivant, où l'on ne voyait dans l'église, à la grand-messe, que crêpes et vêtements noirs...

Mais, il n'y a point de chagrin, si poignant qu'il soit, qui ne se calme un peu à la longue. Les familles commençaient donc à se résigner au coup affreux dont elles avaient été meurtries, quand une rumeur d'un autre genre se mit à circuler parmi les gens de Saint-Cast.

L'un d'eux, revenant de Saint-Malo, et bien informé, assurait-il, soutenait que, selon de nouveaux renseignements dignes de confiance, les matelots de *l'Eponine* n'étaient pas perdus, ainsi qu'on le pensait. Un navire avait dû rencontrer en pleine mer leur petit esquif, et les avait recueillis, de sorte que, sous peu, très probablement, on allait voir reparaître sains et saufs ces chers amis qui, par leur disparition, avaient causé tant de larmes.

. L'explication ne fut point acceptée d'abord, bien qu'elle flattât tous les désirs, le public craignant de tomber dans une meprise dont les suites seraient cruelles, en rouvrant des cicatrices prêtes à se cicatriser.

Elle était pourtant vraie, et la preuve ne se fit pas attendre.

Un des prétendus noyés de *l'Eponine*, qui avait devancé ses camarades, arriva au bourg de Saint-Cast l'après-midi du jour même où la seconde version se produisait, et les autres matelots vinrent dans la soirée.

Le passage subit de l'extrême douleur à l'extrême joie pouvait entraîner de terribles conséquences. Il n'y eut à déplorer aucun accident grave, et le bonheur ne tarda pas à enlever toute trace des navrantes émotions que chacun venait de traverser. Inutile de dire que cette nuit du retour, on ne dormit guère dans la portion de Saint-Cast appelée l'Isle, résidence principale des gens de mer.

Quand la raison eut repris son empire et que les jeunes marins purent mettre un peu d'ordre dans leurs idées, voici ce qu'ils racontèrent :

« Le 6 septembre, la chaloupe, montée par sept hommes, partit à cinq heures du matin, sous le commandement du patron Beaudouard, et, après une pêche abondante, allait appareiller pour regagner *l'Eponine*, lorsque, vers 10h30, un formidable orage fondit tout à coup sur la baie. Dans un instant la chaloupe fut désemparée et le mât de misaine brisé, il ne restait que celui du milieu, conservant encore quelques lambeaux de toile qu'une partie des hommes retenaient de force avec leurs mains pour se ménager un moyen de direction, tandis que les autres étaient occupés sans relâche à la manœuvre de la pompe, les vagues irritées déferlant incessamment sur l'équipage. Près de sept cents morues furent jetées à la mer dans le but d'alléger la chaloupe et de l'empêcher de sombrer. Rien ne fut négligé d'ailleurs de ce qui pouvait prévenir une catastrophe. Au dire de ses compagnons, le patron Beaudouard, en cette circonstance, très critique, montra une fois de plus qu'il était marin, mais il faut ajouter que ses braves camarades le secondèrent parfaitement aussi.

« Tant que la chose fut possible, on gouverna du côté

de *l'Eponine*, dont la position s'appréciait encore ; mais il vint un moment où l'équipage dut renoncer à l'espoir de rejoindre son navire.

« Vers 4h30 de l'après-midi, la tempête sévissait avec une extraordinaire fureur, la pluie tombait à torrents, et les vents déchaînés ne connaissant nul frein, chassaient impitoyablement devant eux la pauvre petite chaloupe, qui s'éloignait de plus en plus de *l'Eponine* et finit par la perdre complètement de vue. Bientôt, force fut de l'abandonner au caprice des flots.

« Le trépas devint alors imminent ; la mer entrouvrait à chaque moment ses profondeurs comme pour y engloutir la proie qu'elle convoitait ; les hommes ne pouvaient plus suffire à vider l'eau de la chaloupe, et tout présageait une funeste solution prochaine. Cependant qu'ils n'avaient plus la moindre chance de salut, ils se résignèrent virilement au sort… Au milieu de sa prière, Beaudouard est saisi d'une soudaine inspiration : ainsi que tout bon marin, il a confiance dans la sainte Vierge, et propose à ses camarades de faire, en l'honneur de Notre-Dame, un vœu qu'ils accompliront au plus tôt s'ils en réchappent. Les autres, ayant intérieurement déjà la même pensée, le vœu est prononcé d'enthousiasme : tous s'engagent à faire célébrer une messe solennelle d'action de grâce à l'autel de Marie, en cas de retour au pays. »

Bientôt le vent chute et la mer se calme…

« Nos jeunes gens, émerveillés d'un tel résultat, renaissent à l'espérance. D'abord, ils réparent un peu leurs forces épuisées en mangeant quelques bouchées d'un biscuit tout trempé par la mer, puis cherchent à découvrir sur l'immensité de la plaine liquide un bâtiment quelconque qui pût les rapatrier.

« Dans la nuit, un feu apparaît au loin, peut-être est-ce *l'Eponine* en quête de ses enfants égarés. Dès ce moment, tous les efforts tendent à s'approcher vers le point brillant, et le lendemain, de bonne heure, on accostait le navire dont la lumière avait trahi la présence. Au lieu de *l'Eponine*, c'était un trois-mâts américain, le *Lewis-Benthon*, qui faisait aussi la pêche à la morue. L'accueil que les matelots français y reçurent, fut rempli de la plus franche cordialité. Un repas copieux leur fut offert, et le capitaine les engagea vivement à demeurer près de lui, promettant de leur fournir les moyens de retourner en France, aussitôt qu'il serait rentré à Boston, terme de son voyage.

« Mais une difficulté s'élève : dans l'impossibilité d'admettre à bord une chaloupe, vu l'exiguïté de l'espace disponible, le capitaine exigeait qu'ils eussent détruit cette embarcation. Or, elle leur avait rendu de si précieux services ! Les sept matelots ne purent se résoudre à un sacrifice aussi grand, et d'ailleurs, comme ils apercevaient du tillac américain, à quelque distance, un navire qui pouvait être celui de compatriotes, ils se décidèrent à tenter encore une fois la fortune, et après avoir payé de leur mieux la dette de reconnaissance, ils reprirent leur chaloupe et se dirigèrent avec courage vers le nouveau but. Ils l'atteignirent aux environs de dix heures du matin. Mais hélas ! Le bâtiment sur lequel ils avaient spéculé un peu trop, avait un pavillon d'origine étrangère. S'étant placés à distance convenable, et voulant essayer le degré de bienveillance des collègues à leur égard, ils demandèrent humblement un peu d'eau. On leur répondit par un brutal refus, en leur intimant l'ordre de passer au large…

« Il ne restait plus aux infortunés matelots de *l'Epo-*

nine qu'à regagner le vaisseau américain, qui leur avait déjà accordé une hospitalité si fraternelle, ce qu'ils s'empressèrent d'exécuter. Le *Lewis Benthon* ne leur fit pas une réception moins amicale que la première fois, et ils acceptèrent enfin les offres du capitaine, y compris la condition de couler la chaloupe. Cette chère nacelle, défoncée à coups de hache, descendit tristement dans l'abîme, non sans exciter les vifs regrets de son équipage.

« Vers le soir du même jour, une voile est signalée à quelques milles, et bientôt se trouve à portée de l'américain. Le nouveau navire qui entrait en scène se nommait *Le Rolland* du port de Fécamp, et retournait en France. L'occasion était on ne peut plus favorable. Nos marins crurent devoir en profiter et sollicitèrent la permission de se réunir à leurs nationaux. Après les pourparlers d'usage, ils furent transbordés de suite sur *Le Rolland*, où, les meilleurs traitements leur furent encore prodigués… »

Le drame avait duré trente-six heures.

« Les rapatriés débarquèrent le 16 octobre, au petit port de Pauillac, sur la Gironde. À Bordeaux, des feuilles de route leur furent délivrées, et chacun d'eux reçut quarante francs pour aller jusqu'à Rennes. Ils obtinrent un autre secours en cette ville, et déjà se rendirent par le chemin de fer à Saint-Malo...

« Des marins de Saint-Malo ayant reconnu leurs amis de *l'Eponine,* que l'on supposait perdus, leur décernèrent une ovation véritable. Le public, toujours amoureux des merveilleuses aventures, se mit de la partie, et nos jeunes gens, escortés d'une multitude de personnes de tout rang et de tout âge, furent conduits presqu'en triomphe, au milieu des félicitations générales, jusqu'au bateau à vapeur qui devait les transporter jusque Dinard.

« Après cela, vous vous imaginerez peut-être que ces hommes, dont la dernière navigation a été si périlleuse, ne remettront de leur vie le pied sur un vaisseau grand ou petit, et vont prendre un congé définitif de la mer jolie ? Profonde erreur ! Les marins ont la passion de leur état, et le danger n'est pour eux qu'un attrait de plus. Depuis les péripéties de l'événement que nous avons tâché d'esquisser, tous les jeunes gens de Saint-Cast veulent être matelots : plusieurs sont allés trouver Beaudouard et l'ont supplié de les faire embarquer avec lui sur le premier navire où il aura de l'emploi.

« Mais, hâtons-nous de terminer ce récit.

« De retour à Saint-Cast, l'équipage de la chaloupe miraculeusement sauvé tint à s'acquitter au plus tôt du vœu qu'il avait promis au moment suprême de la crise. En conséquence, dès le lendemain de leur arrivée, ils allèrent voir le recteur et lui recommandèrent la grand-messe, avec prière de la célébrer sur l'autel spécialement consacré au culte de la sainte Vierge.

« À cette intention, un office solennel fut chanté dans l'église de Saint-Cast. La majeure partie de la population y assistait, mais cette fois les habits de deuil avaient disparu, et si les yeux laissaient encore tomber des larmes, c'était du moins des larmes de joie et de bonheur… »

Onze jours dans un doris, sans boire et sans manger

Le trois-mâts *Reine-Blanche* arrive le 3 novembre en rade de La Palice, venant d'Antefogasta (Chili), et ayant à bord deux survivants du *Georges-René* de Saint-Malo.

Ces deux malheureux avaient été recueillis en plein océan le lundi 22 octobre, vers 6h00 du matin, avec un autre qui expira quelques instants après, malgré les soins qui lui furent prodigués par l'équipage de la *Reine-Blanche*. Pendant onze jours ces malheureux endurèrent les plus atroces souffrances et voguèrent au gré des flots dans leur frêle embarcation, souffrant de la faim et de la soif et trempés jusqu'aux os.

Voici le récit de ce drame, fait par l'un des survivants :

« Il y avait déjà huit jours qu'une voie d'eau s'était déclarée à bord du *Georges-René*. Malgré tous nos efforts, l'eau montait, montait toujours dans la cale. Enfin, le 11 octobre, vers 2h00 du matin, le capitaine donne le signal du sauve-qui-peut. En toute hâte, les doris sont mis à l'eau.

J'embarque, raconte le maître d'équipage, avec trois hommes dans un doris. Quelques effets, une caisse de biscuits, un baril d'eau, ce fut tout ce que nous pûmes embarquer. Nous nous écartons et, peu de temps après, le *Georges-René* sombrait.

Nous avons perdu de vue les autres embarcations.

Après avoir ramé plusieurs heures durant, nous voulons boire un peu d'eau, mais nous nous apercevons alors que le baril était vide. Dans le désarroi général, nous avions oublié de boucher le baril.

Trouver un navire, tel était notre dernier espoir. Mais un, deux, trois..., onze jours se passent, onze jours pendant lesquels nous avons enduré la torture de la faim, de la soif, et pour comble d'infortune, nous avions à compter sur les éléments. En effet, nous avons essuyé une tempête de nord-est, dans laquelle le doris fut rempli plusieurs fois et où il a manqué de chavirer autant de fois. Ceci se passait le huitième jour. À ce moment déjà, nous nous laissions aller au gré des flots.

Le dixième jour, l'un de mes compagnons se laissa tomber au fond du doris. Le lendemain il était mort. Nous avons dû le jeter à la mer. Dans la nuit, ce fut le tour d'un autre...

Cette même nuit, vers 4h00 du matin, nous apercevons un feu. C'était le salut, croyions-nous. Mon dernier compagnon et moi, nous trouvons alors assez de force pour ramer et nous approcher de ce navire. Mais nos cris ne furent pas entendus. Le navire s'éloigne, et vous pouvez juger de notre désespoir. Cette fois, nous étions bien résolus à nous laisser mourir. « Un autre feu » s'écrie mon compagnon. Ce feu c'était l'un des feux de position de la *Reine Blanche*... »

Les survivants s'égorgent

Mi-janvier de cette année-là, communiqué laconique des journaux maritimes : Le brick *A. S. H.* appartenant à Maxier de Paris et commandé par le capitaine au long cours Auguste Lemarchand de Pleurtuit a fait naufrage sur l'île des Sables, en allant de Saint-Pierre-et-Miquelon à Boston avec un chargement de 140.000 kilos de morue sèche.

Thomas Huet, maître à bord du *A. S. H.*, et seul survivant du drame, raconte ainsi le naufrage :

Durant les trois premiers jours de navigation, tout alla bien à bord, mais une forte brise s'est levée le 16, suivie le lendemain d'une forte tempête de neige. Le 19, le vent souffla en ouragan, accompagné de neige et de verglas. Bientôt, la bourrasque acquit une telle violence qu'il fut impossible de gouverner le navire. Des lames énormes déferlaient sans cesse sur le pont, emportant et brisant tout, et obligeant l'équipage à se réfugier à l'entrée des cabines. La voilure a été emportée et le navire est devenu ingouvernable.

Le froid était excessif et les vagues roulaient à une hauteur énorme.

La situation était déjà effroyable lorsque, vers 5h30, le navire toucha sur un fond de sable. Tenter une manœuvre à ce moment-là était impossible. Bientôt, le bâtiment, ballotté par la mer, pencha sur le côté et n'offrit plus à l'équipage aucune sécurité. En peu de temps, le navire est mis en pièces. Le thermomètre marquait alors douze degrés au-dessous de zéro, et les sept hommes qui composaient l'équipage étaient glacés, brisés et découragés. C'est alors que quatre matelots durent sauter à l'eau, à tout hasard, et nager vers l'île des Sables, située à une distance de moins de cent mètres.

On sait que ces malheureux, paralysés par le froid et l'obscurité, repoussés par les vagues furieuses brisant autour de l'île, ne purent atteindre le salut. Le capitaine, le cuisinier et le maître s'accrochèrent aux débris flottants de la mâture et s'y maintinrent de neuf heures du soir à deux heures du matin. Enfin, vers deux heures du matin, après cinq heures d'angoisse et d'atroces souffrances, les trois naufragés furent séparés du navire par une lame qui détacha la mâture et les entraîna vers la terre. Ils se jetèrent à l'eau et arrivèrent transis, épuisés, dans l'île, que recouvraient deux pieds de neige. Un phare brillait au loin d'une clarté à peine perceptible. Encore un effort, et ils allaient atteindre au but. Trempés, exténués, mourant de froid, de fatigue, d'épuisement, le capitaine et le cuisinier restèrent étendus sur la neige. Huet, plus vigoureux, pouvait encore se traîner sur les mains et les genoux.

- Porte-moi jusqu'au phare ! lui demanda le capitaine.

- C'est à peine si je puis me traîner moi-même, répondit Huet... Nous resterions tous deux en route. Je vais, si je peux, aller prévenir le gardien ; il viendra à votre secours.

Une heure plus tard, Huet, qui s'était péniblement frayé un chemin dans la neige, frappait à la porte du phare.

Le gardien s'empressa de lui ouvrir.

Huet lui fit comprendre que son navire avait fait naufrage, et que deux de ses compagnons attendaient du secours à l'extrémité de l'île.

Le gardien et deux aides se munirent de fanaux et partirent immédiatement vers le point que leur indiquait Huet, en suivant la trace de ses genoux sur la neige. Pendant ce temps, la femme du gardien et ses enfants prodiguaient leurs soins à notre compatriote, dont les membres gelés ne pouvaient se redresser sans lui faire endurer les plus cruelles souffrances.

Cependant, le gardien et ses aides avaient pu retrouver le capitaine et le cuisinier. À leur arrivée, ils se trouvèrent en présence d'un spectacle affreux. Le capitaine avait cessé de vivre, congelé sur place. À côté de lui gisait le cuisinier, la gorge ouverte par un coup de rasoir ; un ruisseau de sang empourprait la neige. À l'approche du gardien, le cuisinier eut un dernier mouvement convulsif et expira sans avoir pu prononcer une parole.

Sans doute, ne pouvant plus supporter ses souffrances et désespérant de se voir secourir, il s'était, dans un accès de délire, donné la mort.

Naufragés cannibales

Paisiblement des hommes dorment dans la cale du *Vaillant* : ils ont besoin de reprendre des forces après la terrible traversée qu'ils viennent de subir. Depuis Saint-Malo le mauvais temps a succédé au mauvais temps. Trente-sept jours de galère. La violente tempête du 1er avril a bien failli faire chavirer le brick, balancé sur les flots comme une vulgaire yole.
Le *Vaillant* a bien mérité son nom.
À l'avant, l'homme du bossoir scrute la nuit. Il faut être prudent. Dans les parages de Terre-Neuve et à cette saison, les icebergs sont fréquents. Ces énormes montagnes de glace qui ne laissent voir qu'un neuvième de leur terrible piège, sont extrêmement dangereuses et ne pardonnent pas les imprudents qui osent les aborder.

Parti de Saint-Malo le lundi 8 mars avec vingt-cinq hommes d'équipage et quarante-cinq passagers, qui doivent armer à Saint-Pierre-et-Miquelon les goélettes *Intrépide*, *Décidée* et *Vigilante*, le brick-goélette *Vaillant*, un navire de quatre-vingt-dix-huit tonneaux commandé par François Pierre, qui, après dix-huit voyages sur le Banc, a promis qu'il faisait là son dernier voyage à Terre-Neuve, navigue à pleines voiles dans la nuit d'encre de ce mardi 13 avril.
Le *Vaillant*, craque sous l'effort, la mer est libre.
Soudain, vers 23h30, dans les parages du Bonnet-Flamand Grand-Banc, haut-fond situé dans l'Est de Saint-

Pierre-et-Miquelon, un choc terrible ébranle le *Vaillant* qui naviguait à un plus de sept nœuds.
Un craquement sinistre déchire la nuit.
On a touché un iceberg à fleur d'eau.
Le choc a été terrible, le *Vaillant*, stoppé net en pleine vitesse, s'est entrouvert si profondément qu'il est impossible d'aveugler la voie d'eau. Les cris des matelots surpris et endormis, glacent les cœurs encore plus que l'eau qui pénètre rapidement dans la cale.
Le navire commence à gîter dangereusement.
La panique désordonnée succède à la peur qui fige les êtres, elle envahit le brick en fâcheuse position.
Le *Vaillant* va couler quarante-cinq minutes après la collision.
Au milieu de l'affolement général, plusieurs hommes, qui ont réussi à gagner l'air libre, enjambent le bastingage et se précipitent dans l'eau glacée. D'autres se hissent à bord des petites embarcations rapidement descendues de leurs potences. Vingt-et-un ou vingt-deux hommes montent dans une des deux chaloupes, les autres se partagent dans huit des onze doris du *Vaillant*. La chaloupe et les trois doris restants chavirent et coulent, heureusement sans personne à bord.
Dans le choc terrible contre la glace, à l'intérieur du navire, plusieurs hommes sont noyés ou écrasés instantanément par la terrible masse de l'iceberg. Certains, se trouvant sur le pont, sont affreusement broyés ou atrocement mutilés par des pièces du gréement projetées en l'air qui se fracassent avec grand bruit en retombant. Les autres, peut-être plus chanceux dans l'instant, réussissent à se sauver de l'épave et à grimper dans les yoles déjà à l'eau. Dans la panique générale, la nuit est glaciale et noire, personne ne pense à prendre de vivres.

L'eau, si vitale, on n'y pense même pas. L'important, pour l'instant, est de se sauver, pour le reste on verra plus tard. Toutes les secondes comptent.
Certains, pourtant tous des marins aguerris, ont oublié de prendre des rames. Il faut pourtant s'éloigner du *Vaillant* qui, en coulant, va occasionner un grand déplacement d'eau dans lequel des petites embarcations peuvent être entraînées. Ils le savent tous. Chacun se débrouille comme il peut : qui avec les mains, qui avec des planches arrachées aux yoles...
Chance ou acharnement du sort, car ce qui attend certains est pire que la noyade, aucun doris ne se fait entraîner par le tourbillon, qui les aurait entraînés dans une mort rapide et presque sans souffrance, tandis que maintenant… pour les survivants...
Tous ces hommes, surpris pour la plupart dans leur sommeil, se sont sauvés pratiquement nus. Condamnation à mort à plus ou moins longue échéance, dans une région où le vent glacial traverse même les vêtements les plus appropriés. Sans gant, sans chaussure, dans des barques qui prennent l'eau, la plupart des naufragés vont mourir de froid dans les premières heures de leur calvaire.

Dans un des doris, chargé de sept personnes, un drame affreux prend forme. Sans boire, sans manger et sans rame, abandonnés à la dérive, les naufragés voguent au hasard des courants. Le 14 avril, sur leur chemin vers l'enfer, ils rencontrent un autre doris, malheureusement chaviré, auquel un homme est resté accroché. À bout de force, il coule sous leurs yeux avant de pouvoir être secouru. Dans les doris, les hommes se recommandent à Dieu, à la Vierge. Certains font vœu d'aller en pèlerinage à Notre-Dame-du-Verger contre leur salut.

Un des rescapés du naufrage raconte ainsi leurs six jours de dérive sans vivre :

Le lendemain du naufrage, « vers les neuf heures, nous avons rencontré notre pauvre capitaine, monsieur Pierre, avec le mousse, le saleur et deux autres hommes dans un doris. Ils n'avaient pas de vivre non plus, mais ils avaient des avirons. Après nous avoir parlé pendant une vingtaine de minutes, ils se sont éloignés en disant :
- Nous ne vous disons pas adieu, mais au revoir ! Courage et confiance ! Nous nous dirigeons vers l'Est, où nous pensons rencontrer plus facilement des bateaux. Si nous avons la chance d'être sauvés, nous dirons que vous n'êtes pas loin et on viendra aussi vous sauver.
Ce furent des cris d'angoisse en ce moment, mais, comme nous n'avions pas d'avirons, force nous a été de nous séparer et de nous adresser encore à la Providence, notre unique espoir. On n'a plus jamais entendu parler d'eux… »

Le lendemain, vendredi 16 avril, François Carré rend son dernier souffle. Les cinq hommes encore vivants, dérivant depuis quatre jours sans boire et sans manger, transis, regardent avec envie le cadavre encore chaud de leur camarade. D'un commun accord, les naufragés décident, pour leur survie, de manger le malheureux. Après ce terrible repas et une prière, ils jettent les restes à la mer.
Deux jours plus tard, dimanche 18 avril, jour de Pâques, Auguste Duteil meurt à son tour. Sa poitrine est ouverte par des mains gelées et des bouches assoiffées depuis six jours, boivent le peu de sang qui lui reste.

Au cours de la même journée, vers 15h00, les naufragés aperçoivent une voile à l'horizon. L'espoir revient. Mais il est loin le bateau et s'il passait sans les voir ? Ce serait trop terrible, trop grave. Ils sont trop faibles pour espérer tenir encore longtemps ainsi, sans boire et sans manger dans ce froid terrible. Il faut faire des signes, manifester leur présence. Les naufragés regroupent tout ce qui leur reste de forces. Ils saisissent la serre de leur doris et y accrochent un lambeau de vêtement. Retrouvant des forces inespérées, ils bougent les bras, crient, battent leur pavillon de fortune.
Là-bas, sur le *Victor-Eugène* de Granville, quelqu'un a vu les signes.
Le capitaine Eve donne les ordres nécessaires et à 16h30 les quatre malheureux, pataugeant dans six pieds d'eau glacée depuis plusieurs jours, sont sauvés.
Après avoir croisé deux jours dans les environs à la recherche des autres embarcations, bredouille, le *Victor-Eugène* débarque les rescapés à Saint-Pierre-et-Miquelon. Après tant de jours exposés au vent glacé, les naufragés ont les membres gelés. Pour les sauver, il faut les amputer : qui un bras, qui une jambe.

Un autre doris retrouvé avec des survivants à bord, a vécu les mêmes angoisses. Au moment du naufrage, ils s'étaient précipités à vingt-et-un dans l'embarcation, sans vivre et sans aviron, un bout de planche en guise de rame leur servait à modifier quelque peu leur position. Dès les premiers jours, des hommes meurent de froid. Le dernier jour il en est mort sept.
Un chien, qui accompagne ces malheureux dans leur croisière terrible, est victime du manque de vivre. Dès le deuxième jour, son cadavre est partagé. Aucun té-

moignage de cannibalisme ne provient de cette embarcation, peut-être ont-ils eu honte et ont-ils gardé leur terrible secret... ?
Le 17 avril, la chance les fait passer près d'un iceberg où, après mille précautions pour ne pas se fracasser, ils posent pied. Se propulsant avec leur planche, ils font un gouvernail avec une botte attachée au bout d'une lanière de cuir faite sur place... Les morceaux de glace ainsi récupérés leur coupent la soif. Mais, la prise beaucoup trop rapide d'une grande quantité d'eau pour certains, serait à l'origine de leur mort les deux jours suivants (ils étaient restés cinq jours sans boire).
Providentiellement, après sept jours de dérive, sept jours d'enfer, dans la nuit du 19 au 20, vers minuit, alors que les hommes sont allongés au fond de la chaloupe dans l'eau glacée, un des quatre survivants lève la tête et aperçoit un bateau à une centaine de mètres d'eux. C'est le brigantin *Amédée* de Cancale. Il réveille ses camarades qui regroupent leurs dernières forces et se mettent à crier à plein poumon. *L'Amédée* débarque quatre naufragés sains et saufs à Saint-Pierre-et-Miquelon le 1er mai.

Les huit hommes récupérés dans ces deux embarcations sont les seuls survivants de cette catastrophe qui a fait soixante-deux victimes. Un des rescapés décédera quelques jours plus tard à Saint-Pierre-et-Miquelon

La goélette était plus un sabot qu'un navire

La Morue, goélette vieille de quarante ans, jaugeant trente-cinq tonneaux et composée de seize hommes d'équipage, coula sur le Grand-Banc un 19 août.

Le 16 août, le vent s'était levé au soir en forte brise ; le 17, la goélette reçut un coup de mer qui la fatigua énormément, faisant eau dans les *louvoyages*.

En deux ans, cette goélette hors d'âge, avait été mise à sec quatre fois. La dernière fois, un bord fut trouvé n'ayant pas l'épaisseur d'une feuille de papier ; il avait été rongé par un morceau de fer cylindrique oublié dans le tillac. De plus, cette vieille et malheureuse *Morue* avait été abordée en juillet par une goélette américaine et le patron n'avait pas mentionné cet incident, où elle eut un bossoir écrasé et sa barbe coupée.

Le 18, le capitaine appareille pour prendre ses casiers, ensuite il mouille, fait mettre les lignes dehors, et règle son service comme d'habitude en ne laissant qu'un homme à chaque quart. Cinq minutes suffisaient par quart pour franchir la pompe. Vers une heure, le marin de quart est prévenu par des collègues qu'il y avait un pied d'eau dans le poste. Le patron fait alors monter ses hommes qui se mettent à pomper. Une des pompes se cassa à 4h00. Ce que voyant, on vide l'eau avec des seaux et une seule pompe. L'eau monte progressivement. À 5h00 il y a un mètre cinquante d'eau dans la cale. Malgré cela, les hommes sont envoyés relever les lignes. Seuls quatre marins restent à bord.

Pendant ce temps-là, deux patrons de goélette viennent en visite à bord de *La Morue*. Le capitaine leur fit part de sa situation critique.

À 9h00 du matin, l'équipage cesse de pomper voyant que tout est inutile.

On évacue *La Morue*.

Le patron reste à bord, et, avec deux marins, il met le feu à son navire, pour ne pas que la goélette devienne une épave flottante dangereuse pour la navigation. Puis il s'embarque dans un doris et reste trois heures dans les parages, le temps que le navire se consume. L'équipage, qui perdit tous ses effets dans ce drame, se réfugia à bord d'une autre goélette.

Le problème de *La Morue* entraîna une question que l'on se posa dans les journaux de l'époque : « N'est-il pas permis de se demander pourquoi, dans certaines circonstances, au lieu de poursuivre capitaines et patrons, on ne poursuivrait pas les membres des commissions de visite qui permettent d'envoyer à la mer des sabots du genre de *La Morue* ? »

La vague meurtrière qui ramène les naufragés

Au commencement de cette année, sur les côtes d'Islande, une lame puissante balaya le pont d'un navire, enlevant trois hommes qui devaient être infailliblement perdus. Pourtant, un instant plus tard, la même vague déferlait de nouveau sur le navire, y rejetant miraculeusement les trois marins.

Un des chanceux raconte ainsi son aventure :

« J'étais marin à bord du chalutier à vapeur *Notre-Dame-de-Lourdes*, du port de Boulogne, comprenant trente-six hommes d'équipage.

Nous nous trouvions le 28 février sur les côtes d'Islande, près des îles de Westman. Vingt-deux hommes travaillaient sur le pont à préparer le poisson, le capitaine se trouvait à la timonerie avec le maître d'équipage. La mer était un peu forte, mais sans excès, et le bateau marchait *avant doucement* pour se tenir bout à la lame. Il faisait une température de dix-sept à dix-huit degrés au-dessous de zéro et les pieds des mâts étaient aussi larges que des barriques par la couche de glace qui les entourait. La pluie, qui tombait sur nos cirés, s'y gelait de suite, certains avaient plus de dix centimètres d'épaisseur.

Je me trouvais presque adossé au gaillard d'avant, lequel surplombe le pont d'un mètre cinquante environ. Tout à coup, je vis, à l'avant, surgir une lame sourde d'au moins cinq à six mètres de hauteur au-dessus du gaillard. En quelques secondes et avec un fracas épouvantable, cette lame balayait le pont, entraînant tout sur son passage.

Que se passa-t-il exactement ?

Je ne saurais vous le préciser : entraîné par la masse d'eau, je fus porté au large avec deux de mes camarades, et puis, la même vague nous rapporta à bord, me jetant contre le treuil où je me blessai à la tête et à la jambe droite...

Quand je me suis senti emporté, j'ai bien cru que tout était fini, j'ai pensé à ma femme. Pensez donc, j'étais marié depuis un peu plus d'un mois et je me dis : *"la pauvre femme, elle va être veuve de bonne heure !"*

Quand je me suis retrouvé à bord, je ne savais plus ce que je faisais, tout cela avait été si rapide.

De nombreux marins étaient blessés, trois avaient des jambes cassées, d'autres des contusions plus ou moins graves, d'autres enfin s'étaient fait, avec des *piqueux* qui s'étaient enfoncés dans leurs poitrines ou dans leurs membres, des blessures qu'il fallait penser de suite.

Le capitaine, qui est toujours d'un admirable dévouement pour son équipage, s'empressa avec l'aide de deux hommes, de latter les jambes cassées, pendant que les moins blessés se soignaient entre eux. Un jeune marin, âge de dix-neuf ans, avait été lancé jusque dans le fond de la cale, il ne croyait jamais revoir le pont. Nous fîmes route pour les îles Westmann où nous débarquâmes neuf hommes à l'hôpital. Comme nous avions préalablement perdu un autre marin, nous continuâmes notre pêche avec un effectif plutôt réduit, ce qui ne nous a pas empêchés de prendre 5.000 quintaux de morues que nous avons ramenés à Boulogne. »

Transatlantique contre terre-neuvas quatre-vingt-huit victimes

Ce 30 octobre, peu avant 5h00 du matin à deux cents lieues marines d'Ouessant, le *Rocabey*, petit brick-goélette malouin de cent-cinquante-trois tonneaux commandé par le capitaine André Touzé, a rendez-vous avec son tragique destin.

Poussé par un vent faible, le *Rocabey* file dans l'aube naissante vers l'est-sud-est tribord amures, à environ cinq nœuds. Parti de Saint-Malo le 9 mars avec trente hommes, la pêche de la morue et la saison terminée, le *Rocabey* avait quitté Terre-Neuve pour son voyage de retour le 15 octobre.

Quatre-vingts passagers supplémentaires avaient pris place dans le brick. Cent neuf hommes composaient le chargement du *Rocabey*, beaucoup trop pour un bateau en mauvais état, diront les journaux américains après la catastrophe.

À bord du *Rocabey* ce tragique matin-là, tous les hommes dorment, entassés dans la cale, pendant que trois vigies sont de quart sur le pont et scrutent l'horizon encore sombre devant le brick. Soudain, une faible lueur verte trahit la présence d'une grosse masse sombre qui glisse à huit nœuds tout droit sur le *Rocabey* : c'est le feu de tribord du *Thomas-Dahna*, trois-mâts américain de 1.445 tonneaux, allant de Liverpool à New York, et qui navigue au vent bâbord amures. Sur le pont du navire américain, le capitaine et le second officier sont présents. Les Français diront plus tard qu'il n'y avait personne sur le pont à ce moment-là.

- Feu vert à tribord ! lance la vigie du *Thomas-Dahna*.

- Très bien ! feu vert contre feu vert, c'est la règle, répond le capitaine occupé à chercher une allumette pour sa pipe.

- Un feu par bâbord ! lance l'homme de barre du *Rocabey*.

Voyant la masse sombre d'un gigantesque trois-mâts foncer en direction de son navire, un des hommes du *Rocabey* s'élança sur la barre pour tenter un virement de bord de la dernière chance en s'écriant :

- Nous sommes perdus !

L'américain n'est plus qu'à quelques brasses du français.

Les rescapés affirmeront que les feux du *Rocabey* étaient très clairs, alors que ceux du *Thomas-Dahna* étaient à peine visibles : le feu vert de tribord, sale, aurait été obstrué, ce qui expliquerait, d'après les Français, que la masse sombre de la voilure aurait été aperçue avant les feux.

Un choc effroyable, des craquements sinistres, le *Rocabey* est éperonné par le travers par un navire dix fois plus gros que lui.

Le puissant *Thomas-Dahna* écrase en un clin d'œil une quarantaine d'hommes couchés dans la cale au milieu du brick. Avec une immense voie d'eau dans la cale, le *Rocabey*, est plaqué à l'avant du *Thomas-Dahna,* le pont incliné vers la mer. Il commence à s'enfoncer dans l'océan.

Le *New York Herald*, qui donne la version américaine de la catastrophe, affirme que le *Rocabey*, navire en mauvais état où beaucoup trop de passagers étaient entassés, avait toutes possibilités d'éviter l'abordage, et que celui-ci n'est dû qu'au manque de vigilance des Français. Le temps clair aurait dû permettre au timonier du *Rocabey* d'apercevoir à temps les feux du *Thomas-Dahna* et de réagir promptement. Perdant son sang froid, ce dernier a dû mettre la barre à tribord au lieu de bâbord, lançant ainsi le brick en pleine vitesse sur l'américain qui n'avait pas changé de route. Si le *Rocabey* n'avait pas changé de route, la catastrophe n'aurait pas eu lieu. Le jour du drame, d'après les Américains, aucun des rescapés montés à bord du *Thomas-Dahna* ne fut à même de donner le nom de leur capitaine ni d'expliquer comment la catastrophe avait eu lieu (!).

Si, à bord du *Thomas-Dahna,* le choc n'a pratiquement pas été ressenti, sur le *Rocabey,* c'est la panique. Ceux qui ne sont pas morts écrasés sous le choc, tentent de sortir de ce cercueil. Il faut survivre à tout prix. Il reste encore, à ce moment-là, une cinquantaine de survivants. Certains tentent une sortie par le panneau du milieu, mais il est impraticable : obstrué par les débris d'un canot brisé par le choc. Ils sont perdus. Le panneau avant est encore libre. Quelques-uns parviennent à en sortir. Il faut faire vite. Le brick coule. Seuls quatre hommes peuvent sortir à la fois du panneau. Le capitaine du *Rocabey*, sort du panneau et lance aux Américains :

- Sauvez-nous ! Sauvez-nous !

Tous ces hommes, courant à moitié nus sur le pont du brick, c'est la panique à bord du *Rocabey*.

Une panique silencieuse, diront les Américains, pas un cri, pas une plainte... Le *Rocabey* a coulé à pic, emportant avec lui ses passagers « *empilés dans la cale comme des sardines, et inconscients de leur sort... C'étaient de pauvres diables battus par la tempête, avec des faces sombres, presque bleues de terreur, ouvrant de grands yeux hagards.* »

Ceux qui sont parvenus à sortir à l'air libre, se regroupent sur l'avant et se jettent à la mer pour tenter de s'éloigner de l'épave qui s'enfonce.

Dans la chambre du poste, les hommes d'équipage du *Rocabey* hésitent à sortir, ne connaissant pas la nature du navire qui les a abordés : si c'est un vapeur, la chaudière risque d'exploser. Il y a aussi la menace de périr écrasé sous la mâture du *Rocabey* qui risque de tomber à tout moment. Seuls trois matelots sortent et se sauvent.

Les matelots Raoult et Hamoniaux, sont les premiers à grimper sans l'aide de personne dans le navire américain.

Des filins sont alors lancés depuis le *Thomas-Dahna*.

Ces crochets de providence, lancés au hasard, remontent une vingtaine de naufragés à bord. Dans leur version du naufrage, les Français diront que seuls les deux Bretons avaient lancé des filins, les Américains refusant d'aider... Pourtant, remonter une vingtaine de personnes en quelques minutes à deux, la panique aidant, ne doit pas être aisé ! Quant au capitaine américain, à peine le choc ressenti, il affirme avoir donné l'ordre d'aller à l'avant et de lancer des amarres aux survivants. Les Français affirmeront aussi que le capitaine du *Thomas-Dahna*, à qui ils auraient demandé de mettre un de ses trois canots à la mer pour sauver leurs camarades, aurait refusé.

Pendant que les filins, et peu importe dans l'instant les bras qui les lancent, remontent les naufragés, soudain, le *Rocabey* fait une embardée vers l'arrière amenant le pont au niveau de l'eau, donne une forte gîte et, dans le petit jour qui commence à poindre, coule en un clin d'œil.

Le capitaine américain raconte : *« Il y eut un étrange son, comme un glouglou... La vision des faces gesticulant sauvagement, le jargon des voix, le battement des voiles et des cordages avaient cessé comme un éclair. »*

Les derniers survivants, agrippés aux amarres, remontent rapidement puis tout disparaît. Pourtant, des appels au secours se font encore entendre, pendant que des hommes nagent vers le navire américain, quelques-uns, près de vingt, agrippés à un mât de perroquet, appellent le salut. C'est alors qu'un nouveau point de divergence se fait sentir dans les témoignages.

Alors que des Américains, aidés des survivants français, s'apprêtent à descendre un canot à la mer pour aller à leur secours, le capitaine aurait donné l'ordre de carguer les voiles pour arrêter le navire, obligeant les hommes à se disperser pour la manœuvre, laissant le canot sur ses potences. Épuisés, les naufragés voyant ainsi le navire reculer dans le vent en agrandissant la distance entre eux et le *Thomas-Dahna*, coulent à pic.

Tout est fini, à cinq heures du matin.

En une dizaine de minutes, par 48°37 de latitude nord et 15°14 de longitude ouest, le *Rocabey* a coulé avec quatre-vingt-huit victimes dans cette terrible nuit du 30 octobre.

Le capitaine américain donne alors l'ordre de mettre le *Thomas-Dahna* en panne jusque midi, pour avoir la certitude qu'aucun homme ne reste accroché à un morceau d'épave.

Faux ! diront les naufragés, le capitaine américain, plus enclin à réparer les avaries de son navire qu'à assurer le sauvetage d'éventuels survivants, serait responsable de la mort d'un grand nombre des naufragés. Il aurait, suite au choc émotionnel, ressenti par tous les acteurs du drame, fait quelques erreurs...

Une heure et demie environ après la catastrophe, deux des huit chiens de Terre-Neuve du *Rocabey* approchent du *Thomas-Dahna* pour y chercher refuge. Un des propriétaires des chiens, rescapé lui aussi, hissa les bêtes à bord. Un des deux a été offert à Fayal, au vice-consul de l'île *en reconnaissance des soins dont celui-ci a entouré les naufragés*. Un témoignage affirme qu'un autre chien, cherchant en vain son maître dans les flots pendant plus d'une heure, nageant vers le *Thomas-Dahna*, fut la cible des Américains qui lui auraient lancé tous les projectiles possibles, l'obligeant, à bout de force, à se noyer...

Vers midi, n'ayant plus aucun espoir de retrouver des survivants, le trois-mâts américain *Thomas-Dahna*, avec vingt-et-un rescapés à son bord, met le cap sur les Açores.

Les Français furent bien reçus à bord du navire américain, mais la communication fut assez compliquée, car l'équipage était très cosmopolite : il était composé d'Anglais, d'Italiens, d'Espagnols et de Suédois. Il semble que personne à bord, y compris le capitaine, ne parlait le français.

Quelques jours plus tard, le *Thomas-Dahna* débarqua les naufragés aux Açores.

Panique à bord
après avoir heurté un iceberg

Le trois-mâts le *Guillaume-Tell* atteignait le Grand-Banc de Terre-Neuve le dimanche 9 avril.

Dans la nuit, le temps clair et frais se couvre et la brise fraîchit. Vers 3h00 du matin, le capitaine fait sonder sans trouver encore le fond. Une demi-heure plus tard, un grain de neige obscurcit la vue du navire.

Tout à coup, l'officier de quart appelle le capitaine et lui signale une glace sur l'avant à tribord. Le mauvais temps et l'obscurité ne permettent pas de s'en assurer, mais, aussitôt, le capitaine commande de mettre la barre toute sur bâbord, de brasser la toile à tribord et de hisser la brigantine. Le navire donne une vitesse de quatre à cinq nœuds, la brise, coupée par la glace, est faible, mais la manœuvre commandée est la seule ayant une chance de sauver tout.

Malheureusement, une panique se produit. On aperçoit à présent distinctement un iceberg qui peut avoir environ soixante mètres de hauteur sur trois à quatre milles de long. Seul, l'officier de quart exécute les ordres du capitaine, tandis que le maître de pêche, complètement affolé, crie dans le poste :

- Sauve qui peut ! Le navire coule !

Le capitaine s'efforce en vain de retenir ses hommes après ce terrible appel.

Ils ont perdu la tête.

Leurs couteaux en main, ils coupent précipitamment

les saisines des embarcations et les jettent à la mer, s'y entassent ensuite, sans prendre le temps de se munir d'eau douce, de biscuit, ou d'écopes pour vider l'eau. Plusieurs se laissent même couler à l'eau le long du bord, et il faut aller les repêcher pour les arracher à une mort certaine.

Pendant ce temps, le bâtiment, privé de vent, a atteint la glace qui est voûtée et le recouvre complètement : elle écrase la mâture par le sommet et menace de le couler à pic, en l'enfonçant jusqu'aux voies d'eau produites dans le plat bord. Le capitaine, tout en envisageant la gravité de la situation, a conservé son sang-froid, ainsi que le saleur, deux hommes et le novice. Une fois les enfléchures du mât brisées, le navire a plus d'aise et ils parviennent à se dégager un peu, la glace elle-même, en écrasant à moitié le gouvernail, aide à éviter. Puis ils aperçoivent le bout de l'iceberg et, la grande voile d'étai se trouvant encore haute, ils parviennent péniblement à hisser la brigantine.

Il est 4h45 et le bâtiment est doublé, mais il ne faut pas s'éloigner pour tâcher de sauver les doris partis pendant l'abordage. La nuit est encore très sombre et il neige. À bord, on allume des torches, de façon à rallier les embarcations.

À 5h00, arrive la première, avec trois hommes ; à 6h00, une autre avec cinq hommes, enfin une troisième à 7h00 avec huit hommes. Cette dernière a beaucoup de peine à rallier, par suite d'un coup de vent et d'une brume très épaisse.

La cloche et la corne d'avant sont brisées et il est impossible d'appeler d'aucune façon les deux embarcations qui manquent encore.

Autant qu'on a pu s'en rendre compte, l'une des deux

contient deux hommes, l'autre neuf, dont le patron de pêche et le mousse, parti avec lui, malgré l'ordre du capitaine.

L'équipage d'un des doris revenus déclare les avoir entendus crier : « sauvez-nous, nous coulons ! »

Mais ils devaient déjà être huit à leur bord et le remplir d'eau c'eût été se perdre, aussi bien que de recueillir seulement un homme. La plupart de ces malheureux n'étaient qu'à demi vêtus et pas chaussés. Ils avaient en hâte sauté de leur couchette. L'un des ralliés rapporte au capitaine ses effets, son porte-monnaie, sa boîte à rôles et son journal de bord. Il avait pris tout cela par erreur, au départ, mais maintenant tout est mouillé et abîmé.

La visite méticuleuse du navire fait estimer au capitaine que le navire est perdu. Tout est décollé, brisé, disjoint. Le mât de misaine est abattu, le bout du beaupré, suspendu au dehors, menace de défoncer le bordage de bâbord. Les cales sont pleines d'eau et l'équipage est aux pompes continuellement.

Après être demeuré jusqu'au lendemain matin à attendre et à chercher les manquants, le capitaine se décide à gagner les lieux de pêche, pour trouver d'autres navires et leur demander du secours.

Ce n'est que le jeudi 13, après deux jours et demi d'une navigation périlleuse, accomplie dans des conditions très pénibles et grâce à une énergie peu commune, que les naufragés aperçoivent *La Pâquerette*, un autre trois-mâts.

Le capitaine de *La Pâquerette*, venu à bord du *Guillaume-Tell*, constate à son tour l'impossibilité de maintenir le navire. Dès lors, après avoir débarqué tout le monde, le capitaine met le feu à l'avant et à l'arrière de l'épave et la quitte à son tour à midi, par 44°16 de latitude nord et 51°36 de longitude ouest et cinquante-six mètres d'eau.

Les vingt-et-un rescapés sont ramenés par *La Pâquerette* à Saint-Pierre-et-Miquelon, mais il manque onze marins à l'appel.

LA LOUEE DE LA MER
par Charles Le Goffic

Qui passerait par le Vieux-Bourg à tout autre moment de l'année que le 2 décembre ne prêterait qu'une attention distraite à cette enfilade de masures branlantes, échelonnées le long des routes de Dinan à Dol et de Rennes à Saint-Malo.

Vainement vous chercheriez au-dessus d'elles la flèche d'un clocher, les bras d'un calvaire : ces masures semblent poussées là au hasard. Quelques-unes sont de vraies ruines ; la plupart ne tiennent debout que par miracle. Pourri d'humidité et mêlé aux poussières végétales en suspension dans l'atmosphère, le chaume qui les coiffait a fini par se résoudre en une sorte de tégument verdâtre, suffisamment riche en humus pour nourrir toute une flore de plein vent : glaïeuls, camomilles, renoncules pavoisent les toits, d'avril à septembre. C'est l'unique coquetterie de ces bicoques. Trois ou quatre constructions seulement, aussi surannées que leurs voisines, mais couvertes en ardoises et surélevées d'un étage, témoigneraient que le Vieux-Bourg connut des jours plus prospères. L'une d'elles, où s'enroulent les rinceaux d'un gracieux portail Renaissance, dut servir autrefois d'église paroissiale ; les autres étaient à usage d'école et de mairie ; la plus vaste, au croisement des deux routes, abritait *l'Hôtellerie de la Poste*. Fameuse du temps des diligences, qui avaient leur relais principal au Vieux-Bourg, cette hôtellerie n'a pas changé de destination ; elle a seulement baissé d'un cran dans la hiérarchie commerciale : l'hôtellerie n'est plus qu'une auberge. Auberges aussi, l'église, la mairie, l'école et toutes les masures qui leur font suite et qui, trop misérables pour se payer le luxe d'une enseigne, se contentent d'accrocher une touffe de gui au-dessus de leurs portes. Et le voyageur qui traverse en temps ordinaire ce hameau singulier, exclusivement composé de cabarets, s'enquerrait volontiers si les débitants, pour se donner l'illusion d'une clientèle, n'ont pas fait la gageure d'aller boire à tour de rôle les uns chez les autres.

Renseignements pris, le Vieux-Bourg est une façon de ville morte, déclassée administrativement au profit d'un bourg voisin, Miniac-Morvan, qui a hérité de sa mairie, de son école et de son église. Un jour seulement par année, le 2 décembre, le Vieux-Bourg renaît à la vie : comme par enchantement, les cinquante auberges de ses cinquante masures se remplissent d'une clientèle si pressée et si dense qu'il faut encore bâtir pour elle, au dehors, des pavillons, des hangars et des tentes, et que les habitants, des bénéfices rapportés par cette journée unique, tirent de quoi vivre sans rien faire les 364 autres jours de l'année. C'est que, le 2 décembre, le Vieux-Bourg n'est pas seulement le rendez-vous de tous les fermiers et fermières des localités voisines ; il ne s'y tient pas seulement un marché de bœufs, de moutons, de chevaux, de porcs et d'ânes : il s'y tient aussi un marché d'hommes. Des points les plus éloignés de la région, de la Ville-ès-Nonais, d'Erquy, de Châteauneuf, de Saint-Coulomb, de Cancale, de Dol, de Pleudihen, à pied, à cheval, en carriole, par chemin de fer, les gars à vendre, solides et bien marchands, accourent par centaines à la foire du Vieux-Bourg. Ils ont la démarche roulante, les yeux clairs, le cuir ocreux ; pour costume, des tricots, des vareuses et des bérets. La *Patouillette*, chez les paysans gallos, est le petit nom d'amitié de cette foire étrange, dont les pluies de décembre et le piétinement des animaux font communément un vrai bourbier. Les pêcheurs terre-neuviers qui y vont chercher un engagement lui donnent un autre nom, moins trivial et plus grave : la *Louée de la mer* ou la *Louée ès marins (mé* et *maraw,* en patois de la Haute-Bretagne).

On sait que, bien différente sur ce point, comme sur beaucoup d'autres, de la pêche « à Islande » la pêche à Terre-Neuve n'est pas une industrie exclusivement métropolitaine : Saint-Pierre possède aussi sa flottille hauturière. Réservée au personnel de cette flottille qui arme et désarme chaque année dans le Barachois, la « louée » du Vieux-Bourg attire principalement les marins des quartiers de Saint-Malo, de Dinan et de Saint-Brieuc. Granvillais et Fécampais embarquent de préférence sur les « banquiers » ou « banquais » métropolitains ; leur recrutement, qui ne diffère pas de celui des marins du commerce, se fait par l'intermédiaire des « marchands d'hommes » et des capitaines. L'opération présente beaucoup plus de variété dans la région bretonne, ce qui ne tient pas seulement à la prédominance de l'élément breton dans les équipages terre-neuviers, mais au fait que certaines spécialités maritimes, comme l'armement colonial, les chauffauds du French-Shore et les établissements du golfe Saint-Laurent, ne recrutent leur personnel qu'en Bretagne. De novembre à mars, les Terre-neuvas, comme on appelle indistinctement les pelletas, saleurs, soudeurs, chauffaudiers, capelaniers, graviers, etc., restent à terre, pratiquant la petite pêche côtière ou s'occupant à des travaux de culture.

L'armement pour Terre-Neuve est en progression continue depuis 1897. L'an passé, tant à Saint-Malo qu'à Saint-Servan, 84 navires sont partis pour Terre-Neuve. En 1901 on n'en comptait que 78. Même progression dans les autres ports, particulièrement à Cancale et à Fécamp. Le chiffre total des navires métropolitains armés pour Terre Neuve, qui était de 160 en 1897, est monté successivement à 183, en 1898 ; à 190, en 1899 ; à 202, en 1900 ; à. 213 en 1901 ; à 220 en 1902. Celui des navires coloniaux, qui était de 184, en 1899, est monté à 193, en 1900 ; à 201, en 1901 ; à 206, en 1902. Parallèlement au chiffre des navires, le mouvement des importations augmentait d'année en année. On en peut juger par ce fait que les arrivages à Bordeaux, principal centre de l'importation morutière, qui étaient, en 1875, de 10 millions de kilogrammes (chiffre rond), en 1880, de l4 millions, en 1890, de 23 millions, passaient, en 1900, 40 millions. La statistique ne manque pas d'éloquence. Toutefois, ce ne sont pas les armateurs qui ont le plus bénéficié de ce développement d'une industrie qui eut ses bons et ses mauvais jours, sans atteindre jamais au rendement actuel. Près de 10.000 hommes sont actuellement engagés pour Terre-Neuve, et il n'est pas exagéré de dire que le salaire de ces hommes est presque d'un tiers plus élevé que celui qu'ils touchaient il y a dix ans. La loi de l'offre et de la demande commence à faire sentir ses effets chez les Terre-neuvas : ils ne courent plus après les engagements ; ce sont les engagements qui courent après eux. Dans ces conditions, à quoi bon se déranger ? Sans doute, sous la Grand'Porte de Saint-Malo, où se tient une sorte de foire permanente aux Terre-neuvas, quand passe un loup de mer à tournure de capitaine, on entend encore de ces dialogues comme ceux qu'a saisis à la volée M. Herpin.

- Monsieur, voulez-vous un bon « avant » de doris ?...

- Monsieur, voulez-vous un bon pelletas, un bon gravier, un bon saleur ?

De plus en plus, ce marché aux hommes de la Grand'Porte est déserté par les marins sérieux et l'on n'y trouve plus que le rebut, mêlé aux mousses et aux novices, dont il y a toujours surabondance. Aussi bien, même au temps de sa vogue, la Grand'Porte n'abritait guère sous son guichet que les marins de Saint-Malo, de Saint-Servan et de leurs faubourgs, les hommes du Clos-Poulet, comme on les appelle, qui forment les équipages des goélettes métropolitaines. Les équipages des goélettes coloniales se recrutent, au contraire, presque en totalité, pendant les foires d'hiver, dans les villages de l'intérieur. L'occasion est bonne, en même temps que la ménagère, contre écus sonnants, se débarrassera de son veau ou de ses « courous » (porcelets), pour prendre langue avec les camarades, « voir venir » les patrons de pêche et débattre avec eux les conditions de la campagne prochaine. Il y a de ces foires dans toute la région : à Plancoët, le dernier samedi de novembre ; à Plouër, le 2 décembre ; à Pleurtuit le 8. Mais la plus importante se tient au Vieux-Bourg et, nonobstant la difficulté des communications, c'est encore dans ses remous que les racoleurs coloniaux viennent de préférence jeter leurs filets.

J'avais pris, pour accéder au Vieux-Bourg, l'embranchement de Lamballe à Lison. Peu de monde au départ du train ; mais, en cours de route, des capitaines et des patrons terre-neuviers sont montés dans mon compartiment et dans les compartiments voisins. Ma présence ne les gêne en rien et ils continuent à s'entretenir tout haut de leurs affaires. Les plus âgés ne paraissent pas avoir dépassé la quarantaine : rasés de frais, la mise soignée, presque élégante, un pardessus ou un caoutchouc sous le bras, - vrai ***luxe*** pour des marins, - n'étaient leurs bottes et leur casquette en cuir bouilli, on aurait peine à les distinguer des premiers bourgeois venus. Ils ont en général de bonnes figures pleines et franches, bien en chair, « retapées » par un mois de séjour dans leur famille. Mais en voici d'autres, dans le compartiment d'à côté, dont la tête âpre, les yeux durs, les maxillaires saillants, la carrure énorme, ne laissent pas d'inspirer une certaine appréhension. Ils fument, qui le cigare, qui la pipe, - des pipes en écume de mer, aux fourneaux sculptés comme des proues. Évidemment, c'est une bonne position que celle de capitaine au Banc, même sur les goélettes saint-pierraises - Si leurs « avances » sont assez faibles (600 francs environ), les capitaines bancquiers ont droit à trois parts pleines, à une gratification qui varie de 500 à 1.000 francs, à 3 ou 400 sur le produit net de la pêche (je ne donne là que les conditions officielles. Mais tous les capitaines ont des engagements secrets avec l'armateur, un « fixe » convenu avec lui et qui n'est pas porté sur le rôle). En outre, comme racoleurs, ils touchent tant par homme engagé, et l'échelle des primes est ainsi établie que, plus l'engagement est faible, plus la prime est élevée. Aussi mes compagnons se montrent-ils fort scandalisés des prétentions croissantes du personnel colonial. Eux-mêmes pourtant sont presque tous des matelots de 3ème classe ; ils ne possèdent aucun brevet ou certificat, et c'est par pure tolérance qu'ils sont assimilés à des patrons au cabotage.

Gagnant par campagne de 3 à 4.000 francs, quelquefois davantage, ils supportent mal que leurs hommes exigent aujourd'hui « des 7 à 800 francs d'avances, » alors que, pour la moitié de cette somme, on avait naguère « autant de pelletas et de saleurs qu'on voulait. » Sans compter le denier à Dieu, qui augmente proportionnellement : de 25 francs, le voilà monté à 40, même à 50. Et ce n'est pas fini…

« Est-ce qu'il n'y a pas un avant de doris, l'autre jour, à Plancoët, qui a eu le toupet de me demander 60 francs de denier à Dieu ? » s'écrie un des interlocuteurs, en accompagnant son exclamation d'un formidable coup de poing sur la banquette.

J'ai pour vis-à-vis un jeune patron terre-neuvier, un blond aux yeux pâles, presque timide, fort intelligent d'ailleurs et qui me sera précieux pour mon enquête. Nous lions connaissance. C'est la cinquième ou sixième fois qu'il se rend à cette « louée » du Vieux-Bourg, où hommes et choses lui sont familiers et prochains. Il accepte de me piloter nous ferons la route ensemble, *pedibus cum jambis*. Par exemple, j'ai eu tort de ne pas mettre de bottes.

« Vous verrez tout à l'heure… »

De fait, il pleut déjà. Une aube sale, crasseuse, embue les vitres de notre compartiment. Nous chargeons des voyageurs à toutes les gares. Le train finit par être comble : il se débonde brusquement à la station de Miniac et lâche sur le quai un flot trouble de capitaines, de « pisteurs, » de matelots et de forains. Tout ce monde jure, crie, peste, sacre, s'ébroue. Puis le défilé s'organise. Mêlés à la foule des paysans aux blouses empesées, raides comme des feuilles de zinc, qui freinent leurs aumailles à la foire, nous déambulons par petits groupes vers le Vieux-Bourg, dont les maisons s'estompent confusément sur la hauteur. Il pleut toujours : une pluie fine, aux mailles serrées, qui enveloppe le paysage dans un réseau de tristesse. En pente douce, flanquée de grands arbres aux teintes roussies par l'automne, la route monte droit à travers champs. On compte trois kilomètres de la gare au Vieux-Bourg, et la grisaille de l'atmosphère fait paraître interminable ce long ruban de route nue, rectiligne, où l'eau miroite par grandes flaques et qu'emplit un défilé ininterrompu de chars à bancs, de roulottes et de banneaux. Une guimbarde, chargée à couler bas, nous étoile de boue au passage. Rétive, la bête a fait un écart, faillit verser dans la douve avec son chargement.

« En v'la d'une embardée ! crient nos hommes au conducteur. T'es donc pas f... de mettre le cap sur le Vieux-Bourg ? Il te crève les yeux pourtant ! »

On rit. Le Vieux-Bourg, d'ailleurs, ne fait que de s'éveiller. Il est à peine huit heures. Tandis que les animaux, qui continuent d'arriver par files serrées, prennent place sur le « marchix » avec leurs conducteurs des deux sexes, les forains qui occupent les banquettes du carrefour achèvent de consolider leurs tentes ou de dresser leurs étalages. À deux cents mètres du bourg, on n'avance plus qu'entre une double haie de roulottes, de carrousels, de tirs, de ménageries, de « points de vue, » alternant avec les grands parapluies rouges qui abritent les éventaires des chapeliers et des marchands de rouenneries. Dans les douves, sur les talus, entre les tentes, partout des mendiants, la sébile au poing, harcelant l'ouïe de leur aigre *miserere*. N'oublions pas les fritures en plein vent : trois galets, sur un feu de tourbe, font office de trépied ; des chapelets de saucisses et de cervelas brandillent à la ceinture du marchand : dans un bain de graisse rissolent les *cimereaux*, sortes de *fouasses* plus substantielles, fabriquées avec de la farine, des œufs, du lait et du beurre et auxquelles la légende assigne une origine fabuleuse : « cimereaux » viendrait de Kymris ; les premiers *cimereaux* seraient contemporains d'Hu-Kadarn et de la fée Koridwen Pleurtuit en garda longtemps la spécialité. On les y fabriquait, d'après le délicat poète Louis Boivin, dans des huttes curieuses, ressemblant beaucoup à des huttes de charbonniers. Le secret, à la longue, transpira : aujourd'hui, tout le pays dinannais et malouin fabrique et consomme des *cimereaux*.

Devant *l'Hôtellerie de la Poste,* engoncés dans leurs costumes neufs, les bras ballants, des mousses se tiennent en permanence sous la pluie. Les premiers arrivés au Vieux-Bourg, ils s'en iront aussi les derniers. Pour le moment, malgré l'enfantine jactance de leurs foulards ponceau, ces pauvres petits ne semblent pas très rassurés. Dès qu'un capitaine fait mine d'approcher, on les voit qui se précipitent. Mais les capitaines ont d'autres soucis en tête : des mousses, m'explique mon cicérone, on en trouve tant qu'on veut : ce sont les patrons et les avants de doris qui regimbent à l'appel. Le fait est qu'on n'en aperçoit guère pour l'instant. Une boue noire, fétide, transforme les routes en marécages : mon compagnon parlait d'or tout à l'heure, et il n'est que trop vrai que des bottes, même d'égoutiers, ne sont point céans un vain luxe. De temps à autre, un maigre rayon de soleil filtre entre les nuées qui pèsent sur le paysage ; la pluie cesse, mais pour reprendre presque aussitôt. Je commence à me morfondre. Attention ! Voici nos gens. Ils nous ont vus, mais n'ont eu garde de s'arrêter. Ils poussent droit aux auberges où ils savent que les capitaines, tôt ou tard, les iront relancer. Mon compagnon en happe un au passage.

- Tu n'es pas engagé, Jean-Louis ?

- Bast ! J'ons ben le temps.

- Farceur ! Si tu n'étais pas engagé, ce n'est pas un bout de causette entre deux mics qui te ferait si peur que ça.

- Voulez-vous voir mon permis ? demande l'homme.

Il fouille sous sa vareuse, en sort un papier sali, maculé, qu'il tend à mon compagnon : c'est la preuve qu'il n'est pas engagé, puisqu'en échange du denier à Dieu, et comme garantie de sa bonne foi, tout marin doit remettre au capitaine son permis d'embarquement.

- Eh bien ! puisque tu es libre, reprend mon compagnon, veux-tu que nous fassions marché ensemble ?

- Nenni, réplique l'homme, j'préférons attendre...

- Vous voyez, me dit le capitaine. Ce Jean-Louis est un bon matelot et j'aurais aimé le prendre à mon bord certainement. Mais c'est un rusé compère. Et la plupart des bons matelots sont comme lui : ils attendent, ils refusent de s'embarquer sans biscuit, comme ils disent ; ils ne viennent à la « louée » que pour savoir quelle est la moyenne des avances et mieux poser leurs conditions ensuite. Si je veux traiter avec lui, il faudra que je l'aille relancer à domicile dans trois ou quatre jours.

L'homme est entré dans une auberge. Nous l'y suivons. Les salles sont déjà pleines à déborder et il nous faut jouer des coudes un bon quart d'heure durant pour découvrir enfin, dans une arrière-cuisine, un bout de banc et un coin de table où déguster une mocque de cidre. Des gars, à une table voisine, sirotent des « glorias. » Ils ne font pas mine de nous voir et, de notre côté, nous affectons à leur égard la plus complète indifférence. Mais on sent que les deux parties s'observent en dessous, se mesurent et se tâtent du coin de l'œil avant le corps à corps final. Qui l'engagera, ce corps à corps. L'amour-propre s'en mêle et les deux parties risqueraient de rester sur la défensive jusqu'au soir, si quelque incident futile, la maladresse d'une servante, la chute d'une carte sous la table, ne fournissait le prétexte attendu pour nouer la conversation. Nous amorçons de la sorte un avant de doris qui battait inutilement le briquet pour allumer sa pipe. Mon capitaine lui offre sa boîte de tisons. Voilà les chiens rompus. On cause ; l'avant se prête à nos ouvertures et nous nous levons tous les trois pour débattre au dehors les conditions de l'engagement. Précaution superflue : arrivés sur la route, plus d'avant. Tandis que nous nous faisions jour vers la porte, un de ses « pays, » qui racolait pour le compte d'un autre capitaine à bord duquel il était lui-même engagé comme patron, nous l'avait soufflé au passage. Mon compagnon ne se montre pas autrement surpris du procédé.

« C'est une affaire à recommencer, » dit-il simplement.

Nous entrons dans une autre auberge. Même scène que tout à l'heure. Mais, cette fois, nous avons la main plus heureuse et nous tombons par surcroit sur un patron de doris. Les pourparlers ont l'air de vouloir aboutir. Le capitaine et le patron se retirent à l'écart : le gars veut-il être engagé au tiers franc, au cinquième, au grand mille ? La discussion est longue, serrée, minutieuse. Sur la question du denier à Dieu, elle manque un moment de s'achopper : notre homme exige 60 francs. Le capitaine ne veut donner que 50, maximum fixé par l'armateur : s'il le dépasse, il y sera de sa poche. Mais l'homme tient bon. Le capitaine finit par céder et nous rentrons dans l'auberge. Nous touchons à la minute psychologique. Le capitaine commande une mocque de cidre, ouvre son carnet, frappé à chaque page d'un timbre de quittance à dix centimes, et y griffonne la formule consacrée :

« *Miniac-Morvan, le 2 décembre 1901, le nommé X. (nom et prénoms) s'engage aux conditions suivantes comme patron de doris : une part au tiers franc ; 700 francs d'avances ; 150 francs de gratification* (1). »

Les formules sont identiques pour les avants de doris, les mousses, les novices, les seconds, les maîtres d'équipage : seuls les salaires varient et les modes d'engagement. Sur un même bord et à égalité de fonction, il est rare que les conditions soient les mêmes pour tous les hommes. Tel désire être engagé au tiers franc, qui consiste dans une part à toucher sur le tiers net des bénéfices d'une campagne, défalcation faite de la commission de vente de 3 pour 100, des gratifications, des frais d'achat des engins divers pour pêcher la *boëte* et du cheval salé pour pêcher le bulot. Tel préfère l'engagement au cinquième, où les avances de départ sont dites avances perdues : dans ce cas, le lot du pêcheur est formé par le cinquième du prix de vente, défalcation faite des gratifications et d'un cinquième des frais de vente, pilotage, courtage, intérêt des fonds, achat ou pêche de la *boëte*, etc. Ces deux modes d'engagement, le premier surtout, sont les plus répandus dans la région de Saint-Malo. Mais il y en a d'autres, moins connus et qui mêlent les deux modes.

« Actuellement, me dit mon capitaine, les bons patrons de doris en arrivent à exiger 6 on 700 francs d'avances perdues, plus un engagement au grand mille allant jusqu'à 50 francs du mille pêché sur leur doris. Un de ces patrons m'a même demandé la suppression du 3 pour 100 de commission que l'armateur impose à l'équipage pour ses frais de vente. Certains patrons, enfin, mais c'est le plus petit nombre, préfèrent l'engagement dit au salaire fixe. Isaac B. à mon bord, est ainsi engagé à raison de 990 francs de salaire fixe, sur lesquels il touchera 900 francs d'avances. Les 90 francs qui restent sont gardés par l'armateur pour le bitter et le tabac de B., car la coutume s'est établie sur les goélettes coloniales que les patrons de doris, en plus de leurs boujarons d'alcool, aient droit à deux bitters par jour... »

La formule est transcrite. Mon compagnon repose la plume et se tourne vers l'homme pour lui donner lecture de l'engagement qu'il vient de libeller. Celui-ci, défiant plus que de raison, se fait répéter jusqu'à trois fois chacun des articles.

- Sommes-nous d'accord ? demande le capitaine.

- Oui, dit l'homme après un court moment d'hésitation.

- Alors, tope là, dit le capitaine.

Les deux hommes se frappent à tour de rôle dans la main. Puis le capitaine tend la plume au patron.

- Pose ton « signe » à côté du timbre, lui dit-il, ou, si tu ne sais pas écrire, fais une croix.

L'homme, en lettres « moulées » de sa grosse main crevassée par le gel, brûlée par l'acide des encornets, péniblement trace son nom au bas de la feuille. Le capitaine aligne devant lui trois pièces d'or, montant du denier à Dieu convenu. Les yeux de l'homme s'allument d'une brève flamme : il prend les trois louis, les roule dans un coin de son mouchoir et fait un nœud par dessus. En échange, il remet au capitaine son permis d'embarquement, sans lequel aucun marin ne peut contracter de service. Le capitaine fait apporter une tournée de *glorias*. On se « tope » dans la main, on trinque une seconde fois.

- À propos, dit le capitaine, si tu connais un bon matelot qui veuille être avant sur ton doris.

L'homme se gratte l'oreille.

- Il y a cinq francs pour toi, continue le capitaine.

- J'ai peut-être votre affaire, dit l'homme en se levant. Espérez-moi une minute.

Il revint, en effet, au bout d'un quart d'heure, avec un avant qu'il poussait devant lui et qui avait plus l'air d'un novice que d'un matelot. Mon capitaine ne fut pas dupe.

- Tu n'as jamais été avant, dit-il au nouveau venu.

- C'est-à-dire ?

- Oui, comme novice, tu as peut-être remplacé quelquefois sur les doris des avants disparus ou malades.

- Justement...

- Eh bien ! mon garçon, tu dois comprendre que je ne peux pas te payer cette fois le prix d'un bon avant...

- Je ne suis pas exigeant, dit l'autre, visiblement déconcerté.

- Si c'est comme ça, on pourra peut-être s'entendre, reprit mon capitaine, qui tira son calepin et se mit en devoir d'écrire les nom et prénoms du postulant.

J'abrège la scène, qui ne serait que la répétition des précédentes et des autres scènes qui se déroulaient au même moment à toutes les tables, dans les cinquante auberges des cinquante maisons du Vieux-Bourg. Partout, comme ici, des têtes boucanées de capitaines banquais, penchés sur leurs calepins et griffonnant un engagement, tandis que les gars, en face d'eux, une longue pipe blanche aux dents, supputent entre deux lampées de *mic* ou de *gloria* les chances de leur prochaine campagne. Le cidre et l'eau-de-vie aidant, le ton des conversations commence à s'échauffer. On s'interpelle d'une table à l'autre ; on rit ; on chante ; on crie :

- Par ici les mics !

- Non, par ici !

Les servantes affolées ne savent à qui entendre. D'innommables mélanges stagnent en flaques polychromes sur les tables ; le plancher, en dessous, n'est qu'une mare. Sur le coup d'onze heures, les poulets bouillis font leur apparition au bras levé des servantes. Avec les *cimereaux*, c'est le plat de résistance de la frairie terre-neuvienne. On les sert dans des chaudrons, autour desquels la tribu fait cercle. Les femmes sont au premier rang. Sitôt le prix de leurs « courous » en poche, elles ont rejoint les hommes à l'auberge. Elles veulent leur part de la bombance. Tout à l'heure, le déjeuner fini, on se rendra en chœur devant les boutiques des marchands de rouenneries ; on paiera un fichu neuf à la femme ou à la promise, un tricot à l'enfant, un cotillon à la mère. Mais la presque totalité du denier à Dieu passera entre les mains des aubergistes et des forains. Il en restera quelque chose aussi à la somnambule extra-lucide qu'interroge sur le balcon de sa roulotte une grosse commère en marmotte de couleur vive, Bordelaise métissée de Romanichel, agitant une longue baguette blanche dont elle frappe à tour de rôle les spectateurs :

- Dites-moi ce que fait la personne de la société que je touche avec ma baguette ?

- Elle fume.

- La nuance de ses cheveux ?
- Rouge carotte.
- La forme de son nez ?
- En pied de marmite

Il n'en faut pas davantage pour convaincre l'assistance des vertus divinatoires de la facétieuse pythonisse. On fait queue sur les marches de sa roulotte. Qui sait ? Les limbes du banc n'ont peut-être pas de secret pour elle. Pelletas, saleurs, graviers, que l'énigme de votre destinée tourmente, pour trente centimes elle « tirera votre planète. » elle vous ouvrira tout grand le livre de l'avenir... Mais où le spectacle est le plus imprévu, le plus poignant aussi, c'est dans la partie du marché réservée aux novices et aux mousses. La plupart sont accompagnés de leur mère. La bonne femme, chaussée de lourds sabots de « foutaie, » coiffée du « pignon pointu » de Pleudihen ou des « coques rondes de Pleurtuit, » disparait à moitié sous un énorme parapluie de cotonnade et, quand passe à portée un capitaine, l'interpelle d'une voix obséquieuse :

- Par ici, cap'taine. Voulez-vous point d'un joli p'tit mousse, cap'taine ?
- Où qu't'as navigué, mon gars ?

Neuf fois sur dix, c'est la mère qui répond pour l'enfant. Celui-ci pourrait se troubler, perdre la tête : il ne saurait pas faire ses conditions. L'enfant, ô tristesse ! devient entre les mains maternelles une façon d'article de foire, une marchandise vivante dont on détaille les avantages comme on ferait d'un poulain ou d'un « courou. »

- Il est ben p'tiot, vot'gars, la mère.
- Si l'on peut dire ! Mais, cap'taine, ardez-moè ses bras et ses poignets ! Il est fort comme un Turc, donc !

Et courageux à l'ouvrage, faut voèr ! Ben sûr qu'il vous fera « l'étale » comme pas un de son âge.

- Et qu'est-ce qu'il demande, vot' gars ?

- Pas grand' chose, certainement : trois cents francs d'avances, deux tiers de part et vingt francs de denier à Dieu.

- Allons ! Allons ! Vous êtes folle, la mère. Adressez-vous à d'autres.

- Voyons, cap'taine, vous fâchez pas. On pourrait p't être ben s'entendre tout de même. Qu'est-ce que vous nous offrez

- Deux cents francs d'avances et dix francs de denier à Dieu.

- Ouais ! Il n'est donc point pour vous, not'gars.

Mais, s'il n'est point pour ce capitaine-là, l'enfant sera pour un autre qui se montrera plus coulant sur les conditions ou qui s'y prendra plus adroitement. Il se tait, tandis que sa mère et le capitaine débattent devant lui les conditions du marché : mais de ses grands yeux de misère il regarde l'homme à qui il appartiendra peut-être tout à l'heure. Sera-ce pour lui un protecteur ou un bourreau ? Tant de petits mousses sont partis qui ne sont pas revenus, et il court sur ces capitaines banquais des histoires si terribles !

C'est le mousse du *Baucis,* les os rompus à coups *d'épiquois* : c'est le mousse du *Dauphin,* la figure démolie à coups de corne de brume : c'est le mousse de la *Gabrièle,* dont la brève carrière maritime ne fut qu'un long, un atroce martyre. L'enfant avait le mal de mer ; pour l'aguerrir, on le mit au peloton de punition, le piton (barre de bois pesant quatre kilos) sur l'épaule. On l'y laissait des journées entières ; l'enfant, au moindre roulis, trébuchait, glissait sur le pont, se relevait trempé jusqu'aux os, et, tout grelottant de froid, reprenait sa pénitence. Puis, comme il ne s'aguerrissait pas assez vite, on lui supprima son bonnet et son cache-nez, on lui releva jusqu'aux coudes les manches de sa veste et de sa chemise et jusqu'aux cuisses son pantalon. Les températures de 25 et 30 degrés au-dessous de zéro ne sont pas rares sur le Banc. Sa peau prenait toutes les couleurs. Il s'y formait des plaies qu'on avivait à coups de pied et de bâton. On le priva de nourriture, et, comme il fut surpris maraudant des miettes de biscuit dans la cambuse, on le déculotta complètement pour lui donner le fouet. Il ne disait rien, ne faisait pas un mouvement ; on « tapait » encore sur lui qu'il était mort.

Le martyrologe de la pêche à Terre-Neuve n'est que trop riche en pages de ce genre. Et la brutalité, les sévices, la mort même, ne sont rien. S'il est vrai, comme on le fait dire à Faubournet de Montferrand, commandant la division de Terre-Neuve, que les *syphilisés* soient dans la proportion de 80 pour 100 parmi les mousses terre-neuviers (2), la conscience s'insurge à la fin ; il ne lui parait pas possible que les pouvoirs publics, éclairés par une enquête impartiale, continuent à s'enfermer dans leur indifférence olympienne. Cette enquête ne peut se faire en France. On le voit assez par la manière dont est conduite l'instruction de la plupart des crimes et délits commis à bord : contre l'opinion généralement accréditée, ces crimes et délits de droit commun relèvent de la justice ordinaire, mais, neuf fois sur dix, me disait un commissaire de la marine, le parquet renvoie l'affaire devant le tribunal maritime en alléguant qu'elle n'est point de sa compétence. Or, les tribunaux maritimes ne peuvent prononcer que des condamnations relativement légères, et l'opinion, mal éclairée, interprète à complaisance l'involontaire modération de leurs arrêts. Il faut ajouter que rien n'est difficile comme l'instruction de ces affaires. Six et sept mois se sont écoulés quelquefois depuis l'accomplissement du délit ou du crime, et l'on n'imagine pas les déformations qu'a subies entre temps la vérité dans l'esprit des marins, dont le témoignage est fort suspect en général. Si l'on voulait conduire des instructions sérieuses, il faudrait en charger le croiseur de l'État et que ce croiseur restât en permanence sur les Bancs. Mais il n'y fait que passer : il lui faut visiter par surcroît Saint-Pierre, le French-Shore, les établissements du golfe Saint-Laurent, etc. Dix mille hommes, en qui couvent toutes les frénésies de l'alcool, sont livrés pendant six mois à eux-mêmes, retranchés de la société et abandonnés aux pires suggestions de l'instinct. La police des Bancs, pour être efficace, devrait s'exercer sans discontinuité de mars à septembre. Veut-on un exemple de la difficulté des instructions actuelles ? Le jeune Augustin Gautier, âgé de 16 ans, mousse à bord de la goélette coloniale *Charles-Jules,* accuse le capitaine de s'être livré sur sa personne à des actes immoraux, en août 1901, pendant que le navire pêchait sur le Banc. Le parquet de Dinan ouvre une enquête : deux témoins, Dorléans, saleur, et Le Buchoux, novice, entendus les premiers, font des dépositions accablantes pour le capitaine. Le second du bord, Porcon, se montre beaucoup moins affirmatif. Toutefois, il reconnait avoir reçu les plaintes du mousse et lui avoir conseillé d'appeler l'équipage si le capitaine recommençait. Celui-ci proteste énergiquement. Flairant le complot qui s'ourdissait contre lui, il s'est fait délivrer un certificat par le médecin de l'hôpital de Saint-Pierre. D'autre part, il est très estimé dans le pays, où sa conduite n'a jamais donné prise à la moindre critique. Mais ses accusateurs ne désarment pas et n'hésitent pas à mettre en cause le médecin de Saint-Pierre, qui, afin de disculper le capitaine, lui aurait « délivré un certificat mensonger. » Finalement, le parquet a classé l'affaire, ne parvenant pas à se débrouiller entre ces témoignages contradictoires.

Je ne dis point qu'il faille supprimer le mousse à bord de tous les navires, et c'est se moquer des gens de prétendre qu'homme fait, il ne tirera aucun parti des connaissances techniques si péniblement acquises pendant son apprentissage. « À quoi lui servira, demande-t-on, de savoir confectionner des nœuds d'agui, des demi-clefs, des tresses d'amarrage, des épissures rondes, plates ou carrées, etc., etc., si on l'embarque plus tard sur ce que, dans l'argot marin, on appelle pittoresquement une « casserole, » c'est-à-dire un cuirassé ? »

Il n'y restera pas toute sa vie, et, si ces connaissances lui sont inutiles dans la flotte, elles lui serviront quand il rentrera au commerce. Relativement douce à bord des pêcheurs côtiers, supportable à bord des long-courriers et des caboteurs, la condition des mousses n'est vraiment intolérable qu'à Terre-Neuve et en Islande, sur ces bagnes flottants que sont pendant six mois les navires morutiers. (C'est aussi l'avis du commandant Faubournet. « La présence d'un mousse, enfant de 14 ans, dans ce milieu d'hommes rudes, est regrettable à tous points de vue, sans présenter aucune utilité bien réelle. Le mousse est censé faire la cuisine : mais il n'a aucune aptitude pour s'acquitter de cette fonction : en réalité, il est mis en supplément à tous les travaux, sans besogne bien fixe. On ne devrait pas embarquer de marins de moins de 18 ans sur les navires bancquiers. À cet âge, l'homme des côtes est encore assez jeune pour être formé au métier de la mer, et on ne peut pas objecter que l'embarquement du mousse répond à la nécessité de former des marins. » *Revue Maritime*, février 1902. Rapport *de* fin *de campagne* du *commandant de la division navale de Terre-neuve.)*

Ce qui complique le problème, c'est que, si précaire et si dure que soit la condition des mousses, les enfants de la côte témoignent pour ce métier une passion véritable. Tout petits, le vent du large plia leurs poumons à son rythme ; ses iodes et son sodium, mêlés au lait maternel, leur tirent le sang riche et agile. Plus tard, de nourricier passé magister, il façonna leur âme à son image il la voulut fougueuse, inquiète et vagabonde comme lui. Pour les attirer sur la grève, leur souffler à l'oreille ses suggestions perfides, il savait prendre, les jours d'été, des inflexions d'une douceur irrésistible. L'ensorceleur les suivait au foyer domestique, se faufilait sous les portes, entre les planches, par le trou des serrures, et venait roder, la nuit, autour de leurs lits-clos, des lits en forme de caissons superposés, pareils à ceux qui, dans les navires, garnissent les postes des équipages. Le logis sentait la vieille botte et la rogue. Des « cirages » s'égouttaient devant l'âtre : pour plafond, des gaffes et des avirons couchés transversalement sur les poutres. Peu s'en fallait que l'enfant ne se crût à bord. L'illusion était presque complète par les gros temps d'équinoxe, quand la chaumine, craquant par tous les joints, tanguait et roulait comme une goélette en dérive ; l'embrun cinglait les vitres ; la paille du toit volait, s'échevelait avec le bruit sec d'une voile qui se déchire. L'enfant, aguerri par l'habitude, sur sa paillasse de varech dormait à poings fermés. C'est le moment qu'attendait l'hypocrite pour s'engouffrer dans la cheminée, disperser les cendres, mener aux quatre coins du logis son sabbat infernal. Enveloppé dans le tourbillon, le pauvre être, cette fois, perdait pied, s'abandonnait, ne tenait plus à la réalité par aucun fil : son imagination, sur le mouvant et libre Infini marin, courait jusqu'à l'aube la grande aventure. Au réveil, la tête lourde, les paupières bouffies, quand la réalité le ressaisissait dans ses liens, il ne la trouvait que plus insipide et plus morne : il aspirait d'une vigueur décuplée après l'instant où il vivrait son rêve, où il romprait ses amarres et satisferait enfin sa fringale d'indépendance et d'essor...

Mon capitaine, pour compléter son équipage, n'avait plus besoin que d'un novice et d'un mousse. Il avait déjà rabroué quatre ou cinq postulants qui se pendaient à ses chausses, quand nous vîmes venir dans notre direction un couple bizarre, composé d'un homme dont le haut du corps esquissait un commencement d'arc de cercle, la figure toute craquelée par des milliers de petites rides, borgne, monaut, camard, boiteux et bossu par surcroît, vrai magot de paravent qu'accompagnait un gars tout petit, l'air extrêmement jeune, mais affligé d'une voix de basse-taille qui détonnait comiquement sur ses lèvres enfantines. Le vieux nous expliqua qu'il était un ancien marin, mais qu'il avait eu, sous les Tropiques, la maladie appelée *béribéri* qui l'avait estropié pour le reste de ses jours et forcé de quitter le service. Il nous demanda si, par hasard, nous n'aurions pas besoin d'un mousse et nous présenta son rejeton.

- Quel âge a-t-il ? demanda le capitaine.

- Dix-sept ans.

- Diable ! C'est qu'il en parait à peine douze.

- Les apparences sont contre lui, c'est certain. Mais il

est plus solide qu'il n'en a l'air : l'autre jour, il a encore déhalé du bassin un homme qui se noyait.

- Prenez-moi, monsieur, prenez-moi ! supplie l'enfant. Vous n'en aurez pas repentance, bien sûr.

- Tu n'as jamais servi ?

- Les capitaines me trouvaient trop petit. C'est mon air, je vous dis, qui est cause de tout.

La scène commence à m'attendrir. Je joins ma prière à celle de l'enfant. Le capitaine, brave homme, se tourne vers le père.

- Enfin ! Je veux bien le prendre. Mais, vous savez, c'est rapport à monsieur. Par exemple, je ne peux pas bailler lourd d'avances.

- Dites tout de même.

- Deux cent cinquante francs.

- J'ai mal entendu certainement. Mais, capitaine, à bord de vos autres collègues, tous les mousses sont payés trois cents francs.

- Possible. Moi, je n'ai qu'une parole : deux cent cinquante francs et cinq francs de denier à Dieu. C'est à prendre ou à laisser.

- Bon ! pour le denier à Dieu, vous irez bien jusqu'à dix francs.

- Topez là !

On entre dans une auberge pour libeller l'engagement. L'enfant ne se tient pas de joie. Il me confie qu'à cause de sa petite taille il désespérait d'être jamais engagé. L'an passé, à bout d'expédients, il était parti à pied pour Saint-Malo, avec l'intention d'embarquer par-dessus bord. Mais, à Pleurtuit, les gendarmes lui demandèrent ses papiers. Il revint chez son père, la tête basse. S'il n'avait pas trouvé d'engagement au Vieux-Bourg, il aurait encore tenté la chance en mars prochain : chaque année, en effet, des centaines d'enfants qui n'ont pas trouvé d'engagement se coulent en tapinois dans les cales des steamers et des bateaux passagers. Une fois au large, ils sont sauvés : à Saint-Pierre, on les livre à l'Inscription maritime, qui, pour rembourser au capitaine le prix de leur passage, s'occupe de leur chercher une place dans les sécheries du littoral. On cite même une fille de pêcheurs qui se glissa ainsi dans la cale d'un navire en partance et dénicha là-bas une place de bonne à tout faire chez le capitaine du port...

Comme nous sortons de l'auberge, une bordée de pêcheurs, bras dessus, bras dessous, criant, gesticulant, la figure allumée par l'alcool, s'engouffre sous le porche et nous refoule à l'intérieur. Mon capitaine, dans la bande, reconnait le patron et l'avant qu'il a engagés le matin. Les deux hommes sont ivres à ne pas tenir debout. Ils s'effondrent sur un banc et ne retrouvent un peu d'énergie que pour houspiller la bonne qui tarde à les servir.

- Jolie acquisition que vous avez faite là ! dis-je au capitaine.

- Tous nos hommes sont pareils, me répond-il. Vous connaissez le proverbe du Banc : *l'alcool est la boëte du pêcheur.* Supprimez l'alcool, vous supprimez du même coup l'armement pour Terre-Neuve.

- Est-ce bien sûr ? répliqué-je. À bord des goélettes américaines, l'alcool est remplacé depuis 1897 par des boissons chaudes, du thé, du café, du vin. L'armement n'a pas souffert au change.

Cette fois, mon compagnon ne répond pas. Quatre heures sont sonnées, du reste, et il n'a que le temps de rejoindre à pied la station de Miniac-Morvan. Le soir tombe vite en hiver. Aumailles et courous, gagnés de somnolence, aspirent confusément vers la paille chaude des étables ; leurs maitres aussi ont hâte de rentrer : la foire n'a plus d'intérêt pour eux, et le Vieux-Bourg, maintenant, appartient aux seuls Terre-neuvas. Il ne ferait pas bon les y déranger. Dans les auberges, sous les tentes, la « noce » bat son plein, la petite « noce » du denier à Dieu, prélude de la grande « noce » des avances. Un tumulte de voix rudes emplit les salles, déborde au loin sur les routes, dans la nuit glacée de décembre, mêlé aux pistons hystériques des forains, aux boniments des somnambules et aux abois des chiens de ferme. Et je songe à d'autres nuits qui suivront celles-ci, à des nuits de faction sur le Banc, coupées d'alertes continuelles, hantées par les blancs fantômes des icebergs en dérive, moins dangereux encore que ces paquebots éventreurs, ces *Ocean greyounds* dont l'étrave est teinte du sang de tant d'équipages terre-neuviers, à des nuits qui seront pendant six mois les nuits de ces hommes, où ils n'entendront que l'aigre chanson du poudrin dans les vergues et la rauque modulation des cornets de brume prolongeant de bord en bord leur meuglement de bêtes blessées. Mais eux-mêmes y songent-ils seulement, à ces nuits de leur angoisse future ? Les racoleurs sont partis ; la « louée de la mer » est terminée : l'ogresse a fait au Vieux-Bourg sa rafle périodique de chair humaine... Et voici qu'une à une, derrière nous, les lumières s'éteignent sur la crête du plateau. *L'Hôtellerie de la Poste* met ses volets la dernière. La paix descend sur le Vieux-Bourg. Il ne pleut plus. Le ciel est d'une limpidité hyaline. Sous la lune qui monte, une campagne léthargique et douce s'étale à perte de vue ; les glèbes luisent, blanches de gel ; les arbres découpent au bord du chemin leur ramure de verre filé : la flute d'un crapaud solitaire vibre dans le silence comme le timbre intermittent de ce paysage de cristal. Terre-Neuve, les factions sur le Banc, le grésillement du poudrin dans les vergues, le meuglement des cornets d'appel dans la brume, que tout cela, qui palpite confusément sur l'horizon, semble à cette heure irréel et lointain !...

Le Grand Départ

Depuis trois semaines les murs de Saint-Malo, de Saint-Servan, de Cancale et des bourgades environnantes sont tendus de grandes affiches tricolores annonçant que « le steamer *Burgundia*, capitaine Bresson, partira du quai de Trichet pour Saint-Pierre-Miquelon le samedi 29 mars 1902, à huit heures et demie très précises du matin. » Les journées du 25 et du 26 mars seront réservées au chargement des « marchandises et mannes ; » celles du 27 et du 28 au chargement des « coffres et bagages. » L'affiche dit que les passagers devront être à bord le samedi 29 mars « pour huit heures au plus tard ; » que chaque passager devra remettre sa carte en embarquant « afin de ne pas être signalé absent » que les cartes seront délivrées aux patrons et capitaines, « le jour des coffres » au bureau du quai d'embarquement : enfin - post-scriptum qui parait avoir une certaine importance - car il se détache en lettres grasses sur l'affiche : « qu'il n'y aura pas de vapeur spécial pour les retardataires. »

Un peu partout, sous le guichet de la Grand'Porte, le long des remparts, sur les quais, des attroupements se forment devant ces affiches et les commentant à voix haute. La *Burgundia* est un des trois steamers affrétés cette année pour le transport du personnel des *sécheries* et des goélettes saint-pierraises. Les deux autres sont le *Château-Laffitte* et *l'Hélène*. Tous trois, en temps normal, font le grand cabotage. La *Burgundia,* dont le port d'attache est Marseille, arrive des côtes d'Afrique : le *Château-Laffitte,* de Bordeaux. Vieux rouleur de la cote gasconne, qu'un habile maquillage rafraichit extérieurement - ce *Château-Laffitte* - construit à Southampton en 1881, n'en a plus pour longtemps à « lover son câble » comme disent pittoresquement les marins : son sort est fixé, parait-il, et s'il ne chavire pas en route, on le vendra au retour à quelque entrepreneur de démolition. La *Burgundia* et le *Château-Laffitte,* qui sont des vapeurs d'un tonnage considérable, peuvent prendre de 1.200 à 1.300 passagers chacun. Quant à *L'Hélène,* qui appareillera la dernière et qui est un navire de tonnage moyen, elle n'emportera que 100 passagers. Le prix du voyage, à bord des trois steamers, est établi à raison de 85 francs par tête. Les patrons de pêche, après entente avec les armateurs, dont quelques-uns, du reste, qui prennent leurs quartiers d'hiver à Saint-Malo, feront la traversée comme passagers de première classe, arrêtent leur choix sur tel ou tel navire et préviennent leurs hommes d'avoir à se trouver au quai d'embarquement pour « le jour des coffres, » et, le lendemain, à bord, pour l'appareillage.

Dans la vie en partie double du pêcheur morutier, cet appareillage, nommé le Grand Départ, est à la fois un épilogue et un prologue. Épilogue de sa vie à terre ; prologue de sa vie au large. Une pièce va finir dont on ne saurait dire qu'elle était toujours bien divertissante, mais qui avait pourtant quelque bonne humeur, çà et là même sa grosse gaîté de cocagne : une autre va commencer, plus grave, dont le dénouement s'enveloppe d'une ombre mystérieuse, et qui se déroulera loin de France, dans les limbes brumeux du Banc. Entre temps, les engagements conclus, soit dans les foires de l'intérieur, soit à domicile, soit à Saint-Malo même, sous le guichet de la Grand' Porte qu'encombrent les éventaires des marchands de cimereaux, de *badioux* et de *craqrins* et qui est comme un marché permanent de Terre-neuvas, ont eu lieu, de février à mars, au commissariat de l'Inscription maritime, les revues des équipages morutiers. Chaque équipage est introduit à tour de rôle dans le bureau du commissaire, où lecture lui est donnée des conditions de l'engagement. On fait ensuite l'appel des hommes :

- Un tel ?
- Présent !
- Acceptez-vous les conditions de l'engagement ?
- J'accepte.

L'homme « pose son signe, » et le commissaire procède à la distribution des « avances. » Minute ineffable ! Des rouleaux éventrés, les louis s'échappent en cascade : les mains se tendent, les yeux brillent. Patatras ! Du fond de la salle s'élève le timbre aigu, le fausset glapissant d'un protestataire en jupons, quelque « hôtesse » à museau de fouine qui s'est faufilée parmi l'équipage et qui intervient au moment psychologique pour rappeler à « Monsieur le commissaire » que les avances en question sont frappées d'une saisie-arrêt. L'homme, dans les cabarets et les mauvais lieux, a déjà mangé en herbe la presque totalité de son pécule. La loi dit bien que le salaire du marin est insaisissable ; mais, d'autre part, le commissaire de l'Inscription maritime n'a pas qualité pour prononcer sur la recevabilité ou l'irrecevabilité de l'opposition. C'est affaire du juge, et sa sentence, avec les délais obligatoires, ne sera pas rendue avant cinq semaines peut-être. Voilà clos pour longtemps le paradis de félicité que se forgeait notre innocent. Le mieux encore est de transiger, insinue le commissaire : l'homme renoncera de plein gré à une partie de ses avances et gardera le reste « pour gréer son coffre. » Marché conclu. L'hôtesse, la première, se prête à l'arrangement. Une humeur si accommodante ne laisse pas de surprendre ; elle paraitra moins méritoire quand j'aurai dit que le Shylock féminin a si bien majoré sa note qu'en la réduisant de moitié elle fait encore un sérieux bénéfice.

L'oreille tendue, la figure collée aux vitres, anxieuses de connaître l'issue du débat, les familles des pêcheurs, au dehors, guettent la sortie de l'équipage. Pour mieux surveiller leurs hommes, elles les ont convoyés à la ville, se sont empilées avec eux dans ces guimbardes de louage, grinçantes et cahotantes, qui datent des premiers âges de la carrosserie, et ne les ont lâchés qu'à la porte du commissariat. Toute la maisonnée est présente, mère, femme, sœurs, enfants et c'est que, quand le nouvel engagé, tout à l'heure, ses avances roulées dans son mouchoir, sortira du bureau de la marine, ce ne sera pas trop de leur effort collectif pour l'arracher aux grilles des « pisteurs » qui rôdent sur le trottoir, prêts à happer au passage les marins isolés.

- Hé ! matelot, tu as fait un bel engagement. Si le cœur t'en disait, je connais un joli endroit.

Bien vite, crainte qu'il ne morde à l'appât, on l'entraine dans la direction de la rue du Boyer, qui est la rue des bazars et des magasins spéciaux pour Terre-neuvas. Une fois là, il n'est point de ménagère si brouillée avec les ruses de son sexe qu'aux emplettes du mari, cache-nez, bottes, mitons, cirage et tricot, garde-robe du pêcheur morutier, elle n'arrive à joindre, pour son usage personnel, un coupon de cotonnade et, pour celui des mioches, tout au moins un béret et une paire de galoches vernies. Voilà notre homme « pouillé » de frais, et les siens par surcroit. Nouvelle déambulation par les rues ; nouvelle tentative de l'homme pour gagner au large ; nouvelles supplications de sa smala pour le retenir, le « soulager » de gré ou de force des quelques écus qui lui restent. La liste est si longue des comptes qu'il faudra régler au village chez l'épicier, le boulanger, le mercier, le cordonnier !... L'homme regimbe, s'emporte :

- Qu'est-ce qui m'a f... des femelles pareilles ?

Bien sûr donc qu'il ne va pas virer de bord comme ça sans trinquer avec les copains ! Mais la femme tient bon ; elle connait son homme, cette veulerie étrange dont semblent frappés sur la terre ferme la plupart des marins, semblables à ces oiseaux de mer d'une agilité surprenante et qui, sortis de leur élément, font par leur gaucherie la risée des badauds et des snobs. Par-dessus tout elle craint cette ville de proie, ce Saint-Malo où la débauche est un négoce comme les autres, où la luxure s'embusque à tous les coins et harcèle jusqu'aux mousses de quatorze ans. Mon Dieu, elle se rend bien compte que son homme est comme tous les hommes et qu'il faut bien qu'il prenne un peu de bon temps par-ci par-là. Une petite « noce » n'est pas pour l'effrayer et même, tout à l'heure, quand on sera remonté dans la guimbarde, elle ne verra pas de mal à ce qu'on s'arrête en route un peu plus souvent que d'habitude, histoire de vider une bolée ou deux dans les guinguettes du Clos-

Poulet. Habilement réservé pour la péroraison, ce dernier argument parait faire son effet sur le récalcitrant. La femme se hâte d'en profiter ; l'homme n'a pas eu le temps de protester que quatre paires de bras l'ont saisi par derrière et hissé dans la vieille guimbarde familiale.

- Hue, cocotte !

Le tour est joué. Mais, pour un de sauvé, combien qui succombent à la tentation ! D'un coup de reins, l'homme s'est débarrassé des gêneurs pendus à ses chausses. Il est parti Dieu sait où et pour combien de temps ! Et c'est alors dans Saint-Malo un spectacle à serrer le cœur que celui de ces pauvres familles désorbitées, errant de venelle en venelle et de cabaret en cabaret à la recherche du disparu. Comment peindre cette battue lamentable, cette chasse à l'homme dégradante, coupée d'affûts mornes aux carrefours et sur le seuil des mauvais lieux où l'on soupçonne la présence du chenapan ? Ils ne sont pas rares, les brutaux et les égoïstes qui n'ont égard qu'à eux-mêmes et, quand on fait appel à leurs bons sentiments, qu'on évoque l'image de leurs enfants et de leur femme, répondent avec cynisme :

- Qu'ils fassent comme moi ! Qu'ils se débrouillent comme je me suis débrouillé !

Journellement le commissaire de l'Inscription maritime est assailli de doléances et de lamentations : c'est une mère sans ressources, une femme chargée d'enfants, dont le fils ou le mari n'est pas revenu à la maison depuis qu'il a touché ses avances. Puisque la pêche terre-neuvienne est placée sous un régime spécial, pourquoi n'y pas admettre le principe du droit des tiers et ne pas recourir, comme dans la marine de l'État, au système des délégations obligatoires ?

Les dernières revues sont passées, et l'on dirait que, pris d'un obscur frémissement aux approches de leur migration annuelle, les navires morutiers ont hâte de quitter leurs bassins d'hivernage. Mars va les rendre à la liberté. Les premiers qui s'en vont sont les saint-pierrais ; puis, c'est le tour des goélettes et des trois-mâts métropolitains ; enfin, celui des grands steamers qui transportent à Saint-Pierre le personnel des *saleries* et les équipages des goélettes coloniales.

Quand j'arrivai à Saint-Malo, les départs étaient commencés. Malgré le vent glacial qui soufflait du nord-est, les saint-pierrais avaient tous appareillé : une partie des banquais métropolitains était déjà sur rade, et les autres, remorqués par de diligentes « abeilles, » manœuvraient pour les rejoindre dans le méandre des bassins et des sas. Le *Survivor, l'Aralia, le Prosper-Jeanne, l'Étincelle* passent ainsi devant moi et vont prendre leur mouillage entre Harbour et Cézembre. Ce ne sont pas les plus beaux navires de la flottille terre-neuvienne. Mais leurs coques sont parées et calfatées de frais : le pont lavé à grande eau ; les doris, la quille en l'air, bien arrimés à bâbord et à tribord et l'œil d'un profane reconnaîtrait mal dans ces jolies goélettes matineuses les lourdes barques qui s'abattaient sur rade, par quelque nuit du dernier hiver, la membrure craquante, suant la saumure et le « massacre, » et d'où s'échappaient des spectres aux barbes limoneuses, aux yeux d'acier froid et comme saisis encore dans l'engourdissement du pôle...

« Avec ces bateaux-là, me disait un vieux loup de mer, pas besoin de sémaphores ni de lunette d'approche. Au retour du Banc, quand un morutier embouque les passes, on sent son odeur de la Grand' Porte, à un mille de distance. »

Sur le quai de Trichet, devant la *Burgundia,* guimbardes, carrioles, brouettes, véhicules de toute sorte et de toute dimension ne cessent de décharger des matelas et des coffres. Il pleut. Le vent a « culé » au sud : les voitures ne sont pas couvertes, et les « paillots » des pauvres gens garderont au fond des goélettes, pendant huit mois, cette humidité absorbée en une demi-heure dans le trajet de la gare au quai. Et il est possible que ce soit aux intéressés à exiger, des entrepreneurs de factage, des voitures munies de bâches imperméables. La « question des paillots, » comme on dit ironiquement, ne regarde que les pêcheurs. Mais que penser de la commission d'hygiène qui tolère que ces mêmes paillots, déjà tout gonflés d'humidité, restent encore exposés jusqu'au lendemain, sur le pont des vapeurs, à toutes les intempéries de l'atmosphère ? Le fait s'est produit l'an passé sur le *Château-Laffitte*. Les paillots sont restés sur le pont, une après-midi et une nuit durant, et pas une minute, cette après-midi et cette nuit-là, il n'a cessé de pleuvoir ou de bruiner. Mais, devant le navire même, une tente, un abri quelconque serait la moindre des précautions exigées par l'hygiène : en attendant que paillets et coffres soient hissés à bord, il leur faut subir en plein air, dans la boue, sous des ondées torrentielles, la longue et méticuleuse inspection de la douane. Pas un coffre qui ne soit exploré dans ses moindres recoins, un paillot qui ne soit tâté, fouillé, retourné dans tous les sens. Disons-le : pour tracassier qu'il semble, ce luxe de précautions s'explique. Le mal serait petit, si l'homme se contentait d'embarquer en fraude un litre de tafia ou deux ; mais, dans les coffres, devant moi, on saisit du « gazmilte, » du pétrole, de l'esprit-de-vin. « Avec leur manie de faire du café, malgré la défense, ils mettront un de ces jours le feu à mon navire, » disait le capitaine.

Elle parait interminable, sous l'averse, cette inspection des coffres, qui dure depuis l'aube et ne se terminera qu'aux chandelles, avec la distribution des cartes d'embarquement. Continuellement, à mesure qu'arrivent les nouveaux trains, des files de voitures à bras se détachent de la gare dans la direction du quai de Trichet. Des passagers économes ou qui n'ont pu trouver de véhicule font le trajet, leur matelas sur le dos ; à deux, par derrière, les femmes ou les enfants traînent le coffre. Sur le pont du steamer, les longs bras de la grue ne cessent d'aller et de venir, au grincement précipité des chaines. Enfin les derniers paillots sont à bord ; tous les coffres sont estampillés ; les douaniers frottent leurs mains blanches de craie : la grue cesse de gémir, et la foule des passagers s'écoule bruyamment dans la nuit. Cette même foule, demain, assiégera le navire dès la pointe de l'aube. Pourquoi ne pas lui permettre de coucher à bord ? Elle en avait licence autrefois. Mais beaucoup de passagers étaient ivres ; on craignait les dangers d'incendie : c'est une raison. D'autre part, cette dernière nuit à terre, dans une ville inconnue et pleine de tentations, sera vraisemblablement fatale à bien des Terre-neuvas. Que ne peuvent-ils la passer chez eux, en famille ? Il suffirait que les Chambres de commerce de Saint-Malo et de Saint-Servan s'entendissent avec les Compagnies de chemins de fer et de tramways sur route pour organiser des trains spéciaux partant de très bonne heure, les matins d'appareillage, à destination de ces deux localités. Un train de ce genre existe déjà qui part de la Houle à quatre heures du matin ; un autre va être créé qui partira de Cancale-Ville à la même heure. Voilà le système à généraliser...

- Êtes-vous paré, capitaine ?

- Oui.

- Les cales sont fermées ? Tous les coffres et les paillots sont sur le pont ?

- Oui, vous pouvez monter.

Coutumiers de ces gymnastiques, les gendarmes maritimes escaladent le plat-bord, serrent la main du capitaine et commencent leur tournée d'inspection. Deux hommes de l'équipage les accompagnent avec des lanternes. Le quatuor disparait dans la cale et en reparaît après une heure d'investigations, chassant devant lui un troupeau d'enfants déguenillés, soixante environ, qu'on a trouvés tapis un peu partout, dans les coins et le recoins de la *Burgundia*.

- Allons, houst ! tas de clampins... Démarrons et plus vite que ça !

Les expulsés, sans demander leur reste, sautent sur le quai, s'évadent dans la nuit. Les gendarmes retournent vers le capitaine.

- Nous avons fouillé partout, capitaine, dit le brigadier. Nonobstant, vous ferez bien d'ouvrir l'œil et le bon. Ces gaillards-là, c'est comme le chiendent, qui repousse à mesure qu'on l'arrache. À bord du *Château-Laffitte,* il y en avait vingt-neuf, qu'on n'a découverts qu'au large...

Le capitaine grogne on ne sait quoi dans sa moustache. C'est la première fois qu'il prend des passagers pour Saint-Pierre et il n'est pas encore « bien au courant. »

- Il y a huit jours, continue le brigadier, la goélette

Concorde, capitaine Ramon, mettait à la voile pour les Bancs avec vingt-quatre hommes d'équipage et soixante-cinq graviers. À souper, le soir, le cambusier s'apercevait qu'il avait quatre-vingt-quatorze convives à servir, soit cinq de plus que son compte. Heureusement que le pilote n'avait pas encore quitté le bord : on lui a remis les cinq délinquants. Un peu plus, tout de même, ils auraient fait la traversée aux frais du capitaine. Je vous dis qu'il n'y a pas de pire peste que ces « trouvés. »

Les « trouvés ! » C'est en effet le nom qu'on donne à ces déserteurs à rebours, comme dit un rapport du Père Yves, qui, n'ayant pu réussir à s'engager comme mousses ou comme graviers, s'embarquent « par-dessus bord » se faufilent dans les cales et s'y cachent, comme des rats, entre les coffres des passagers. Gros embarras pour les capitaines, cependant, obligés de les rapatrier à leurs frais ou de leur procurer des engagements dans la colonie. Ces « trouvés » ne sont pas difficiles, et il ne faut pas qu'ils le soient : dans beaucoup de *saleries*, on ne les accepte qu'au pair ; encore, si la morue chôme, ne se gêne-t-on pas pour les remercier. Nombre d'entre eux sont ainsi condamnés au vagabondage et à la mendicité. Faute d'un gite et d'un morceau de pain, on en voit qui sollicitent comme une faveur d'être « mis à la geôle. » L'expérience de leurs aînés ne guérit point ces pauvres petits : l'instinct d'aventure, la nostalgie de l'inconnu sont plus forts chez eux que tous les raisonnements. Bon an, mal an, il se glisse dans les cales des steamers et des goélettes une centaine de « trouvés » qui ne se découvrent au capitaine qu'une fois la terre hors de vue.

- Vous n'imaginez pas les stratagèmes auxquels ils recourent pour dépister les recherches des gendarmes, me disait le commissaire de la marine. On en découvre pelotonnés dans les coffres, cachés dans la soute au charbon. J'en ai vu un qui était venu à pied de Guingamp et qui s'était fait coudre dans un paillot. Je suis sûr qu'il n'avait pas douze ans : il avait une tête ravissante, des yeux d'une telle douceur qu'ils en remuaient jusqu'au brigadier. Celui-ci, par mégarde, avait buté contre le paillot. L'enfant fut découvert. Il n'avait pourtant pas poussé un cri sous la lourde botte qui l'écrasait. Le lendemain, je l'aperçus qui rôdait autour du *Château-Laffitte*. L'œil aux aguets, il semblait attendre. Mais il m'avait reconnu et il fit mine de s'éloigner. Je me détournai, pris de pitié. Le *Château-Laffitte* avait lâché ses amarres : quand je me retournai, je pus voir mon garnement qui avait saisi un bout de filin lancé du bord par un complice et qui escaladait le bastingage...

Dans le cabinet où le commissaire, tout en achevant sa correspondance, me contait cette significative anecdote, se tenait depuis quelques instants un petit Malouin à figure éveillée, garçon de treize à quatorze ans qui n'avait plus de parents qu'une vieille grand'mère impotente et sans autres ressources que sa pension. Sur les instances de la bonne femme, le commissaire l'avait agréé pour saute-ruisseau. Intelligent, le gamin, déjà nanti de son certificat d'études, pouvait devenir un excellent employé.

Le commissaire venait de le sonner pour l'envoyer porter différents papiers à bord de la *Burgundia*. Il était cinq heures.

- Ce n'est pas la peine que tu reviennes au bureau ce soir, lui dit le commissaire.

L'enfant sourit assez drôlement. Ni mon interlocuteur

ni moi ne primes garde à ce sourire. Quelques minutes plus tard, du reste, je quittai le commissariat.

- N'oubliez pas d'aller faire un tour à la foire Sainte-Ouine, m'avait dit sur le seuil mon aimable interlocuteur.

Cette foire célèbre, qui est l'assemblée véritable des Terre-neuvas, se tient le long des remparts sur les quais Saint-Louis et Saint-Vincent. Elle est ouverte depuis trois semaines, et rien ne la distinguerait au premier abord des foires du même genre, n'étaient les éventaires des marchands ambulants qui lui donnent un cachet particulier : cocardes, pompons, aigrettes, flots de rubans, bouquets de fleurs en papier, houppes de plumes multicolores, et jusqu'à des singes en chenille et des moulins à vent montés sur épingles, il y a là de quoi faire le bonheur de toutes les tribus sauvages de l'Afrique. Et, à voir comme les Terre-neuvas mettent à sac ces éventaires, se piquent un peu partout sur le corps ces laissés pour compte de la bimbeloterie parisienne, on songe bien en effet aux enfances d'une race primitive et figée dans son développement. Harnachés comme des griots dahoméens, des mousses à leur premier voyage fument de grosses pipes en noyer verni achetées dans les « bazars à treize. » De groupe en groupe on s'interpelle, on s'invite à venir tâter le mollet de la femme colosse, à contempler « le gaillard d'arrière » de la belle Fatma.

- Hé ! Jean-Louis, accoste un peu ici donc, pour voir.

Aguicheuses, quand le marin fait mine d'hésiter, les foraines l'accrochent au passage, le poussent par les épaules dans la baraque ou lui glissent de force leur marchandise dans la main. L'homme, neuf fois sur dix, éclate de rire et se laisse faire. Pour des riens, pour des brimborions à quatre sous la grosse, on lui extorque des sommes extravagantes. La plupart de ces boutiques, pour la circonstance, sont des comptoirs de pièces fausses. Un marin, devant moi, examinait la monnaie qu'on venait de lui rendre : toutes les pièces étaient en plomb ou démonétisées. Celui-là n'était pas ivre et vit clair par hasard. Il refusa les pièces. Soyez tranquilles : elles furent écoulées dans la soirée à quelque autre, plus naïf ou dont l'alcool avait suffisamment troublé la vision.

Comment la police n'intervient-elle pas ? Le laisser-aller est vraiment trop grand, l'indifférence des pouvoirs publics trop olympienne. Mais, chez tous, boutiquiers de la ville, marchands d'articles de bazar, hôteliers, débitants, tenanciers de maisons louches, c'est une complicité générale pour rançonner ces pauvres gens. On les sait de si bonne composition, si peu regardants sur la qualité des jouissances, avides seulement de les épuiser toutes et d'un seul coup avant ces huit mois de claustration absolue entre le ciel et l'eau !... La nuit n'a pas une étoile ; il pleut toujours et, dans les petites venelles sinistres de Saint-Malo, avec leurs pavés pointus, leurs niches de madones à tous les carrefours, leurs vieilles maisons aux pignons de verre secoués d'une trépidation perpétuelle, c'est maintenant la galopade des « pelletas, » accordéons en tête, frénétique et vociférante comme au soir d'un assaut. Les magasins ont rabattu leurs contrevents ; la ville haute somnole. Toute vie s'est concentrée dans les auberges.

Il y en a presque autant que de maisons. Derrière leurs vitres tendues d'andrinople, dont le reflet éclabousse la chaussée de flaques rouges, elles flambent brutalement sur deux files, et le contraste est saisissant de cette flambée écarlate avec la petite flamme blanche des veilleuses qui tremblotent mélancoliquement autour des madones compitales. Pour la circonstance, hôteliers et cabaretiers ont obtenu « la permission de la nuit, » faveur exceptionnelle qui ne s'accorde que deux ou trois fois l'an, à Noël et aux veilles des Grands Départs. Pour la circonstance aussi, le personnel féminin, dans chaque auberge, a été renforcé de recrues nouvelles, *barmaids* ou professionnelles de la galanterie, dont les manches et le tablier ne sont qu'une livrée d'occasion : quand leur poste n'est pas dans l'arrière-boutique, il est sur le seuil pour y racoler les errants du pavé. De fait, l'auberge tentatrice, pleine de chants, de danses, de cris, de rires et de rixes, ne cesse d'engloutir les bandes vagabondes qui passent à sa portée (3). Il pleut toujours, désespérément. Une boue fétide noie la chaussée, et l'on entend la mer, derrière les remparts, qui roule lourdement dans la nuit. Lointaine encore, sa rumeur, à mesure que le flot gagne, s'enfle et remplit peu à peu tout l'espace. Déjà les courlis donnent des signes d'inquiétude : chassés des vasières de l'avant-port, leur aigre caravane fait retraite vers la Rance. Le môle des Noires est franchi. Encore une heure ou deux, et la marée entrera dans les sas, moussera sur l'eau morte des bassins, tendra la *Burgundia* sur ses chaines, l'étrave haute, ses fourneaux allumés, prête pour le suprême appareillage.

Et voici que, sans attendre le premier sourire de l'aube, dès cinq heures du matin, les Terre-neuvas ont quitté leurs gites de hasard et « mis le cap » sur le quai de Trichet. Abrutis par une nuit d'insomnie, la lèvre amère, les paupières bouffies, d'aucuns flageolent sur leurs jambes, butent contre les réverbères, s'épanchent au coin des bornes. Mais la plupart, qu'un somme d'une demi-heure a suffi pour remettre d'aplomb, font bonne contenance au bras de leurs femmes et se ressentent à peine des excès de la veille. Beaucoup enfin, que leur capitaine avait pris soin d'héberger sous le même toit, sont déjà formés en équipages. Leurs sacs sur le dos, en bon ordre, ils descendent vers les bassins. Ceux-là sont les sages, les malins, ceux dont on dit à bord qu'ils ne s'embarqueront jamais sans biscuit. De fait, j'en vois qui s'arrêtent en chemin, devant les épiceries, pour y faire leurs dernières provisions. Le mousse ouvre la marche. Il tient en laisse un petit roquet à poil fauve qui grandira sur le Banc et deviendra le chien du bord, à moins qu'on ne l'échange là-bas contre un de ces terre-neuve du littoral, inférieurs comme taille à ceux de la montagne, mais supérieurs comme chiens d'eau, nageurs et plongeurs incomparables, dont l'équipage, au retour, trouvera un bon prix de quelque amateur... La flamme des réverbères commence à vaciller ; des ouates blêmes flottent au levant, se nouent, se déchirent, font nappe sur le ciel. Dans ce crépuscule blafard, la *Burgundia,* portée par l'étale et dominant le quai de toute la hauteur de sa coque, découpe une silhouette monstrueuse de bête marine, d'orque ou de cachalot apocalyptique. Le pont, l'entrepont, les coursives sont noirs de passagers penchés sur les bastingages, accrochés aux haubans, juchés même sur le toit des étables en planches construites pour les quelques vaches étiques qui serviront à l'ordinaire du bord. Une échelle verticale, décorée du nom de passerelle, relie le quai à la coupée. Deux gendarmes maritimes se tiennent en permanence au pied de l'échelle et ne laissent monter les hommes que sur livraison de leur carte d'embarquement.

Le steamer parait déjà plein à déborder, et pourtant

il arrive continuellement de nouveaux passagers qui, après une dernière accolade, une dernière étreinte brusque à leurs femmes et à leurs enfants, escaladent la passerelle et vont se perdre dans les profondeurs de la *Burgundia*. Certains sont dans un tel état d'ébriété qu'il faut les hisser à bord. D'autres, stupides, comme assommés ou frappés d'hémiplégie, ne retrouvent plus leurs cartes, ne savent même plus leur nom. Quelques-uns bouffonnent, par habitude ou pour donner le change à leur angoisse. Un éclat de rire secoue la foule en voyant un pelletas monter gravement l'échelle, affublé d'un haut-de-forme, d'une queue-de-pie et d'un parapluie disloqué. On se croirait aux parades de la foire. Mais c'est à bord que se joue la vraie pièce. Vaille que vaille, avec un plancher volant en bois brut, on a divisé la cale en deux dortoirs superposés et reliés par une échelle de meunier. Gare aux faux pas en descendant ! Les panneaux sont fermés et il ne tombe de clarté que par les lentilles des hublots. Mais où poser le pied ? Tout le plancher, aux deux étages de la cale, disparaît littéralement sous les coffres et les paillots, coffres de tous les gabarits, paillots de toutes les nuances, bleus, rouges, verts, à carreaux et à fleurs, chaque passager s'ingéniant à choisir une combinaison qui lui soit propre et lui permette de découvrir plus aisément son bien. La chose n'est point si aisée, quand il faut se reconnaître, comme céans, au milieu de treize cents coffres et de treize cents paillots jetés en vrac les uns sur les autres. Le tri, sans doute, est déjà bien avancé : nombre de paillots et de coffres ont été reconnus par leurs propriétaires, debout dès la première heure et qui n'attendaient que le moment de grimper à bord pour s'emparer des meilleures places. Tous les coins sont pris et il n'y a plus un pouce de libre le long de la coque. Aux retardataires de se débrouiller ! Même ajustés bout à bout, le coffre servant d'oreiller, on se demande encore comment tous ces paillots pourront tenir dans la cale, comment dans un espace si restreint, si avarement mesuré, tout ce bétail humain, dix jours et dix nuits durant, s'arrangera pour respirer, dormir, boire, manger, se mouvoir, accomplir toutes les fonctions de la vie.

J'ai hâte d'ajouter que ce serait mal connaître les marins, rompus par un long apprentissage à tirer parti des plus imperceptibles surfaces, de croire qu'un pareil problème les pourrait inquiéter une minute. Tout au contraire : comme si les hôtes du bord n'étaient pas en nombre suffisant, tels font leur entrée dans la cale escortés d'un roquet ou d'un chat ; une cage à serins bringuebale au poing d'un troisième ; un mousse, avec onction, porte un couple de poulets vivants. C'est l'arche de Noé. Et, tandis que ces nouveaux venus tâtonnent dans le noir à la recherche de leurs paillots et de leurs coffres, se hélant d'une extrémité à l'autre du dortoir et tâchant, autant que possible, de se grouper par équipages, les premiers arrivés, sitôt installés, ont déjà repris leurs habitudes de vie végétative et leur masque de froide insouciance. Un brelan de passagers, dans un coin, autour d'une chandelle fichée dans un goulot de bouteille, parait tout plongé dans les absorbantes douceurs d'une partie d'aluette ; près d'eux, un novice joue de l'accordéon et, couché sur son paillot, s'enchante aux grêles notes du mélancolique instrument. J'avise un vieux pêcheur, au pied de l'échelle, qui rafistole son coffre à demi crevé par une fausse manœuvre des déchargeurs. L'envers du couvercle est tapissé de petites images de sainteté disposées en éventail autour d'une image plus grande représentant la *Madone à la chaise* de Raphaël. À l'intérieur du coffre, pliés et rangés avec soin, les tricots, les bottes, les suroits, les mitons ; sur le côté gauche, un petit compartiment réservé pour les aiguilles, le fil, les clous, le marteau, la provision de basane et de tabac à chiquer. « Et puis, voilà mon chapelet, dit l'homme. Ça fait plaisir à dévider de temps à autre. Qui a vu l'intérieur d'un coffre de Terre-neuvas peut se priver d'en voir d'autres : si le gabarit diffère, tous, au revers du couvercle, sont décorés des mêmes images de sainteté ; quelquefois d'un rameau de laurier ou d'un brin de buis bénit du dernier dimanche des Rameaux glissé dans l'entre-deux. La dévotion de ces hommes passe toute imagination, et c'est vraiment pour eux que la foi est un réconfort sans égal : pas un capitaine terre-neuvier ne voudrait prendre la mer sans avoir à son bord une statue de la Vierge. Lors de la catastrophe du *Vaillant,* parmi les huit hommes qui furent recueillis sur les Bancs après dix longs jours du plus épouvantable martyre, il y en avait un qui déclara être resté tout le temps en oraison, les autres dirent avoir récité leur chapelet jusqu'à cinq et six fois par jour : ils le récitaient sur leurs doigts, faute de rosaire. Ce matin encore, dans les cales de la *Burgandia,* comme avant-hier dans les cales du *Château-Laffite,* une grande lithographie en couleur de la Vierge et de l'Enfant-Jésus a été suspendue par une main anonyme qui n'est ni celle du capitaine, ni celle d'aucun des hommes de l'équipage. Il en est ainsi, parait-il, à tous les Grands Départs. D'où qu'elle vienne, l'icone mystérieuse jouit d'une grande considération près des passagers qui la tiennent pour une manière de talisman.

- C'est peut-être bien elle, me dit un pêcheur, qui

nous a déhalés du « pot au noir, » l'année dernière, sur la *Jeanne-Conseil* où nous étions 779 passagers... Vous savez l'histoire... L'arbre de couche qui casse... Le navire qui f... le camp en dérive pendant huit jours... Heureusement qu'on avait avec nous « la Dame et son petit. » Faut dire aussi qu'on ne cessait pas de les prier matin et soir. Pour lors donc, le neuvième jour, ils nous envoyèrent un anglais qui nous donna la « remorque » jusqu'à Fayol, aux cinq cents diables dans le suroît, où *l'Isly* et le *d'Assas* vinrent nous chercher la semaine suivante. C'est pas des inventions que je vous conte là : vous n'avez qu'à demander à Pierre Le Duff et à Jean-Louis Person, qui étaient avec moi sur la *Jeanne-Conseil*. Hé ! Le Duff...

Mais l'interpellé n'a pas eu le temps de répondre qu'un rauque hululement déchire l'air au-dessus de nos têtes, dresse les passagers sur leurs jarrets et va retentir comme un glas au cœur des femmes et des mères qui attendent sous la pluie devant le paquebot. C'est la *Burgundia* qui fait jouer sa sirène : dans quelques minutes, - le quart d'heure de grâce, - on enlèvera la passerelle. Avis aux retardataires ! Une quarantaine de passagers, tant pêcheurs que saleurs, manquent encore à l'appel, dont dix ou douze seulement rallieront à temps le paquebot. Mais en quel état ! On en apporte couchés sur des civières, ligotés, la bave aux dents, comme des enragés ou des fous. Une fois sur le pont, si on ne les retenait pas, ils se jetteraient par-dessus bord. Hélas ! on ne retiendra pas ce marin de la *Thémis* qui, tout à l'heure, au moment d'embarquer, s'est tiré deux coups de revolver dans la tête : ni cet autre, Paul Lhermitte, qui roulait depuis la veille à travers les auberges de Saint-Servan et qu'on a trouvé, au matin, dans la vase du port de marée : ni le plus lamentable de tous, ce Joseph Buhot, bon pêcheur pourtant, sobre et discipliné, qui s'est pendu à Saint-Méloir-des-Ondes, laissant six enfants en bas âge. Paix à ces pauvres gens, dont il ne nous appartient plus de sonder la conscience. Mais il en est d'autres pour qui la parole donnée n'est vraiment qu'un jeu, qui ne contractent d'engagement qu'avec la formelle intention de ne pas le tenir, en un mot qui pratiquent l'escroquerie aux avances comme leur confrères de la capitale pratiquent le « ramastiquage » ou le « vol à l'esbroufe. » La législation, d'ailleurs, jusqu'en 1898, semblait prendre à tâche de favoriser cette malhonnête industrie : le décret-loi du 21 mars 1852 n'infligeait aux déserteurs qu'une peine de huit jours de prison : les hommes touchaient leurs avances, passaient à Jersey ou à Guernesey, et d'eux-mêmes, sans qu'on les en priât, revenaient purger leur peine après le départ des steamers. Ils y regardent à deux fois aujourd'hui que la pénalité qui frappe les déserteurs a été portée par la loi d'avril 1898 de six mois à un an de prison et qu'elle s'aggrave, pour les récidivistes, d'un an de service en demi-solde. Je ne parle pas du remboursement des avances, qui fut obligatoire en tout temps : c'est un paragraphe qui ne put jamais recevoir de sanction effective. Là n'est point encore le plus fâcheux, mais que l'homme qui déserte puisse faire perdre à l'équipage et à l'armateur de 6 à 10.000 francs par campagne. Son absence du bord équivaut à la suppression d'un doris, et chaque doris rapporte moyennement 300 quintaux de morues. Sans doute il y a des degrés de culpabilité chez les déserteurs, et beaucoup, suivant l'expression courante, ne sont que de simples « récalcitrants. » Ceux-là n'ont pas mis la mer entre la justice et eux. On sait généralement où ils se terrent, et le tarif des gratifications accordées aux gendarmes maritimes chargés de leur arrestation est gradué en conséquence : trois francs pour le récalcitrant arrêté en ville ; six francs pour le récalcitrant arrêté hors ville : vingt-cinq francs, quand l'homme est resté absent de son bord plus de trois fois vingt-quatre heures.

« C'est une sorte de monomanie, me disait le commissaire : il y a des pêcheurs qui ont pour principe de ne se rendre à bord qu'entre deux gendarmes. Remarquez, en effet, que le nombre des récalcitrants ne varie guère d'année en année : il oscille toujours entre 180 et 200. »

Beaucoup de ces récalcitrants sont des faibles d'esprit. Tel ce brave pelletas qui accoste le gendarme de marine, tire sa casquette et demande poliment :

- Monsieur le gendarme, voulez-vous me dire où est mon bateau ?

- Quel bateau ?

L'homme esquisse un geste vague : il ne sait pas.

- Ah ! ça, dit le gendarme, tu n'as donc pas touché tes avances ?

- Pardon, monsieur le gendarme.

- Quel jour ?

- Je ne me rappelle plus.

- Mais tu connais le nom de ton capitaine ?

Il l'avait oublié aussi... D'autres oublient qu'ils sont engagés, ce qui peut paraitre plus extraordinaire encore. L'an passé, le jour de l'appareillage de *l'Alliance* un pelletas manquait à l'appel. Le navire était mouillé sur rade, quand on vint prévenir le capitaine qu'un canot accostait avec deux gendarmes et un particulier en souliers vernis, cravate blanche, redingote et chapeau melon tout flambant neuf. Le capitaine, intrigué, monte sur le pont et reconnaît dans le nouveau venu son « manquant, » un certain Joseph Tassel, inscrit maritime du quartier de Dinan, que la maréchaussée avait happée à la sortie de l'église où il venait de se marier le matin même. Celui-là, si d'aventure l'amnésie générale l'a épargné, se rappellera tout au moins sa première nuit de noces...

La sirène lance son deuxième appel réglementaire : ordre est donné d'enlever la passerelle. Trois ou quatre retardataires se précipitent et, quand la passerelle est enlevée, il en arrive encore deux qui se butent contre la haute muraille du steamer. On leur jette un bout de filin. La sirène pousse un dernier hululement. Cette fois, c'est fini. Doucement, ses amarres lâchées, la *Burgundia* s'éloigne du quai de Trichet. Elle se déplace en profondeur, parallèlement au quai. Les yeux de la foule restent suspendus aux bastingages où se pressent les passagers, et la manœuvre du navire est si lente, le fléchissement de l'axe optique si insensible, qu'on ne s'aperçoit pas du déplacement opéré... Mais, tout à coup, à l'effacement graduel des figures dans la brume, la tragique vérité s'imposa : le navire obliquait vers l'écluse du Naye ; la séparation était consommée.

Ce qui suivit ne s'en ira jamais de ma mémoire ; jamais je n'oublierai la clameur de détresse qui partit du pont de la *Burgundia,* ce râle de bête blessée, amplifié et multiplié à l'infini par les 1.300 poitrines qui le poussaient collectivement. À cette mortelle minute de la séparation, j'ai vu là, tendues vers le quai, des figures dont la crispation douloureuse ne peut-être comparée qu'à celle qui contractait si effroyablement le masque des victimes du *Bazar de la Charité*. Des hommes pleuraient ; d'autres riaient comme des déments ; il y en avait qui serraient les poings et qui les braquaient vers un ennemi imaginaire. Un passager se jeta par-dessus bord. Aux trous ronds des hublots, des têtes pendaient avec l'expression de guillotinés. Et brusquement, comme il s'était élevé, le râle se brisa dans les gorges ; les figures se détendirent, reprirent leurs lignes mornes, leur expression passive. La douleur avait traversé ces âmes comme un éclair ; quelques secondes après, il n'en restait plus trace. Un groupe d'ivrognes, qui avait pris d'assaut le toit d'une des étables en planches dressées sur le pont, se mit à danser frénétiquement. Dans les haubans, un ancien trompette d'infanterie, coiffé d'un képi matriculé, sonnait *la Casquette du Père Bugeaud :* claires et perlées, les notes s'égrenaient ironiquement sur la mer, et on les entendait encore du môle des Noires, quand la *Burgundia,* sous le treillis de l'averse, n'était plus qu'une silhouette grise, presque indistincte. La foule, tandis que le navire évoluait dans le bassin, s'était précipitée le long des quais et des remparts. Sinistre galopade ! D'une main troussant leurs cotillons de tiretaine, de l'autre « halant » sur leurs mioches, des troupeaux de femmes détalent silencieusement dans la direction de l'avant-port : il pleut toujours, il pleut sans discontinuité depuis hier, malgré le vent d'amont qui s'est levé avec l'aube et qui hache de petites lames aiguës la surface de la baie. Indifférente, la foule ne sent rien ; elle n'a qu'une pensée : gagner à temps la jetée des Noires, la pointe du môle que le steamer va ranger tout à l'heure et d'où elle pourra échanger un dernier regard avec ceux qui s'en vont. La lourde coque émerge de la brume, incline légèrement sur tribord : mais elle ne s'approche pas assez près du môle pour qu'on puisse distinguer les visages des passagers, et elle n'en est pas assez loin non plus pour que n'arrive pas jusqu'à nous, assourdi seulement par la distance, ce même râle de bête blessée qui nous avait transis sur le quai de Trichet. Au long du bastingage, des bérets s'agitent, puis retombent : dans les haubans, l'ancien trompette continue d'égrener ses notes ironiques. *La Burgundia* tourne vers Cézembre. On voit le navire, à peine sensible à la lame, qui franchit la ligne des treize goélettes mouillées sur rade et dont la fine mâture oscille sur un rythme inégal, comme pour saluer le grand steamer impassible qui les précède vers l'inconnu.

« Ah ! Les pauv' p'tits malheureux ! » dit près de moi une vieille femme de Pleudihen, dont les deux « gars » venaient d'embarquer sur la *Burgundia* et qui, son mouchoir de poche posé à plat sur sa coiffe pour l'abriter de la pluie, s'obstinait à interroger l'horizon où rien n'apparaissait plus... Et je me souviens encore d'une grande fille svelte, aux lignes sculpturales, tout de noir vêtue, qui ne parlait pas, qui ne pleurait pas, et dont les yeux gardaient une fixité étrange : immobile près du musoir, elle avait l'air d'une statue de la Destinée...

Quelques instants plus tard, à l'ouverture des bureaux, je me trouvais dans la grande salle du commissariat. Trois hommes attendaient, debout, leur casquette à la main. Un employé recensait les cartes d'embarquement que venaient de lui apporter les gendarmes de la marine : 25 passagers avaient manqué l'appel, dont les trois qui se trouvaient là. C'était pour chacun d'eux une perte sèche de 85 francs, prix du passage [(4)]. Ils prétendaient n'avoir raté le steamer que de cinq minutes.

« Mais, malheureux, disait le commissaire, pourquoi n'avez-vous pas rejoint la *Burgundia* dans le port de marée ? Un bateau ne vous eût pas coûté quarante sous ! » Ils n'y avaient pas songé. Ils étaient encore abrutis par leur ribote de la veille et n'opposaient à la mercuriale du commissaire qu'un même masque de silencieuse hébétude. À ce moment, poussée d'une main timide et comme hésitante, la lourde porte du bureau s'entrebâilla et notre attention fut détournée des trois retardataires par l'apparition d'une petite vieille toute ratatinée, paralysée du bras gauche, les paupières tuméfiées, la coiffe de travers et qui flageolait sur ses jambes comme prise d'ébriété.

- Ah ! monsieur le commissaire ! Ah ! monsieur le commissaire ! gémissait-elle.

- Voyons, ma brave femme, remettez-vous, dit le commissaire. Qu'est-ce qu'il y a pour votre service ?... Mais je ne me trompe pas, continua-t-il après l'avoir examinée plus attentivement, vous êtes la grand'mère de mon petit employé...

- Oui, monsieur le commissaire.

- Eh bien ! que lui est-il arrivé depuis hier ? Je l'avais envoyé porter des papiers au capitaine de la *Burgundia*. Monsieur que voici était présent.

- En effet, appuyai-je, je me rappelle... Vous aviez même dit à l'enfant qu'il n'avait pas besoin de revenir avant ce matin.

- Oh ! mon Dieu, c'est ça ! c'est ça ! sanglota la vieille femme qui défaillait sous l'émotion.

Nous demeurions interloqués, le commissaire et moi.

La vieille reprit :

- Mon p'tit n'est pas reparu à la maison depuis hier. Je l'ai « espéré » jusqu'à neuf heures sans trop me faire de mauvais sang. Je croyais que vous l'aviez gardé plus tard que d'habitude, rapport à l'ouvrage qui pressait... J'avais laissé du feu dans le fourneau ; je me disais : comme ça, il trouvera sa soupe chaude en rentrant... Quand j'ai entendu sonner dix heures, je n'ai pas pu y tenir. Tant pis pour monsieur le commissaire, que j'ai dit, faut que je monte jusqu'à la Marine... Les bureaux étaient fermés. J'ai eu beau frapper il n'y avait personne... Quelle nuit j'ai passée, Seigneur Jésus !

Une nouvelle crise de sanglots la secoua. Le commissaire, affectant une sécurité qu'il était loin de ressentir, tâchait de réconforter la bonne femme ; ce n'était qu'une alerte : l'enfant allait rentrer : il s'était laissé entrainer par des camarades. La vieille hocha la tête.

- Non, monsieur le commissaire... Ne vous donnez pas la peine… Je suis renseignée à c't'heure… Le p'tit avait son plan... Pas plus tard qu'avant-hier je l'avais trouvé qui polissonnait sur le quai : « Grand'mère, qu'il m'avait demandé, qu'est-ce que tu dirais si j'embarquais sur la *Burgundia ?* - Je dirais... je dirais... mais que je suis bien contente d'être débarrassée d'un galopin de ton espèce... » V'là toute l'histoire, monsieur le commissaire... J'ai cru que le p'tit voulait rire ; le p'tit a cru que je parlais sérieusement et, hier soir, quand vous l'avez envoyé porter des papiers sur cette *Burgundia,* il s'est faufilé dans *la cale et* il est parti *par-dessus bord...*

Pauvre vieille ! Toute tentative de consolation serait vaine : il n'est pas douteux que les choses se sont passées comme elle dit, et le commissaire ne proteste plus que pour la forme. Fil à fil, l'écheveau se débrouille : tels gestes, telles attitudes nous reviennent à la mémoire ; nous nous expliquons pourquoi le « p'tit » souriait si drôlement, quand le commissaire lui remit les papiers de la *Burgundia* et lui donna *campos* pour *la* soirée : à notre insu nous lui tendions la perche, nous servions ses projets d'évasion.

- Allons ! ma brave femme, du courage. Votre enfant reviendra.

La vieille n'entend pas ou ne fait pas semblant d'entendre. Elle sait ce qu'elle voulait savoir : il suffit, et déjà elle tamponne ses yeux avec son mouchoir à carreaux roulé en boule, rajuste sa cornette et, de son pas menu, se dirige vers la porte. Je la suis sur le seuil et, par les venelles escarpées de la morne cité malouine, hier bruissante comme une ruche, veuve à cette heure de la presque totalité de sa population masculine, je vois sa petite ombre falote qui dégringole de palier en palier, qui vacille, se dégrade et prend un caractère plus symbolique à mesure qu'elle s'imprécise dans le brouillard et qu'elle rentre dans l'anonymat de la grande souffrance universelle...

ROMAN D'UN TERR'NEUVAS

Arthur Dourliac

Le baptême d'un Terre-Neuvien

Les cloches sonnaient à toutes volées, et, telle une bande de moineaux piaillant, marmots barbouillés aux joues rondes et croquantes comme des pommes, fillettes effrontées aux yeux bleu-de-mer et cheveux filasse, moussaillons en herbe, cigarette ou chique au bec, poissardes délurées, panier au bras cotte blanche, mine provocante et verbe haut, ménagères en rupture de fourneaux, ouvrières quittant l'atelier, se pressaient, se bousculaient devant le portail de l'église Saint-Etienne, dont les tourelles, percées de meurtrières, évoquent le souvenir des guerres de religion, où la vieille cité fécampoise n'est pas demeurée inactive, alors que le canon de la grosse tour, braqué sur les huguenots, répondait au canon de la messe. Un mariage ? Non, un baptême, mais dont on eut vainement cherché le poupon dans le cortège brillant, descendant les degrés, pour s'empiler dans les voitures variées : victorias, breaks, tapissières, charrettes anglaises, cabriolets, landaus emportant, à l'issue de l'office, prêtre, parrain, marraine, parents, amis, vers le quai *Bérigny,* où lavé, astiqué, pomponné, paré, enrubanné, pavoisé, pimpant, le héros du jour attendait, toutes voiles dehors, que le curé en personne vint lui apporter l'eau sainte.

Avec ses cuivres étincelants, son pont reluisant, ses agrès tout neufs, sa carène verte et blanche, émergeant au-dessus de la ligne de flottaison et sur laquelle se détachait en lettres d'or : *Jean-Bart,* « Fécamp 1747 » c'était bien certainement un des plus fins voiliers sortis des chantiers *Capon frères,* en cette année 1891, pour aller faire la grande pêche au banc de Terre-Neuve. Mais auparavant, il fallait en faire un chrétien et c'est pourquoi, en ce jour ensoleillé de septembre, le quai était garni de curieux : oisifs en quête de distractions, matelots taciturnes, commères bavardes, élégantes baigneuses au teint délicat abrité par l'ombrelle claire, rudes pêcheurs au cuir tanné insensible aux morsures de Phœbus, tous plus ou moins intéressés par ce spectacle, familier aux uns, nouveau aux autres.

Parmi ces derniers, un garçonnet de sept à huit ans aux boucles blondes, à la mine éveillée, se tenait au premier rang à côté de sa mère qu'il questionnait avidement sur le gréement du navire et le programme de la cérémonie. Elle lui répondait avec complaisance, employant parfois le mot technique : *capot*, *écoutille, hauban, suroît,* qui contrastait avec son allure de Parisienne et faisait dresser l'oreille aux marins flânant le long du bassin.

- C'est y point qu'vous auriez navigué, ma petite dame ? demanda un vieux Terre-neuvas retirant son brûle-gueule de sa bouche édentée.

- Mon mari était médecin de la flotte et m'avait initiée aux choses de la mer que j'aime fort, expliqua-t-elle simplement.

- Alors, le petit monsieur est un futur *Borda ?*

- Oh ! oui, fit-il les yeux brillants.

La mère soupira.

- Peut-être.

En attendant, le vaisseau-école, le *Jean-Bart* captivait l'attention du bambin.

Sur le pont, l'animation était grande, les nappes blanches s'étalaient sur les tables dressées à l'arrière et, des capots, surgissaient force paniers de provisions, entassés dans la chambre de l'équipage, que l'on se passait de mains en mains en se pourléchant les babines : superbes pâtés, brioches dorées, dragées multicolores, bouteilles cachetées, tout cela s'alignait en bon ordre entre les verres et les assiettes sous les regards de convoitise des marmots pendus aux jupes maternelles. Les invités : parents, amis, collaborateurs des plus huppés aux plus modestes : patron, matelots, charpentiers, serruriers, voiliers, cordiers, conviés avec leur famille au baptême de ce beau bâtiment, un peu le leur, puisqu'ils lui donnaient la vie, se pressaient gauches et endimanchés autour de l'armateur, gros homme rouge, suant, bedonnant, important, qui gonflant les joues, haussant la voix, laissait tomber avec majesté

- *Quatre-vingt-dix-neuf mille francs !* le *Jean-Bart* me coûte : *quatre-vingt-dix-neuf mille francs !* j'ai la police d'assurance dans ma poche... pour l'édification des profanes qui l'écoutaient avec déférence.

Grâce à cette sage précaution, si le bateau coulait en sortant du port, il y aurait peut-être des veuves et des orphelins, mais le propriétaire ne perdrait rien, ce qui est toujours consolant. Cependant, pour ces gens simples, ça ne vaut pas le sacrement et, bien qu'esprit fort et libre-penseur, l'armateur n'en faisait pas moins baptiser sa goélette, faute de quoi il eut eu peine à trouver un matelot pour embarquer à bord. Tout en méprisant la superstition, il faut bien compter avec elle. Il s'en vengeait en affectant vis-à-vis du curé un ton dégagé et des allures quelque peu sans gêne, s'oubliant jusqu'à lui parler le chapeau sur la tête, ce qui provoqua cette plaisante réflexion d'une harengère à cheval sur les convenances :

- On voit bien qu'il n' va point souvent à confesse, c' gros-là !

En revanche, il suivait avec une préoccupation visible les détails du cérémonial, la moindre omission suffisant à attirer le mauvais sort sur le pauvre *Jean-Bart*.

Le sacristain avait disposé une assiette de blé et une de sel à côté de l'eau bénite, du goupillon, du rituel et de l'enveloppe de serge noire renfermant les ornements sacerdotaux. L'officiant revêtit le surplis et l'étole, prononça les paroles sacramentelles appelant la bénédiction divine sur le nouvel esquif qui allait bientôt sillonner les mers lointaines... les assistants, têtes nues, écoutaient, les uns curieux et amusés, les autres graves et recueillis, quelques femmes se signaient dévotement, quelques hommes disaient les réponses. Puis, le prêtre, - un beau vieillard à cheveux blancs, qui, bien souvent déjà, avait versé l'eau sainte sur ces grands oiseaux d'orage, dont plus d'un, hélas ! ne devait pas revenir au nid, - prit le goupillon d'une main un peu tremblante et aspergea la mâture, le pont, le bordage de l'avant à l'arrière ; ensuite il mêla le blé et le sel, les divisa en trois assiettes, en prit une, donna les autres au parrain et à la marraine qui, imitant tous ses mouvements, firent avec lui le tour du bâtiment, semant à la volée le mélange symbolique, en signe de prospérité et de richesse. Ces rites ont leur importance et la jeune marraine rieuse et étourdie, ne semblant pas suffisamment pénétrée de la solennité de ses fonctions, s'attira une verte réprimande de son oncle l'armateur qui déclara avec conviction :

- Il ne faut pas rire de ces choses-là !

- Vous en plaisantez cependant volontiers vous-même, cousin, protesta le parrain, venant galamment au secours de sa commère.

- À terre, c'est possible, mon garçon, mais sur mer, il faut de la religion. Demande plutôt à Servan si l'on trouverait un équipage pour naviguer sur un bateau non baptisé dans les formes ?

- Ni équipage, ni patron, déclara froidement le personnage interpellé, désigné pour commander le *Jean-Bort*.

- Oh ! Servan est breton, lui ! Les Bretons sont encore plus crédules que les autres.

Le patron, beau gars, robuste et bien découplé, portant avec aisance la vareuse et le béret bleu des dimanches, toisa le jeune fat avec une expression de dédain non dissimulé, puis, détournant son regard calme, il parut s'absorber dans la contemplation d'une jeune mère qui, assise sur un tas de cordages, allaitait un petit enfant : sa femme, son fils... Maintenant, les bouchons sautaient, on buvait, mangeait, trinquait à la santé de l'armateur, au succès de la prochaine campagne ; les bouteilles, les plats se vidaient avec autant de rapidité que d'entrain et les marmots se disputaient les dragées roulées sur le pont. Servan, en tenant délicatement une entre ses doigts rudes, en effleurait les lèvres du tout petit qui passait sa langue rose comme un jeune chat et semblait trouver cela très bon : heureuse, la mère souriait, le père riait et c'était un groupe charmant...

Bientôt, l'armateur et sa société remontaient en voiture pour retourner à Yport, d'où ils étaient venus. Le patron quitta également le bord avec sa famille, tandis que les gamins accouraient de toutes parts pour ramasser les miettes, vider les assiettes et les verres. Dans sa précipitation, l'un d'eux bouscula la jeune mère et fit rouler dans la poussière la capote de piqué de l'enfantelet. Sans se départir de son flegme, Servan enleva par le fond de sa culotte le coupable hurlant, lui administra quelques taloches et l'envoya rejoindre ses compagnons de ripaille un peu plus rudement qu'il n'était nécessaire. La capote avait roulé aux pieds de la Parisienne qui la ramassa avec empressement et la tendit à la compagne du marin d'un geste gracieux.

- Merci bien, Madame, dit cette dernière confuse, essayant d'une main de recoiffer le marmot qui criait et se débattait sur son bras.

- Voulez-vous me permettre de vous aider ?

Souriante et maternelle, elle noua les brides sous le menton du petit récalcitrant qui se calma tout à coup, et la considéra étonné à travers ses larmes.

- C'est un bel enfant ! Vous l'appelez ?

- Michel.

- Comme le mien. Peut-on l'embrasser ?

Toute fière de l'éloge, la maman acquiesçait de bonne grâce, quand son mari survenant, l'œil dur, l'entraîna avec brusquerie.

- Dis donc, maman, il n'a pas l'air commode ! observa le garçonnet.

- Oh ! Servan n'est point méchant, seulement il est un peu..., expliqua le vieux loup de mer, se touchant le front pour compléter sa pensée. Ce n'en est pas moins un fier matelot et le *Jean-Bart* sera bien commandé... C'est malheureux qu'il ne soit pas de chez nous...

Le patron du « *Jean-Bart* »

Étienne Servan était né dans la cité dont il portait le nom, sœur et rivale de Saint-Malo. Son père était un enfant trouvé, ramassé sous le porche de l'église par un brave pêcheur qui l'avait adopté, élevé, instruit dans son métier et marié à sa propre fille. De ce mariage étaient nés deux enfants : Étienne et Yvonne. Elle, gracieuse, fine, étourdie, coquette, avait le charme délicat et subtil d'une fleur parisienne égarée parmi les ajoncs. Lui, beau, robuste, grave, joignait à une sorte de distinction naturelle, héritage d'ascendants inconnus peut-être, la mélancolie sauvage de la flore bretonne. Pourtant, jusqu'à son départ sur la flotte, son caractère n'avait rien d'insolite. On lui reprochait bien un peu son humeur taciturne, ses tendances mystiques, ses rêveries vagues, son ombrageuse fierté, mais ce sont là qualités ou défauts assez fréquents dans la vieille Armorique, dont on ne songe pas autrement à s'étonner.

Quand il partit, ce fut un chagrin concentré et d'autant plus profond qu'il laissait sa mère veuve, déjà âgée, dont il était le seul soutien ; sa sœur, bien jeunette encore, et point mariée, dont il était le seul protecteur et c'était là matière à gros souci. Toutes deux emplissaient sa vie et son cœur, car il n'avait pas de promise et passait indifférent devant les filles des champs aussi bien que celles des villes qui suivaient les modes parisiennes et reluquaient le beau pêcheur.

Les unes lui semblaient trop rustaudes, les autres trop

délurées, il n'avait d'amitié que pour sa petite Yvonnette, dont la joliesse le ravissait. Plus vieux de cinq ans, sa maturité précoce avait doublé cet écart ; gamin encore lui-même, ayant à peine dépassé l'âge de raison, il prenait déjà au sérieux son rôle d'aîné, la promenait sur la grève, la berçait, l'endormait avec des refrains de matelot :

Le pauv' gabier s'en était allé,
Tout en haut de la grande hune,
Si haut, si haut, il est monté
Qu'il s'est ensauve dans la lutte.

Grandelette, elle le menait par le bout du nez, il se pliait à ses caprices et excusait tous ses défauts. La petite était coquette. Couturière de son état, elle allait travailler de préférence chez les locataires des chalets et villas qui commençaient à s'élever tout le long de la côte d'Émeraude, à Dinard, Paramé, etc., et transformaient deux mois de l'année ce coin de paisible Bretagne en succursale des Champs-Élysées, de la Cascade, de Longchamp, etc. C'était là contraste saisissant et dangereux pour des humbles, habitués à la pauvreté et éblouis par ce débordement de luxe. La vue de ces belles mondaines élégantes et oisives, le contact des chambrières paresseuses et frivoles, les bavardages plus ou moins édifiants de la domesticité, allumaient parfois une lueur inquiétante dans les yeux de la jeune ouvrière.

- Ne va point t'en laisser conter par un de ces perroquets galonnés, disait Étienne, dont les craintes ne s'élevaient pas plus haut.

Elle avait une moue dédaigneuse :

- Pour qui me prends-tu ? Me crois-tu moins difficile

que toi ! S'il te faut une Madone, il me faut bien un prince Charmant.

Elle le taquinait volontiers là-dessus depuis qu'un jour, poussé malicieusement à expliquer son idéal, il décrivit de sa voix lente, comme dans un rêve, une figure si suave, si angélique, si pure que sa mère se récria :

- M'est avis que tu la chercherais vainement ailleurs qu'en paradis, mon pauv' gars ; sur terre, vois-tu, point n'est de femme qui tant ressemble à la bonne Vierge.

Ses années de navigation sur la marine de l'État ne changèrent pas ses idées à cet égard, ni ne rehaussèrent son estime pour le sexe auquel appartenaient cependant sa mère et sa sœur, objets de son culte fervent, de sa tendresse passionnée. De loin, comme de près, il songeait sans cesse à elles, sous le ciel brumeux de Brest sous le soleil ardent des tropiques ; « tout en haut de la grande hune » ou dans les profondeurs de la cale, il évoquait leurs chères images avec des mots enfantins, leur écrivait des lettres naïves où la pensée informe témoignait de confuses aspirations « plus haut, » poussée d'inconscient atavisme, sans doute, se manifestant chez lui dans le domaine du sentiment, - moins rudimentaire que chez les simples qui l'entouraient, - comme chez sa sœur par des appétits de parure et de luxe. Il économisait sur sa maigre solde pour leur envoyer des douceurs, des colifichets avec de bonnes promesses pour l'une, dont il voulait choyer la vieillesse, de bons conseils pour l'autre qu'il prétendait bien marier au retour. Bon sujet, rangé, sobre, discipliné, il cherchait à s'instruire, lisait volontiers ; un de ses officiers s'était intéressé à lui et, par sa protection, il comptait obtenir un emploi dans les douanes à sa libération. Ce serait le repos, la sécurité pour la mère, et, pour Yvonnette, dédaigneuse des humbles pêcheurs, un établissement convenable parmi ses camarades, grâce au prestige de l'uniforme. L'on vivrait ainsi uni, heureux !... Oh ! ce retour, comme il en escomptait les joies, comme il en comptait les jours. Hélas ! lorsqu'il rentra enfin au logis, il était vide...

À force d'admirer les belles dames de Paramé, Dinard, etc., Yvonne, avait pris en dégoût sa modeste coiffe bretonne et l'avait jetée par-dessus la tour Solidor. Fascinée par l'éternel miroir aux alouettes, elle était partie pour la capitale et, de désespoir, la vieille mère avait pris le lit pour ne plus se relever.

Étienne ne témoigna pas d'émotion apparente, le cœur chaviré par une atroce douleur, il garda un front impassible et dit :

- C'est bon !

Puis il alla trouver le recteur, commanda trois messes pour son père, sa mère, sa sœur, et quitta le pays pour n'y plus revenir.

Sa chère Bretagne lui était devenue odieuse.

Passé sur le littoral normand, il parcourut plusieurs ports de pêche avant de se décider à s'y fixer ; presque tous, en effet, sont des plages mondaines très fréquentées et la vue seule d'un casino, d'une jupe de baigneuse, le mettait en fureur. Fuyant Dieppe, Trouville, le Tréport, Etretat envahis par ces Parisiens de malheur, qu'il rendait responsables de son double deuil, il s'arrêta enfin à Fécamp, plage de famille plus tranquille, qui a son existence propre, où l'on ne vit pas seulement sur les baigneurs, où l'on ne voit ni « Messe des Étrangers » ni « Fête des Étrangers, » ni touristes bruyants, ni luxe tapageur et où la population laborieuse de la ville, des chantiers et des quais n'est pas débordée par la population flottante des hôtels et villas. D'ailleurs, embauché sur un Terre-neuvien, Servan ne passait guère que les mois d'hiver au port d'attache et, à cette époque, les pigeons voyageurs sont rentrés au colombier. Quelques années coulèrent ainsi, cicatrisant peu à peu la plaie secrète, le Breton vivait isolé, mais paisible. Peu liant de son naturel, le malheur avait encore accentué cette disposition et, pendant les longs mois d'exil dans les brumes du Grand Banc, il ne faisait commerce d'amitié avec personne, pas même avec son « avant de doris, » le gros Lucas, un Normand placide et bonasse, qui eut pu souhaiter un compagnon plus jovial aux heures de calme, mais non plus intrépide aux heures de danger. Lorsqu'ils s'en allaient tous deux relever leurs lignes, seuls, perdus dans l'immensité mouvante, leurs ombres silencieuses s'agitaient dans le brouillard avec ces mouvements rythmiques des gens de mer, leur donnant une vague apparence de fantômes, sans qu'ils échangeassent dix paroles. Mais, si un grain s'élevait tout à coup, si la pauvre petite coque de noix ballotée par les vagues était emportée dans quelque tourbillon, alors Servan se redressait soudain, jetant ses ordres brefs, impérieux, tenant tête au vent, bravant la tempête avec une sorte d'ivresse qui lui déliait la langue et le transfigurait.

Fort apprécié des capitaines et armateurs, il n'eut tenu qu'à lui d'avoir un bâtiment à commander, mais il n'en avait cure, gagnant suffisamment pour ses besoins présents et insoucieux de l'avenir comme les oiseaux du ciel. D'ailleurs, depuis sa double perte, il s'était mis à boire pour noyer son chagrin et, parfaitement sobre à bord, dès qu'il touchait terre, il ne dégrisait plus et c'étaient des orgies sans nom, des disputes, des batteries, car il avait l'alcool mauvais de ceux qui cherchent à s'étourdir, et il ne se passait guère de semaine sans qu'on le rapportât, une côte enfoncée, une entaille au front, un membre endommagé, en son logis de la rue de *Mer* au coin de la rue *Chasse-au-puits,* d'où il pouvait entrevoir la côte de la Vierge et la chapelle de Notre-Dame du Salut, protectrice des marins. Sa propriétaire, qui tenait aussi son ménage, une vieille édentée, veuve d'un Terre-neuvas, disait philosophiquement :

- Mon pauv' défunt était tout comme ; le plancher des vaches ne lui réussissait pas...

Elle le soignait tant bien que mal, et ses commérages, sa curiosité, son âpreté au gain et son goût immodéré pour le rhum et l'eau-de-vie n'étaient pas pour réconcilier le farouche misogyne avec les filles d'Eve. Au retour d'un de ses voyages, un accident plus grave, la rupture d'un cabestan, le coucha pour de longs jours sur un lit de douleur. Toute une semaine, il fut entre la vie et la mort, appelant sa mère, sa sœur, criant, délirant. Quand il reprit conscience des êtres et des choses, sa première impression fut une sensation de bien-être et de calme, fort différente de ses réveils ordinaires en pareille occurrence. La chambre propre, bien rangée, sentait bien un peu la fièvre, le cataplasme, mais il ne s'y mêlait pas ces relents d'alcool et de tabac émanant de la vieille logeuse qui prisait, fumait, chiquait et buvait comme un homme.

Au lieu de son pas traînant, de son intarissable verbiage, de son profil de chouette, la figure douce et silencieuse d'une inconnue assise au coin de la fenêtre, qui tirait l'aiguille d'un doigt agile et jetait de temps à autre un coup d'œil furtif sur le blessé.

Étonné, indécis, se demandant s'il rêvait, il appela faiblement :

- Mère Toinette !...

L'ouvrière se leva aussitôt, s'approcha de son lit et expliqua :

-Ma grand'mère est tombée en paralysie pendant votre absence, monsieur Servan, je la remplace de mon mieux.

Point très jeune, ni très jolie, ni coquette, ni effrontée, elle lui plut tout de suite par son air modeste et décent, l'expression résignée de ses yeux d'un gris pâle, son visage paisible respirant la bonté et surtout son grand courage. Orpheline, complètement délaissée par sa mère-grand qui l'avait mise en service toute jeunette, et se bornait à toucher ses gages, Françoise n'en avait pas moins tout quitté pour accourir à son chevet et, maintenant elle se partageait bravement entre ses deux malades, sans mesurer son temps, ni ses peines. Vrai ! il n'avait pas perdu au change ! Il le lui dit tout franchement, s'excusant du surcroit de fatigue qu'il lui donnait, proposant de se faire transporter à l'hôpital, bien qu'il y eut grande répugnance.

- Oh ! non, monsieur Servan, je suis contente de vous soigner, la femme à Lucas, notre voisine me donne un coup de main, quand c'est nécessaire, et à moins que vous ne soyez pas satisfait...

Il eût été bien difficile ! Jamais, depuis sa défunte mère, il n'avait rencontré garde si patiente, ménagère si entendue, caractère si égal et, malgré son humeur bourrue, il ne trouvait point désagréable d'être dorloté ainsi. Elle s'excusait de ne pas faire mieux, n'étant ni très forte, ni très adroite. Lui, trouvait qu'elle faisait merveille. Aussi, la convalescence ne lui parut pas trop longue, un sentiment nouveau, mélange de tendre reconnaissance et d'involontaire compassion pour la pauvre fille si humble, si dévouée, se glissait dans son cœur ulcéré et, la mort de sa mère-grand l'ayant laissée tout à fait isolée, il lui proposa d'associer leurs deux solitudes. Elle dit « oui, » et, avant de repartir pour Terre-Neuve, il lui passa au doigt l'anneau de fiançailles qui, à son retour, se changea en anneau nuptial. La naissance de leur petit Michel vint encore resserrer leur union, et, devenu ambitieux maintenant qu'il avait charge d'âmes, Servan sollicita et obtint le commandement du *Jean-Bart* qui allait faire, sous ses ordres, sa première campagne.

Mater Dolorosa

- Enfin ! Monsieur l'abbé, je voudrais adopter un enfant, tromper ce vide affreux ou je deviendrai folle...

Le vieux prêtre, un peu inquiet, considérait alternativement la jeune femme en deuil qui lui parlait avec cette ardeur passionnée et la lettre qu'il tenait à la main.

C'était à l'issue de la messe des marins à la chapelle de Notre-Dame du Salut où les ex-voto pendus aux murs : bouquets de mariées aux fleurs fanées, brassards de communiants à la soie jaunie, pauvres statuettes, grossières images et surtout nombre de « Marines » (sans comparaison avec celles de Vernet), disent la vie et les angoisses des gens de mer. Des légendes touchantes au-dessous de chaque tableau, complètent et expliquent l'œuvre du peintre. Sous un voilier, prêt à se briser contre les rochers, on lit : « Position du brick *l'Amélie,* nuit du 8 au 9 avril 1875 ; sous un autre, abordé par un grand vapeur : « Offert à Notre-Dame du Salut, *Christophe-Colomb,* capitaine Joseph Rubatto, coulé sur le banc de Terre-Neuve, 27 juillet 1890. »

Et cela se répète indéfiniment, témoignage des dangers courus et de la foi persistante en la bonne Dame. Dans la cour étroite et nue, protégée du vent par de hautes murailles qui lui donnent un aspect de forteresse, l'abbé Dubourg écoutait la solliciteuse qui, en phrases hachées, lui disait sa détresse. Ce n'était pas une de ses paroissiennes ordinaires, femmes de marins ou bourgeoises de la ville, pourtant elle ne lui était pas inconnue, il avait dû la voir déjà, à Saint Étienne, parmi les étrangères de la précédente saison : mais sous ses longs voiles noirs, avec ses yeux bridés de larmes, le pli amer de sa bouche, la contraction douloureuse de ses traits, comment reconnaître la mère radieuse, qui venait s'asseoir au pied de la chaire, un garçonnet aux boucles blondes à ses côtés, assistait avec elle au baptême du *Jean-Bart* souriait aux gens et aux choses de la mer et soupirait au nom du *Borda.*

- Hélas ! ce n'était pas pour le vaisseau-école qu'était parti son petit compagnon et jamais plus il ne reviendrait au port d'attache, comme les Terre-Neuviens, pressés dans le bassin. Presque au lendemain de la rentrée scolaire, une fièvre typhoïde l'avait emporté et, depuis lors, la mère esseulée ne vivait plus qu'avec son souvenir. Valentine de Breuil était fille unique d'un conservateur de la Bibliothèque Nationale, qui, ayant perdu sa femme très jeune, l'avait remplacée de son mieux et s'était montré aussi bon père que bibliophile érudit. L'enfant ne l'avait jamais quitté, il l'avait élevée lui-même avec un soin particulier quelque peu exclusif, développant son esprit et son cœur par des leçons attachantes, des lectures choisies, mais sans contact nécessaire avec le monde extérieur. Homme d'études et de cabinet, il détestait les relations banales, n'avait guère d'amis et pas de parents. Valentine n'ayant ni frères, ni sœurs, ni cousins, ni cousines, ni compagnes, grandissait donc à peu près seule derrière ces murs austères où s'entasse la pensée des siècles. Elle ne s'en plaignait pas, au contraire, son père lui suffisant comme elle lui suffisait, mais sa conception de la vie en était légèrement faussée, la tendresse filiale y prenant toute la place, et peut-être leur existence se fut-elle prolongée ainsi au-delà des limites normales, sans la menace d'un anévrisme qui, lui laissant redouter une fin imminente, décida M. de Breuil à presser l'établissement de sa fille. Il la maria donc, à dix-huit ans, à un médecin de la flotte, Monsieur Sucy, qui avait le double de son âge et un mérite suffisant, mais aucune de ces qualités brillantes qui séduisent les cervelles romanesques.

Héritière d'une assez grosse fortune du chef de sa mère et d'une particule authentique du chef de son père, sans compter ses avantages personnels, Monsieur du Breuil eut pu prétendre à mieux, mais le bibliothécaire avait un faible pour la marine ; ses vacances se passaient toujours au bord de l'Océan, dont il exaltait les beautés, seules capables de lui faire abandonner son cabinet de la rue Richelieu; puis, sans se l'avouer, peut-être, son égoïsme paternel y trouvait aussi son compte, les absences de son gendre lui laissant la part belle !

Il n'en profita pas longtemps ! à peine s'il avait eu la joie d'embrasser son petit-fils, que la mort le foudroyait à son bureau. À l'heure de ce deuil cruel entre tous, Madame Sucy était loin de son mari, mais elle avait son enfant, ce fut sur cette chère tête blonde qu'elle reporta le sentiment passionné voué à l'auteur de ses jours et dont l'amour conjugal n'était que le pâle reflet. Néanmoins, elle avait sincèrement aimé et pleuré son époux bien qu'il fut de ces hommes qui, tout en gardant un tendre respect pour l'épouse restée au logis, n'en promènent pas moins leur fantaisie sous toutes les latitudes

- Ce sont de simples escales, répondait-il aux affectueuses remontrances de son ami Champeaux, qui professait un véritable culte pour la jeune femme, mon cœur reste toujours au port d'attache.

En dépit de ses griefs, sa veuve conservait pieusement sa mémoire : il l'avait rendue mère et la maternité lui semblait maintenant le but suprême. Aussi, quoique libre, riche, jeune, adulée, avait-elle refusé de se remarier pour se consacrer exclusivement à son petit Michel et recommencer avec lui la douce vie menée avec son père, jusqu'au jour des séparations probables... mais non éternelles où la joie du revoir fait oublier la tristesse des adieux, et elle considérait parfois avec mélancolie deux lithographies sentimentales, à la mode sous le Second Empire : « Le départ, » « Le retour. » Dans l'une, la mère désolée pleure en contemplant l'élève de Navale qui s'en va ; dans l'autre, elle sourit rayonnante au bel aspirant qui revient. Hélas ! on ne revenait pas du pays inconnu où s'en était allé le cher petit compagnon ! Inutile d'interroger le ciel comme les femmes de marins l'horizon ; plus implacable que la « mangeuse d'hommes, » il ne rend jamais sa proie. Et, sombre, farouche, la mère sentait sa raison vaciller au bord de la fosse ouverte.

Parents, amis, consolations, consolateurs, tout lui était insupportable, odieux. Un neveu de son mari, Jacques Lormel, établi et marié en Angleterre, s'efforça vainement de l'attirer chez lui où elle retrouverait une famille, des enfants (six). Son directeur lui conseilla les œuvres pies, mais la charité ne suffisait pas à combler le vide affreux de cette âme assoiffée de maternité. Lorsqu'elle se rendait au Perpétuel Secours de Levallois, bâti sur un terrain venant de son grand-père et dont elle était une des bienfaitrices, c'était toujours la salle des enfants qui l'attirait, malgré le cruel ressouvenir évoqué par la vue de ces petits lits blancs et de ces visages souffreteux. Et, rentrée chez elle, c'était une nouvelle crise de désespoir.

Le parrain de Michel, monsieur Champeaux, repoussé une première fois jadis, essaya de reparler mariage. Il n'eut pas plus de succès. Et pourtant n'était-ce pas le moyen d'être encore mère ? Était-ce le seul ? Parmi tant d'orphelins abandonnés au pire destin, pourquoi ne pas chercher un remplaçant au cher disparu ? Tromper la solitude de son cœur meurtri. De cette façon, elle ne profanerait la mémoire ni du père ni du fils réunis dans la tombe, elle garderait leur nom à tous deux et ne donnerait qu'un frère d'adoption à son ange envolé.

- Prenez garde ! objecta affectueusement Champeaux, demeuré son ami quand même, lorsqu'elle lui parla de ses intentions. Vous allez vous exposer à de grands soucis et peut-être à d'amères déceptions. Il vous faudra compter avec une famille qui pourra spéculer sur vous.

- J'irai aux *Enfants trouvés*.

- Peut-être sera-ce pire encore ? L'hérédité n'est pas un vain mot. Si innocents qu'ils soient des errements, des fautes... des crimes paternels, ils en portent souvent le poids ; l'ivrognerie, le vice les ont marqués parfois d'une tare indélébile avant leur naissance et le germe morbide peut se révéler soudain de façon foudroyante. La chose est arrivée à une grande artiste qui, ayant adopté ainsi une enfant du hasard, découvrit, un jour, en cette fillette de dix ans, gâtée, aimée, choyée comme sienne, l'auteur de vols répétés dont elle accusait ses domestiques. Effet de l'atavisme, évidemment, mais bien propre à faire réfléchir, car la maison de la rue d'Enfer est, hélas ! le réceptacle du triste déchet humain de la grande cité.

Sans la convaincre, ces observations firent réfléchir la jeune femme, elle ne renonça pas à son projet, mais elle le modifia et résolut de demander le remplaçant souhaité à cette grande famille maritime, saine et forte race, honnête, laborieuse, hardie, au sang pur, aux vertus héréditaires, graine de vaillants, où, chaque année, nombreux sont les orphelins !

Un sermon de l'abbé Dubourg, sur ce sujet, entendu Saint-Etienne de Fécamp, l'ayant particulièrement impressionnée, elle décida de s'adresser à lui, et, munie d'une lettre de recommandation de son confesseur ordinaire, elle refit sans plus tarder le voyage. Triste pèlerinage pour la mère esseulée qui retrouvait à chaque pas la trace de ceux de son enfant !

La plage où il courait gaîment sur les galets ; le chantier où il se faufilait parmi les ouvriers pour voir construire ces grands bâtiments dont la carcasse s'allongeait peu à peu vers le bassin ; la jetée où il regardait passer les bateaux entrants et sortants ; les quais où il se mêlait à tous ces « travailleurs de la mer » : scieurs de long, transformant les troncs d'arbres bruts amenés par les wagons en mâts bien lisses, voiliers raccommodant la toile rude avec d'énormes aiguilles et un dé à gros trous au milieu de la main, cordiers goudronnant leurs énormes rouleaux de chanvre, tous braves gens qui riaient au petit parisien et répondaient à ses questions... Que c'était loin déjà ! Sans lui, elle avait gravi la côte de la Vierge, dont il escaladait si lestement le sentier rocailleux, elle était allée s'agenouiller dans l'humble sanctuaire, où ils avaient prié ensemble, au pied de la Mère douloureuse, lui confier son projet, lui demander son appui et elle s'était relevée plus forte, plus confiante, plus résolue. Simplement elle expliquait ses intentions au vieux prêtre attentif, qui l'écoutait en hochant la tête :

- Avez-vous bien réfléchi, ma chère dame ? Vous êtes

jeune, vos idées peuvent se modifier, une seconde union vous choque aujourd'hui, elle pourrait vous sourire demain, sans que nul ait le droit de vous en blâmer et vous regretteriez alors votre précipitation...

- Je suis sûre de moi, autant qu'on peut l'être, mon père, je ne veux pas me remarier, car ce que j'envisagerais surtout dans le mariage ce serait l'enfant et une déception possible me serait trop cruelle. D'un autre côté, je n'ai pas la vocation religieuse, et je ne saurais m'attacher à des anonymes, éparpiller mon cœur ; il me faut un petit être à chérir, à caresser, à élever. Je suis faite pour être mère, que voulez-vous ! il me faut un enfant.

- N'avez-vous point de famille ?

- Un neveu de mon mari, marié à Londres contre sa volonté, dont la femme et les enfants me sont étrangers par la religion, le pays, les mœurs.

- Votre fortune ?

- Est personnelle, absolument indépendante ; j'en peux disposer librement sans aucun scrupule.

- Soit ! Quelles seraient vos conditions ?

- Je désirerais un petit garçon assez jeune pour n'avoir pas souvenir de ses parents et pouvoir me considérer comme sa mère.

- C'est bien naturel, pauvre dame.

- Qu'il n'ait ni frère, ni sœur, ni proches parents, dont on ne pourrait le séparer sans cruauté.

- C'est juste.

- Qu'il soit catholique, français et de la grande famille de la mer, mon mari était marin, mon fils voulait l'être, et ce serait un lien de plus...

- Voyons, murmura l'abbé songeur, il y a bien Généreux Letot, mais il a encore sa grand'mère ? Tranquille Semport n'a plus d'ascendants, mais une *triolée* de frères et sœurs ?.. Chez les défunts Barbey, c'est une orpheline...

Tout en descendant la côte, la revue continuait, les candidats possibles s'éclaircissaient, aucun ne réunissant les qualités requises.

- Décidément, ce n'est point si aisé ! confessa le vieux prêtre en se grattant le front. Ici, ce ne sont point les orphelins qui sont rares, mais les fils uniques.

- Me faut-il donc renoncer...

- Non, malheureusement, Madame.

Et, s'arrêtant auprès du Calvaire, il embrassa d'un geste large la flottille terre-neuvienne pressée dans les bassins.

- Il suffit d'une tempête pour creuser bien des vides ! plus d'un doris se perd dans le brouillard, plus d'un trois-mâts manquera au retour. Attendez des nouvelles du Grand Banc, une année ne se passe guère sans qu'il fasse des veuves et des orphelins. Laissez-moi votre adresse, je vous écrirai, le cas échéant.

- Merci, monsieur le curé. J'attendrai.

Le départ des Terre-neuviens

C'est au printemps qu'il faut voir le port de Fécamp, le premier de France pour la grande pêche. Les bassins regorgent de trois-mâts, goélettes, doris, serrés les uns contre les autres, mâtures confondues, cordages enchevêtrés, équipages mêlés. Les uns, vieux bâtiments à leur dixième campagne, carène déteinte, voiles rapiécées, bordages usés ; les autres, tout pimpants neufs, toile vierge, pont bien lisse, couleurs flamboyantes, arrimés bord à bord sur trois, quatre, cinq rangs, que les matelots agiles franchissent à tout instant pour gagner les quais où règne la même animation. Toute la population maritime est sur les dents : capitaines, mousses, pêcheurs, boutiquiers, voiliers, cordiers, charpentiers, serruriers, mécaniciens, vont, viennent, affairés, d'un bateau à l'autre, sautent sur le pont, grimpent dans les mâts, descendent à fond de cale ; on embarque les provisions, les engins : pain, viande, sel, conserves, cidre, biscuit, charbon, filets, lignes ; on s'embarrasse dans les câbles, on glisse dans le goudron, on trébuche dans les tonneaux, on cogne, rabote, ajuste, on visite les machines, on rive les boulons ; les marteaux frappent, les scies mordent, le fer grince, les copeaux volent. Il faut que le gréement soit en état. L'équipement des hommes aussi. Et on les voit avec leurs ménagères se dandiner en longeant les boutiques spéciales où ils trouvent les vêtements et accessoires indispensables : gilets insubmersibles, longues blouses cirées jaunes, suroits à double visière pour se protéger de la pluie et des embruns, lourdes bottes montant au haut des cuisses, avec d'épaisses semelles, dont les gros clous écorchent le plancher, maillots de laine écarlate pour se défendre des douleurs, cache-nez tricotés pour se préserver de la brume. Promis ou promises, plus poétiques, vont bras dessus bras dessous acheter des souvenirs : pipe ou blague pour lui, bague ou colifichets pour elle ; les camarades s'offrent des « quarts » en faïence à fleur, avec le nom du pays « Yport, Étretat, Fécamp » ou quelque devise pour lamper le cidre mousseux à la veillée, assis sur les coffres autour du poêle, dans la chambre d'avant ou d'arrière également étouffantes, au rythme cadencé des vagues déferlant contre les parois, au ronflement sonore des dormeurs allongés dans leurs cadres étroits. Les mousses, eux, font une consommation effrayante de glaces, leur suprême régal, et de tabac, leur suprême orgueil. Ils y ont droit, dès qu'ils commencent à travailler, ça remplace l'investiture officielle, la robe prétexte, et ils arborent fièrement la cigarette, voire le brûle-gueule ou la chique, portant leur petit sou à la buraliste du port qui rivalise avec la marchande de sucres d'orge. Mais les débits les plus achalandés sont encore les débits de boisson. *« Au café du Grand Banc, » « Au rendez-vous de la Flotte, » « Au retour des Terre-Neuviens, »* ça ne désemplit pas, les chants, les cris, les rires, les disputes, les rixes se succèdent sans discontinuer et le capitaine du port a fort à faire pour maintenir l'ordre. Il faut bien arroser les adieux et noyer le chagrin. Tous les jours, une dizaine de bateaux doublent les jetées à la queue leu leu pour prendre le large et ce sont des scènes navrantes ou comiques parmi la foule grouillante encombrant le *Grand quai,* le quai *Bérigny,* le quai *de la Vicomté.*

...Sur le pont du *Jean-Bart* qui va bientôt appareiller, on fait la dînette en famille. Le patron donne l'exemple entre sa femme et son tout petit qu'il a assis sur son genou et qu'il contemple d'un air rêveur, tout en piquant avec son couteau les miettes de fromage restées sur son assiette. Françoise ne dit rien, elle a le cœur gros et ne veut pas pleurer, mais les larmes l'étranglent et elle a la gorge serrée...

Autour d'eux, c'est un va-et-vient de matelots, moussaillons surgissant des capots, un broc de cidre à la main, un énorme pain sous le bras. Un petit blond, timide et doux comme une fille, est assis en face de ses parents qu'il sert avec déférence, à côté d'une gentille brunette silencieuse qu'il ose à peine regarder ; mais, dans leurs dos, leurs doigts s'entrelacent. Une bonne vieille au chef branlant essuie furtivement ses yeux humides en considérant à la dérobée son petit-fils crâne et résolu, qui affecte de siffloter avec indifférence. C'est sa première campagne, il faut prouver que l'on est un homme. Un beau gars, d'une vingtaine d'années arrive titubant entre sa mère et sa sœur qui le surveillent d'un œil inquiet. À peine assis au pied du mât de misaine, il essaie de se relever, elles l'empoignent solidement par son tricot et le font rasseoir ; il rit bêtement, mais tout à son idée fixe, tandis qu'elles étalent leurs victuailles, il parvient à leur échapper, s'approche de Servan, échange avec lui quelques paroles insouciantes, puis, profitant d'une minute d'inattention, enjambe prestement le bordage et file vers un cabaret. Sa mère l'aperçoit, s'écrie, s'élance, sans lâcher son panier, sa fille, en trébuchant dans les caisses, s'empêtrant dans les cordages, parvient à le rejoindre au milieu du *Grand Quai :*

- Où qu'tu vas ?

- Où qu'j'ai affaire !

Il secoue les épaules pour se débarrasser des quatre mains agrippées à ses vêtements. Alors, moins fortes, mais non vaincues, les deux femmes lui emboîtent le pas et entrent avec lui au *Grand Banc*. L'heure s'avance, on va prendre le café à terre une dernière fois. Servan reçoit les adieux et les souhaits du gros Lucas, son ex-compagnon de doris qui appartient au *Colbert* et partira seulement dans quelques jours, sa femme Philomèle essaie de distraire la pauvre Françoise et rit aux lazzis des matelots en découvrant une double rangée de perles, qui lui a valu le surnom de *marquise de Belledents*. Un coup de sifflet rappelle tous les hommes à bord : les uns s'y rendent avec entrain, les autres avec angoisse, ceux-ci s'arrachant aux bras qui les étreignent, ceux-là, résistant aux bras qui les poussent, d'aucuns complètement gris, roulant comme des épaves, d'autres, subitement dégrisés, pleurant comme des enfants.

Très digne, le patron embrasse sa femme, son fils, puis il écoute les dernières instructions de l'armateur...

L'heure est sonnée. Déjà, comme étranger à la terre, dont une simple enjambée le sépare, l'équipage ne semble plus occupé que de la manœuvre. Adroits et lestes, malgré les nombreux petits verres absorbés, les matelots courent sur le pont, grimpent dans les vergues, larguent les amarres ; les voiles se gonflent, le navire s'incline, et le vapeur *Bois-Rosé* soufflant, crachant, fumant, remorque à sa suite les grands oiseaux captifs qui vont prendre leur vol vers le large. Alors, femmes, mères, sœurs, filles, fiancées aussi, dans une galopade effrénée qui fait claquer leurs sabots, gagnent les jetées, se pressent à la pointe des phares, pour entrevoir encore une fois ceux qui s'en vont... et ne reviennent pas toujours, selon le vers mélancolique de Ranh Nibor :

C'est pour ça qu'si fort on embrasse
Ceux qu'en France on laisse au départ.

En redescendant vers la ville, madame Sucy croisa une de ces femmes, les yeux rouges, portant un enfantelet qu'elle crut reconnaitre pour celui dont elle avait ramassé la capote au baptême du *Jean-Bart,* quelques mois auparavant, quand son petit Michel était à ses côtés... Elle tressaillit douloureusement de ce souvenir et jeta un regard d'envie sur la mère heureuse, dont l'homme s'en allait en lointain péril, mais lui laissait un tout petit... tout puissant consolateur.

Un orphelin de la mer

« Très honorée dame,

« Si vous êtes toujours dans les mêmes dispositions touchant l'adoption d'un petit orphelin, un de ceux que la mer a fait cette année, répondrait à toutes les conditions exigées. C'est un garçon qui n'a pas deux ans, son père a péri dans la catastrophe du *Jean-Bart,* abordé par un transatlantique, aux environs du Grand Banc ; sa mère a succombé au chagrin et à la misère, tous deux étaient sans famille, il n'a donc plus personne au monde et, pour l'instant, c'est une voisine qui en prend soin, en attendant votre décision. Nul ne me parait plus digne de vos généreuses intentions, dont j'ai entretenu la pauvre défunte et qui ont éclairé d'une lueur d'espoir ses derniers moments. »

Au reçu de cette lettre, Madame Sucy consulta fiévreusement *l'Indicateur*, il était trop tard pour partir le jour même, elle se borna à télégraphier :

- J'arrive.

Pour tromper les heures trop longues qui la séparaient encore de celle du départ, elle se mit à préparer avec amour le nid de l'oiselet attendu. Depuis la mort du petit Michel, rien n'avait été changé dans sa chambrette respectée comme un sanctuaire : ses livres, ses cahiers, ses jouets, ses vêtements, tout était demeuré à sa place, comme s'il allait revenir. Son remplaçant n'était pas encore d'âge à s'en servir ; elle enferma pieusement dans une grande malle toutes ces chères reliques du passé, tira d'une commode laquée une ancienne layette conservée avec soin, dénoua les faveurs bleues, et bonnets, brassières, chemises, fichus, robes, bas, souliers s'étalèrent sur le tapis. D'un œil humide elle contempla toutes ces choses frêles, moins encore, hélas ! que leur éphémère propriétaire ; elle choisit celles qui pouvaient convenir à la taille probable de son fils adoptif, les disposa sur les tablettes de l'armoire vide, fit le lit elle-même et bientôt l'oreiller de dentelles avec un grand *M* brodé dans le coin était prêt à recevoir le chérubin inconnu qui devait s'y reposer le lendemain. Puis, après une nuit agitée, la consigne donnée aux domestiques, un vieux ménage et sa fille, à son service depuis son mariage, elle prit un train du matin et arriva sur *les midi* à Fécamp.

C'était un jour de septembre, comme lors du baptême de ce pauvre *Jean-Bart,* destiné à cette fin tragique, mais un jour triste, morose, où la pluie, s'écrasant en larges gouttes aux vitres des wagons, semblait pleurer sur les deuils amoncelés en si peu de temps. Les collines jaunissantes, les maisons grises, les bateaux aux voiles serrées, les bâtiments de l'entrepôt, les chantiers déserts où se dressait le squelette d'un trois-mâts en construction, les rares passants au parapluie ruisselant, tout était enveloppé d'un réseau ténu, comme d'un suaire, et les lourds camions de la maison *Le Borgne* où se déversaient les bennes de houille extraite des flancs d'un grand vapeur anglais, avaient une vague apparence de corbillards. L'abbé Dubourg achevait de déjeuner dans son modeste logis de la rue des Renelles. Sa lettre partie, il était demeuré assez perplexe. Peut-être avait-il pris la demande trop au sérieux ? Ces Parisiennes frivoles changent d'idée comme de toilette ! Peut-être celle-ci ne se souvenait-elle plus de son caprice du printemps dernier ? Peut-être cette exaltation qui l'avait d'abord effrayé, puis ému, n'avait-elle été qu'un feu de paille ? Peut-être aurait-il dû se renseigner d'abord, près de l'abbé Stéphani, sur son état d'esprit actuel ? Bien que peu explicite, le télégramme l'avait déjà rassuré. Le bruit d'une voiture s'arrêtant devant sa porte acheva de le convaincre. Pour venir si vite, par cet affreux temps, il fallait avoir un cœur maternel.

- Décidément, vous êtes une vraie maman, Madame, dit-il avec un élan plein de bonhomie, et le petit Michel ne sera pas à plaindre.

- Il s'appelle Michel ?... comme le mien...

- Michel Servan. Son père était patron du *Jean-Bart,* un Breton très pieux, un peu original ; sa mère...

Madame Sucy ne l'écoutait plus ; elle revoyait les traits males, le regard farouche du marin, l'écartant avec rudesse de cet enfant, qui allait devenir sien ; et une indicible angoisse l'étreignit à la gorge. Mais les paroles du bon curé dissipaient peu à peu ce vague malaise : il contait la triste agonie de la pauvre veuve, ses inquiétudes pour le petit, sa reconnaissance pour la bonne dame qui voulait bien s'en charger.

- Dites-lui que je prierai le Bon Dieu tous les jours pour qu'il lui accorde joie et santé et que mon petit Michel lui donne bien de la satisfaction... Qu'elle l'aime bien fort pour moi et pour son père qui la bénira aussi de là-haut.

Très émue, la jeune femme essuya ses paupières gonflées :

- Pauvre mère ! Allons d'abord sur sa tombe, voulez-vous, monsieur le curé ?

- Bien volontiers, Madame.

Le cocher, qui attendait à la porte, les conduisit tous deux au cimetière, qui s'étage sur la route de *Goderville*. Là, dorment côte à côte, sous leurs somptueux monuments ou sous une simple croix de bois, des générations d'armateurs et de marins, dont les navires ont sillonné les mers. Valentine acheta quelques fleurs au gardien qui est aussi jardinier-fleuriste ; à travers les allées détrempées, elle alla les déposer devant l'humble tertre sous lequel reposait la douce créature et lui renouvela sa promesse de la remplacer de son mieux auprès du petit orphelin.

- Monsieur le curé, dit-elle au vieux prêtre qui l'abritait tant bien que mal sous son grand parapluie de cotonnade, je vous serais reconnaissante d'acheter une concession à perpétuité pour cette pauvre femme et de lui faire élever un monument décent, afin que, plus tard, lorsqu'il sera un homme et apprendra la vérité, son fils puisse venir prier sur sa tombe.

- Il sera fait selon vos intentions, Madame.

L'automédon, qui s'était mis au sec sous la capote, céda la place à ses clients en maugréant contre la pluie inclémente au pauvre monde, mais la promesse d'un bon pourboire eut raison de sa mauvaise humeur et l'on redescendit vers la ville, on traversa la place *Thiers,* suivit la rue *Saint-Étienne* où domine l'élément bourgeois, pour gagner la rue *de Mer* où gitent surtout les ménages de pêcheurs. Au numéro 24, l'abbé et Madame Sucy mirent pied à terre et, sous les regards curieux des commères attirées aux fenêtres par le bruit de la voiture, dansant sur les pavés, ils enfilèrent une étroite allée, gravirent un escalier obscur et s'arrêtèrent devant une porte entrebâillée.

- Entrez ! répondit une voix fraiche, au coup discret frappé sur le panneau.

Et une ménagère accorte et avenante, en train d'éplucher les légumes pour la soupe et entourée d'une nichée de marmots, apparut aux yeux des visiteurs : le logis était pauvre, mais d'une méticuleuse propreté. Dans la première pièce, salle et cuisine à la fois, le carreau bien lavé était protégé contre la boue du dehors par des sacs de grosse toile formant tapis. Dans la haute cheminée à l'ancienne mode, revêtue d'un carrelage de faïence, était emboitée une cuisinière moderne aux cuivres reluisants et, sur le manteau, le chandelier à mouchettes de nos grand'mères voisinait avec une lampe à colonnes, dernier style. Un beau buffet normand, aux fines ciselures, garnissait un panneau, une table pliante recouverte d'une toile cirée, représentant l'Exposition de 1889, occupait l'autre : et, sur les murs crépis en jaune, une copie du célèbre tableau de Lix *: Rouget de l'Isle chantant la Marseillaise chez le maire Dietrich,* et deux chromos aux tons criards, deux fiancés causant d'avenir, deux époux admirant leurs enfants : *Avant*, *Après,* encadraient une carte de France jaunie par le temps. Dans la seconde pièce, plusieurs petits lits près du grand, orné d'une courtepointe en coton blanc tricoté, au-dessus duquel deux images de piété ; *Sacré Cœur de Jésus, Sacré-Cœur-de-Marie :* sur la commode d'acajou, un vaisseau en osier avec mâts et cordages enguirlandés de fleurs en papier très à la mode dans le pays, autour, de gros coquillages, quelques photographies, une statuette de Jeanne d'Arc et une minuscule Tour Eiffel ; curieux mélange des traditions séculaires et de l'esprit nouveau, du goût local et du parisianisme aigu produisant quelque cacophonie.

- Bonjour, madame Lucas, je vous amène la personne en question, dit l'abbé à la jeune femme qui avait interrompu sa besogne pour les recevoir.

- Tant mieux pour le petit et tant pis pour moi, monsieur le curé, répondit-elle en s'efforçant de sourire.

Bien que toute jeunette et déjà chargée de famille, elle n'en avait pas moins bien accueilli son pupille provisoire, souhaitant peut-être qu'il devînt définitif.

- Je regrette de vous en priver, Madame, mais vous êtes déjà bien riche ! dit gracieusement Valentine, admirant la nombreuse couvée pressée contre elle comme les poussins sous l'aile de leur mère.

- On ne l'est jamais trop, sauf lorsqu'on vient à *veuver,* soupira-t-elle.

- Vous avez de bonnes nouvelles de votre mari, Philomène ?

- Oui, monsieur le curé, mais ça ne prouve rien. Françoise avait bien reçu une lettre de son homme quinze jours après l'accident. C'est si loin ! quand je pense que le mien ne connait pas encore sa petite dernière.

Pendant ce temps Madame Sucy cherchait son fils adoptif parmi la marmaille intimidée qui l'examinait curieusement.

- N'est-ce pas celui-ci ? dit-elle, désignant un blondin frisé comme son petit Michel.

- Oui bien ! va embrasser la dame qui sera maintenant ta maman, *m'n'éfant*.

Mais le petit bonhomme, effrayé par les habits de deuil et le voile épais de la visiteuse, s'y refusa énergiquement et se mit à pousser des cris perçants, imité bientôt par ses camarades. Heureusement, Valentine avait prévu le cas : quelques jouets, polichinelle, trompette, soldats, mieux que tous les arguments, tarirent les sanglots, rétablirent le calme et firent ouvrir de grands yeux à toute la bande émerveillée. Une généreuse distribution de bonbons acheva de lui conquérir tous les cœurs, à commencer par celui du petit Servan qui s'installa de lui-même sur ses genoux.

Philomène voulait faire un paquet de ses pauvres effets, Madame Sucy la pria de les garder pour sa dernière née et se borna à emporter l'alliance de Françoise, ainsi que son portrait et celui de son mari, pieuses reliques qu'elle voulait conserver à l'orphelin.

À minuit, épuisée, mais heureuse, elle rentrait dans son immeuble du boulevard Malesherbes et déposait l'enfantelet endormi dans le lit blanc, vide depuis un an... L'ange envolé avait un remplaçant.

Un vœu

L'année 1897 ne fut pas trop inclémente aux terre-neuvas ; fin novembre, tous les bateaux étaient rentrés au port, sauf un seul, *le Colbert,* mais, parmi l'équipage se trouvait le pauvre Lucas et l'on ne voyait plus sourire *la marquise de Belledents,* qui errait le long des jetées, interrogeant anxieusement l'horizon, ou montait la côte de la Vierge avec sa nichée hâve et décharnée, invoquant la Bonne Dame et se serrant le ventre pour faire brûler un cierge de plus. À la fin d'une campagne, la situation d'une femme de marin est toujours des plus précaires ; même lorsqu'il lui laisse sa *délégue,* impossible de joindre les deux bouts et la dette rongeuse grossit, grossit toujours, dans l'attente de la part de pêche qui permettra de se remettre à flot. Un naufrage, dans ces conditions, est non seulement une catastrophe, mais une ruine, et la faim hideuse pose sa griffe sur le voile des veuves et le crêpe des orphelins. Aussi, les malheureuses s'obstinent-elles à espérer quand même, se cramponnant au moindre indice, se raccrochant à la moindre épave, citant des exemples, ressassant des contes extraordinaires de matelots revenus après des mois, des années, des quarts de siècle ! affectant la confiance, la sécurité, répétant sans se lasser : « Il reviendra ! » pour donner le change aux autres et à elles-mêmes... et qui sait ? forcer le sort ! Mais décembre, janvier, l'hiver, le printemps passèrent ; un nouveau départ eut lieu... il fallait revêtir les habits de deuil.

Au commencement de juillet, les baigneurs encore rares installés sur la plage, furent témoins d'un spectacle inoubliable. La population maritime était en évolution, on s'appelait, s'interpellait, se montrait un point noir grossissant, dont les vieux loups de mer, la main en abat-jour, détaillaient déjà le gréement, la forme, les couleurs...

On quittait précipitamment, chantiers, scieries, séchoirs, *saureries*, forges, corderies, les cafés eux-mêmes se vidaient, et tous, vieillards, hommes, femmes, enfants, gagnaient à la hâte le talus, les jetées, scrutant avidement l'horizon.

Bientôt un nom glissa comme une traînée de poudre :

- *Le Colbert ! Le Colbert ?*

Ce fut une ivresse folle, débordante, on riait, pleurait, s'embrassait, appelant le père, le frère, le mari, le fils enfin revenus. Entourée de sa nichée, *la marquise de Belledents* élevait les plus petits dans ses bras, afin que leur « *pé* » pût les voir, alors que l'on distinguait à peine le voilier. De bonnes vieilles, agenouillées sur le pavé, priaient tout haut en se frappant la poitrine. Des passants indifférents, saisis par l'émotion générale, s'arrêtaient, descendaient de voiture, sautaient de bicyclette, se mêlaient aux groupes populaires, questionnaient les matelots, participaient à leur fièvre. La lourde patache, qui fait le service des *Petites Dalles,* prolongeait sa station, sans que les voyageurs, le nez aux vitres baissées ou debout sur l'impériale, songeassent à protester et un chauffeur, dernier cri, appuyé sur son guidon, immobilisait sa machine trépidante qui grondait impatiente du frein. On se montrait l'armateur, beau vieillard à figure ouverte, monté sur une pile de barils et agitant son chapeau :

- Double prime pour l'équipage, mes enfants, criait-il tout joyeux. Pendant ce temps, le trois-mâts, voiles éployées, faisait majestueusement son entrée dans le port. À la pointe des phares, les femmes penchées sur le parapet, à croire qu'elles allaient se précipiter, fouillaient avidement les groupes actionnés à la manœuvre, cherchant à reconnaître leurs hommes et c'étaient des exclamations de joie, de désespoir.

- V'la l' mien !

- J' vois pas l' mien !

- François !

- Gaspard !

- Lucas !

Mais eux semblaient sourds, muets, aveugles, ne levant ni les yeux ni la tête, insensibles en apparence, aux tendres appels, aux bras tendus, aux baisers mêmes des tout-petits. Ils allaient, venaient, silencieux comme des fantômes, obéissant aux ordres d'un patron inconnu, à qui sa longue barbe, tombant jusqu'à la ceinture, prêtait un air fantastique. Et ce silence tragique, opposé à ces joyeuses clameurs, glaçait les assistants d'une crainte superstitieuse. Évoluant lentement dans les eaux du bassin, le *Colbert* vint se ranger à quai ; puis, tandis qu'armateur, parents, amis trépignant d'impatience, les interpellaient en vain, gravement, les matelots retirèrent leurs lourdes bottes et, pieds nus, escaladèrent le bordage, touchèrent la terre ferme. Alors, écartant d'un geste rude la foule haletante, ils firent un grand signe de croix et, à la queue leu leu, mousse en premier, patron en dernier, selon l'étiquette maritime conforme au cérémonial liturgique, ils se mirent en marche vers la côte de la Vierge.

- C'est un vœu ! dit un des vieux du port en ôtant son brûle-gueule pour se signer à son tour.

Alors, les poitrines oppressées se dégonflèrent, et pères, mères, femmes, enfants, emboîtant le pas, suivirent les naufragés reconnaissants, saluant à pleine voix la Vierge protectrice :

- *Ave Maria, gratia plena...*

Et la multitude répondait.

- *Sancta Maria, Mater Dei...*

Ils gravirent le « Raidillon aux matelots, » insensibles aux cailloux tranchants, aux tessons de bouteilles, écorchant leurs pieds nus qui rougissaient la poussière. Ils allaient récitant le chapelet avec une foi ardente, le front baissé pour résister à la tentation de sourire aux êtres chers qui se pressaient autour d'eux et dont les réflexions apitoyées arrivaient à leurs oreilles :

- Mon pauv' gars ! a-t-il dû pâtir pour avoir c'te mine défaite !

- I's'tions trop maig', les r'quins n'en ont point voulu !

- Regardez m' s'éfants ! l'pé ! là au milieu !

- Baptistin qu'a perdu un œil ! s' promise n' voudront plus d' lui.

Et les propos se croisaient, joyeux, tristes, comiques aussi.

Tous se connaissaient et mettaient des noms familiers sur les visages creusés par la souffrance. Seul, le patron les déroutait, ce n'était pas celui du *Colbert,* était-il étranger au pays ? Pourtant, tout en égrenant dévotement son rosaire, il ne pouvait se retenir de jeter de temps à autre un regard furtif sur le groupe des femmes et des enfants et, chaque fois, une crispation douloureuse assombrissait ses traits énergiques. En haut de la côte les marchandes de cierges étaient accourues, flairant la bonne aubaine, et leur barraient le chemin, brandissant leur marchandise :

- Deux sous, cinq sous, dix sous, glapissaient-elle : sur un mode aigrelet.

Bientôt la pauvre chapelle s'illuminait, à toutes les pointes de ses ifs brillaient des lueurs falotes et de toutes ces mâles poitrines, aux accents rauques, comme le mugissement de la tempête, auxquels se mêlait le fausset aigu des femmes, s'élevait jusqu'aux voûtes sonores l'hymne de gratitude : « *Ave Maris stella...* »

Puis, leur vœu accompli, en paix avec leur conscience, ils sortirent l'un après l'autre, les yeux levés, les bras ouverts, et, dans l'étroite cour aux murailles de granit, ce fut une explosion de cris, de larmes, de sanglots... Les femmes se pendaient au cou de leurs maris, les mères serraient leurs fils dans leurs bras tremblants, les enfants grimpaient aux jambes de leurs pères, promis et promises s'embrassaient à pleine bouche et *la marquise de Belledents* justifiait son surnom en riant et pleurant à la fois, et poussait vers son homme ses six enfants, dont l'aîné venait de faire sa première communion.

- C'est parce que j'y ons donné m' brassard, à la Bonne Dame, que l' pé est r'venu ! répétait-il tout joyeux.

Soudain une main nerveuse se posa sur l'épaule de Philomèle.

- Où est Françoise ?

Elle se retourna saisie :

C'était le patron, à la longue barbe, qui l'interrogeait ainsi et, à l'angoisse peinte dans ses yeux bleus, plus encore qu'à son visage elle le reconnut aussitôt :

- Jésus ! c'est Servan ! s'écria-t-elle reculant comme devant un spectre...

C'était en effet le patron du *Jean-Bart*... Seul de son équipage, il avait survécu à la terrible collision qui l'avait anéanti. Cramponné à une épave, pendant quarante-huit heures il avait lutté contre les flots, la faim, la soif, le froid, la fatigue, soutenu par la pensée de son petit Michel et sa foi ardente. Enfin, un bâtiment anglais se rendant de New York au Transvaal l'avait recueilli à demi-mort et emmené vers l'Afrique ; mais, avant d'y arriver, une effroyable tempête avait fondu sur eux et, jeté à la côte, le malheureux navire s'était perdu corps et biens. Quelques matelots s'étaient enfuis dans un canot, d'autres n'ayant pu y trouver place, s'étaient efforcés d'aborder à la nage. Servan était parmi ces derniers et avait réussi à atterrir, avec un jeune midship qu'il avait pris en affection et qu'il parvint à sauver sur ses épaules.

Neveu d'un riche négociant de la Cité, son goût pour les aventures avait détourné Harry Gerald de la carrière commerciale, néanmoins c'était débuter un peu tôt dans le rôle de Robinson et, leur ilot inspecté, quand il se vit condamné à y demeurer de longues années peut-être, il tomba dans un profond découragement, puis dans ce noir spleen particulier à ses compatriotes et contre lequel il est si difficile de réagir. Étienne s'y employa cependant de son mieux, prêchant de paroles et d'exemple, stimulant l'énergie de cet enfant débile qu'il entourait d'une protection virile et tendre, faisant luire à ses yeux l'espoir (bien problématique) du passage d'un vaisseau, pourvoyant à ses besoins à force d'ingéniosité et de courage. Mais le petit Anglais n'avait ni le ressort, ni l'endurance du robuste Breton, une maladie de langueur se déclara, bientôt il ne quitta plus la hutte de branchages qui leur servait d'abri, la couche de feuilles sèches qui leur servait de lit, où il demeurait étendu, feuilletant machinalement une petite Bible à moitié effacée qui ne l'avait pas quitté. Servan le soignait, comme s'il eut été son fils, s'efforçant de le distraire, le réconforter, le consoler, lui parlant de son pays, de sa mère qu'il reverrait bien sûr, comme lui son petit Michel. Le malade hochait tristement la tête... Chaque soir, Servan allumait un grand feu sur un promontoire, que l'on apercevait de leur cabane et, pendant ses longues insomnies, Harry suivait d'un regard fiévreux la lueur flamboyante à laquelle rien n'avait encore répondu. Un matin, (depuis la veille, il était dans le coma), il s'éveilla brusquement de sa torpeur et, saisissant le bras de son compagnon :

- Le canon !... Entendez-vous ?... On a vu notre signal !... C'est le salut !... Je veux me lever... Un navire ! enfin !

Mais sa faiblesse le trahit et il retomba épuisé, râlant sur sa couche. Inutile d'essayer de le raisonner, de le calmer, il se débattait, délirait de plus en plus. Alors doucement, le Breton lui dit :

- Tranquillisez-vous, je vais aller à la pointe du fanal et, si un vaisseau vient vers nous, je vous ferai signe...

- C'est cela !... allez.... vite... vite...

Haletant, toute sa vie concentrée dans ses yeux ardents, il interrogeait avidement l'horizon... Enfin, Servan apparut à côté du bûcher éteint, sa silhouette se découpant nettement dans le ciel clair, sa main en abat-jour, explora la mer... puis il se retourna agitant joyeusement les bras... Quand il redescendit près du moribond, il était mort, le sourire aux lèvres... grâce à ce pieux mensonge... Et la première année n'était pas écoulée...

Étienne devait en compter cinq avant le jour de délivrance, où un trois-mâts en perdition fut jeté sur cette même côte. C'était le *Colbert* entraîné vers le Sud par la tempête, bien loin des parages de Terre-Neuve et dont le patron avait été emporté par une lame. Grandes furent la surprise et la joie des matelots en découvrant un compatriote dans ce naufragé, que sa longue barbe et sa quasi-nudité eussent fait prendre pour un sauvage et qui les saluait dans leur langue, leur demandait des nouvelles de leur port d'attache. Aucun ne le connaissait personnellement, sauf Lucas qui le tenait pour un fier marin, sachant commander et capable de remplacer le patron disparu.

- Il nous tirera d'affaire mieux que personne, répétait-il avec la naïve confiance des simples, bientôt partagée par ses compagnons.

Investi du commandement, Étienne justifia cette flatteuse opinion. Le *Colbert* renfloué fut mis à l'abri dans une petite crique, convenablement radoubé et l'on put reprendre la mer et gagner Fécamp sans autre accident.

- C'est un sauvetage qui vous fait grand honneur, mon brave, déclara l'armateur enchanté ; vous toucherez double prime et patron du *Colbert* vous resterez si vous voulez.

Il s'inclina sans répondre ; ce n'était pas là ce qui l'inquiétait, mais le silence apitoyé de Philomèle et l'embarras de son mari. Là-bas, devant ce malheureux qui l'interrogeait, les larmes aux yeux sur sa femme et son petit, il n'avait pas eu le courage de la vérité, se bornant à des réponses évasives :

- Il n'savait point trop !... On n'était plus voisins !... Philomèle lui expliquerait les choses.

Maintenant, il fallait s'exécuter...

- Mon pauv' Servan !... j' vas t'dire... c'était point à mauvaise intention que j' t'avions caché la chose... j'osions point là-bas... et ici ça m' fend le cœur à c' t'heure d'joie pour nous aut ! Mais not' maison s'ra la tienne et t'auras tout d' même un foyer.

Il se taisait, adossé à la muraille, l'œil sec, les lèvres serrées...

- Alors... Françoise est morte ? demanda-t-il enfin d'une voix sourde... et l' petit ?

- Oh ! lui va bien !... il est très heureux... j'croyon ben !

- Il n'est donc point ici !

- Non…, j' l'aurions bien gardé pourtant, il êta si mignon ! mais m'sieur l' curé a dit comme ça qui vallions mieux...

- Le mettre à l'Hospice !

- À l'Hospice ? Non point ! c'est une belle dame de Paris qui s'en étions chargée.

- Une Parisienne !

Tout son calme l'avait abandonné et, vibrant de colère, d'indignation.

- Pourquoi avez-vous donné mon petit à une Parisienne ?

- C'est point nous. M'sieur l'curé a dit qu'dans son intérêt.

- Dans son intérêt ! à une Parisienne ! pour faire le beau ou le chien couchant dans son salon ! Malheur ! Ces Parisiens ! ça empoisonne l'air que nous respirons ! ça encombre nos quais de son oisiveté ! ça insulte not' misère de son luxe ! ça vient encore nous voler not' bien, nos sœurs et nos p'tits ! pour en faire des fainéantes et des débauchés !... Mon p'tit gars à une Parisienne!... Mieux valait ! l'jeter du haut de la falaise...

Sa fureur s'exaltait, il allait, venait comme un lion en cage, les poings crispés, la face livide, l'œil injecté, si farouche avec sa barbe hirsute, que les enfants s'enfuyaient effrayés et que quelques étrangers, venus en curieux, se dérobèrent prudemment. Les hommes tâchaient de le calmer, les femmes de le consoler. Enfin, reprenant peu à peu son sang-froid :

- Qui était cette Parisienne ?

- J' savons point, déclara Philomèle, m'sieur l' curé Dubourg...

- J' vas l' trouver.

- Il n'est plus ici..., c'est un jeune qui l' remplace... Il doit savoir son adresse ?

- Bien sûr !

- Ça suffit.

Et, secouant les épaules, sans répondre aux paroles amicales, sans serrer les mains tendues, il descendit à grands pas vers le presbytère. Hélas ! aux premiers mots, le nouveau curé l'interrompit avec compassion : L'abbé Dubourg, qui avait pris sa retraite plus qu'octogénaire, était mort depuis un an. Étienne eut un étourdissement, puis, sans écouter les paroles encourageantes, il s'éloigna morne et accablé. Désemparé, sans but, presque sans pensée, il allait devant lui au hasard des rues familières, flânant machinalement aux devantures, regardant sans voir les ménagères sur le pas de leur porte, les bourgeois attablés aux terrasses des cafés. En passant devant *l'Abbaye,* il détourna la tête, devant *Saint-Étienne,* son patron, il haussa les épaules ; sa foi sen allait à la dérive comme le reste. *Place Thiers,* une automobile déversait une bande joyeuse devant le *Chariot-d'Or ;* pour l'éviter, il se jeta dans une rue transversale et continua sa marche inconsciente... Maintenant les maisons s'espaçaient, il allait vers la campagne... brusquement, il s'arrêta... Il était devant le cimetière... Hébété, il passa la main sur son front brûlant, hésita un instant, puis entra... L'enfant ne devait pas lui faire oublier la mère. Dans le coin où dorment les humbles, il chercha patiemment le nom de sa douce compagne... Rien ! Pourtant, les cinq ans étaient à peine révolus. Et il recommença son lugubre examen, courbant sa haute taille sur les tertres abandonnés, les croix de bois à l'inscription effacée.

- Qu'est-ce que vous cherchez ? demanda une voix rude.

Inquiet de ses allures singulières, le gardien l'avait suivi à distance pour le surveiller. Il y a comme ça des gaillards qui ont la manie de venir se suicider sur une tombe ; c'est très désagréable dans un cimetière bien tenu !

- Je cherche la tombe de ma femme : Françoise Servan, répondit simplement le marin.

- Françoise Servan ? ce n'est point par ici ; venez. Étonné, Étienne le suivit parmi les riches sépultures des concessions à perpétuité.

- C'est là, dit-il en s'arrêtant devant une dalle surmontée d'une croix de granit à laquelle était suspendue une superbe couronne encore fraiche.

- Vous n' faites point erreur ?

- Dame ! lisez vous-même.

Il obéit les yeux troubles :

Françoise Sasselol
veuve Servan
30 *ans*
Priez pour elle.

- Qui a fait mettre cette pierre ?
- L'ancien curé.
- C'est point lui qui l'a payée ?
- Si fait, mais point de sa poche, j'pense.
- Qui donc alors ?
- La dame qu'étions venue avec lui, v'la cinq ans bientôt...

Et loquace, il lui conta la visite qui l'avait quelque peu intrigué.

- Vous n'savez. point l'nom de cette dame ?
- Non, mais l'abbé Dubourg la connaissait, bien sûr.
- Il est mort.
- Oh ! alors !... p't' être ben encore le cocher qui les a conduits.

Servan eut un geste découragé, puis, sans plus s'occuper de son compagnon, il plia les genoux, s'accouda sur la dalle et demeura ainsi longtemps, le front dans ses mains. Priait-il ? Pleurait-il ! Quand il se releva, il avait les yeux secs, l'air sombre... Il jeta un dernier coup d'œil au monument et, avisant la couronne « *Au nom de son fils,* » il l'arracha brutalement et la foula aux pieds.

En chasse

Le lendemain, Servan commença ses recherches. Il avait la ténacité des simples, butés à une seule idée et s'y cramponnant énergiquement, il l'avait bien prouvé en son ilot désert et la désespérance, qui avait fauché le jeune Anglais cultivé, n'avait eu aucune prise sur le rude Breton. Pendant cinq ans, sans se lasser, il avait répété les mêmes signaux, rallumé le même fanal, il eut continué dix ans ! et enfin, la voile libératrice était apparue dans la tourmente. Son indomptable volonté s'était encore trompée dans cette épreuve, comme sa foi superstitieuse en la Bonne Dame, que rien ne pouvait ébranler, celle-là ! Il ne lui était pas plus difficile de lui rendre son petit gars que d'amener le *Colbert* dans ses eaux. Il avait conservé sa barbe de sauvage pour la déposer à son autel, il fit vœu de ne pas se raser encore, avant d'avoir retrouvé son enfant. Le premier moment de découragement passé, il avait repris son sang-froid et envisageait la situation de son œil clair, habitué à sonder les abimes de l'Océan. Résigné à l'irréparable, il se courbait sous la main divine qui lui avait retiré sa douce compagne, mais il se révoltait contre le caprice féminin qui lui avait enlevé son fils. L'une était morte, rien à faire qu'a prier pour elle, mais l'autre était vivant, bien vivant, puisque la couronne, déposée en son nom, était encore fraiche. Il fallait donc tout tenter pour l'arracher à cette voleuse. D'abord, il alla faire sa déclaration au commissaire maritime, qui le renvoya à son confrère de la municipale. À l'Hôtel-de-Ville, le concierge, occupé à montrer le Musée à des étrangers, n'était pas dans sa loge, il erra à sa recherche dans les larges escaliers, les longs couloirs, les vastes salles provenant des anciens bâtiments de l'Abbaye, dont les vieilles murailles avaient vu jadis tant de pèlerins à la longue barbe, revenant de Palestine. Enfin, le Cerbère, aussi aimable que le plus rébarbatif des frères portiers, lui indiqua le bureau du commissaire, où se trouvait déjà une dame aux cheveux jaunes, à la mise tapageuse, accompagnée d'un petit garçon encore en jupe, affublée de dentelles jusque sur son chapeau, et d'une gouvernante anglaise aussi mince qu'un parapluie aiguille.

Elle expliquait verbeusement d'une perte qu'elle venait de faire et dont elle se montrait désolée :

- Un chapelet de perles baroques qui j'avais rapporté de Rome, monsieur le commissaire, et auquel je tenais beaucoup ; je le portais ordinairement en collier et à Saint-Pierre-en-Port, où je suis descendue, on lui prêtait une grande valeur, parmi ces imbéciles de paysans : *vingt-mille francs !* Quand il vaut à peine vingt-cinq louis. Je crains qu'il n'ait tenté la cupidité de quelque pauvre diable, croyant ramasser une fortune.

- Avez-vous des soupçons, Madame ?

- Oui, monsieur le commissaire ; allez dans la galerie avec Bob, miss Bellah.

L'Anglaise obéit d'un air rogue et vint s'asseoir sur une banquette, à côté d'Étienne, qui attendait patiemment au dehors.

Bob, d'abord un peu intimidé, s'était bien vite apprivoisé, et jouait avec sa barbe inculte, grimpait après ses jambes ; il s'y prêtait avec complaisance, attendri de voir la menotte gantée de suède se poser sur sa main rude. Bellah le rappelait parfois avec un :

- Come here ! (viens ici !)

Sans conviction.

- Laissez, Mademoiselle, il ne fait point de mal, protesta Servan par politesse.

Et, avec une curiosité involontaire, il questionna :

- C'est à vot' dame, ce beau petit ?

Elle répondit à mi-voix avec l'expression haineuse des subalternes envieux :

- Non ; c'est le fils de son portier !... un genre pour se rendre intéressante !

Une barre se creusa entre les sourcils du Breton et il repoussa le pauvret étonné. Un rapprochement forcé s'imposait à son esprit : Si son petit Michel était comme celui-ci le jouet de quelque créature ! Son sang ne faisait qu'un tour à cette pensée et il allait, venait à grands pas, les poings serrés, mâchonnant des mots sans suite, oubliant où il était, pourquoi il était venu. La porte se rouvrit :

- Alors, vous me conseillez une annonce dans les journaux, monsieur le commissaire ?

- Oui, Madame, et une bonne récompense, puisque vous ne voulez pas adresser une plainte au parquet.

- Oh non certes ! les gendarmes chez moi ! une descente de police ! jamais de la vie !

- Alors, Madame, il n'y a pas autre chose à faire.

Elle salua et disparut précipitamment, suivie de l'Anglaise gourmée et du petit bonhomme ahuri ; le bruyant teuf-teuf d'une automobile annonça leur départ.

- Et vous, mon garçon, que voulez-vous ? interrogea le commissaire, jetant sur son bureau un mignon bristol :

Berthe de Langy,
15, *rue de Prony*

Rappelé à la réalité, Servan expliqua brièvement son cas : on lui avait pris son petit gars en son absence, il voudrait bien le retrouver...

- Il faut vous adresser à l'abbé Dubourg ; c'est lui qui a fait le mal, c'est à lui de le réparer.

- Il est mort.

- Et vous ne savez ni le nom, ni l'adresse de cette dame ?

- Sans ça je ne serais pas ici !

- Alors que puis-je y faire ? Votre enfant n'a été ni perdu, ni volé ?

- Bien sûr !

- S'il avait été confié à l'Assistance Publique, les choses se passeraient administrativement et on vous le rendrait dans les délais de rigueur, mais dans ces conditions, impossible.

- Pourtant, monsieur le commissaire, un enfant vaut bien un collier pour qu'on s'en occupe !

- Pas d'insolence ! je vous y engage dans votre intérêt, dit le magistrat avec autorité ; puis, s'adoucissant (il était père aussi !) il ajouta avec une bienveillante commisération :

- Je vous plains, mon ami, mais ce sont les aléas du métier. Combien retrouvent leurs veuves remariées, leurs enfants morts de faim. Le vôtre est heureux, c'est une consolation ! Résignez-vous, prenez une autre femme, vous aurez d'autres enfants.

- Merci ! je veux l' mien et j'l'aurai...

Il salua et fit un pas pour s'éloigner, mais se ravisant :

- Vous parliez tout à l'heure d'annonces dans un journal, monsieur le commissaire, si j'faisais réclamer mon petit comme ça ? Cette Parisienne de malheur me le rendrait peut-être.

- C'est bien chanceux ! les journaux de Paris sont plus nombreux que les bateaux du port et les annonces, ça coûte cher.

- Alors, je ne peux compter que sur moi ! C'est bon !

Il s'en alla sans autre récrimination, mais la haineuse rancune s'amassait dans son cœur contre ces riches auxquels tout est permis ! qui volent les enfants des pauvres, sans qu'on leur dise rien et mettent la police en campagne pour un bibelot égaré. Mais il n'en laissa rien paraitre et patiemment refit une minutieuse enquête, relevant les moindres détails, s'attachant aux moindres indices. D'abord, il chercha et interrogea le cocher qui avait mené Madame Sucy de la gare au presbytère, du presbytère au cimetière, du cimetière rue *de Mer* et de la rue *de Mer* à la gare.

Celui-ci, après quelques tâtonnements, parvint à se souvenir de diverses circonstances ; surtout du temps affreux qu'il faisait et du large pourboire reçu. Mais, pour le reste ! à peine s'il avait entrevu sa cliente, qui portait un voile épais, et, pendant tout le parcours, il n'avait entendu ni prononcer son nom, ni indiquer sa demeure. L'ancienne servante du curé, retrouvée à grand' peine, ne put fournir plus d'indications ; le prêtre, naturellement discret par sa nature et son ministère, ne s'était pas départi de sa réserve en cette occurrence, les sommes destinées au marbrier et à des messes pour Françoise étaient même portées sur le registre de comptes au nom de M. X... Un seul détail, bien vague, retenu par l'aîné des petits Lucas. Comme Michel, sur les genoux de la dame, écoutait sonner les cloches et faisait : « Boum ! boum ! » elle lui avait dit :

- Tu les entendras aussi demain...

Preuve qu'elle logeait pas loin d'une église... mais elles doivent être si nombreuses à Paris !... D'ailleurs, habitait-elle réellement Paris ? Elle avait pris son billet pour la gare Saint-Lazare, mais peut-être venait-elle de province ? Ce n'était point l'avis de Philomèle :

- Une Parisienne, ça se reconnait toujours, déclarait-elle avec ce flair féminin inhérent aux plus simples du sexe. J'peux pas dire à quoi, mais j' m'y trompe guère ! Rien qu'à ses manières, à son odeur fine, mais fine ! qu'avait parfumé toute la maison, j'en mettrais ma main à couper.

- C'était une belle femme ? demanda Lucas intéressé.

- J'peux pas dire, j'ons guère vu sa figure, le jour tombait, la pluie engrisaillait les vitres, j'osions point la dévisager, ça n'aurait point été poli. Mais elle était bien honnête et bien avenante, une personne très comme il faut, pour sûr, d'abord sans ça m'sieur l'abbé Dubourg ne s'en serait point mêlé.

- C'est juste, approuvait le breton rassuré... Et vous ne l'avez jamais rencontrée depuis parmi les baigneuses ?

- Jamais, mon pauv' Servan, mais si elle r'venait j'la reconnaîtrais, bien sûr.

Il se raccrochait à cet espoir et, pendant toute la saison, ne quitta guère l'espace compris entre le casino et les jetées, errant sur le talus, les bras ballants, fouillant de son œil aigu l'intérieur des chalets et villas ouverts sur la plage ou des hôtels où défilaient les voyageurs. Il examinait avec défiance les jeunes mères assises à la terrasse de l'établissement de bains, les marmots en caleçon que l'on plongeait dans l'onde amère, les nourrices promenant leur petite voiture sur le boulevard et les bambins s'ébattant sur les galets. Comme lorsque la mort vous emporte un être cher, il avait peine à se représenter Michel à l'âge qu'il devait avoir maintenant, et il lui fallait faire effort pour se dire :

- Suis-je bête ! Il porte des culottes ! c'est un petit homme à cette heure.

Il s'attendrissait à cette idée. Dans son âme concentrée, rêveuse, l'amour paternel occupait la première place ; c'était le sentiment qui l'avait défendu contre le découragement, là-bas, dans son île déserte, lorsque la mort du pauvre Harry l'avait laissé seul, tout seul ; c'était l'image de l'enfantelet qui lui tenait compagnie et c'était par son âge qu'il comptait les jours écoulés. Il devait avoir deux ans, trois ans, quatre ans, cinq ans, six ans !... et sur un arbre, il s'amusait à creuser des encoches pour se figurer sa taille approximative... Au débarqué, tout cela s'était effacé, comme un brouillard. Oublieux des années d'exil et de misère, il cherchait, aux bras de sa mère, le même poupon joufflu qui lui envoyait des baisers au départ, et du double deuil qui le frappait encore à ce nouveau retour, c'était assurément le plus cruel. Sans doute, il avait sincèrement pleuré la brave créature qui ne lui avait jamais causé un chagrin, mais son petit gars lui tenait aux entrailles, il l'avait dans le sang, selon une énergique expression et sa perte l'ébranlait jusqu'aux fibres profondes, lui causant une sensation d'arrachement de souffrance physique et morale à la fois, qui se traduisait par des accès d'exaspération violente, de fureur aiguë, des insomnies qui le chassaient de son lit vers la mer et, parfois, à la sortie de quelque représentation, les spectateurs attardés apercevaient devant le casino cette sombre et menaçante silhouette aux propos égarés, aux gestes fous qu'ils prenaient pour un ivrogne. La douleur qui vient de Dieu est un tremplin où rebondissent les vaillants ; celle qui vient des hommes énerve les plus fiers courages. L'automne arriva. Villas, chalets, hôtels, casino, cabines se vidèrent, la plage redevint solitaire ; la ville reprit son aspect paisible, un peu morne, en attendant la grande animation de la rentrée des Terre-Neuviens. Le jour des Morts, Servan se rendait à la tombe de sa défunte avec un pot de chrysanthèmes, quand le gardien l'arrêta au passage :

- Il est encore arrivé une couronne pour vot' dame ; j'ai point voulu la mettre sans vot' permission...

- Vous avez bien fait. Jetez-la au feu...

Brusquement, il se ravisa... Le nom de l'expéditeur serait une indication peut-être.

- Avez-vous la caisse ? demanda-t-il.

- Oui, monsieur Servan, je vous attendais pour l'ouvrir.

- Montrez-la-moi.

Penché sur le couvercle, il lut :

Envoi de la maison Lion, fleuriste,
boulevard de la Madeleine,... Paris.

Le numéro était déchiré, mais quand il devrait fouiller toutes les boutiques... Le lendemain, il partait pour la capitale.

À la dérive

« Paris ! tout le monde descend ! »

Sans attendre l'arrêt du train, Servan sauta lestement sur le quai ; puis, tandis que la locomotive geignant, soufflant, comme une jument poussive, donnait ses derniers tours de roues, il gagna rapidement la sortie. Il n'avait jamais vu la capitale et, d'abord, le brouhaha, les cris des cochers, l'encombrement des voitures, fiacres, omnibus, tramways, automobiles ; la témérité des cyclistes filant entre les essieux, l'imprudence des piétons traversant sous les pieds des chevaux, au risque de se faire écraser, ou se réfugiant sous la protection des agents, dont le bâton blanc tutélaire se levait et s'abaissait incessamment ; toute cette bruyante agitation, contrastant avec la silencieuse apathie provinciale, lui causa un léger étourdissement. Adossé à la grille de la gare Saint-Lazare, il demeura un moment indécis, troublé, cherchant à s'orienter lui-même, d'après les indications vagues d'un homme d'équipe, hésitant entre toutes ces larges voies ouvertes devant lui, où grouillait une population affairée, justifiant la curieuse définition : « Une rue est un fleuve, dont les passants sont les ondes, » hypnotisé par la magie de ce tableau vivant et mouvant comme la « Grande Berceuse. » Mais les êtres familiarisés avec les imposants spectacles de la Nature ne s'émotionnent guère devant les manifestations de la civilisation. Dans les splendides avenues de New York, le Huron regrette ses vastes prairies ; devant la Tour Eiffel, l'Arabe songe à son désert et la pensée de son petit préoccupait bien davantage le marin que les merveilles de la Cité-Reine. Aussi, secouant cette fugitive impression, il s'adressa à un gardien de la paix, dont l'uniforme lui inspirait confiance et lui demanda le boulevard de la Madeleine.

- Tout droit, suivez la rue du Havre, la rue Tronchet et vous apercevrez l'église.

- Merci, Monsieur.

Il traversa, fendant la foule avec ce dandinement rythmique des gens de mer, habitués au balancement des flots.

C'était un de ces beaux jours d'été de la Saint-Martin, où, sous la caresse d'un rayon attardé, Paris déploie toutes ses grâces séductrices ; le pavé était sec, l'air tiède, le ciel serein, les passants semblaient heureux, les femmes étaient jolies et les fleurs sentaient bon. Des petites charrettes lourdement chargées, que de braves marchandes poussaient avec effort, débordaient de bottes de chrysanthèmes aux âcres senteurs, aux coloris variés et panachés, contrastant avec la simple robe unie des odorantes violettes, frileusement blotties dans leur collerette de feuillage vert. Les étalages sollicitaient les promeneurs : de pauvres hères considéraient d'un œil d'envie les sébiles pleines d'or à la devanture des changeurs ; de gros bourgeois se léchaient les lèvres devant les boutiques de comestibles : foie gras, truffes, langoustes, perdreaux éveillant leur appétit ; avec des mines de chattes affriolées, de petites filles d'Eve entraient chez le pâtissier à la mode croquer, non des pommes, mais des petits gâteaux en dégustant une tasse de thé ou un verre de muscat ; d'autres, plus coquettes que gourmandes, se hâtaient avec un frou-frou soyeux vers le *Printemps* qui annonçait son exposition d'hiver. Inaccessible à ces multiples convoitises, aux séductions capiteuses de l'atmosphère ambiante, Servan passait indifférent, hostile... Paris lui avait pris sa sœur, son fils, il n'avait pour lui que la haine farouche, la défiance craintive du superstitieux Breton devant la forêt de Brocéliande.

Du lycée Condorcet, dégringolaient les collégiens se pressant, se bousculant ; les grands, pénétrés de leur importance, la serviette sous le bras, en futurs étudiants, allumaient une cigarette, commentaient l'événement du jour, s'arrêtaient devant les kiosques de journaux, dévisageaient les élégantes ; les petits, sac au dos, tels des pioupious en herbe, s'éparpillaient, joyeuse volée de moineaux, courant vers la gare pour prendre leur train ou flânant aux devantures, tiraillant leurs cabans et faisant voler leurs casquettes. Et Servan songea, rageur :

- Dire que le mien est peut-être là-dedans !

Le boulevard Haussmann franchi, il suivit la rue Tronchet moins mouvementée et arriva devant la Madeleine. C'était le Marché aux fleurs s'étalant à droite et à gauche de l'édifice sacré ; Servan s'y engagea, croyant trouver là ce qu'il cherchait. Timide et sauvage, il n'aimait guère questionner et circulait entre les baraques lisant les noms des titulaires qui l'examinaient curieusement. Palmiers, phœnix, aspidistras, bégonias, caoutchoucs, thuyas, fusains apportaient leurs tons variés dans la gamme des verts, et la flore de nos jardins, chassée par les premières froidures, cédait la place à la flore exotique. Nice envoyait ses mimosas capiteux et troublants ; Parme, ses violettes mauves à la double corolle, ressemblant à celles de nos bois comme grandes dames à grisettes, mais dont le parfum est moins suave ; le Japon, ses chrysanthèmes, reines du jour, que la mode a adoptées et déformées par des grossissements monstrueux, des colorations maladives, un déchiquetage bizarre :

- On dirait des fleurs mal peignées, observa un garçonnet arrêté devant un éventaire.

La remarque fit rire la marchande, grosse commère réjouie, et sourire la maman qui achevait ses emplettes ; Étienne lui-même se dérida quelque peu et s'arrêta à considérer le blondin. Le voyant ainsi immobile, semblant attendre, la cliente qui cherchait vainement des yeux un commissionnaire disponible, s'adressa à lui.

- Voulez-vous vous charger de mes plantes, mon ami ?

- Je ne suis pas commissionnaire, Madame, répondit-il sèchement.

- Oh ! pardon, Monsieur, excusez-moi, je suis très myope, protesta-t-elle, rougissant de sa méprise.

- N'y a point d'offense.

- Ne vous tourmentez pas pour ça, ma petite dame, intervint la bouquetière obligeante, je vous les enverrai tout à l'heure, laissez-moi votre adresse.

Encore toute confuse, la jeune femme dicta :

- Madame Sucy, 55, boulevard Malesherbes.

Puis, prenant la main de son petit garçon, elle s'éloigna avec un gracieux salut.

- Qu'est-ce que vous voulez, vous, Monsieur ? interrogea la marchande toisant ce client possible.

- Un simple renseignement, Madame ; depuis un bon moment je cherche vainement le nom de « Lion, fleuriste » à tous les éventaires, pourriez-vous me l'indiquer ?

Elle eut un regard méprisant :

- Vous arrivez donc de Carpentras ! bougonna-t-elle de mauvaise humeur ; la maison Lion ! c'est pas d'la petite bière comme nous ! C'est chouette ! c'est rupin ! ça a façade sur le boulevard et ça vend un bouquet de deux francs deux louis !

- Tant pis, murmura Étienne contrarié.

Il eut été plus à son aise avec de braves gens tout simples, du peuple comme lui, on se serait mieux expliqué, mieux compris. Cette impression s'accrut encore lorsqu'il s'arrêta devant le magasin à la mode, bien différent des *boutiquettes* en plein vent et dont les glaces lui renvoyaient son image. D'une méticuleuse propreté, il n'en avait pas moins une mise plus que modeste et l'erreur de tout à l'heure s'expliquait facilement. Quelle figure allait-il faire parmi tout ce beau monde ! Hésitant, perplexe, il demeurait planté à la devanture, où s'entassaient des merveilles horticoles, gerbes, coussins, corbeilles de fiançailles, bouquets de mariées, guirlandes de bal, jardinières montées, chemins de table ; où la vannerie dorée, les vases irisés, les nœuds de satin, les rubans de moire, les flots de dentelles, ne rappelaient guère les bateaux d'osier et les fleurs en papier, chefs-d'œuvre de l'industrie fécampoise. À tout instant, des équipages s'arrêtaient devant le trottoir, des valets de pied apportaient des ordres, des élégantes franchissaient le seuil, des demoiselles empressées écoutaient leurs instructions, guidaient leur choix ; des snobs entraient cueillir un œillet pour leur boutonnière, des hommes graves jetaient une adresse et leur carte sur le comptoir ; c'était un va-et-vient ininterrompu, un verbiage étourdissant, et intimidé devant ce luxe, Étienne se demandait à qui s'adresser ? que dire ? que faire ? Enfin, prenant son courage à deux mains, résolument, comme on donne un coup de barre, il tourna le bouton, entra et s'approcha de la caisse...

- Que désirez-vous, Monsieur ?

- C'est pour un renseignement... c'est bien de chez vous, ce chiffon de papier ?

Il montrait l'étiquette de la couronne, soigneusement décollée.

- Oui, parfaitement. Est-ce pour une réclamation ?

- Pas positivement... j' voudrais... j' voudrais savoir qui a envoyé ça ?

- Mais notre maison.

- Qui l'a commandé, alors ?

La caissière le regarda avec une certaine défiance :

- Nous ne donnons pas l'adresse de nos clients au premier venu.

- Je ne suis pas le premier venu, protesta-t-il redressant sa haute taille, c'est de ma défunte qu'il s'agit... j' suis l' mari... j'ai fait naufrage et à mon retour j'ai trouvé sa tombe fleurie... j' voudrais savoir par qui... pour remercier... remercier...

Il s'embrouillait, gêné par la curiosité malveillante des employés, les rires étouffés des demoiselles, les allées et venues.

- Tout ça ne nous regarde pas, mon brave homme, déclara la caissière ennuyée, nous n'avons pas de temps à perdre. Annoncez, mademoiselle.

- Un milieu de table à porter avant sept heures chez Madame de Saint-Lunel : cent vingt francs.

Écarté du comptoir, poussé vers la porte, Servan essayait vainement de s'expliquer :

- C'est pour mon p'tit gars... mon p'tit gars !... que cette Parisienne m'a pris... je suis un honnête homme, je ne veux point faire de mal..., mais c'est mon p'tit gars, je vous dis…

Il se débattait suppliant...

- Inutile d'insister, mon ami...

- D'ailleurs, il n'y a pas d'adresse, la couronne a été payée comptant, ajouta la caissière feuilletant rapidement un registre...

Il se retrouva dans la cohue du boulevard, les yeux troubles, la tête en feu, les oreilles bourdonnantes...

Son dernier espoir s'écroulait. À quoi bon ces longues années de patience et de luttes ? À quoi bon ce retour ? À quoi bon ce voyage ? Un amer découragement s'empara de ce vaillant qui avait bravé tant d'orages, supporté stoïquement tant de souffrances ; il embrassa d'un regard de haine ce Paris qui lui avait pris toutes ses joies, toutes ses tendresses... L'électricité s'allumait déjà illuminant les devantures ; les soieries miroitaient derrière les glaces des *Trois-Quartiers,* les diamants étincelaient aux vitrines des bijoutiers ; de belles mondaines, retour du Bois, passaient dans leur victoria pelotonnées sous leurs fourrures ; d'autres montraient seulement leurs jolies têtes délicieusement chapeautées à la portière de leur coupé. Les omnibus *Bastille-Madeleine,* déversant leurs voyageurs, tournaient lourdement à vide et s'alignaient au bord du trottoir, pour en recevoir de nouveaux et repartir sans interruption. Des automobiles à grande allure viraient sans ralentir au coin de la rue Royale excitant la colère des uns, l'admiration des autres. C'était l'heure où la vie s'exaspère en certains points de cette vaste chaudière humaine en ébullition qu'est la capitale, où la sensation de jouissance, d'ivresse, de luxe effréné s'en dégage plus intense, monte au cerveau, et la masse sombre de la Madeleine avec son aspect de temple païen n'éveillait même pas une pensée de prière et de pardon dans l'âme ulcérée du Breton. Yvonne ! Michel ! La cité maudite lui avait tout ravi ! Il restait seul, affreusement seul ! Et, comme la femme du pêcheur devant la « Mangeuse d'hommes » qui a dévoré tous les siens, il tendit un poing menaçant vers la double file d'équipages roulant aux deux côtés du refuge où il se tenait adossé à l'horloge...

- À qui en a-t-il, celui-là ? gouailla un gavroche. On ricanait, il s'en aperçut, prit son élan...

- Gare donc !

- Attention !

Le son rauque d'une trompe... un gros œil de feu qui arrive sur lui... Un cri... A-t-il été renversé ? S'est-il jeté sous les roues ?

Quand les agents accourus le relèvent, il a les jambes brisées et on l'emporte sans connaissance... Il ne souffre plus... pour le moment !...

À l'abordage

Madame Sucy regarda la pendule. Monsieur Champeaux eut un léger sourire :

- Pas encore, dit-il, soyez tranquille, le vieux Michel cédera la place au jeune pour ne pas gêner vos effusions...

- Vous plaisantez.

- Point, et avouez, chère amie, que j'ai l'esprit bien fait : un moins accommodant eut pris en grippe ce petit bonhomme qui me reléguait au dernier plan et consommait la ruine de mes espérances : j'ai trouvé plus simple de m'y attacher, comme s'il était vraiment vôtre et que je fusse réellement son parrain.

- Vous êtes le meilleur des hommes et Michel vous rend bien votre affection... sa maman aussi.

- Hum !... Aurait-elle jamais, à mon sujet, ce regard si éloquent vers la pendule ? A-t-elle même jamais attendu son mari, retour des Indes, aussi impatiemment que son fils adoptif, retour du collège ?

- À quoi bon me taquiner là-dessus, mon ami, on aime comme on peut.

- Et pas comme on veut, ajouta-t-il en étouffant un soupir. Enfin ! c'est ainsi ! il n'y a qu'a s'incliner.

Et, sur cette formule résumant toute sa philosophie, il se leva pour prendre congé.

Michel Champeaux approchait de la cinquantaine. Chef de division au ministère de la Marine, il avait été très lié, de son vivant, avec Octave Sucy, auquel il ne ménageait pas les sermons, et, veuf lui-même, il eût été trop heureux de lui succéder près de sa veuve. N'ayant pu y réussir, il s'en était consolé en demeurant son ami. Doué d'un excellent caractère qu'il attribuait modestement à un excellent estomac, il opposait à tous les déboires, petits et grands de l'existence, une sérénité souriante qui était à la résignation ce que l'amabilité est à la politesse et possédait au suprême degré l'art d'accommoder les déceptions en menues satisfactions, dont il savait se contenter.

- *Contentus suà sorte sapiens...* disait-il volontiers ; il ne faut pas bouder le dîner pour un plat manqué ; se révolter contre la vie, c'est se cogner le front contre le mur, on ne réussit qu'à se faire des bosses et ça enlaidit.

Plus raffiné que Cyrano, il tenait à ses *élégances* au physique comme au moral et ne se fut jamais montré en négligé, même à son miroir, ni bourru, même à son bureau. C'était le plus bienveillant, le plus conciliant, le plus amène des fonctionnaires ; il eût suffi à réhabiliter la bureaucratie, et son exquise urbanité, ses manières parfaites, son ton gracieux ne l'abandonnaient pas au seuil de son cabinet, comme nombre de ses collègues aussi rogues à leur ministère que courtois dans un salon. À tous les torts, il trouvait des raisons, à toutes les fautes des excuses, à tous les crimes des circonstances atténuantes. À l'encontre des « chercheurs de tares, » il découvrait une fleurette bleue jusque sur le fumier !

- Le livre le plus médiocre a toujours une bonne page, elle suffit à se délecter.

De sa femme plus qu'acariâtre, il disait :

- Elle a de bons jours.

D'un ministre intolérable :

- Il a de bons moments.

Valentine avait refusé sa main, mais elle acceptait son bras, elle lui fermait son cœur, mais non sa porte, elle repoussait son amour, mais elle agréait son amitié, et il ne s'estimait pas si à plaindre, faisant bonne figure au jeune rival qui l'avait supplanté sans retour, s'intéressant à ses études, à ses progrès, à son avenir, mais sans se montrer jamais ni encombrant, ni indiscret, ni gêneur.

- Vous ne voulez pas attendre Michel, insista affectueusement Mme Sucy.

- Impossible, chère amie, mon train part à quatre heures...

- Et vous serez absent ?

- Deux mois probablement, mais la mission, dont je suis chargé, pourrait bien se prolonger jusqu'aux vacances.

- C'est long.

- Sans vous, je ne le regretterais pas ; l'Exposition nous met dans une situation si délicate, nous autres, pauvres parisiens. Reçu chaque année chez les provinciaux, il nous faut leur rendre leurs politesses et ce n'est pas facile avec nos étroits logis. J'ai tout juste une chambre d'amis et, à cette heure, j'ai chez moi deux ménages, cinq enfants, trois servantes, qui campent dans mon salon, ma bibliothèque, ma salle à manger, dénigrent mon lit, gourmandent ma bonne, querellent mes fournisseurs, critiquent ma cave... et il s'en annonce une nouvelle fournée... Que faire ? Comment loger ceux-là sans déloger ceux-ci ? d'où collision, récriminations, reproches et brouille générale. Je préfère leur céder la place et c'est pourquoi - sollicité du ministre la corvée libératrice qui me délivre des autres sans mécontenter personne.

- Vous êtes trop bon de vous laisser envahir ainsi.

- Vous en parlez à votre aise. *Sans famille,* est enviable en l'occurrence, mais, Madame Champeaux m'a légué une ribambelle de cousins à caser, pourvoir, héberger ; Sucy, n'avait qu'un neveu, lui, et vous ne le voyez guère.

- Pas encore cette année.

- Je vous envie. Allons, adieu, je me sauve. Embrassez Michel pour moi.

... Après la séparation de la journée (Michel était demi-pensionnaire), elle jouissait de cet instant qui, le samedi surtout, le lui ramenait pour deux jours. Encore vingt minutes et, dans le silence du paisible logis, elle entendrait claquer la porte, résonner les pas précipités, retentir une voix joyeuse et, soulevant la tenture du petit salon familier, - où elle se tenait régulièrement avec son ouvrage en train, son livre commencé, ses bibelots favoris, son chevalet, son piano, - apparaitrait la chère tête blonde tout échauffée de la course hâtive. Pour tromper l'attente et profiter de la clarté d'un beau ciel, pénétrant par une large baie ouverte sur le boulevard, elle prit ses pastels et fit quelques retouches à une gerbe de roses, digne de Madeleine Lemaire, dont elle avait été l'élève, feuilleta le dernier numéro de la *Revue des Deux-Mondes,* puis, la laissant glisser sur ses genoux, elle demeura immobile, rêvant... Son Michel ! Tout à l'heure, il serait à ses côtés, il lui tendrait son front pur, nouerait ses bras autour de son cou, l'embrasserait bien fort, bien fort ; puis, câlin, il s'assiérait à ses pieds, déballerait son sac, lui montrerait ses notes, lui raconterait les menus incidents de la classe, et, la femme de chambre apportant la petite table avec le thé et les gâteaux, ils goûteraient là, tous deux, dans cette intimité délicieuse qui était leur vie et qui évoquait pour elle le souvenir de dinettes enfantines « avec papa. » Comme elle avait été bien inspirée en adoptant ce petit orphelin ! L'enfant de ses entrailles lui eut-il été plus cher, en eut-elle été plus aimée ? Tendre, caressant, soumis, laborieux, il ne lui causait que des satisfactions et l'ange envolé, qu'elle se représentait parfois comme son ange gardien, semblait lui donner le meilleur de lui-même... Et elle souriait à leur double portrait se faisant face, là, sur la cheminée. Intelligent et beau, avec cela, Michel promettait un de ces hommes d'élite, dont les mères sont plus glorieuses que des plus brillants succès mondains. Ses professeurs n'avaient que des éloges pour lui, toutes les carrières lui seraient ouvertes et si la mer l'attirait invinciblement, ce serait un de ces vaillants officiers qui font flotter sous tous les cieux le drapeau tricolore et les mâles vertus françaises : Un Rivière, un Balny, un Courbet... Pourquoi pas, après tout ? Folles chimères dont elle se grisait tout en en riant un peu elle-même. En tout cas, il serait un bon fils, cela, elle en était bien sûre ! et elle se voyait, déjà vieille, appuyée mollement à son bras ; elle escomptait le charme attendrissant de cette protection virile enveloppant son déclin et la douceur pénétrante de cet amour filial, suprême triomphe de la femme qui ne connaît ni les rides, ni les cheveux blancs. Elle en était loin encore ! aucun fil d'argent ne se glissait dans sa lourde chevelure d'ébène. Malgré la trentaine bien passée, elle gardait la fleur de jeunesse des âmes très pures que l'orage des passions n'a jamais flétries, et, ne vivant guère que pour son fils, avec son fils, elle rajeunissait à son contact comme les éducateurs enfermés avec leurs élèves vieillissent moins rapidement que les autres. Debout, en face de la glace, elle redressait quelques frisons avec une nuance de coquetterie qu'elle n'avait pas tout à l'heure pour Champeaux, plus flattée de s'entendre appeler « Maman jolie » que de tout autre compliment. Michel était fier de sa tournure élégante, de sa distinction de race, de ses mains fines et parfumées, dont il couvrait parfois le visage, disant :

- Ta peau est si douce, maman mignonne, que l'on dirait deux grandes feuilles de roses.

Elle étrennait une robe bleue, sa couleur de prédilection et s'amusait d'avance de le voir tourner gravement autour d'elle, admirant ou critiquant avec une autorité d'expert mêlée d'explosions gamines. Un coup de sonnette impatient. Ho ! ho ! il était en avance. Elle attendait la galopade habituelle à travers le grand salon. Mais non, un pas assourdi sur le tapis... on frappait à la porte... Joseph annonçait :

- Un marin de Fécamp qui demande à parler à madame.

- Faites entrer, dit-elle, surprise, non inquiète.

Mais, devant cette figure sombre à l'expression farouche, déjà vaguement entrevue jadis, elle se sentit soudain en proie à une étrange angoisse sans savoir pourquoi, tant elle était loin de la vérité.

- Madame, je suis Étienne Servan, le père de Michel.

- Son père !

Plus pâle qu'une morte, les lèvres tremblantes, les yeux égarés, elle regardait cet homme qui, brutalement venait la réveiller en plein rêve, en plein bonheur.

- Son père ! balbutia-t-elle... mais il est mort ?...

- Vous le voudriez bien ! n'est-ce pas ? C'est malheureux ! Ah ! vous étiez bien tranquille ! pendant que je me morfondais sur un rocher, que j'agonisais sur un lit d'hôpital ou que j'errais seul comme un paria, vous profitiez de mon bien, vous faisant embrasser, mignoter par mon p'tit gars ! et j'aurais pu mourir à deux pas, comme un chien, sans une caresse ! Et vous vous croyiez quitte avec une couronne à la mère ! Eh bien ! et le père ?

Il se grisait de ses propres paroles et, sans pitié pour la malheureuse femme anéantie, il exhalait sa rancune, sa haine extravasées si longtemps et débordant comme une poche de fiel.

- Ah ! vous aviez bien manigancé votre coup !... ni vu ni connu ! vous aviez traversé Fécamp sans laisser de traces... J'avais beau remuer ciel et terre !... Fallait que le diable s'en mêlât... Mais maintenant vous allez me payer ce que j'ai souffert en gros et en détail.

- Que désirez-vous ? Je suis prête à tous les sacrifices, balbutia-t-elle avec une lueur d'espoir.

Une flamine lui monta au visage et marchant sur elle :

- De l'argent, gronda-t-il, pour qui me prenez-vous ?... Oh ! ce n'est pas la première fois que vous trompez sur mon compte... il y a deux ans vous m'avez pris pour un commissionnaire... au Marché aux fleurs... où vous étiez avec mon p'tit gars qui vous appelait « Maman... » et je ne l'ai pas reconnu ! Malheur !... Vous l'avez oublié, mais moi !... quand on m'a dit votre nom et votre adresse, je m'en suis souvenu tout de suite... Et quand je pense que mon petit Michel était là, près de moi, sous ma main, que je n'avais qu'à l'emporter... C'est pas tout ça ! Où est-il ? Je le veux !

- Il n'est pas ici...

- Allons donc ! Pas la peine de le cacher !

Sans gêne, il tourna un bouton... c'était la chambre de Valentine.

Avec ses tentures brochées vieux bleu garnies de dentelles blanches, son lit de milieu en chêne clair, finement ciselé que dominait une admirable « Vierge à la chaise, » elle avait un air de chapelle et les vases de fleurs placés sous les portraits en pied de Monsieur de Breuil et de Monsieur Sucy ajoutaient à cette impression. Servan referma la porte, en ouvrit une seconde... Un lit de cuivre, un christ d'ivoire, une bibliothèque chargée de livres, un bureau avec un cahier ouvert, sur la table une sphère, sur l'armoire un navire en miniature qui avait souvent navigué sur le bassin des Tuileries. C'était bien le nid de l'écolier, mais il était vide. Il revint vers la mère épouvantée de sa violence :

- Enfin ! où est-il ?

- Au lycée.

- Oui, c'est un monsieur, pardi ! Vous vouliez en faire un petit bourgeois, lui apprendre à mépriser les pauvres gens de la mer.

Elle secoua la tête.

- Je ne lui apprenais à mépriser personne, Monsieur, encore moins les marins, puisque lui-même désire le devenir.

- Ah !

Il se tut, désarmé par cette douceur :

- Il vous appelle « Maman, » reprit-il d'un ton moins âpre. Sait-il que vous n'êtes pas sa mère ?

- Non, je comptais le lui apprendre lorsqu'il serait un homme... et, à ce propos, Monsieur, laissez-moi vous supplier de ne pas le lui révéler trop brusquement... c'est une nature tendre, délicate,... il m'aime... nous nous aimons beaucoup... et je craindrais...

- Faudrait mettre des gants peut-être, grommela-t-il en haussant les épaules.

Mais, malgré sa rudesse affectée, sa colère tombait peu à peu, l'atmosphère paisible de ce petit salon intime, la vue de cette gaie chambrette à côté de celle de la maman, l'étroite union de ces deux êtres révélée par mille riens, tout cela l'irritait sans doute, mais le touchait un peu aussi. Il s'approcha de la cheminée, considéra les photographies des deux garçonnets et interrogea Valentine du regard.

- C'est l'enfant que j'ai perdu... et le vôtre qui l'avait remplacé, murmura-t-elle, étouffant un sanglot.

- Lequel est le mien ?

Elle le lui désigna.

- Il a bonne mine, approuva-t-il.

- Le voilà aujourd'hui.

Michel en collégien, l'air sérieux déjà, était debout à côté de sa mère adoptive, dont la main gantée reposait sur son épaule... câlin, il lui passait son bras autour de la taille... une telle expression de tendresse et de sérénité illuminait leur visage, que Servan détourna les yeux avec humeur, et fit quelques pas en silence. Il allait reprendre son fils, bien sûr ! mais si son cœur allait rester ici ? s'il gardait tout son culte filial à celle dont il avait subi l'emprise ?... s'il ne suivait son père qu'à regret, comme un étranger. Il sentit un grand frisson à cette pensée... Par la porte, restée ouverte, il aperçut un cadre de coquillages avec une branche de buis au chevet de la couchette... son portrait, celui de Françoise, à l'époque de leurs fiançailles, dans un bateau, dont il tenait les rames pour bien indiquer son état. Il eut une exclamation étouffée... et décrochant l'humble relique :

- Il nous connaît donc ?

- Comme ses parents nourriciers ; je lui ai appris à prier pour eux.

- Ça, c'est bien.

Il n'en dit pas plus, content de penser qu'il n'était pas tout à fait un étranger pour son fils.

- Bien sûr il n'a pas souvenance de moi, il était si petit... et ça fait des années bien longues...

- Bien courtes aussi !...

L'accent navré de cette réflexion le troubla. C'était vrai pourtant, elle allait souffrir à son tour. Et touché, malgré lui, de cette douleur muette, il l'examinait en dessous, un peu honteux de ses façons brutales de tout à l'heure. Sa rancune ne désarmait pas, mais il s'y mêlait quelque pitié. Ce n'étaient pas des grimaces, elle avait un vrai chagrin, il s'y connaissait ! et il eut préféré une violente colère, des injures même, à ce désespoir sans phrases. Sans doute, elle avait une amitié bien forte pour son petit, et s'il lui rendait la pareille…

Soudain, elle leva la tête, un tressaillement convulsif agita ses membres... Au dehors, une voix joyeuse criait :

- Premier ! je suis premier !

Et Michel, agitant triomphalement son bulletin, vint se jeter au cou de sa mère éperdue.

Servan fronça le sourcil, fit un mouvement... Le jeune garçon l'aperçut et, confus de son étourderie, dit gentiment :

- Pardon, Monsieur.

Puis, tout bas :

- Qui est-ce, maman ? demanda-t-il.

Le père ouvrit la bouche pour répondre... La mère le regardait sans mot dire, mais l'expression de ses beaux yeux noyés était si éloquente qu'il ne put résister à leur muette supplication et se tut. Il y eut un silence gros d'angoisse. L'enfant les considérait étonné.

- Vous ne pouvez pas me reconnaître, bien que je vous aie fait sauter sur mes genoux quand vous étiez tout petit là-bas, à Fécamp, dit lentement le marin, pourtant vous avez mon portrait et celui de ma défunte...

Michel frappa dans ses mains.

- Mon père nourricier ! Vous n'êtes donc pas mort ! s'écria-t-il tout joyeux.

Et avec un élan plein de franchise :

- Je suis bien content de vous voir, car maman m'a souvent parlé de vous !... Voulez-vous me permettre de vous embrasser ?

Les lèvres fraîches s'appuyèrent sur les joues halées et, tandis qu'il retenait son fils contre sa poitrine, Servan sentit ses doigts noueux emprisonnés par deux petites mains fiévreuses à la peau douce, douce... *comme deux grandes feuilles de roses.*

En Vue

Après son accident plus ou moins volontaire, Servan avait été transporté à Beaujon et, devant l'effroyable blessure, on avait voulu lui couper les jambes, mais, en dépit d'atroces souffrances, il s'y était énergiquement refusé, il entendait mourir entier.

- Alors, il faudra le guérir entier, avait déclaré le praticien, intéressé malgré lui par cette volonté de fer. Ça n'avait pas été sans peine.

Son état était des plus graves, les chairs étaient en bouillie, les plaies horribles et il avait fallu sa nature saine et robuste pour éviter la gangrène menaçante. Un pâle ouvrier des faubourgs eut succombé dix fois ! mais la mer est une bonne nourrice qui fait les âmes et les corps vigoureux. Au bout de longues semaines d'efforts et de luttes pour écarter la mort, assise à son chevet, tout danger avait disparu, sauf complication ou imprudence fort à redouter avec cette tête bretonne. En effet, maintenant la douleur morale l'emportait sur la douleur physique et, à l'instar d'un autre torturé dans son âme et sa chair, il eut pu dire :

- Je souffrais bien moins quand je souffrais tant !

Affaibli par la perte de son sang, il n'avait plus de force contre la désespérance et il demeurait parfois toute une nuit d'insomnie, morne, accablé, l'œil fixe, les pommettes brûlantes, tel le pauvre Harry, là-bas sur son rocher, ruminant sans trêve la pensée dévorante qui le rongeait et qu'il ne confiait à personne. Son p'tit gars !

dont l'image le hantait sans cesse et qu'il n'avait jamais tant aimé ! Avec une sensibilité maladive, il évoquait les moindres souvenirs de sa prime enfance : tantôt il le faisait sauter sur son genou, fredonnant la dolente complainte qui avait bercé sa petite sœur :

Le pauv' gabier s'en est allé
Tout en haut de la grande hune,

Tantôt, renversé en arrière, il le faisait grimper sur sa poitrine et les petons roses se perdaient dans la barbe touffue ; tantôt, il se rappelait son premier mot : *Papa,* qui l'attendrissait jusqu'aux larmes ; tantôt son premier pas, la menotte potelée cramponnée au doigt rude... Et puis, une grosse angoisse, des convulsions au moment de la dentition, la peur qui l'avait saisi à son brusque réveil devant le pauvret tout rigide, les membres tordus sur les bras de la mère affolée et criant à l'aide !... Sa course éperdue dans la nuit et la neige à la recherche du médecin, si troublé, qu'il courait pieds nus sans s'en apercevoir... ses supplications ardentes, ses vœux puérils à la Bonne Dame !... Que tout cela était loin ! Il ne dormait plus qu'à l'aide de chloral et autres soporifiques, en proie à une excitation fébrile ou s'abandonnant à une sorte de corna.

- S'il nous aidait un peu, cet animal-là, il serait déjà guéri ! bougonnait le chef de service, mais il fait un pas en avant, deux en arrière.

Il semblait appréhender de rentrer dans la vie qui lui avait été si dure ! Que lui réservait-elle encore ? Rien de bon sans doute ! et il eut préféré l'éternel repos... La convalescence, compliquée de nombreuses rechutes, fut longue, très longue. Lorsque Servan reçut enfin son *exeat,* plus d'une année s'était écoulée. Avec une paire de béquilles pour soulager ses jambes encore fléchissantes, on lui remit une carte de visite.

- C'est l'adresse du négociant anglais, dont l'automobile vous a renversé, vous pourrez lui écrire ou vous présenter à son bureau.

- Pour quoi faire ? Ce n'est pas sa faute, je ne demande rien.

- Prenez toujours, vous en ferez ce qu'il vous plaira...

Il la fourra dans sa poche sans même la regarder et sortit de l'hôpital. Mais la misère le guettait à la porte ; faible, épuisé par cette interminable maladie, il connut le froid, la faim, l'isolement, pire encore dans cette foule indifférente que sur son rocher désert. Il coucha sous les ponts, travailla parmi les débardeurs, car le voisinage du fleuve l'attirait. D'abord, une mauvaise honte l'avait empêché de retourner à Fécamp éclopé, vaincu, maintenant il n'en avait plus les moyens et pourtant il avait la nostalgie de la mer ! Le printemps était arrivé, l'époque où les hardis Terre-Neuviens voguaient vers le Grand Banc. S'il eut été là-bas, il n'eut pas été en peine de trouver à s'embarquer, il était redevenu solide, au fond, la carcasse était bonne et le vent du large balaierait bien vite les miasmes délétères des égouts de la capitale.

Un jour qu'il suivait d'un œil d'envie les lourdes péniches descendant la Seine vers Rouen, tout en raccommodant ses hardes, comme lorsqu'il était sur la flotte, ses doigts rencontrèrent une carte roulée, froissée, coulée dans la doublure, c'était celle de son « écraseur » ou plutôt de la raison sociale :

Brickson and Cie
15, *Regent-street, London.*
125, rue *Paradis, Paris.*

Servan n'aimait pas les Anglais, la pensée de réclamer leur secours lui était particulièrement pénible et humiliante, mais, perdu dans l'océan parisien comme jadis au milieu des vagues, c'était la seule chance de salut et, de guerre lasse, il écrivit tout d'un trait :

« Monsieur,

« Vous ne me devez absolument rien, ce n'est pas votre faute si je me suis jeté sous les roues de votre machine et il m'en coûte de vous demander un service auquel je n'ai aucun droit, mais quand les marins de la *Victoria* m'ont recueilli, je n'étais pas plus près de me noyer et, si vous pouvez, à votre tour, me tendre la perche, je vous en serai bien reconnaissant. Je n'ai pas d'argent pour retourner dans mon pays ; en m'avançant une centaine de francs, vous me remettriez à flot et je vous les rembourserais sur ma première part de pêche. »

La réponse ne se fit pas attendre, un billet laconique l'invita à passer rue Paradis. Introduit dans le bureau du patron, il se trouva en présence d'un gros vieillard vif et pétulant et d'un homme jeune, grand, mince, froid, avec une figure glabre, un binocle, un air compassé.

- Monsieur Brickson, demanda Servan s'adressant à ce dernier.

- C'est moi, répondit le gentleman apoplectique avec beaucoup de bienveillance, tandis que l'autre semblait plongé dans ses calculs ; monsieur est mon associé français, il traduira, si je dis mal...

- Je parle un peu anglais, Monsieur.

- *All right !* nous nous entendrons mieux alors. Et d'abord, vous êtes guéri, bien guéri ?

- Parfaitement, Monsieur.

- Je suis content, très !... maintenant dites-moi ?... dans votre lettre vous nommez la *Victoria,* qui vous aurait recueilli... à quelle époque, racontez-moi ?

Simplement le marin narra ses aventures, son double naufrage ; à l'épisode du jeune midship, le vieillard cacha son visage dans ses mains :

- Mon pauvre Harry ! sanglota-t-il.

C'était l'oncle.

Très ému, Servan dût lui redire tous les détails de cette triste fin qui arrachaient des larmes au négociant anglais ; en revanche son associé gardait un flegme tout britannique et continuait tranquillement ses opérations.

- Je l'aimais comme un fils, expliqua le vieux gentleman et je vous suis reconnaissant, très, de ce que vous avez fait pour lui. Je voudrais vous le prouver et d'abord, dites-moi, pourquoi vous avez fait cette vilaine chose devant ma voiture ? C'était très mal cela de vouloir se tuer.

Encouragé par cette réelle sympathie, le Breton sortit peu à peu de sa réserve et, mis en confiance, confessa le motif de son voyage à Paris, ses recherches infructueuses, son désespoir. Monsieur Brickson ponctuait ce récit d'exclamations apitoyées, l'autre alignait toujours ses chiffres.

- Vous retrouverez votre petit garçon... il n'est pas mort, lui !... vous le retrouverez... En attendant, voilà ce que vous m'avez demandé… prenez, prenez, vous me rembourserez quand vous voudrez, c'est moi qui suis votre obligé et ma caisse vous restera ouverte comme mes bureaux, s'il vous plaisait d'y entrer... Continuez vos recherches et bonne chance !

Il lui serrait vigoureusement la main, sans écouter ses remerciements, quand, soudain, la voix de son associé s'éleva, blanche et monocorde, derrière son rempart de paperasses :

- Prenez donc l'adresse de ce garçon, monsieur Brickson.

Était-ce intérêt ? défiance ? En tout cas, Servan se hâta de la donner et s'éloigna un peu réconforté. Rentré chez lui, il constata que l'enveloppe fermée contenait un billet de mille francs !

Décidément il y avait de braves gens partout ! et cet Anglais-là valait mieux que plus d'un Français, à commencer par son glacial compagnon. Bien vite, il lui envoya ses remerciements avec un reçu en règle et y joignit une petite Bible de poche anglaise, toute abimée par l'eau de mer, relique du pauvre Harry qui la feuilletait souvent pendant sa maladie, et qu'il avait pieusement conservée.

N'importe, il ne voulait pas s'endormir sur cette dette et, sans tarder, il allait repartir pour Fécamp. Le lendemain, il commençait ses préparatifs, quand on lui apporta un petit bleu à son adresse. Il ne contenait que ces mots : « Votre fils est actuellement 55, boulevard Malesherbes, chez Madame Sucy, qui passe pour sa mère. »

Qui lui envoyait cet avis ? Il ne s'en inquiéta guère ! Un brusque rappel de mémoire avait évoqué à ses yeux le marché de la Madeleine, une femme élégante, avec un petit garçon de l'âge du sien, arrêtée devant éventaire et dictant cette même adresse à la marchande. Son petit gars ! c'était son petit gars ! Il entendait encore sa réflexion drôlette ! Et la mère qui l'avait pris pour un commissionnaire ! Une bouffée de colère lui monta au cerveau :

- Voleuse ! va ! gronda-t-il.

Mais il ne voulait plus s'exposer à semblable affront ; il entra dans une maison de confection, acheta un complet noir, pour se donner l'air d'un monsieur, puis chez un coiffeur, un chapelier... Il ne fallait pas effrayer le petit. Et, ses affaires réglées, muni de tous ses papiers, il se dirigea vers le quartier Malesherbes... à l'abordage ! Le soir, il coucherait à Fécamp avec son petit !

Premier quart

Servan s'éveilla...

La veilleuse éclairait faiblement la pièce où il reposait sur un divan-lit, les murs chargés de livres et couverts de cartes, les panoplies d'armes bizarres, les échantillons variés de la flore et de la faune des pays exotiques, rapportés par le médecin de marine, dont c'était le cabinet de travail, respecté par sa veuve et transformé en chambre d'ami pour la circonstance. L'œil étonné du marin la parcourut un instant, sans se reconnaître, puis un pli se creusa entre ses sourcils... Il se souvenait... Comment avait-il consenti à se taire ? À rester là, près de son fils sans oser lui donner ce nom ? Par quelle impardonnable faiblesse ?... La soirée avait passé comme un rêve. Valentine l'avait retenu à dîner, et, à table, à côté de l'enfant qui lui souriait, en face de cette jeune femme, dont le regard ému et reconnaissant semblait sans cesse lui répéter : *Merci !* pour le répit accordé, il avait éprouvé une sensation d'apaisement, de détente... Dans sa rancune injuste contre les riches, les bourgeois, les Parisiens et Madame Sucy en particulier, il croyait à la réciproque et s'attendait à se heurter contre une volonté impérieuse, une arrogance hautaine. Au contraire, ni colère, ni révolte, rien que des larmes et il en restait gêné, mal à l'aise... Il avait beau essayer de se roidir, il ne pouvait répondre grossièrement à cette affabilité ; il faut être poli avec les dames et, tout à l'heure, il avait dû se faire mal juger.

Un peu intimidé par le service, très simple, cependant, le domestique en tablier blanc qui passait les plats, remplissait les verres, changeait les assiettes, le confortable raffiné de cet intérieur de parisienne, contrastant avec la lourde magnificence provinciale entrevue parfois chez les armateurs, il craignait de se montrer gauche, maladroit, et il regardait son fils, admirait son aisance, ses jolies manières, son ton dégagé pour appeler « Joseph » qui répondait respectueusement : « Monsieur Michel. »

Un vrai petit monsieur ! quoi ! Et il en était fier et humilié à la fois. S'il allait rougir de lui ? On lui avait fait raconter son naufrage, ses longues années d'isolement, son retour inespéré, sa rentrée à Fécamp, le pèlerinage à Notre-Dame du Salut... Michel l'écoutait, suspendu à ses lèvres et Valentine aussi s'intéressait à ses traverses. Puis il dit son désespoir en retrouvant sa maison vide, il parla en termes simples et touchants de celle qui dormait au cimetière et de son foyer désert.

- Il fallait venir tout de suite chez nous, n'est-ce pas, maman, dit l'enfant déjà familier avec son prétendu père nourricier.

Il ne savait pas leur adresse, expliqua-t-il brièvement.

Puis il dut conter son arrivée à Paris, son « accident, » son séjour à l'hôpital. Il le fit sobrement, sans s'appesantir sur ses souffrances, ses misères ; il n'en lut pas moins la compassion sur le visage de ses auditeurs attentifs.

- Quel malheur de ne l'avoir pas su ! Nous serions allés te voir et te porter des douceurs, papa Étienne. Cette appellation caressante, jaillie spontanément des lèvres de son fils touchait et irritait le cœur du marin. Il avait des tentations de répliquer :

- Ce n'est pas *papa Étienne,* c'est : *mon père.*

Mais quel effet produirait cette brusque révélation sur ce pauvret si confiant, si doux, qui le plaignait, le consolait si gentiment. Et *elle ?* Allait-il donc la faire pleurer encore ? Il reculait devant cette extrémité... Pourtant, ça ne pouvait pas durer ! Il allait bien falloir s'expliquer. Quant à quitter la maison sans son petit, ça non !

L'y retrouverait-il le lendemain ? Ces *femelles* ont des ruses !... Comme si elle eut deviné sa pensée, Madame Sucy lui dit avec douceur :

- Vous ne refuserez pas notre hospitalité, monsieur, Servan, nous avons une chambre d'amis toute prête à côté de celle de Michel, vous ne serez pas séparés. Il avait balbutié une protestation, mais le garçonnet s'était écrié tout joyeux :

- Bravo ! tu me raconteras encore des histoires de pêche, pour m'endormir et demain nous irons à l'Exposition ensemble.

Comment dire non ? Il le regrettait maintenant. Accueilli ainsi en ami, presque en parent, son rôle devenait plus ingrat, plus difficile... Pourquoi n'avait-il pas suivi sa première impulsion, cédé à la colère aveugle éveillant ses instincts brutaux ? Pourquoi n'avait-il pas emporté son petit, sans rien écouter, rien ménager, rien craindre... Il se révoltait coutre sa lâcheté, maudissait l'astuce de ces dangereuses sirènes qui amollissent les plus fiers courages, entrainent à leur perte les malheureux trop sensibles à une voix harmonieuse, à une peau satinée... Mais il avait beau faire, sa fureur était tombée et vainement il essayait de fouetter ses rancunes, de stimuler sa haine en se remémorant ce qu'il avait souffert.

L'aube blanchissante filtrait à travers les volets, le sommeil le fuyait toujours, alors il se leva sans bruit, alla tirer les rideaux, ouvrir la fenêtre et demeura accoudé à la barre d'appui, exposant son front brûlant à l'air vivifiant du matin. Paris ne s'éveillait pas encore, surtout dans ce quartier riche, habitué aux grasses matinées, les boutiques fermées mettaient une tache sombre dans la blancheur des maisons, nul passant sur les larges trottoirs déserts et, sur le pavé sonore, à peine un fiacre attardé ramenant quelque noctambule.

Seules les lourdes voitures maraîchères commençaient à descendre vers les Halles avec leur chargement de légumes : choux, navets, carottes, salades en gros tas croulants, verts, blancs, rouges, et leurs charretiers ; à moitié endormis, faisant claquer leur fouet pour s'arracher à leur somnolence ; et, dans le ciel bleu, limpide, un vol de pigeons, pensionnaires du vieux sonneur, venait s'abattre autour des clochetons de Saint-Augustin, dont le dôme massif brillait, comme une énorme cloche d'argent, aux premières lueurs roses de l'aurore. Rêveur, Servan contempla ce joli décor où avait grandi son fils et qui lui était si peu familier.

Quelle différence entre ce boulevard planté d'arbres et sa double haie de magnifiques immeubles : hôtels particuliers, maisons de rapport, et l'étroite rue de *Mer* au pavé rocailleux, au ruisseau malodorant, avec ses modestes bâtisses aux logements plus ou moins sordides ; entre cette église trop neuve, trop élégante, trop cossue et l'humble chapelle de Notre-Dame du Salut, si petite sur la haute falaise. Et il se détourna avec humeur.

Négligeant les autres détails, son regard morose s'accrocha un instant à l'angle de la rue de la Pépinière qui s'enfonçait vers la gare Saint-Lazare... le train de Fécamp était là. S'il voulait pourtant ? Il n'aurait qu'un mot à dire, un signe à faire... Était-ce donc si difficile ?

Une voix grave s'élève dans le silence, voix de bronze, jamais entendue sans émotion dans la catholique Bretagne, la religieuse Normandie ou l'incrédule et gouailleur Paris ; que le son vibrant tombât de la flèche ajourée de Saint-Malo, du clocher carré de Saint-Étienne ou des grosses tours Notre-Dame, souvent écouté des berges de la Seine : *l'Angélus,* appel à la prière, à la foi !

Et il murmura dévotement : « *Angélus Domini nuntiavit Mariae.* »

Il n'en veut plus au Père qui est au Ciel puisqu'il lui a rendu son fils ; il ne boude plus la bonne Vierge qui l'a enfin exaucé ; pourtant, il n'est pas complètement satisfait et si elle voulait le tirer d'embarras, lui indiquer un moyen d'arranger les choses en douceur, sans faire couler trop de larmes...

Las ! toute la nuit Valentine en a versé de bien amères, le sommeil a aussi déserté sa couche et, sous ses cheveux épars, l'oreiller est, tout humide. De nouveau, elle est frappée dans sa maternité douloureuse, il lui semble perdre une seconde fois son petit Michel. L'illusion et la réalité se sont si bien confondues dans son esprit, elle s'est si bien bercée de ce délicieux mensonge, identifiant ces deux êtres chéris, que le remplaçant eût pu chuchoter à son oreille comme le Revenant du poète : « C'est moi ! Ne le dis pas ! » sans qu'elle en fût autrement étonnée.

Et il allait partir aussi ! Dieu ne voulait donc pas qu'elle fût mère ! Cet amour, qui lui semblait résumer tous les autres, lui serait donc toujours refusé ! À peine ses lèvres avides effleuraient-elles la coupe enchantée que le destin cruel la brisait entre ses dents ! Son fils ! son petit Michel ! ne plus le voir, mon Dieu ! ne plus entendre ce mot « Maman, » si doux que, bégayé par cette bouche enfantine, il avait à jamais séché ses pleurs. À la douleur atroce qui la poignait, elle pouvait mesurer la profondeur de sa tendresse et, pour l'enfant de ses entrailles l'arrachement n'avait pas été plus cruel. Comme les morceaux d'un vase précieux, elle ramassait les pauvres débris de son fragile bonheur pour les contempler encore. Le premier éveil de l'enfantelet dans le lit blanc devenu sien, son œil étonné, inquiet, son air dépaysé, sa petite moue désolée... Bien vite, elle l'avait pris dans ses bras, lui avait chanté d'une voix un peu tremblante une berceuse inoubliée et il s'était apprivoisé. Bientôt, au milieu des joujoux de *son frère,* dans les habits de *son frère,* il semblait tout à fait chez lui et riait à la mère qui lui riait aussi. Et, le soir, quand elle l'avait déshabillé elle-même près du feu, assise sur la chaise basse, comme jadis ; en voyant ce beau petit corps, frais et rose s'allonger bien aise à la bonne chaleur, en écoutant son gazouillis d'oiseau, en enroulant sur son doigt ses bouclettes d'or, elle avait pu croire à un miracle de la Divine Bonté, effaçant les étapes douloureuses et la ramenant en arrière de la tombe au berceau. Pour s'endormir, il attirait aussi sa tête sur l'oreiller comme *l'autre,* et, en grandissant, il avait gardé cette habitude câline pour la chère causette après la prière en commun. Cela se passait encore journellement ainsi et, la veille, elle avait dû prétexter une migraine pour s'y dérober et rentrer tout de suite dans sa chambre, de crainte de laisser échapper son secret dans un sanglot.

Et c'était fini ! Cet enfant, qui était sa vie, allait lui devenir étranger ! Au lieu de cet avenir si rose dont elle se leurrait quelques heures auparavant, un trou noir, le vide, l'abandon... Elle vieillirait seule, toute seule, sans autre enfant que celui qui dormait sous les roses, sans la caresse d'une fine moustache sur sa joue ridée ; sa taille se voûterait et, sans autre appui qu'un bâton, elle ferait et referait tristement ses derniers pèlerinages à la froi-de pierre sous laquelle ses deux Michel lui semblaient maintenant couchés. Et, se tordant les bras dans un paroxysme de désespoir, elle criait à la *Mater Dolorosa :*

- On ne vous a pris votre fils qu'une fois !

Entre ces deux agonies, Michel a dormi paisible avec l'heureuse insouciance de son âge, il a rêvé d'un prix de géographie au concours général et d'une île déserte où il fait des pêches miraculeuses et apprivoise un perroquet comme Robinson. À sept heures, la cuisinière lui apporte son chocolat. Il se lève, s'habille avec soin, c'est dimanche et, ses cheveux relevés en coup de vent, (sa grosse coquetterie !) il prépare sur le lit son chapeau, son paroissien, ses gants, sa canne à pomme d'argent, un de ses grands désirs, cadeau de son parrain. Maman aura un cavalier digne d'elle. Mais, le premier coup sonné, elle ne se montre pas encore ; elle est matinale, serait-elle plus souffrante' ? Inquiet, il frappe discrètement à sa porte.

- Entre, mon mignon.

La voix est altérée, les paupières gonflées, le déjeuner intact et le beau visage pâle se détache dans la chevelure noire sur l'oreiller froissé. Tout angoissé, il se précipite vers elle :

- Oh ! maman, tu ne vas pas être malade ?

Elle a la force de sourire :

- Malade ! pour une migraine ! tu es fou ! Non, seulement je fais la paresseuse, le Bon Dieu me pardonnera, tu le prieras pour nous deux.

- Alors, tu ne viens pas à la messe ?

- Non, je ne me sens pas assez bien, je vais tâcher de dormir... demande... demande à Monsieur Servan de me remplacer.

- Ce ne sera pas la même chose...

Oh ! la douce réponse au cœur endolori !

Câlin, il l'embrasse, l'embrasse encore... redresse l'oreiller, remonte les couvertures avec des précautions de garde-malade attentive.

- Là ! maintenant, faites dodo, maman chérie, pour être tout à fait remise au déjeuner ; on vous apportera du pain béni, si vous êtes sage !

Il rit, lui envoie un baiser du bout des doigts et s'éloigne sur la pointe du pied... À la porte, elle le rappelle, lui tend les bras, l'y retient tout éperdue... Si elle n'allait plus le revoir ?... Mais, devant ses yeux troublés, passe la mâle figure du marin ?... il est incapable d'abuser de sa confiance, et, plus calme, elle dit :

- Va, mon enfant.

Lui, obéit soucieux. Si c'était le début de quelque maladie grave ? Les mauvaises fièvres ne commencent pas autrement ! Il se rappelle bien sa scarlatine, l'an dernier : d'abord un grand mal de tête, les yeux larmoyants, puis l'éruption ; était-il vilain avec ses boutons rouges plein la figure... ça n'empêchait pas maman de bien l'embrasser et de le dorloter plus encore ; elle le veillait nuit et jour, lui donnait de bon looch sucré, lui lisait de belles histoires... tous les *Comtes de Schmidt* y avaient passé ! et pendant sa convalescence, allongée par une interminable coqueluche, quelle sollicitude de tous les instants, quelles gâteries délicieuses, à donner envie d'être malade ! C'étaient sans cesse de nouveaux jouets, de nouveaux jeux pour lui faire prendre patience ! Et les parties de dominos au coin du feu ! et les régiments de soldats de plomb que l'on alignait ensemble pour de grandes revues ! Et les premières sorties sur le boulevard ensoleillé, la promenade à petits pas le long des boutiques qui lui renvoyaient son image amaigrie et pâlotte, flottant dans une capote trop large ; à l'avenue des Acacias, où Joseph les conduisait au trot paisible de la jument de famille, dans le coupé bien clos où il se tenait frileusement blotti près de sa mère mignonne. Que tout cela était bon ! et qu'il serait content de la soigner à son tour, de lui apporter sa tisane bien chaude, de lui faire la lecture... il serait un excellent garde-malade. Mais la voir souffrir… Non, ça fait trop de peine, quand on s'aime. Ne disait-elle pas à chaque quinte de coqueluche :

- Ça me déchire la poitrine de t'entendre tousser.

Bien sûr, ça lui ferait le même effet à lui.

Le second coup, il faut se préparer. Il frappe chez Servan : lui est levé depuis longtemps déjà, son lit fait, la pièce rangée avec la méticuleuse propreté des matelots. Assis près de la fenêtre, il est plongé dans un volume pris au hasard sur un rayon de la bibliothèque, qui parait vivement l'intéresser : *Mon frère Yves*. Il y a tant d'affinités entre ces deux natures frustes et sentimentales de Bretons. À la vue de Michel, il dépose le roman de Loti, son visage s'éclaire...

- Bonjour, papa Étienne, as-tu bien dormi ? Veux-tu venir avec moi à la messe ? Maman est malade, elle dit que ça n'est rien, mais elle ne peut pas se lever et te prie de la remplacer. Veux-tu ? dis ?

S'il veut ! Bien vite, il prend son chapeau, le brosse, boutonne son veston et suit son petit compagnon qui descend posément le large escalier au moelleux tapis et répond avec gentillesse au salut du concierge plein de déférence pour le fils de sa propriétaire. Qu'il est mignon ! avec sa jolie tournure, son pardessus clair, ses gants de Suède et sa canne ! Attendri et un peu gêné, le père jette un coup d'œil furtif sur la glace du vestibule ; avec ses mains nues, son complet neuf, mais mal coupé, il se trouve gauche, lourd, commun...

- Ça ne vous fait rien de sortir avec moi ? demande-t-il timide...

- Ça me ferait plaisir si maman n'était pas malade.

- Mais si vous rencontrez des petits camarades, vous n'aurez pas honte de moi ?

Il le regarde étonné :

- Pourquoi donc ?

- Dame ! je ne suis pas un monsieur... je suis mal habillé... je n'ai pas de gants...

- C'est ça qui te gêne ! dit Michel amusé.

- Enfin ! si on vous demande : Qu'est-ce que c'est que ce vilain bonhomme-là ?

- Je répondrai : C'est mon père nourricier et j'en suis très fier.

- C'est vrai ! un père nourricier... ça ne tire pas à conséquence... ce n'est pas grand' chose... une manière de domestique.

- C'est mal, ce que tu dis là ! protesta vivement le petit garçon ; si maman a mis votre portrait dans ma chambre, si elle m'a appris à prier pour vous, c'est qu'elle considère les parents nourriciers comme de la famille...

mieux que ça même, puisqu'elle t'a retenu à coucher, ce qu'elle ne fait pas pour mon cousin Lormel quand il vient à Paris...

- Lormel ?

- Son neveu, qui habite l'Angleterre, un grand sec, que je n'aime pas du tout... Toi, au contraire, maman, doit joliment t'aimer et t'estimer pour t'avoir logé dans le cabinet de mon père...

- *Votre père !* bougonna-t-il mécontent... elle vous en parle souvent, sans doute.

- Non très peu.

- Et vous l'aimez ?

- On doit toujours aimer son père, mais il est mort avant ma naissance, je ne l'ai pas connu.., ce n'est pas comme maman...

- Oui, elle a toute votre amitié, elle !

- C'est bien juste ! j'ai toute la sienne.

- Alors, il ne vous en reste pas un petit brin pour moi.

- Oh ! si... mais ça n'est pas la même chose.

Pourtant, insista-t-il, si au lieu d'être votre père nourricier, j'étais votre papa ?

L'enfant se mit à rire :

- Tu es bête ! tu ne pourrais pas être mon papa sans être le mari de maman.

- Et je suis trop laid, n'est-ce pas ?

Il y avait une amertume dans son accent. Michel craignit de l'avoir froissé et, quoique le contraste du rude pêcheur et de la fine Parisienne lui parût assez plaisant, il répondit, très sérieux :

- Mais non, tu n'es pas laid, tu es un bel homme, tu as l'air fier, distingué, mon père n'était pas mieux que toi, d'après son portrait qui est dans la chambre de maman... je serais très content de te ressembler.

- Vrai ! dit Servan tout joyeux.

Et, encouragé par ce compliment naïf, il eut la tentation de tout lui raconter, là, en douceur, sans l'effaroucher. Mais un scrupule l'arrêta... Ne serait-ce pas une indélicatesse ? Madame Sucy se fiait à sa loyauté, il ne devait pas parler en son absence. Et il se tut.

À la remorque

Le déjeuner fut relativement gai. Cachée derrière ses rideaux, Valentine avait vu revenir le père et le fils, et, rien qu'à leur attitude elle avait deviné que Servan n'avait pas parlé. Elle en avait éprouvé un soulagement, une joie irraisonnée ; la joie du condamné qui voit la nuit écoulée, sans l'appel sinistre et songe avec ivresse :

- Encore un jour !

C'était une trêve bien courte sans doute, la trêve du dimanche seulement peut-être ! mais elle en jouissait, sans regarder au-delà.

Aussi, en la voyant assise à sa place habituelle, le sourire revenu à ses lèvres, l'éclat à son regard, les roses à son teint, Michel s'écria radieux :

- Te voilà guérie ! quelle chance ! et tu n'as jamais été si jolie !... n'est-ce pas, papa Étienne ?

Il balbutia, un peu embarrassé, et l'examina en dessous.

C'était vrai, tout de même, elle avait une autre mine que la veille, lorsque terrorisée, muette d'épouvante et de désespoir, elle levait, suppliante, ses beaux yeux de gazelle blessée sur le furieux qui tournait autour d'elle comme un grand fauve, menaçant, rugissant, bousculant les meubles, frappant les portes !... une brute ! quoi ! ne connaissant plus rien, prêt à tout saccager, tel, jadis, au café du Grand Banc, quand il avait trop bu. Un peu craintive encore, elle l'interrogeait sur sa matinée ; l'office lui avait-il semblé beau ? Michel avait-il été bien sage ? Et il adoucissait sa voix pour lui répondre.

- Si tu es trop fatiguée, mère chérie, nous pourrons remettre à jeudi notre visite à l'Exposition.

- C'est qu'il me faut repartir, objecta le marin.

- Laisse donc ! rien ne te presse, personne ne t'attend et tu peux rester chez nous tant que tu voudras, n'est-ce pas, maman ?

- Sans doute, mon mignon, Monsieur Servan est ici chez lui.

- Là ! tu vois bien ! C'est qu'il a des idées bêtes !... mais bêtes ! Il craint de gêner... et puis il croyait que j'aurais honte de lui, parce qu'il n'a pas de gants !

Servan était au supplice.

- Voyons, arrête le programme de la journée, Michel, dit Madame Sucy venant à son secours.

- Eh bien, nous pourrions aller aux Champs-Élysées, voir le Pont Alexandre, les deux Palais et les Pavillons étrangers, si ça n'est pas trop pour toi.

- Vous feriez peut-être mieux d'y aller tous les deux seuls.

- Oh ! maman.

Servan ne dit rien ; la perspective de ce nouveau tête à tête eût dû lui être agréable et pourtant une ombre passa sur son front. Sans doute, l'élégante Parisienne ne se souciait pas de se montrer à ses côtés ?... Elle devina cette impression et reprit aussitôt :

- Ce que j'en dis, c'est pour vous laisser plus libres, sans cela je préférerais aller avec vous, quitte à m'asseoir de temps en temps.

- Nous irons bien doucement ! Oh ! que tu es gentille !

La voiture attelée, tous trois y prirent place, Valentine et Servan au fond, Michel sur le strapontin et l'on roula vers la place de la Concorde. Étienne éprouvait un trouble extraordinaire. Ses idées dansaient dans sa cervelle, il ne savait pas trop où il en était, en se voyant assis dans cette confortable victoria à côté de cette jolie dame, avec son fils, là, en face d'eux, qui riait et bavardait comme un oiseau jaseur. Sa volonté têtue de breton mollissait et fondait dans cette atmosphère dissolvante : il ne voyait plus nettement le but auquel il marchait si droit la veille ; sa fermeté faiblissait au milieu de ses complications imprévues, il se trouvait ridicule et sot dans ce rôle d'invité, hébergé, piloté, choyé, et ne pouvant plus parler en maitre, sans se montrer brutal, odieux. Devant la Porte monumentale de Binet, on mit pied à terre, l'on pénétra dans la vaste enceinte et l'on gagna le nouveau pont. Le marin promenait son regard calme sur ce vaste panorama, que dominaient la Parisienne haut perchée et la Tour Eiffel bien dignes l'une de l'autre : les deux Palais, éclatants de blancheur, étincelants de dorures, mais se faisant quelque peu tort en se faisant vis-à-vis ; les plantes exotiques venues des quatre coins du monde, tranchant avec nos modestes marronniers, les Pavillons étrangers avec leurs façades bariolées, que reflétait, indifférente, la paisible *Sequanu* où une sombre forteresse Moyen-âge voisinait avec un rustique chalet norvégien et les clochetons d'une église avec le minaret d'une mosquée.

- Eh bien ! qu'en dis-tu, papa Étienne ? demanda le gamin impatient.

- C'est joli... très joli...

- Rien que joli ! tu es difficile.

- Je ne sais peut-être pas bien m'exprimer... de la mer, je dis : *c'est beau !* alors de ça je dis : *c'est joli !*

- Et vous avez parfaitement raison, monsieur Servan ; Michel ne connait pas comme vous les grands spectacles de la Nature, il ne peut pas comparer...

- Il n'a jamais vu la mer ?

- Si, la Méditerranée.

- Oh ! la Méditerranée ! ça ne vaut pas l'Océan, ni même la Manche.

- Petit, il s'enrhumait facilement, le médecin avait recommandé d'éviter les côtes normandes trop froides, expliqua Valentine.

- Mais maintenant je suis fort et, cette année, nous irons sur une vraie plage, c'est promis.

- Pourquoi pas à Fécamp ?

- C'est une idée !

- Ça vous ferait plaisir de revoir votre pays... le pays où vous avez été élevé.

- Sans doute. Tu resterais jusqu'aux vacances et nous repartirions tous ensemble, n'est-ce pas, maman ?

Elle répondit oppressée :

- Je ne demanderais pas mieux.

À son tour, avec cette délicatesse, qui étonne souvent chez les humbles, Servan détourna la conversation.

- Ah ! cette fois, voilà qui est beau !

Arrêté au milieu du pont, il désignait d'un geste large le dôme des Invalides écrasant toute cette pacotille de son imposante majesté, symbole de la gloire du passé.

Avec la noble sobriété de ses lignes, la patine de deux siècles mettant leur grisaille à son fronton, et surtout la pensée de tout ce qu'il renferme d'héroïque, le monument de Mansard avait l'air d'un vénérable ancêtre au milieu de jouvenceaux irrévérencieux.

- Et ça ? demanda Michel amusé, lui montrant la Tour Eiffel.

- J'aime mieux ça, répondit le Breton, saluant la masse sombre de Notre-Dame dans le lointain.

- Alors si tu n'admires que les vieilles choses, regarde le Vieux Paris, tiens, là-bas.

Il indiquait du doigt les tourelles gothiques et les maisons à pignon groupées au bord du fleuve.

- J'aime les vieilles choses et les belles choses... mais pas en carton.

Quelques passants ricanèrent à cette réflexion. Servan rougit, craignant d'avoir dit une bêtise et interrogea d'un air furtif le visage sérieux de Valentine. Elle ne riait pas et semblait l'approuver, étonnée de l'appréciation nette de cet esprit inculte, mais non vulgaire, rebelle aux admirations de commande et aux attractions grossières. Il était cependant fort curieux de son naturel et, pendant ses années de service sur la flotte, il n'avait jamais manqué de visiter le moindre port d'escale, Alger, Diégo-Suarez, Saigon. Longtemps il avait promené au fond de son sac de marin un cahier d'écolier où, en s'appliquant, il notait les choses remarquables rencontrées sur sa route, impressions naïves qui eussent fait sourire un Loti... Mais cette raison même le rendait difficile. Des pays exotiques avec leurs costumes, leurs mœurs, leurs usages, dont on s'évertuait à donner une idée avec quelques reconstitutions hâtives, quelques indigènes plus ou moins authentiques, il les avait vus de près dans leur cadre réel avec leur végétation luxuriante, leur soleil ardent, que l'on ne pouvait transporter sur les bords de la Seine et l'effet lui semblait médiocre, comme celui du Vieux Paris avec ses figurants de carnaval bien au-dessous de l'antique cité Malouine, avec son imposante *Quiquengrogne* et son clocher à jour, autrement médiévale. Le coin de Bretagne édifié tant bien que mal, non loin du Village Suisse, n'eut pas plus de succès à ses yeux.

- Tu es bien dédaigneux ! disait Michel dépité.

Avec la pétulante vivacité de son âge, il courait en avant, allait, venait, d'une curiosité à l'autre, avec des exclamations joyeuses, Valentine et Servan suivaient plus lentement. Elle portait un complet tailleur de couleur sombre, moulant sa taille flexible, un simple canotier posé sur sa lourde torsade, une ombrelle mauve protégeant sa nuque aux légers frissons et, de toute sa personne, aux mouvements souples et harmonieux comme sa voix, se dégageait un parfum de suprême distinction et de charme grave. Un peu en arrière, Étienne la regardait et ne regardait qu'elle. À un moment, elle se retourna et, devant son attitude un peu gênée, elle lui dit très naturellement :

- Voudriez-vous m'offrir le bras, monsieur Servan, je suis un peu lasse.

Il obéit, une chaleur aux tempes, et la petite main gantée s'appuya sur son bras robuste. Un instant, ils cheminèrent en silence, puis, un peu tremblante, elle dit :

- Je vous remercie, Monsieur, de la grâce que vous m'avez faite.

Il s'inclina, sans répondre.

- Je ne voudrais pas abuser de votre générosité... pourtant... si vous vouliez attendre encore un peu... c'est une idée si affreuse !... un déchirement si cruel !...

- Le pavillon italien, il ressemble à la cathédrale de Milan, dont tu as rapporté la photographie !... criait le petit garçon enchanté de jouer au cicérone.

- Je comprends votre chagrin, Madame, mais ce n'est pas ma faute !...

- Ni la mienne, vous le savez ; je pensais bien faire et

ne pouvais prévoir.., mais je ne méconnais pas vos droits et m'incline devant vos légitimes revendications... seulement... il me faudrait un délai... pour m'y habituer... si c'est possible !... lui-même apprendrait à vous connaitre mieux... il vous suivrait plus volontiers...

- Le pavillon de l'Allemagne, il parait que c'est très curieux à l'intérieur, mais l'on est obligé de faire queue et d'entrer par petites fournées, c'est la consigne et c'est ennuyeux d'obéir à des Prussiens.

- Sans doute, Madame, je voudrais bien vous éviter de la peine et à lui aussi, mais comment faire ?

- Demeurez seulement jusqu'aux vacances, comme il le disait tout à l'heure... ce n'est plus bien long... et pour ses études...

- Le pavillon de la Hongrie, copié sur l'église Saint-Étienne... pas celle de Fécamp !

- Non, pas du tout.

- Nous allons le visiter en l'honneur de ton patron, papa Étienne... Il y a toute l'histoire des hussards peinte dans la grande salle... et de jolies statuettes... tu m'en achèteras une, dis, maman ?

- Oui, mon chéri...

Et elle insiste :

- Il travaille bien... il doit avoir des prix... et je serais si heureuse de le couronner encore une fois.

Il se défend faiblement. Non, il ne peut pas rester ainsi chez elle à se faire héberger... il est pauvre, mais il a sa dignité... Elle proteste avec vivacité :

N'est-il pas le père de Michel ? n'est-ce pas un titre suffisant ? et ne crée-t-il pas, malgré tout, une sorte de lien entre eux ?

Il hoche la tête, mal convaincu...

- Je vous en prie !

De nouveau les beaux yeux de gazelle blessée se fixent éplorés sur les siens qu'il détourne avec effort et, vaincu, il murmure, honteux de sa défaite :

- C'est bon, Madame, j'attendrai...

Accalmie

Chaque matin, Servan accompagnait son fils au lycée Carnot ; on remontait le boulevard en devisant, on passait devant le Parc Monceau où, quelques années auparavant, le bambin prenait ses ébats sous la surveillance maternelle, devant la statue du bon Dumas, le conteur familier à l'âme populaire, à qui Gavroche donnerait volontiers une poignée de main, s'il était assis moins haut, et le marin saluait en vieille connaissance le « Mousquetaire » fièrement campé, qui avait souvent trompé l'ennui du bord ; on se séparait devant les sombres murs de prison, heureusement moins rébarbatifs au dedans qu'au dehors, de l'ancienne École Monge, où les gais oiselets recevaient leur pâture intellectuelle et, à quatre heures, on se retrouvait sur le seuil et l'on rentrait ensemble au logis, le père écoutant complaisamment le récit des menus faits de la journée. Dans l'intervalle, Étienne, naturellement discret et réservé, se faisait aussi peu encombrant que possible, jamais il ne déjeunait boulevard Malesherbes, on ne le voyait guère sans Michel, mais il employait utilement ses loisirs à visiter en conscience ce grand Paris qu'il avait maudit si longtemps et qu'il apprenait à aimer en apprenant à le connaitre. Valentine était parisienne et parisienne de Paris, ce qui est rare, elle ne l'avait jamais quitté que pour de courtes villégiatures et ne le dénigrait pas systématiquement, comme c'est assez la mode parmi ceux qui se passeraient le moins de son asphalte. Familiarisée, dès son enfance, avec les beautés de la capitale par son père et son grand-père, dont l'un fouillait les archives, dont l'autre bouleversait les pavés, elle les faisait à son tour admirer à Michel en de longues promenades instructives et amusantes à la fois, qui ouvraient son esprit à la compréhension du passé et à la foi dans l'avenir de la Cité-Reine. Dans leurs causeries, Servan entrevoyait un Paris inconnu, non plus égoïste, jouisseur, frivole, mais laborieux, lettré, artiste, plus loin de lui encore peut-être, mais dont il s'efforçait de se rapprocher, de se pénétrer, afin d'être à la hauteur « pour causer avec le petit. » Esprit fruste, mais très ouvert, il eut certainement porté de beaux fruits s'il eût été mieux cultivé ; il aimait à s'instruire, avait profité de ses lectures et puisait amplement dans la bibliothèque du médecin de marine pour augmenter son bagage...

- Vous avez lu tous ces livres, Madame ? demanda-t-il un jour avec étonnement.

- Pas tous ceux-là, mais beaucoup d'autres encore.

- Il y en a pourtant un fameux tas ! plusieurs centaines, je parierais !

- Un millier.

- Je n'en avais jamais tant vu.

- Ce n'est guère à côté de la Bibliothèque Nationale où j'ai grandi.

- C'est loin ?

- Rue Richelieu, près du Palais-Royal.

- Vous demeuriez là ?

- Oui, mon père était conservateur de la bibliothèque ; je ne l'ai quittée qu'à mon mariage.

- On ne peut point la visiter sans doute ?

- Si, à certains jours...

Il y alla le lendemain. Etait-ce simple curiosité ? En

traversant la vaste cour, en montant le large escalier, en suivant les longues galeries où apparaissent sous leurs vitrines les éditions rares, les exemplaires de bibliophiles, les chefs-d'œuvre de l'art typographique, les spécimens de merveilleuses reliures et aussi les grossiers essais des précurseurs de Gutenberg, il éprouvait une sorte de satisfaction intime où le *livre,* divinité du lieu, tenait assez peu de place. Il était content d'être là, très content.., et n'aurait pu dire pourquoi... Le soir, parlant de cette visite, il demanda :

- Que font donc tous ces gens que l'on voit à travers une glace lire et écrire dans une grande salle ?

- Ce sont les habitués qui vont consulter des ouvrages, prendre des notes.

- Tout le monde ne peut pas y entrer ?

- Non.

- C'est dommage.

- Si ça vous faisait plaisir, je pourrais vous procurer une carte.

- Ça me ferait grand plaisir.

Le gardien, qui contrôle les entrées et délivre les feuilles à remplir, dut être quelque peu surpris de l'assiduité de ce nouveau venu si différent des lecteurs ordinaires, rats de bibliothèque au teint parcheminé, aux mains pâles, dont les yeux brûlés sur les vieux manuscrits papillotent à la lumière crue du dehors. Lui-même éprouva d'abord quelque embarras et considéra avec une déférence craintive ces travailleurs absorbés dans leurs recherches, dont la plume fiévreuse courait sur le papier, qui faisaient voler les pages, crayonnaient des remarques, copiaient des textes ; ceux-ci, enfoncés dans leur fauteuil, disparaissaient entre les piles de volumes entassés devant eux ; ceux-là, debout près des hauts pupitres, consultaient *Larousse* ou *Didot ;* les uns, à la table des *périodiques,* parcouraient les Revues du mois, les autres, à la *Réserve,* tournaient d'un doigt respectueux les feuillets de quelque Bible enluminée ou de quelque Elzévir précieux.

Jeunes filles aspirantes au brevet, institutrices vieillies cherchant leur gagne-pain dans quelque ingrate traduction, reporters imberbes, en quête d'articles sensationnels, érudits à barbe blanche, élucidant quelque point d'histoire, académicien célèbre glanant des matériaux pour son prochain ouvrage, secrétaire famélique ramassant des documents pour son patron ; habit râpé, jaquette du bon faiseur, élégant toquet, capote lamentable, minois rose, visage ridé, âge, sexe, richesse, misère, beauté, laideur, tout était confondu dans ce monde de lettrés qui, sous le binocle ou les lunettes, les cils bruns ou les paupières lourdes, avaient le même regard ardent, la même fièvre de savoir. Servan alla s'asseoir à une table à peu près vide, l'été et l'Exposition amenant quelques vacances ; là, selon les instructions de Valentine qui l'avait convenablement stylé pour lui éviter toute difficulté, il inscrivit le numéro de son pupitre, son nom, son adresse en tête de la feuille imprimée, remise à cet effet, qu'il porta ensuite au bureau des bibliothécaires trônant au fond de la salle comme une majestueuse trinité. Puis, sur les fiches à cet usage, il écrivit les titres des différents ouvrages indiqués par la jeune femme et qui lui furent apportés après attente raisonnable. Dès lors, il passa ainsi une partie de ses journées, assouplissant son cerveau, comme jadis ses bras, et y trouvant une jouissance singulière. Était-ce mystérieux atavisme ? influence d'ascendants ignorés ? autre chose encore ? Il lisait beaucoup... rêvait encore plus...

- C'est pour pouvoir causer avec le petit, quand nous serons seuls, s'affirmait-il à lui-même.

Et cette idée l'assombrissait malgré lui. Il essayait de chasser l'image importune de celle qui resterait *seule* de son côté, il n'y voulait pas songer... et il ne songeait pas à autre chose... S'il était attiré vers ces lieux où s'était écoulée sa prime jeunesse, c'est qu'il lui semblait pénétrer un peu ainsi dans sa vie passée ; s'il aimait ces murs austères chargés de gros livres rébarbatifs, c'est qu'une ombre impalpable et légère s'échappait des lourds in-folio ; s'il faisait le tour des vastes bâtiments pour passer devant la grille de la rue des Petits-Champs, c'est qu'à une des hautes fenêtres il évoquait une silhouette féminine entre les barreaux... Puis, d'un pas lent, il traversait le Palais-Royal où *elle* avait joué toute petite ; il souriait aux fillettes courant après leur cerceau... souvent aussi, il entrait au Louvre, s'arrêtait devant quelque jeune artiste copiant une toile de maitre... comme *elle* jadis, considérait longuement ses tableaux préférés, cherchant à deviner ses goûts, à les partager. C'était pour ne pas choquer le petit, qui avait tant de manières d'elle... Et c'était pour le petit aussi, sans doute, qu'il était si fier de l'approbation de Madame Sucy, de ses encouragements délicats.

Peu à peu, il en venait à la consulter sur tout, timidement d'abord, puis avec plus de confiance.

Il avait grand désir de s'instruire, de s'élever un peu... c'était peut-être ridicule à son âge, mais il ne voudrait pas paraître trop bête à son petit gars, si bien éduqué déjà. Il avait parfaitement raison, c'était là ambition très digne et très noble ; seulement, il s'exagérait son infériorité, il avait un fond d'instruction restreint, mais solide, qui ne demandait qu'à s'étendre et il n'était jamais trop tard pour cela.

- Mon grand-père maternel avait appris à lire à vingt ans et n'en était pas moins un homme de mérite, que mon père lui-même écoutait avec déférence.

Et elle lui contait les débuts de ce simple compagnon charpentier, devenu, par son travail, un des premiers entrepreneurs de Paris, bras droit du baron Haussmann, dont la fille avait épousé Monsieur de Breuil.

- Alors, votre père était un noble ?

- C'était surtout un savant qui ne voyait rien au-dessus de ses livres.

- C'est beau d'être savant, moi je ne suis qu'un ignorant ! pourtant, quand vous m'expliquez les choses, il me semble que mon esprit se débrouille.

Insensiblement, elle prenait dans son âme un peu mystique la place de la Bonne Dame qui, renversée au souffle du doute, avait laissé l'autel vide. Le rude Breton méprisant les belles filles de Saint-Malo, et qui, pour sa défunte même n'avait guère éprouvé qu'une tendresse protectrice, abdiquait toutes ses fiertés masculines devant cette Parisienne, objet de ses colères passées et maintenant objet de son culte respectueux. Après *Mon frère Yves,* il avait lu *Pêcheurs d'Islande ;* il se complaisait dans ces pages évocatrices de la mer et de l'Armorique qui emplissaient de leur brume mélancolique les héros simples et compliqués, à la ressemblance de l'auteur. Il essayait de se figurer le robuste *Yann* près de la jolie *Gaud* affinée par son séjour dans un pensionnat parisien... Mais ce n'était pas une Parisienne et surtout ce n'était pas Valentine. Bien sûr ! il n'y en avait pas deux comme elle ! Michel avait bien raison de la mettre sur un piédestal ! Sa jalousie paternelle ne s'en effarouchait plus et, dans leurs causeries, impossible de décider qui, du père ou du fils, trouvait plus de douceur à prononcer son nom. Au reste, le marin se laissait aller à ce sentiment avec une inconscience absolue, étant de ces impulsifs incapables d'analyser leurs impressions et leurs mobiles ; haïssant, aimant avec la fougue irraisonnée de l'instinct et déroutant la psychologie. Véritable Celte, imprévoyant, contemplatif et rêveur, il s'abandonnait au charme de l'heure présente, écartant le souci de l'avenir gros de difficultés, auquel il préférait ne pas songer. Il avait promis d'attendre… il attendait.

Un jeudi, Servan était allé avec son fils visiter en détail le pavillon de la Marine où il avait goûté le double plaisir de se retrouver dans son élément et de pouvoir, à son tour, faire acte de *cicérone,* répondant sans hésiter à toutes les questions de l'enfant émerveillé de son savoir.

- Faut-il connaître des choses pour être marin, papa Étienne ! Je devrai joliment piocher avant d'arriver au *Borda !*

Et le père se rengorgeait, tout fier de ce petit triomphe, regrettant seulement que Valentine n'en fût pas témoin.

Ils rentrèrent, enchantés de leur promenade, pour le thé de cinq heures que l'on prenait à trois maintenant, dans le petit salon paisible... Ce jour-là, un *quatrième* était installé là, comme chez lui.

- Mon parrain ! s'écria Michel tout joyeux, courant embrasser Champeaux.

Le sourcil froncé, Étienne était demeuré sur le seuil ... Qu'est ce que c'était que ce particulier-là ? Jusqu'alors il n'avait vu personne dans l'intimité de Madame Sucy qui vivait fort retirée, absorbée par son enfant, ses crayons, ses livres et des œuvres de bienfaisance qui lui prenaient le plus clair de son temps. Quelques cornettes rencontrées dans l'antichambre, quelques vieux bibliophiles contemporains de Monsieur de Breuil, quelques vagues relations mondaines, mais ni amies, ni amis...

D'où tombait donc cet intrus ? Il faisait un mouvement de retraite, la jeune femme l'arrêta :

- Restez, monsieur Servan, dit-elle vivement, le parrain de notre petit Michel sait qui vous êtes et sera charmé de faire votre connaissance.

Présentés l'un à l'autre, les deux hommes échangèrent un salut un peu contraint et s'observèrent avec une curiosité mêlée de défiance. Sa mission remplie, le chef de division avait été rappelé au ministère et faisait sa première visite boulevard Malesherbes où il venait d'apprendre les événements survenus en son absence ; aussi n'était-il pas fâché de juger par lui-même à quel personnage on avait affaire. Son impression ne lui fut pas défavorable. Au contact journalier d'une femme distinguée, le rude Terre-Neuvien s'était déjà quelque peu affiné et la réserve de ses manières, de son langage, prouvait un tact naturel manquant parfois à de plus cultivés. Servan, lui, surmonta moins vite ses préventions : en écoutant les *parrains* par-ci, par-là, il évoquait le vieux mareyeur qui avait réellement tenu le petit sur les fonts avec sa figure ridée, hâlée, cuite et recuite par le soleil, le vent, la pluie ; les membres tordus et déjetés par la goutte qui l'avait forcé à arrimer et à demeurer sur le plancher des vaches où il travaillait dans une *saurerie* à empiler, dans des boites de conserves, les harengs qu'il pêchait jadis. À ce métier, ses habits, ses cheveux, toute sa personne s'était imprégnée d'une odeur *sui generis* bien différente du discret parfum de violette émanant de cet élégant freluquet. Ce dernier contait avec beaucoup d'humour la perturbation causée par son retour parmi les hôtes de sa villa de Neuilly, si bien installés chez lui que, pour ne pas les déranger, il était allé loger à l'hôtel.

- Vous comprenez, mon cousin, nous avons des invités, nous ne pouvons les mettre dehors, lui avait-on déclaré.

Et il s'était incliné.

- Vous êtes vraiment trop débonnaire ! protestait Madame Sucy.

- J'aime mieux céder que discuter, d'ailleurs possession vaut titre et, je vous assure, ma maison, mes arbres, mes meubles, mes gens semblaient hésiter à me reconnaitre pour le propriétaire... je me faisais à moi-même l'effet d'un intrus et je n'aurais pas osé cueillir une de mes roses, sans permission. Puis, l'estimable parente, qui règne présentement chez moi en mon lieu et place, est femme, quoique portant moustaches, la déloger eut été aussi peu séant que de laisser une dame se morfondre sur la plate-forme de l'omnibus.

- Les jeunes gens n'y manquent pas cependant.

- Je les en blâme et ne saurais les imiter. Ne pas frapper une femme, même avec une fleur, cela ne suffit pas, on doit les effeuiller sous leurs pas et prendre bien garde que le pli d'un pétale ne les blesse...

- Très galant !

- Votre sexe n'est pas fait pour souffrir, c'est contre nature.

- Parrain a raison : quand tu as seulement la migraine, maman jolie, ça me fâche contre le Bon Dieu.

Servan écoutait, en proie à une sourde irritation : ce marivaudage, blâme indirect de ses violences, lui portait particulièrement sur les nerfs et lorsque Champeaux, avec sa courtoisie ordinaire, mit la conversation sur les choses de la Marine, familières à tous deux, il répondit de si mauvaise grâce que Michel lui-même s'en aperçut :

- Tu étais plus bavard, tout à l'heure, là-bas ! dit-il

avec l'étourderie de son âge ; est-ce mon parrain qui t'intimide ?

Le marin rougit de colère et, sans la présence de Valentine... Mais, avec son tact féminin, elle comprit ce qu'il éprouvait, et, intervenant aussitôt, l'interrogea amicalement sur l'emploi de leur journée, lui parlant sur le même ton d'égalité qu'au prétendu parrain, s'efforçant de le mettre à l'aise. Bientôt, rasséréné par sa délicate bonté, il se montra plus sociable, donna son avis sur quelques questions techniques avec une précision, une netteté qui frappèrent l'aimable fonctionnaire dont la bienveillance se nuança d'une certaine considération.

- C'est un homme intelligent, déclara-t-il à la jeune femme, en prenant congé.

Et elle fut contente de cette appréciation, il lui eut été pénible que le père de son petit Michel passât pour un butor.

Ce soir-là, en se couchant, Étienne consulta le calendrier, comme lorsqu'il était de la classe. Pour la première fois, il trouvait le temps long !...

...Cependant, à mesure que le terme fixé approchait, le point d'interrogation se posait plus impérieux : Qu'allait-il faire ? Réclamer son bien, l'emporter, sans détourner la tête, c'était aussi simple que cruel... Mais après ? Que ferait-il de ce pauvret arraché brutalement à son nid de duvet, lorsque lui-même s'en irait en mer ? Le confier à quelque bonne créature comme Philomèle, qui l'élèverait avec les siens ? L'élève du lycée Carnot était trop différent de ses anciens compagnons de jadis. L'emmener avec lui comme mousse, il était trop délicat ! Le mettre en pension, là-bas, au Pays ? C'était une solution plus pratique, mais trop coûteuse et puis ce serait toujours reculer pour mieux sauter. Il n'avait pas le moyen d'en faire un monsieur. Et quelle double souffrance pour cet enfant gâté, privé à la fois de la tendresse maternelle et de toutes les douceurs de la vie, soumis aux petites misères ignorées des pauvres gens, transplanté dans un milieu inculte et grossier où il s'étiolerait, bien sûr, au moral et au physique. Sans doute, dans sa générosité, Madame Sucy ne demanderait qu'à assurer le sort de l'enfant si longtemps appelé sien, mais accepter un bienfait de celle dont il brisait le cœur, jamais ! Et vainement il tournait et retournait le problème. Pour une mère, c'eut été moins compliqué ; dans l'intérêt du petit, elle eut pu consentir à un partage, demeurer près de lui comme sa nourrice... il avait lu ça dans un livre. Mais pour un homme c'était impraticable ! en revendiquant les droits du père, il devait en assumer les charges, emmener son enfant et suffire à ses besoins. Ce serait dur ! Et puis, que deviendrait la mère ? à quoi se raccrocher dans ce nouveau naufrage de sa maternité douloureuse ? En somme ne serait-il pas bien égoïste en privant Michel d'une affection vraiment maternelle, d'une protection efficace, d'un avenir brillant ? Ses études achevées comme il les avait commencées, il passerait par Navale, en sortirait joli aspirant, commanderait un jour quelque beau vaisseau de guerre, vivrait honoré, riche, envié... Au contraire, arrêtée dans son développement, son instruction tronquée ne servirait qu'à le faire souffrir davantage, dans son ambition déçue, son orgueil humilié, ses délicatesses froissées. La mer le consolerait peut-être de ses déboires, s'il avait une vocation réelle, capable de résister aux premiers dégoûts du métier, bien rebutants pour son épiderme de parisien ; mais sur le pont du modeste Terre-Neuvien, sous la cirée du matelot ou la vareuse du patron, ne songerait-il pas en soupirant au fier cuirassé de l'escadre, au sévère uniforme de l'officier de marine... Servan ne connaissait que trop, par lui-même, ce regret des galons cousus jadis à sa veste de gabier, cette nostalgie de « plus haut, » seul héritage d'ascendants ignorés qui avait pesé si lourdement sur sa jeunesse, cette sensation vague de déchéance : tel un ponton rasé qui se souviendrait de sa mâture... Son pauvre petit gars, à son tour, connaîtrait donc tout cela ? Et ce serait sa faute ! Il faut aimer ses enfants pour eux, non pour soi. Réclamer son droit paternel, c'était peut-être moindre preuve d'amour que de se taire.

Un jour, assis dans un coin du petit salon, il rêvait à ces choses troublantes en contemplant à la dérobée le fin profil de Valentine penchée sur l'épaule de son fils, à qui elle donnait une leçon de dessin. On annonça : Monsieur Lormel.

- C'est mon neveu ; faites entrer, Joseph, dit-elle simplement.

Etienne, qui n'avait prêté aucune attention à ce nom, se leva par politesse pour saluer le nouveau venu, mais devant ce visage glabre, ce regard froid, cette raideur britannique qui l'avaient tant frappé dans le cabinet de Monsieur Brickson, il ne put retenir un mouvement de stupéfaction.

- Je crois vous avoir déjà rencontré, Monsieur, balbutia-t-il.

L'autre le toisa négligemment à travers son binocle, et dit :

- C'est possible, Monsieur, je n'ai pas la mémoire des physionomies.

Et il se mit à causer de l'Exposition, de ses affaires, avec une complète liberté d'esprit.

Édouard Lormel, orphelin et sans fortune, devait tout à son oncle comme Harry Gerald au sien. Au contraire de ce dernier qui avait déserté le commerce pour la marine, lui, avait préféré les affaires à Navale et M. Sucy avait fort mal digéré cette défection, aggravée par un nouvel acte d'indépendance du transfuge frisant quelque peu l'ingratitude. Employé dans une grande maison de la Cité où il était fort apprécié pour son intelligence pratique, non seulement il avait complètement adopté les mœurs, les idées, les habitudes de sa nouvelle patrie, reniant à peu près la France, mais encore il avait épousé une jeune Anglaise, sans même en informer son bienfaiteur (dont il acceptait cependant toujours les bienfaits), et celui-ci apprit par hasard qu'il avait une nièce lorsqu'elle lui avait déjà donné plusieurs petits neveux. Ce procédé un peu trop britannique amena une rupture violente. Valentine avait vu pour la première fois M. Lormel à l'enterrement de son mari, pour la seconde à celui de son fils dont la fin prématurée réveillait certaines convoitises. Mais son empressement maladroit avait trahi la cupidité de l'héritier possible et l'adoption du petit Servan ruiné ses espérances. Grande fut donc sa joie secrète en écoutant le récit du marin dans le bureau de son associé, et sans hésiter, il lui envoya aussitôt le petit bleu révélateur. Grande aussi était sa déception à cette heure. Néanmoins, il n'en laissa rien paraître, se montra plein de déférence pour Mme Sucy et de bienveillance pour Michel, tout en observant furtivement Étienne qui le regardait de travers, devinant son double jeu. Bien sûr, ce ne serait pas encore ce particulier-là qui consolerait la pauvre mère !

- Je n'aime pas beaucoup ce cousin-là, lui confia Michel après son départ.

- Ni moi, appuya le père avec conviction.

Pourtant, il lui devait bien quelque reconnaissance ! Le surlendemain, il fut fort étonné de recevoir une lettre de M. Brickson :

« Très honoré Monsieur, écrivait le négociant anglais, je vous ai vainement cherché à Paris et à Fécamp pour vous remercier d'abord de vous être dessaisi en ma faveur de cette petite Bible, relique très précieuse pour moi, et pour vous dire aussi que, sur l'un des feuillets, mon pauvre neveu avait tracé ses dernières volontés, ignorées de vous, sans doute, par lesquelles il vous instituait son légataire universel, dans le cas où vous reverriez un jour l'Europe. C'est un héritage bien modeste, un millier de livres sterling environ, mais que je suis heureux de tenir à votre disposition, avec l'expression de ma profonde gratitude.

Tout étourdi de l'aventure, Étienne consulta aussitôt Mme Sucy, après l'avoir mise au courant de ses relations avec le digne gentleman.

- Il faut accepter, mon ami, dit-elle simplement.

- Vous croyez, Madame ?

- Sans doute. Quelle raison auriez-vous de refuser... vous en avez tant d'accepter !... C'est l'indépendance, relative pour vous... et Michel... Et elle soupira...

Mais lui demeurait morose devant cette petite fortune tombée du ciel, qui eut dû lever ses dernières hésitations et ajoutait, au contraire, à ses perplexités.

Le triomphe de Jean Bart

C'était le 14 juillet. Jamais journée ne parut plus longue à Servan. D'ordinaire, comme nombre de Parisiens peu amateurs de réjouissances publiques, Madame Sucy passait cette fête à la campagne ; on ne rentrait que le soir et Michel, à son grand regret, ne connaissait guère d'autres illuminations que celles, assez maigres, du boulevard Malesherbes et le dôme éblouissant de Saint-Augustin, admiré de sa fenêtre. La présence du marin la décida à modifier son programme, afin de ne pas le priver d'un spectacle curieux pour lui et son fils, et elle les invita à profiter tous deux de l'après-midi pour se promener à leur aise au milieu des attractions variées de la capitale en liesse. Le garçonnet applaudit à cette bonne idée :

- Seulement, tu devrais venir avec nous, maman, mon plaisir est gâté quand tu ne le partages pas.

- Non, mon mignon, je vous gênerais, amusez-vous bien et ne rentrez pas trop tard, je vous prépare une surprise.

Étienne ne fit pas d'objection, mais il lui lança un regard aigu et soupçonneux. Depuis quelque temps son humeur s'altérait, il était sombre, préoccupé, soucieux. Sans doute, la contrainte qu'il s'imposait stoïquement lui était trop pesante ; plus qu'au début, il semblait dépaysé, gêné dans ce milieu bourgeois si différent du sien ; il demeurait boudeur, dans son coin, s'il venait quelque visite et opposait une sorte de rudesse farouche aux avances polies de Champeaux. Aussi, Valentine pensait-elle que, libéré de toute entrave, cette promenade avec son fils lui serait détente salutaire. Il n'y paraissait guère à le voir passer indifférent, taciturne, morose, au milieu de l'allégresse générale. Dès la Madeleine, contrastant avec la morne solitude, les volets clos des quartiers aristocratiques, les boulevards s'animaient, hôtels, magasins, théâtres, cafés, brasseries arboraient les couleurs anglaises, américaines, russes, italiennes, allemandes, presque aussi nombreuses que les couleurs françaises sur ce terrain neutre où l'élément étranger, chassant peu à peu l'élément national et installé en son lieu et place, donne à la foule cosmopolite l'illusion d'être un peu chez elle.

Et Servan se rappelait la sensation éprouvée jadis sur la flotte, en traversant le canal de Suez, au milieu des navires de toutes les nations.

- Le passage est à tout le monde, avait dit un vieil officier, résumant l'impression générale, mais c'est nous qui l'avons ouvert.

Et l'on s'était redressé plus fier ! En remontant vers les faubourgs, notre drapeau prenait sa revanche et moins les rues étaient larges, plus elles étaient pavoisées ; les murs lépreux s'égayaient d'une floraison de bleuets, coquelicots, pâquerettes ; aux fenêtres sans rideaux se balançaient des rangées de lampions et, d'une maison à l'autre, des guirlandes de feuillage, des banderoles tricolores, des inscriptions patriotiques disaient l'union des bonnes gens, dont le cœur simple bat toujours plus vite au seul mot de patrie. À chaque carrefour, des pâtissiers en plein vent, des tirs aux macarons, des manèges préhistoriques, aux coursiers pelés comme leur congénère en chair et en os (en os surtout) qui tournait mélancoliquement la manivelle aux accents pleurards d'un orgue de Barbarie, sollicitaient les passants. Michel montait sur les chevaux de bois, mordait à belles dents dans la galette plus ou moins rance, et trouvait le coco délicieux. Il ne s'était jamais tant amusé, même devant les élégantes baraques de la fête de Neuilly ! Loin de partager sa joie, Servan éprouvait une irritation sourde, un énervement involontaire ; cette foule endimanchée, bruyante, grouillante, vibrante, où il eut dit se retrouver dans son élément, les plaisanteries des loustics, la grosse gaieté des commères, la mine joviale des ouvriers attablés à quelque guinguette, le rire épanoui de la jeunesse, les concerts en plein vent, les bals improvisés autour de l'estrade encore vide, quelque musicien ambulant remplaçant l'orchestre du soir, tout cela le laissait froid, dédaigneux, presque hostile.

- Pourquoi n'a-t-elle pas voulu venir ? pensait-il avec amertume.

Il avait pourtant la tenue d'un monsieur, un pardessus et des gants tout neufs ! pas l'air d'un freluquet comme Champeaux, bien sûr, mais pas mal tout de même. Tout à l'heure, on lui avait dit « Votre petit garçon... » preuve qu'à sa mise on pouvait bien le croire son père... il n'y avait donc pas à avoir honte de lui. Pourquoi n'avait-elle pas voulu venir ?

Ils rentrèrent en avance, malgré la légère résistance de Michel qui s'en donnait à cœur joie. Madame Sucy les attendait habillée pour sortir.

- J'ai donné congé à mes domestiques, nous allons diner au restaurant et nous finirons la soirée au théâtre, cela vous va-t-il ?

- Quelle question !

- Où nous mènes-tu ?

- À la Porte Saint-Martin, voir *Jean Bart,* c'est une pièce pour vous deux.

La délicatesse de l'intention, la grâce du sourire eussent désarmé un cœur plus endurci ! et le marin sentit sa mauvaise humeur se fondre comme neige au soleil. On dîna hâtivement chez Durand, l'impatience du petit garçon lui faisant sans cesse consulter la pendule, puis le chasseur alla chercher un fiacre et bientôt, tous trois, confortablement installés dans une loge de face, écoutaient l'œuvre d'Haraucourt. Succès médiocre, malgré l'incomparable talent de Coquelin, plus remarquable encore peut-être dans cette création sobre et contenue que dans l'étourdissant *Cyrano ;* un grand souffle de poésie et d'humanité emplissait cependant ces cinq actes, où l'humble marin se haussait à une grandeur épique dans sa lutte avec la famine menaçant le royaume. Il ne s'agissait pas là de hochets, de gloriole, de rubans, mais de donner du pain à une nation affamée et l'homme du peuple, souffrant de la souffrance de ses frères, avait des accents qui prenaient aux entrailles. Quand il affirmait sa conviction de reconquérir le convoi de blé capturé par les Anglais, ces simples mots : « Je le voudrais tant ! » avaient, dans sa bouche, une expression poignante qui faisait passer un frisson parmi les spectateurs. Et quelle bonhomie triomphante et joviale dans sa réponse au grand roi sur ce qu'il avait vu de plus beau en venant à Versailles :

- Sire, des gens qui mangent.

Une idylle touchante se mêlait à cette tragédie de la faim et l'amour du rude corsaire pour la noble demoiselle, récompense de ses services, était nuancé avec beaucoup de délicatesse. Il y avait des scènes charmantes où, sous la tendresse paternelle de Jean Bart pour son petit Cornil, perçait un sentiment naïf et grandissant pour celle qui lui servait de mère, où l'admiration de la fille de race pour le héros obscur lui faisait oublier le fossé qui les séparait et que comblait d'un mot la volonté royale. C'était une œuvre saine et réconfortante, une salutaire leçon d'énergie... c'est pourquoi, sans doute, elle ne devait pas tenir l'affiche.

Assis derrière Valentine et son fils, Servan était en proie à un trouble d'autant plus violent qu'il s'efforçait de le dissimuler. Était-ce le spectacle nouveau pour lui, la salle, les lumières, le public, les acteurs, la pièce, mais une sorte d'ivresse lui montait au cerveau. Il perdait la notion de la réalité, s'identifiait avec le célèbre corsaire, participait à ses exploits, parlait, agissait, vibrait, souffrait, aimait avec lui. Sur le pont de son vaisseau, dans sa prison de Portsmouth, au palais de Versailles, était-ce Jean Bart ou Servan qui commandait le feu, faisait attacher son fils au grand mât pour l'aguerrir, échappait aux Anglais par son audace, fumait sa pipe sur un tonneau de poudre au nez du *commodore,* bousculait les courtisans railleurs et ne s'inclinait que devant son Roy et sa Dame. Exalté à froid, Étienne ne laissait rien impressions, mais quand la toile tomba sur le triomphe de Jean Bart dans l'éblouissement de la Galerie des laces, il passa main sur son font comme un homme qui se réveille.

- Eh bien ! papa Étienne, es-tu content ? demanda le petit garçon applaudissant de toutes ses forces.

Il répondit d'une voix sourde :

- Très content.

Valentine rattachait sa voilette, elle dit très paisible :

- Je pensais bien que cela vous plairait.

- Et à vous, Madame ?

- À moi aussi, j'aime les grands sentiments noblement exprimés, mais ce pauvre petit Cornil, tremblant sous la mitraille me faisait pitié.

- Je n'aurais pas tremblé, moi, dit bravement Michel.

- Tu as raison, le courage est la première vertu d'un homme... d'ailleurs, tous les fils de marins sont des vaillants.

- Pas tous, Madame, j'ai connu un petit mousse qui gémissait, grelottait la fièvre à la seule idée d'aller en mer ; au moindre grain il se cachait à fond de cale et ni proches, ni menaces, ni coups de garcette, rien n'y faisait. J'ai vu pleurer son père, un rude matelot pourtant, tant il en avait honte et il aurait bien fait comme Jean Bart pour vaincre sa peur !

- C'est un remède héroïque, dont beaucoup se déclareraient incapables, l'amour paternel est sentiment si puissant !

Sur les boulevards, illuminés a *giorno,* une foule houleuse se pressait, encombrant trottoirs et chaussées ; les voitures, très rares, étaient obligées d'aller au pas et les cochers secouaient la tête à tous les appels.

- Ah ! maman, rentrons à pied, il fait si beau ! supplia l'enfant tout enfiévré.

- La bousculade m'effraie un peu.

- Ne craignez rien, Madame, je suis là, dit vivement le marin.

- C'est juste.

Confiante, elle s'appuya au bras robuste et, la main de Michel dans la sienne, s'abandonna au courant. Le front haut, la poitrine, dilatée, Servan éprouvait une joie orgueilleuse, un sentiment de protection virile, une sensation de force, tel à son gouvernail, pendant la tempête, quand le salut du bateau et de l'équipage reposait sur lui. Tout en creusant son hardi sillon, il tournait la tête à droite, à gauche, l'air pas commode ; un malotru fut bien tombé avec lui ! Mais non, toutes les figures épanouies ne respiraient que cette gaieté bon enfant particulière au Parisien, lorsqu'il n'est pas de méchante humeur, et qui fait de ce peuple de *bonnets rouges* un peuple de *talons rouges,* courtois et chevaleresque entre tous, aimable, prévenant avec les dames, bienveillant et doux avec les enfants.

- J'en ai eu la révélation très nette, voilà bien longtemps de cela, au dernier 15 août avec mon grand-père. Il avait gardé de ses modestes débuts le goût des fêtes populaires et, les mains dans les poches, aimait à se mêler aux ouvriers. Cette année-là, il m'emmena avec lui voir le feu d'artifice sur la place de la Concorde ; ce n'était pas très prudent, il y avait parfois des accidents et, sans la crainte de contrister l'excellent homme, mon père n'y eut pas consenti. Moi, je ne me tenais pas de joie ! et grand-père donc ! Pourtant quand, débouchant de la rue Royale, je vis cette immense place noire de monde sous la blancheur des girandoles, j'eus un moment d'effroi et je regrettais le paisible salon de la Bibliothèque où j'alignais les dominos sous la lampe.

- As pas peur, petite ! dit bon papa devinant mon émoi.

Et, m'enlevant comme une plume, il m'assit sur son épaule. Ce fut une des plus inoubliables impressions de ma vie. Dominant toute cette marée humaine, nous étions là quelques centaines de bambins riant aux étoiles, applaudissant aux moindres fusées et, si une poussée se produisait, si une dispute s'élevait, il suffisait d'une voix sonore criant : « Prenez garde aux enfants ! » pour que tout se calmât dans un subit attendrissement. Nous étions vraiment les petits rois !

Il l'écoutait dans une muette extase, l'âme épanouie, le cœur en liesse et, quand la glace d'un café lui renvoyait leur double image, il se redressait plus fier que le jour où il avait arboré ses galons de quartier-maitre sur sa veste de gabier, où il avait pris le commandement du *Jean-Bart,* où il avait monté les degrés de Saint-Étienne avec Françoise rougissante sous le voile des mariées. La foule tumultueuse, les terrasses encombrées, les lampions bariolés, les drapeaux multicolores, les rires, les chants, les danses, toute cette allégresse débordante... et irritante à son esprit morose, il la partageait sans réserve, à cette heure où il était au diapason. Il marchait dans une apothéose, ravi au septième ciel par le simple contact de la main gantée posée légèrement sur son bras, et, en ces minutes radieuses, mais trop courtes, il n'eut pas changé son sort avec Jean Bart... pas même avec Louis XIV !

Un brûlot

Telles, après un étincelant feu d'artifice, les ténèbres semblent plus épaisses aux yeux éblouis, tels, après la lumineuse soirée du 14 Juillet, les jours qui suivirent parurent gris et mornes à Servan. Lorsqu'avec son aisance tranquille, Valentine rappelait les menus accidents de la fête, quelque détail de la pièce qui les avait charmés tous trois, il restait silencieux, gêné, mal à l'aise, sans s'expliquer pourquoi. Sa belle ardeur de savoir l'abandonnait aussi, une sorte de courbature intellectuelle et morale paralysait ses facultés. Il éprouvait une immense lassitude comme jadis après quelque bordée de matelot dont le dégoût lui remontait aux lèvres. Il se sentait tout chaviré et sa volonté ne tenant plus le gouvernail, il s'en allait à la dérive à travers la capitale, marchant au hasard, sans but, comme dans les rues de Fécamp, lors de son retour... mais alors il cherchait son enfant ! Maintenant il l'avait retrouvé et avec lui une modeste fortune lui ôtant l'inquiétude du présent, de l'avenir ; Michel ne pâtirait pas à cette heure, plus d'angoisse paternelle à cet égard. En travaillant de toutes ses forces, il saurait bien grossir son pécule, lui amasser un petit avoir. Il avait des bras, du cœur !... Les bras cassés, le cœur malade !... Jamais il n'avait éprouvé pareille chose, même à sa sortie d'hôpital, quand ses jambes le portaient à peine et que le pain lui manquait souvent. Jamais, aux pires heures de détresse et de désespérance, il ne s'était senti si bas. Pourtant, de quoi pouvait-il se plaindre ?

Le mauvais sort était conjuré : fortune, santé, son fils, tout lui souriait ; après le gros temps, une mer d'huile sur laquelle il n'aurait qu'à se laisser glisser... Que lui fallait-il encore ?

Il était donc une femmelette sans ressort, sans énergie ? Quel mal inconnu énervait son courage, annihilait sa volonté, engourdissait son esprit ? Il ne parvenait pas à se débrouiller dans le chaos de sensations multiples, d'impressions contradictoires : aspirations vers le grand large, les solitudes lointaines, les brumes de Terre-Neuve où s'enfoncer, se perdre, oublier...

Oui mais quitter Paris ?... Cette idée aussi lui était insupportable ! Cette ville maudite l'avait ensorcelé, bien sûr ! le dôme de Saint-Augustin lui manquerait autant que son clocher à jour lors de son départ sur la flotte !... C'est qu'il ne la voyait plus avec les mêmes yeux ? Elle lui semblait maintenant si différente de la cité perverse et malfaisante qu'il considérait avec un regard de défi et de haine, adossé à la grille de la gare Saint-Lazare...

Et *elle !* qu'elle était loin de la Parisienne arrogante et frivole qu'il se représentait jadis, dure et méprisante aux pauvres gens !... Qu'il était loin aussi du furieux faisant irruption chez elle, la menace à la bouche... Comme il se reprochait sa brutalité, ses outrages, ses vilaines paroles ! il eut voulu lui en demander pardon à genoux, comme à la bonne Vierge. Plus encore que par la beauté, le charme, l'élégance, c'était par la bonté qu'elle avait pris tant d'empire sur son cœur simple et pour elle il était prêt à tous les dévouements, à tous les sacrifices... sauf !...

Non, ça il ne pouvait pas ! Son petit gars lui était trop cher... plus cher que jamais !... il l'aimait et il l'admirait pour sa joliesse, sa grâce délicate et fière, reflet de sa mère adoptive... Il avait la peau douce comme elle, un regard velouté comme le sien, et dans le timbre harmonieux de sa voix la même inflexion caressante... Et pourtant, la faire souffrir, cela aussi était au-dessus de ses forces !

Plus le terme fatal approchait, plus ils évitaient la moindre allusion, par une sorte d'accord tacite, essayant de se tromper, d'oublier, de s'étourdir ; mais les beaux traits de Valentine se creusaient davantage et parfois elle embrassait l'enfant avec une telle violence que ravi, il s'écriait :

- Oh ! maman mignonne, que c'est bon quand tu me fais mal !

Comment séparer ces deux êtres si étroitement unis ?... Un jeudi, il descendait la rue Royale, se dirigeant vers les Champs-Élysées où il allait chercher Michel à une vente de charité où il était avec sa mère, quand Champeaux, se rendant à son Ministère, l'aborda, la main tendue :

- Bonjour, monsieur Servan, charmé de la rencontre, voulez-vous que nous fassions quelques pas ensemble ?

Bien qu'elle lui fût des moins agréables, il n'osa décliner l'invitation et, passant le bras sous le sien, le chef de division entama aussitôt la question qui le préoccupait :

- Je désirais beaucoup causer un peu avec vous, au sujet de Mme Sucy dont la santé s'altère depuis quelque temps ; elle a la mine tirée, le regard fiévreux, et la pensée de cette séparation imminente inquiète mon affection pour elle.

- Votre affection lui restera, répondit assez durement le marin.

- Sans doute, sans doute, mais elle ne lui suffirait pas, je le crains ; elle est mère avant tout.

Étienne ne répondit pas.

- Voyons, monsieur Servan, souffrir est bon pour les hommes. Est-ce qu'en cherchant bien on ne pourrait pas trouver un moyen d'épargner une douleur à cette aimable femme ?

- Je ne demanderais pas mieux, mais comment ?

- Vous ne pouvez abdiquer vos droits paternels, je le conçois, mais ne pourriez-vous les partager avec celle qui a si bien remplacé la mère ? Ce serait l'intérêt de l'enfant ; lorsque vous partiriez au loin, il serait bien seul, bien isolé ; tandis que près de Mme Sucy vous le retrouverez chaque année, au retour.

- J'y avais bien pensé... Si j'étais un monsieur, comme vous, la chose serait faisable, mais je ne suis qu'un matelot ignorant et grossier, déplacé dans votre monde et choquant dans un salon... Pour une fois, ça passe... et puis, un père nourricier, ça ne compte pas... mais un père ?... Tandis que le petit s'élèverait par son savoir, son éducation, je resterais un pauvre « Terr' Neuva... » le fossé s'élargirait tous les jours... il en souffrirait... moi aussi... Puis, voyez-vous, un père n'est un père qu'à condition d'en accepter les charges, d'en remplir les devoirs. S'il me voit travailler, peiner pour lui, le petit en sera touché et ne rougira ni de mon langage, ni de ma vareuse... si, au contraire, je ne suis bon à rien dans sa vie... j'aurai l'air d'un père honoraire et ça sera humiliant pour tous deux.

- Ces sentiments vous honorent, monsieur Servan et vous mettent au-dessus de bien des gens, qui portent la redingote et l'habit. Mais, croyez-le, votre fils saurait apprécier la grandeur de votre abnégation et son respect filial serait doublé par sa reconnaissance et celle de sa mère adoptive.

Il n'objecta rien, ébranlé peut-être.

- Songez-y, ajouta l'aimable fonctionnaire, en lui serrant la main, nous en recauserons, si vous voulez, car tous deux nous désirons trop éviter un chagrin à Mme Sucy pour ne pas y réussir.

- Je vous remercie, Monsieur, j'y réfléchirai...

Ils se séparèrent plus cordialement qu'à l'ordinaire et Servan remonta vers la rue François 1er tout en ruminant les paroles de Champeaux.

C'était vrai, pourtant ! N'était-il pas bien égoïste et, s'il faisait passer son bonheur avant celui de l'enfant, n'en serait-il pas puni un jour ? Qu'en son absence la maladie, la mort s'abattit sur la chère tête blonde, ne devrait-il pas se reprocher cruellement d'avoir écarté de son chevet la tendresse maternelle seule capable de parer au danger, telle la Vierge, protectrice des marins, garde de tout péril par sa seule présence à bord... Et son front s'assombrissait à la pensée des catastrophes fréquentes, terribles aléas du métier... Hier encore, ce sinistre maritime mettant, hélas ! tant de familles en deuil, et pour les victimes duquel avait lieu cette vente tardive, réunissant l'état-major de la bienfaisance, retenu à Paris par l'Exposition et les devoirs de l'hospitalité, aristocratie du Faubourg, de la Marine, de la Finance, des Lettres, se pressant aux divers comptoirs où parmi le frou-frou soyeux, les toilettes claires, redingotes noires, les rosettes rouges, les œillets blancs, les papotages, les flirts, quelques robes de bure, quelques grands papillons blancs, rappelaient pourquoi l'on était là.

Servan atteignait la file des équipages stationnant devant le bazar de la Charité quand un cri terrible : « Au feu ! » l'arracha brusquement à sa méditation.

- Michel ! mon petit gars !

Une gerbe de flammes !... une colonne de fumée !... des valets affolés !... des chevaux qui se cabrent !... des fuyards qui s'écrasent ! Appels déchirants !... gémissements de douleurs ! hurlements d'angoisse !... rugissements de fureur !.., poussées, luttes, violences !... les uns veulent entrer de force pour sauver des êtres chers... d'autres les repoussent, talonnés par l'épouvante... c'est une mêlée, une confusion indescriptible dont la lugubre rumeur va glacer les promeneurs paisibles dans la délicieuse quiétude du retour du bois.

- Michel ! mon petit gars !

Le père s'est rué vers la fournaise, à coups de pieds, à coups de poings, il veut s'ouvrir un passage, mais en vain ! Il court aux issues encombrées, ébranle les murailles. Son fils est là ! et il ne peut rien pour le sauver !... Des brandons enflammés tombent autour de lui, sur lui, il ne voit rien, ne sent rien, ni ses habits qui s'enflamment, ni sa barbe qui brûle, ni son front qui saigne... trébuchant, aveuglé, fou, il court de-ci de-là, hurlant toujours :

- Michel ! mon petit gars !

Oh ! pour le revoir sain et sauf ! comme il donnerait avec joie son sang ! sa vie ! tout !... tout !... Quel vœu informulé monte vers la Bonne Dame ?...

Soudain, un cri rauque s'étrangle dans sa gorge... Telle une lumineuse apparition dans une auréole de pourpre, Valentine tenant Michel étroitement enlacé surgit dans l'encadrement d'une étroite fenêtre où quelques hommes courageux ont organisé une chaîne de sauvetage, se passant les femmes de bras en bras... Résistant aux mains qui l'attirent, détachant celles de l'enfant qui se cramponne à elle, elle le pousse vers les héroïques sauveteurs.

- À moi ! à moi ! hurle le père éperdu !

Il reçoit le précieux fardeau, l'embrasse follement et, avec un signe de croix, se rejette dans le brasier. L'enfant est sauf ! maintenant à la mère !...

Un ex-voto

Seul, assis sur le divan qui lui servait de lit, les coudes aux genoux, son front bandé entre ses mains noircies, Servan songeait. Sans cesse, devant ses yeux troubles passait la vision inoubliable de ces deux êtres étroitement enlacés au milieu des flammes, il revoyait le beau geste maternel de Valentine, tendant l'enfant aux sauveteurs, ce geste d'une simplicité héroïque qui la sacrait mère une seconde fois... Eut-elle pu faire mieux pour l'enfant de ses entrailles ? et serait-il incapable d'imiter son sacrifice ?

Il l'avait sauvée à son tour, au péril de sa vie, c'était vrai, ses blessures saignaient encore, mais cela suffisait-il à payer sa dette ? et n'avait-il pas promis davantage, du fond de son âme, à celle qui l'avait exaucé.

Il se versa un grand verre d'eau, le vida d'un trait pour calmer la fièvre ardente qui le dévorait, puis il ouvrit la fenêtre, s'accouda au balcon comme la première nuit... Alors, il ne pensait qu'à son petit gars, à la joie égoïste de l'avoir retrouvé, de l'emmener bientôt avec lui, de vivre pour lui, de travailler pour lui ! Pauvre d'argent, il était riche d'espérance, de courage, de foi... Maintenant, il avait les reins cassés, il doutait de tout, des autres, de lui-même, de sa volonté, de ses forces, de son droit... Pourtant, son petit gars, c'était tout ce qui lui restait au monde !... y renoncer ! autant renoncer à la vie, aller rejoindre tous les siens moins à plaindre que lui !... Sa fièvre tombait, il se sentait faible, las, découragé ; un immense dégoût de l'existence emplissait son âme à vau-l'eau et si le fleuve eut passé là sous sa fenêtre... Lentement, l'Angélus égrena ses notes claires dans l'aube matinale, rappel à la prière, à la foi du chrétien... Mourir, non !... Partir, oui.

Mais où ? Fécamp ? la mer ? Terre-Neuve ? Ce n'était pas encore assez loin ! Puis sa dépression physique et morale était trop grande pour trouver en lui-même le frein suffisant... pour résister à la tentation de revenir... et il voulait le sacrifice complet, absolu... Non, il lui fallait quelque chose qui le défendit contre lui-même... mais quoi ?

Une sonnerie de clairon, on se lève à la caserne... Bientôt les lourdes grilles tournent lentement sur leurs gonds, les pantalons rouges apparaissent entre les arbres verts, le régiment défile devant la statue de Jeanne d'Arc qui semble le saluer de l'épée, et le pas cadencé des hommes, les baïonnettes serrées comme des ifs de fer, les plis flottants du drapeau, tout cela évoque à l'esprit du marin un passé de discipline, de vaillance, de gloire.

C'est l'abri, le refuge, le port !

À son réveil, Valentine, à peine remise des émotions de la veille, trouva dans son courrier, une lettre d'une grosse écriture ronde :

« Madame,

« Gardez mon petit gars, il est devenu vôtre et vous l'arracher serait trop dur pour tous deux. Mieux vaut être seul à souffrir, j'ai l'écorce plus rude et puis faire saigner votre cœur ferait aussi saigner le mien.

Il ne serait point juste qu'une brave action comme la vôtre fut punie comme une mauvaiseté... Tout ça n'est la faute de personne. Monsieur le curé a cru bien faire, vous aussi... il n'y a que moi dans mon tort de n'être point resté au fond de l'eau... ça aurait mieux valu pour tout le monde... Pourtant, non, si le Bon Dieu a brouillé les cartes, ça n'est pas sans intention, bien sûr ! Il a peut-être voulu me faire comprendre qu'il y a de braves gens partout, chez les riches et les parisiens comme chez les pauvres gens de la mer. J'ai la tête dure, mais la leçon est entrée tout de même, elle ne sortira plus... Quand je pense à ce que j'avais sur le cœur en sonnant à votre porte et à ce que j'emporte au fond aujourd'hui... Aussi je vous demande pardon bien humblement, Madame, de toutes mes vilaines paroles, du trouble, de l'effroi, semés dans votre maison.

Je m'en vais, je ne reviendrai plus... soyez tranquille... je vous laisse le plus cher de moi-même... mon petit Michel !... c'est un assez bel ex-voto pour mériter votre indulgence… et je ne le reverrai plus jamais !... Ne lui dites rien... continuez d'être sa mère... comme la belle demoiselle et le petit Cornil... l'autre soir, au théâtre... Aimez-le pour deux... et, quand vous l'embrasserez, mes lèvres seront aussi sur son front... de loin il n'y aura pas de mal...

Adieu et merci, Madame, merci pour mon petit gars, pour moi, à qui vous avez été si douce... Ma vieille mère se trompait : il y a des femmes qui ressemblent à la bonne Vierge et puisqu'elle ne s'offense pas de l'amitié d'un pauvre matelot, vous ne vous offenserez pas de la mienne... Ah ! si j'avais été Jean Bart !

Je suis Madame, avec respect,

Étienne Servan. »

TERR' NEUVA

Roman de mœurs maritimes

par Pierre de Lano

Aux lecteurs

Les pages qui vont suivre forment un livre de vérité sur la vie des matelots.

Un ouvrage sur la mer et sur l'existence que mènent, à bord, chefs et simples marins, n'est point nouveau et beaucoup d'écrivains fort appréciés ont tenté d'accomplir cette tâche avant moi.

Mais, les écrivains en question ont-ils reproduit, devant nous, la nature, les mœurs réelles des hommes qui leur ont servi de modèles ?

Je n'hésite pas à répondre, à cette interrogation, par une négation, et il m'apparaît, comme il a dû apparaître à ceux qui n'ignorent rien des choses de la mer, que les figures de marins qui ont été crayonnées, jusqu'à présent, par la plupart de tant de romanciers de talent, ne sont que des silhouettes d'opéra-comique.

Je serais désolé que l'on pût penser que je veuille, ici, faire un procès à des confrères très honorables et dont les récits m'ont charmé, tout le premier.

Je demande, simplement, qu'il me soit permis de dire que si, jusqu'alors, on s'est plu à peindre les matelots avec des couleurs aimables - trop « fines, » ajouterais-je, si je voulais plaisanter - on s'est trompé.

Il est vrai que ceux qui ont ainsi *comédianisé* les marins, ne nous ont présenté que des hommes enrégimentés, que des matelots appartenant aux équipages de l'État, disciplinés, par conséquent, et soumis à une certaine correction morale et physique.

J'affirmerai donc que c'est fort mal juger les matelots que de les observer dans les différentes phases d'un service militaire, car ces matelots, étant des soldats, ne sont pas, psychologiquement, les vrais matelots.

Les vrais matelots - ceux que ce livre portraiture, avec une franchise brutale - sont les marins libres, les marins d'Islande, de Terre-Neuve, les marins des bords marchands qui promènent, immuablement, leur existence misérable et leurs instincts de brute, sur tous les Océans ; les marins, en un mot, qui vivent de la mer et avec la mer et qui, revenus pour un temps éphémère sur le sol natal, y semblent *dépaysés*, s'y montrent aussi inconscients des choses avec lesquelles ils prennent contact, qu'un indigène du centre africain pourrait l'être des choses qui nous sont familières si, tout d'un coup, on le transportait, de sa brousse, sur nos boulevards parisiens.

Le matelot, à terre, n'est plus, en effet, le même, moralement et physiquement, que le matelot à la mer.

Dans l'étonnement, dans l'ahurissement que lui cause le contact du sol, il ne voit, il ne pense, il n'agit plus comme lorsqu'il se trouve sur le pont de son navire.

Il nous apparaît, alors, à nous autres qui le coudoyons, dans nos villégiatures, ainsi qu'un être tout de naïveté, tout de bonté même.

Il se peut, en vérité, qu'il se rencontre, parmi les matelots que nous connaissons ainsi, des individus nativement bons et naïfs. Mais, ils composent une minorité, presque une exception, sur la masse de leurs camarades, et il est malheureusement avéré que le matelot revenu à son bord, rendu au large des Océans, se rapproche plus de la bête - du fauve, même – que de l'homme.

Les faits monstrueux - tant au point de vue de la vie courante qu'au point de vue passionnel - qui se passent à bord des bâtiments, sont là pour appuyer cette déclaration pessimiste.

Il n'est qu'équitable de déclarer, cependant, que si les matelots, rendus au large, sont des fauves, ils ne sont peut-être pas autant qu'on le supposerait, responsables de leur méchanceté - de ce retour à l'état animal et primitif.

Ces hommes ne deviennent mauvais que sous l'influence des misères qu'ils endurent, qu'on leur impose, car, en récompense de leurs durs services, on ne leur accorde aucun bien-être - et il est raisonnable de penser que si l'on tentait de supprimer, d'atténuer tout au moins, leurs peines, ils trouveraient dans la force de l'intérêt qui leur serait ainsi témoigné, le sentiment d'une humanité meilleure.

Le matelot de long cours possède, d'ailleurs, le caractère le plus bizarre, le plus étrange que l'on puisse concevoir. - C'est un homme à part, n'appartenant à aucune nation par son aspect et par ses manières. Qu'il soit Français, Anglais, Allemand, Espagnol ou Maltais, les jurons qu'il profère sont les mêmes, ses habitudes pareilles, ses goûts semblables. Il a mêmes instincts, mêmes passions, mêmes allures.

Il est capable de pousser la cruauté jusqu'à ses dernières limites, comme il est susceptible du dévouement le plus absolu, du courage le plus téméraire, de l'abnégation la plus entière, la plus sublime.

Et, chose curieuse : dans le cœur de cet homme terrible réside, quelquefois, la sensibilité la plus délicate, une pitié que l'on ne soupçonnerait jamais.

Les pêcheurs de nos côtes ne sont pas des marins complets, si je puis m'exprimer ainsi.

En effet, ils rentrent souvent dans leurs familles ; ils trouvent, au retour, femmes, enfants, affections ; et c'est là qu'ils puisent cette foi religieuse qui leur est particulière et qui ne les quitte pas. Jamais la mer seule n'a communiqué, au marin, la crainte d'un Dieu, la soumission à une croyance.

Un navigateur me contait, à ce propos, qu'il avait vécu, une fois, pendant cinq mois, sans voir autre chose que de l'eau, des étoiles et des nuages. Or, dans ce voyage, il avait assisté à des tempêtes épouvantables et, souvent, la furie des éléments avait été telle qu'il s'était cru perdu. Eh bien, jamais, affirmait-il, devant le fracas de l'ouragan, au plein de la catastrophe, jamais il n'avait vu un marin s'agenouiller pour invoquer un Dieu. Il avait examiné, en ces rudes moments, les faces bronzées de ses hommes et il n'avait aperçu, dans leurs yeux, que de l'inconscience pour les choses déchaînées.

Ces hommes-là sont, encore, les vrais marins. - Habitants de tous les pays, se frottant à toutes les races, mais enfants de la mer - et d'elle seule - ils ne connaissent, d'autre puissance que la sienne. Leur scepticisme inconscient est, tel qu'ils se placent en dehors des habitudes des Sociétés et de leurs lois.

Fils d'une nature ingrate, vivant avec elle, sans contacts étrangers, ils comprennent ce qu'ils sont, en ce monde, c'est-à-dire bien, peu de choses. Aussi, chez eux, ne rencontre-t-on ni vanité ni ambition. Ils sont imprégnés d'une parfaite indifférence et possèdent le dédain absolu de notre prétendue civilisation. Ils ne vibrent que dans le désir de la liberté, de l'indépendance que le large leur procure.

Pour la première fois, donc, un livre lève le voile sur la vie des matelots et j'estime qu'en publiant ce livre, j'accomplis une généreuse action.

En traçant ces pages, en effet, et en leur donnant la forme du roman, mon but n'est pas seulement d'écrire une aventure intéressante. Ma pensée va plus haut que le désir de procurer une récréation à quelques personnes.

Elle s'adresse, par la voie du public qui sera - je veux le croire, pour son honneur- profondément ému, en lisant cet ouvrage, à toutes les Autorités maritimes, au Ministre de la Marine surtout, pour les conjurer de faire cesser les abominations qui se commettent, quotidiennement, à bord des bâtiments.

C'est là, pour un homme de gouvernement, pour des chefs, une tâche honorable, glorieuse, même, dont ils doivent se charger.

Je suis quelque peu sceptique. Cependant, je ne pense pas m'abuser en espérant que, pour le bon renom de notre Humanité, si défaillante en tant de circonstances, il se lèvera un chef qui prendra à son compte l'édification de l'œuvre de pitié et de salut que je signale, en ce volume, à toutes les consciences éprises d'idéal - que cet idéal ait sa source dans une foi mystique ou dans une conception sociale.

PIERRE DE LANO.

I

Vers la fin du mois de mai, au large du « Banc » de Terre-Neuve, et par une nuit de pluie glacée dont la piqûre s'accroissait sous une bourrasque de Nord-Ouest, la goélette *Persévérante,* commandée par le capitaine Coëtmeur, tanguait et roulait furieusement - si furieusement que l'on eût pu croire que sa chaîne d'ancre, démesurément tendue, allait se rompre sous chaque coup de lame.

La nuit était épaisse et de gros nuages que chassait le vent soufflant en tempête couraient, bas, dans le ciel, semblant raser les flots.

Parfois, cependant, une éclaircie survenait en ces ténèbres et la lune, comme en une déchirure de voiles, laissait tomber quelque lueur blafarde et rapide sur la mer, comme si elle eût voulu - agent d'une mystérieuse puissance - rappeler aux hommes de quart qui veillaient à bord des navires en rade de Saint-Pierre, les abîmes de désolation sur lesquels se heurtaient leurs misérables existences.

La *Persévérante,* sous ses feux de nuit, se balançait dans ce noir, obéissant au mouvement des vagues qui, longues et sans écume, lentes ainsi que des bêtes qui rampent et guettent une proie, frappaient ses flancs, avec des bruits sourds et sinistres. Tout paraissait endormi, à bord de la goélette. Pourtant ; l'œil exercé d'un marin, malgré l'ombre qui enveloppait le bâtiment, eût aperçu deux silhouettes d'hommes qui, insoucieux de l'ouragan, allaient et venaient sur le pont, s'arrêtant par moments et tendant l'oreille comme pour écouter, comme pour saisir quelque voix, quelque cri, quelque appel mêlés au râle des lames qui, par intervalles, « embarquaient » et les inondaient.

Ces deux hommes se promenaient sur le pont de la *Persévérante* depuis de longs instants déjà, quand, soudain, l'un d'eux ayant cru percevoir, sans doute, l'appel attendu, se précipita vers le bastingage du bâtiment et, tout le corps porté en avant, au-dessus de l'eau, se pencha pour mieux entendre et voir, dans la nuit.

Ce geste, dans le roulis et le tangage de la goélette, était dangereux et l'homme resté au milieu du pont en fut effrayé.

- Hé, là, mon gars, fit-il, attention à la manœuvre. I' n' fait point bon, par cette nuit du diable, à r'garder d'trop près les morues...

- N'aie pas peur, répliqua l'autre ; on est paré.

Et, se redressant, il revint vers son compagnon, avec un murmure

- Rien... il n'y a rien, sur cette eau de malheur... J'avais ben cru entendre, pourtant...

Son camarade l'interrompit.

- Entendre... Et quoi ?... dit-il . Est-ce qu'on pourrait entendre quoique ce fût, sur la « mé, » cette nuit... Si Pierre et Petit-Jean n'sont point là, à c't'heure, mon gars, c'est qu'la mé les a pris... C'était leur tour, faut croire ; ça fera deux de plus qui n'reverront pas le pays et un *doris* (5) perdu.

Sur cette réflexion poignante et si pleine de résignation, de philosophie inconsciente, les deux matelots qui étaient de quart, à bord de la *Persévérante,* reprirent leur marche sur le pont. Ils avaient, l'un et l'autre, une carrure de géants et, sous le suroit très enfoncé et cachant à demi leurs têtes, ils étaient pareils à quelques monstres sortis des gouffres au-dessus desquels ils cahotaient, ou bien à quelque caricature humaine narguant les éléments.

Depuis de longues minutes, ils avaient recommencé d'aller et de venir, sur le pont de la *Persévérante,* faisant trembler les planches sous le poids de leurs lourdes bottes, et ils ne parlaient plus, lorsqu'un coup de mer terrible s'abattit sur la goélette qui hurla, qui gémit, si l'on peut ainsi dire ; sous le soufflet des lames, avec un accent presque humain.

Les deux hommes, violemment jetés l'un sur l'autre, et cinglés, aveuglés par la masse d'eau, eurent un juron.

Mais, soudain, se raccrochant à des cordages, s'étreignant les mains pour mieux s'immobiliser, les regards tournés éperdument vers l'Océan, ils proférèrent une même exclamation :

- Là… là... on a crié !...

Cette fois, en effet, ils ne se trompaient pas : un appel était monté de la mer et ils l'avaient entendu.

- Là..., là..., on a crié !... répétèrent-ils.

Et comme pour confirmer leurs paroles, une voix éclata dans les ténèbres, non loin du bâtiment :

- Hé… de la goélette !...

Puis, une supplication angoissée suivit immédiatement cet appel

- Par Sainte-Anne, une amarre... vite, une amarre !...

Les deux hommes, alors, s'emparant d'une *manœuvre*(6), la lancèrent vers le point d'où était partie la voix.

Ils avaient bien calculé, dans leur expérience de marins, la distance qui les séparait de leurs compagnons en péril, car la corde, saisie tout aussitôt, se raidit, et l'on vit apparaître, le long des flancs de la *Persévérante,* un doris monté par deux matelots.

En ce moment, le capitaine Coëtmeur se montra sur le pont et, courant au bordage, eut un soupir de soulagement.

- C'est Pierre, fit-il, c'est Petit-Jean...

Et, se penchant vers ceux qu'il avait crus perdus, il leur jeta un encouragement.

- Accoste, garçon... dit-il, accoste...

La recommandation était superflue.

Ceux que l'on nommait Pierre et Petit-Jean, quelques secondes après cette scène, en effet, et tandis que le doris, rapidement *croché*, s'enlevait et reprenait sa place sur la goélette, grimpaient par les *cadennes* des haubans et sautaient sur le pont.

Et là, ils se secouèrent, à la manière de chiens qui sortent de l'eau, demeurant immobiles, muets, comme cherchant à recouvrer la conscience des choses qui leur étaient familières et qu'ils avaient, sans doute, désespéré de revoir.

Puis, Pierre - le patron du doris qu'on venait de hisser à bord - eut une phrase terriblement significative, dans sa naïve simplicité.

- C'est nous fit-il ; - oui, c'est nous.-. : un peu en retard pour la soupe, par exemple... Mais, on l'a échappé belle…

Et, se tournant vers son compagnon, il l'interpella, comme pour lui demander un témoignage.

- Pas vrai, Petit-Jean ?... murmura-t-il.

Petit-Jean - celui à qui le matelot Pierre Kervella venait d'adresser la parole et qui était, pendant les heures de pêche, son *avant* de doris, selon une expression usitée au Banc - Petit-Jean était un jeune homme de taille moyenne, à la figure pâle et aux membres grêles. Il offrait, ainsi, un stupéfiant contraste avec Pierre qui, lui, était une sorte d'athlète. Petit-Jean, en effet, imberbe presque, avec ses traits délicats, ressemblait plus à une fille qu'à un garçon et, en outre, toute sa personne paraissait s'affaisser comme sous le poids d'une double souffrance morale et physique.

Cependant, on s'empressait autour des deux hommes et chacun les interrogeait sur les causes de leur retard. Les matelots restés à bord de la goélette se demandaient même quelle intervention miraculeuse avait pu les sauver, leur permettre de regagner le navire, sous la tempête qui, ce soir-là, bouleversait l'Océan.

Mais, Pierre, écartant doucement ses camarades, et souriant, maintenant, éleva sa voix rude, en se tournant vers son capitaine :

- On causera tout à l'heure, fit-il ; mais, auparavant, les gars, si l'on buvait une goutte ?... Nous l'avons bien méritée, vous savez.

Le capitaine Coëtmeur, d'un mouvement de tête, approuva la proposition du matelot et il lança un ordre.

- Hé, mousse, cria-t-il, apporte le *tafia*, et vivement.

À ce commandement, du capot qui masquait l'entrée du panneau arrière, un gamin tout ensommeillé sortit, tenant une bouteille d'une main et une petite mesure en fer-blanc de l'autre.

Le capitaine Coëtmeur s'empara de ces objets et se mit en devoir de faire la distribution de liqueur.

La mesure en fer-blanc passa, ainsi, de l'un à l'autre, d'une bouche à l'autre - et quand chacun eut bu le contenu qui lui était destiné, tous, à l'exception des hommes de quart, se retirèrent dans le poste d'équipage situé à l'avant du bâtiment.

Ce que l'on nomme, à bord des Terre-Neuviens, ainsi qu'à bord de la plupart, des navires marchands, le poste d'équipage, est une sorte de trou sombre, long et étroit, qui sert, aux matelots, de salle à manger en même temps que de dortoir.

Pierre, Petit-Jean et les marins qui avaient été remplacés dans leur faction par deux camarades dont c'était le tour de veiller à la sécurité de la goélette, descendirent, l'un après l'autre, dans ce trou, par une échelle de fer presque perpendiculaire, tandis que le capitaine Coëtmeur demeurait sur le pont pour observer l'état de la mer et pour donner quelques recommandations aux hommes de quart.

Une lampe à huile, fumeuse, suspendue au clou d'une épontille, éclaire habituellement à demi, le poste. Les matelots y dorment sur des couchettes placées les unes au-dessus des autres, et s'étendent sur la paille qui leur tient lieu de matelas, non complètement déshabillés. Il est d'usage, en effet, au Banc, de ne sommeiller qu'en conservant une partie de ses vêtements. On n'enlève que le *ciré* - sorte de blouse en toile goudronnée et cirée - d'où son nom - et les énormes bottes. Les matelots gardent même, parfois, ces dernières, lorsque la mer est forte, afin d'être prêts à monter sur le pont et à aider à la manœuvre, en cas de sinistre.

Dès qu'il fut à l'abri, Petit-Jean se jeta sur sa misérable couche et parut s'endormir.

Quant à Pierre, demeuré seul, après une vague hésitation, il sembla renoncer au repos et s'assit sur un coffre, la tête entre les mains, comme perdu en de tristes pensées.

Autour de lui, au-dessus de lui, une atmosphère empuantie par la fumée des pipes dansait et formait, à la lueur de la lampe, comme des remous épais, sous les oscillations du navire. Une odeur nauséabonde, aussi, se dégageait de cette chambre qu'à sa disposition on eût pu prendre pour un vaste cercueil. Le plancher ; en effet, en était découpé ainsi qu'un long trapèze et la voûte, bombée, était pareille au couvercle d'une bière. Sur les parois, du sel suintait, scintillant ou gluant, et au bas de chaque couchette, d'où s'épandait une paille humide, presque pourrie, un coffre était rangé. C'était là que les pêcheurs serraient leurs vêtements, leur linge, leurs provisions, leur tabac et l'alcool qu'ils se procuraient, lorsqu'ils descendaient à terre.

Au milieu du poste, entre deux épontilles, se dressait une table étroite et noire de crasse. Tout près de la cloison arrière, les deux chaînes de bossoir pendaient et se balançaient au-dessus du puits, dans une éternelle cadence, et, à cette même cloison, deux gros clous retenaient une corde à laquelle étaient accrochées quelques poulies, des boîtes de conserves vides dans lesquelles on avait versé du goudron.

Sur l'avant de la goélette, se trouvait la soute, ou plutôt le trou au charbon. Le mousse y venait, chaque jour, puiser sa provision pour le service de la cuisine qu'il était chargé de confectionner, et quelques débris de houille, même, traînaient parmi la paille et les effets qui encombraient le poste.

Tel était l'aspect de la chambre en laquelle Pierre Kervella se tenait éveillé, songeur, et tel est l'aspect des postes d'équipage de la plupart des bâtiments marchands.

Pierre était mélancolique, et, en vérité, on eût pu s'interroger pour connaître la cause de sa tristesse, après les heures d'épouvante qu'il venait de vivre.

Pensait-il à ces heures ? Ou bien, les regards de son âme se portaient-ils, loin, bien loin, vers cette terre de France où l'attendaient sa mère, quelque fiancée aussi ?

Soudain, comme s'il n'eût plus été le maître de ses impressions, un large et douloureux soupir souleva sa poitrine, et ses mains, en lesquelles reposait sa tête, eurent une crispation.

Pierre se croyait seul éveillé ; sans doute, en cet instant.

Mais, comme il retombait en ses réflexions, un mouvement se produisit dans l'une des couchettes auxquelles il faisait face, et une voix douce - celle de Petit-Jean - en sortit.

- Qu'as-tu, Pierre ? dit-il. Pourquoi ne te couches-tu pas ? Tu es fatigué, cependant.

Pierre regarda celui qui lui parlait.

- Je n'ai pas envie de dormir, répliqua-t-il. Laisse-moi.

Petit-Jean se dressa, à demi, sur sa paille.

- Voilà encore, fit-il, que tes idées noires te tourmentent, et plus que jamais, ce soir, vraiment. Il y a déjà plusieurs années que nous naviguons ensemble et, en aucun temps, je ne t'ai vu aussi abattu. Voyons, qu'as-tu, je te le demande encore ? Tu as un chagrin, sûrement, que tu ne m'as point confié.

Pierre eut un geste impatient, nerveux.

- Je n'ai rien, affirma-t-il, et tu m'ennuies avec tes questions. Encore une fois, laisse-moi.

Petit-Jean observa attentivement, anxieusement, son camarade, et ouvrit les lèvres pour lui répondre. Mais, il comprit qu'il ne vaincrait pas l'obstination silencieuse du matelot et que s'il continuait à l'interroger, à lui parler, il l'importunerait.

- C'est bien, murmura-t-il. Je te laisse, puisque tu le veux. Mais, je ne sais pourquoi ta peine, ce soir, me touche profondément.

Et, s'étendant, à nouveau, sur son lit, il ferma les yeux.

Pierre resta quelques instants, encore, assis sur le coffre qui lui servait de siège ; puis, il se leva, retira ses bottes, les renversa pour en extraire l'eau qu'elles contenaient, et, à son tour, se dirigea vers sa couchette sur laquelle il s'affaissa lourdement.

On n'entendit plus, alors, à bord de la *Persévérante,* que le grincement des chaînes qui éraillaient ses flancs et que celui des poulies sur lesquelles s'enroulaient les cordages - grincements qui se mêlaient au bruit de l'ouragan balayant le pont - tantôt sourds comme un mugissement, tantôt aigus, sifflants comme une pluie de balles.

Et, dans le ciel, toujours, comme courant au ras des lames, des masses noires succédaient à d'autres masses noires, enveloppant la *Persévérante* qui tanguait et roulait, sur sa chaîne d'ancre, ainsi que des ailes d'oiseaux fantastiques.

II

La pêche de la morue était commencée depuis le mois d'avril. Dans le courant de ce mois, en effet, de nombreux bâtiments étaient entrés dans le port de Saint-Pierre, venant de France, chargés de toute une population de matelots - de *Terr Neuvas,* selon la pittoresque expression par laquelle on désigne, au Banc, les pêcheurs.

Chaque année, des navires de toutes dimensions partent de Cancale ou de Saint-Malo, emportant les hommes qui se destinent à la pêche de la morue et qui, une fois débarqués à Saint-Pierre, doivent s'embarquer sur les goélettes de pêche.

Ces bateaux ne sont pas, certes, aménagés pour des passagers. Ce sont, ordinairement, les mêmes bâtiments qui prennent, au retour, les premiers chargements de morues, et c'est dans leurs cales humides, et suintant le sel, que sont logés les hommes.

On les entasse plutôt qu'on ne les embarque, pêle-mêle, ainsi que des moutons, par les panneaux béants, seules ouvertures de ce gouffre noir où la lumière ne pénètre jamais.

Celui qui visiterait un de ces navires, quelques heures après le départ, serait effrayé. Il verrait ou, plus exactement, il devinerait, il toucherait un amas d'hommes, les uns couchés, les autres assis sur des paillasses étendues, quelques-uns appuyés le long des parois mouillées de la coque, d'autres affalés, mornes, ivres pour la plupart, mais tous, les uns sur les autres, ayant à peine la place pour bouger.

Et, pour éclairer cet épouvantable tableau de misère, quelques rares fanaux à huile jetant une pâle lueur, comme pour cacher l'horreur de cette désolation.

Au bout de quelques jours, c'est un enfer.

Des odeurs insupportables se dégagent de ces cales où la morue pourrissait six mois plus tôt, où les hommes pourrissent maintenant.

Beaucoup n'ont pas revu la lumière depuis l'heure de leur départ, ne montant même pas sur le pont pour respirer un peu d'air ou pour obéir aux nécessités de la nature.

Ils mangent, boivent, au milieu de détritus de toute sorte, se couchent dans les ordures, malades par tant de malpropreté.

C'est ainsi qu'ils arrivent à Saint-Pierre. Il est vrai que, depuis quelques années, de grands vapeurs font aussi ces transports de chair humaine ; mais, on n'y a pas recherché plus de bien-être dans les logements, ni plus de confortables améliorations.

On n'a envisagé, dans cette nouvelle méthode, qu'une matière à bénéfice : voyage plus rapide et moins coûteux. Qu'importe le reste... La bête à travail, le malheureux pêcheur qui ne s'appartient plus - car il est bien et dûment vendu - est *trimballé*, suivant la volonté de ses maîtres. En bon esclave, il doit accepter tout, jusqu'à la fin...

À peine arrivés, les hommes sont embarqués sur les goélettes de pêche et le bateau armé, disposé, va à la mer.

Il faisait très froid, encore, cette année-là, et les premiers navires qui s'étaient avancés jusqu'à la grande passe de Terre-Neuve, s'étaient heurtés à d'énormes glaçons flottants qui les avaient empêchés de continuer leur route. La brume, aussi, était, dans ces parages, d'une intensité effrayante et la Corne de Galentri formait, pour eux, une indication insuffisante destinée à leur éviter les brisants.

Cependant, malgré tous ces obstacles accumulés par le terrible climat du Banc, les navires avaient réussi à pénétrer dans le port, et les goélettes, amarrées dans le bassin, s'étaient aussitôt préparées pour la saison de pêche.

De grands vapeurs étaient arrivés, encore, avec une cargaison humaine, vite débarquée, et les équipages des terre-neuviens s'étaient rapidement complétés.

Puis, on avait gréé les bateaux, entassé des provisions en leurs flancs, amoncelé à bord le sel nécessaire à la conservation des morues ; on s'était, ici et là, procuré des lignes, des amorces, des bouées, et la flottille ainsi parée, avait pris le large, se dispersant dans tous les sens, perdue en l'épais brouillard.

Les goélettes de pêche de Saint-Pierre-et-Miquelon ne sont pas très vastes ; mais, elles sont bien équipées et portent de six à seize hommes, suivant l'importance des bâtiments.

La *Persévérante* était une jolie goélette peinte en vert avec un *biston* jaune courant de l'étrave au couronnement. Sous le beaupré, à l'extrémité de la guibre, se dressait une statue en bois représentant une femme aux traits grossièrement sculptés et à l'expression presque farouche. Sa main gauche était posée sur son cœur et sa droite traînait en arrière comme dans le geste de guider le navire. Des cheveux très longs flottaient sur ses épaules nues, au caprice d'un vent que l'auteur de cette œuvre primitive avait supposé très violent et, ainsi, cette figure avait un peu l'aspect d'une Walkyrie. De la tête aux pieds, elle avait été recouverte de peinture blanche. Mais, les couches ayant succédé aux couches, les formes, le dessin de la statue s'étaient presque complètement effacés et, sous l'enduit épais, elle ressemblait plus, maintenant, à quelque grotesque magot chinois, qu'à une fille de la poésie et du rêve.

La *Persévérante* était de coupe canadienne, comme tous les bâtiments qui font la pêche à Saint-Pierre, et ses bordées, en bois de sapin, à chevillage de bois, également, en faisaient une construction légère, bon marché, mais peu résistante. Ses mâts étaient tout noirs, car ils n'étaient jamais grattés et ses voiles avaient été tannées afin de mieux supporter les morsures de la pluie et du brouillard. Sur le pont, se remarquaient des raies profondes creusées par les clous pointus des bottes de l'équipage, et, en certains endroits, même, les planches étaient comme déchiquetées, effilochées, offrant ainsi l'image d'un sol aride dont l'herbe aurait été piétinée, écrasée. Le long des panneaux, même, de la mousse avait poussé, et verdissait, gluante. On ne nettoie pas plus le pont que le poste d'équipage, sur les bâtiments terre-neuviens.

Pourtant, et en dépit de cette apparence de désordre, de cette malpropreté, la *Persévérante* était un excellent voilier et lorsque son *écoute de grand gui* était filée, pour le *largue*, l'écume bouillonnait à son arrière, dans le remous de ses quatorze nœuds.

C'était donc sur ce bateau que Pierre Kervella et Petit-Jean s'étaient embarqués à Saint-Pierre.

Ces deux hommes s'aimaient fraternellement et leur affection datait de loin.

Très différents, tant au physique qu'au moral, l'on devinait que, dans la tendresse que Pierre avait vouée à Petit-Jean, il se trouvait comme un sentiment de protection. Et Petit-Jean, qui admirait la structure de colosse de son ami, tout en déplorant la chétivité de sa personne, était heureux de se savoir ainsi défendu, en des lieux où, sans cesse, il faut lutter contre les êtres ou contre les choses.

Les deux matelots étaient à peu près du même âge : vingt-six ans. Tous deux avaient servi à bord de la frégate-école des gabiers et le hasard avait voulu qu'ils fussent encore réunis, comme gabiers de la même hune, à bord d'un croiseur de deuxième classe - voilier et vapeur tout à la fois.

Leur service d'État s'était ainsi terminé le même jour et, de retour au pays, ils avaient repris leur ancien métier de *Terr'- Neuva.*

Ils accomplissaient, actuellement, leur seconde saison de pêche, depuis leur libération militaire...

Leur première campagne avait été pénible. Pourtant, ils en avaient accepté les cruautés avec assez de résignation, grâce au caractère enjoué de Pierre qui, fier de sa force herculéenne, était bon et obligeant - particularité très rare chez un pêcheur du Banc.

Rentré en France, pour y passer l'hiver, un grand changement s'était produit dans l'existence de l'un de ces deux hommes.

Une belle fille des environs de Saint-Malo s'était éprise du regard brun et doux de Petit-Jean, et quelques jours avant le départ du marin, pour sa seconde campagne terre-neuvienne, les jeunes gens s'étaient fiancés, à la manière des cœurs simples qui battent sur la côte bretonne. Un soir, sur la *grève,* enveloppés de la brise du large, sous la senteur des goémons, dans le murmure berceur des vagues, ils s'étaient dit qu'ils s'aimaient, ils s'étaient promis l'un à l'autre.

Puis, ils s'étaient séparés et, dans la traversée de Saint-Malo à Saint-Pierre, à bord du brick qui les portait, Petit-Jean avait fait à Pierre Kervella l'aveu de son amour, de l'espérance qu'il laissait, au pays, dans la personne de Marie-Margot, sa promise.

C'était par un soir calme et presque doux que Petit-Jean avait fait cette confidence à son camarade. Il s'était assis auprès de lui, sur un tas de cordages, et l'avait longuement entretenu de son bonheur.

Pierre l'avait écouté ; mais, à mesure que Petit-Jean lui avait livré son secret, il s'était assombri et lorsque le nom de Marie-Margot avait été prononcé, il avait mal réussi à contenir un geste d'impatience, d'extrême nervosité. En certains points du récit de son compagnon, il n'avait pu s'empêcher de soupirer douloureusement et si Petit-Jean n'avait pas été aussi préoccupé de lui-même, alors, égoïste inconscient comme le sont tous les amants, il aurait compris que Pierre souffrait peut-être de le savoir heureux. Cette pensée, d'ailleurs, ne tarda pas à naître en lui. Ayant remarqué que le nom de sa fiancée semblait provoquer une peine chez son ami, il évita, désormais, de le lui faire entendre et s'il se douta que Pierre aimait, lui aussi, la jolie fille, il ne manifesta, en cette occurrence, amertume envers lui. Il redoubla, au contraire, pour lui, de prévenance, d'affection, comme si son amitié eût pu panser la blessure que sa confidence avait faite au cœur du matelot.

Mais, à partir de l'heure où cette confidence s'était

produite, Pierre avait paru perdre toute sa belle humeur d'autrefois et, devenant de plus en plus triste, lorsqu'il avait débarqué à Saint-Pierre, on n'eût plus reconnu en lui le marin endiablé, prêt à toutes les joies, qu'il était naguère.

Sa mélancolie s'était encore accrue à bord de la *Persévérante* et l'équipage composé d'hommes peu observateurs, cependant, n'avait pas tardé à noter son attitude.

Le soir, justement, où il avait failli être englouti par les vagues furieuses avec Petit-Jean, il s'était senti plus abattu moralement que de coutume.

Ce soir-là, le capitaine Coëtmeur lui avait donné l'ordre, malgré l'état de la mer, de monter son doris et d'aller tendre des lignes.

Il s'était embarqué, alors, avec son camarade, sur la frêle embarcation et s'était éloigné de la *Persévérante.*

Une brume lourde et épaisse lui avait vite caché la goélette et, après quelques coups d'avirons, le compas seul était devenu son guide, sur les flots déchainés.

Il n'est rien d'aussi poignant que cet adieu des doris, chaque soir, à leurs bâtiments d'attache.

Loin des côtes, dans l'épais brouillard, quitter un navire en ces minces esquifs, pour s'en aller à l'aventure à travers l'inconnu, n'est-ce pas assez pour ébranler les résolutions les plus déterminées ?

Et ils vont, cependant, loin, très loin, ramant de toutes leurs forces ; puis, les lignes sont tendues, retenues par une ancre à chaque extrémité, et leur emplacement est marqué par une bouée surmontée d'un pavillon.

Il faut alors revenir à bord. Après une nuit incomplète, au matin, ils repartent encore. Ils vont cette fois relever les lignes qu'ils ont posées la veille.

Mais, il fait mauvais temps ; la mer déferle avec rage,

le vent siffle dans les haubans...

Qu'importe... Pas d'hésitation... Les lignes sont dehors ; il faut les relever. Les doris s'éloignent.

Retrouveront-ils les bouées ballottées maintenant par les lames terribles ?

Les embarcations cherchent cependant dans la nuit, luttant contre les vagues qui menacent de les engloutir.

Enfin, les bouées sont retrouvées et les lignes sont relevées à grand' peine. Le doris est plein, car la pêche a été bonne et l'eau arrive presque au ras des bords. La prudence exigerait que l'embarcation fût allégée ; mais, va-t-on perdre quelques poissons si difficilement pris ?

II s'agit, à présent, de rejoindre la goélette. Sa position est indiquée par le son d'une cloche que l'on entend à intervalles réguliers.

C'est la cloche du salut pour ceux qui ne se sont pas trop écartés ; mais, ne sonne-t-elle pas quelquefois le glas pour ceux qui ne reviendront jamais ?

Trop souvent, hélas, elle retentit pour ces derniers. Combien et combien de doris n'ont jamais revu leur navire. Combien se sont abîmés dans les flots, sous une trop lourde charge. Combien se sont égarés dans la nuit des brouillards et combien, aussi, ont coulé sous l'étrave d'un vapeur lancé à toute vitesse.

0 Banc de Terre-Neuve, qui dira jamais les drames dont tu as été le témoin ?...

Pierre et Petit-Jean se trouvaient donc, maintenant, à une assez grande distance de la *Persévérante* et, fatigués d'avoir lutté contre la houle, ils s'étaient arrêtés de ramer, afin de prendre quelque repos.

Petit-jean, surtout, paraissait fort las, exténué. Le dur travail de la pêche était, en effet, au-dessus de ses forces et il était certain qu'il n'eût pu le supporter s'il avait eu pour patron de doris, un autre que Pierre qui, dans sa tendresse pour lui, se chargeait de presque toute la besogne à accomplir.

Cependant, les deux hommes, après quelques minutes d'inaction, s'étaient remis à la besogne et Pierre ayant saisi une petite ancre sur laquelle était amarrée l'extrémité d'une forte ligne, l'avait jetée à la mer tandis que Petit-Jean, aux avirons, maintenait le doris dans une position normale.

Dès que l'ancre eut touché le fond et qu'on eût bien assujetti la bouée numérotée sur son *orin*, Pierre s'empara des avirons, à nouveau. Petit-Jean, alors, se mit en devoir de *filer* la ligne sur laquelle des hameçons, de distance en distance, étaient attachés et retenus par de plus petites lignes que les pêcheurs nomment des *ampilles*.

Bientôt, l'extrémité de la ligne principale apparut, avec la deuxième ancre et la deuxième bouée et le tout ayant été enfin lancé à l'eau, la tâche des deux marins s'était trouvée terminée.

Ils s'étaient alors disposés au retour et avaient mis le cap sur le point où ils pensaient devoir reconnaître la *Persévérante*.

Mais, l'atmosphère chargée de brumes ne leur avait pas permis d'apercevoir la goélette. Puis, la mer s'était soudain agitée davantage et les deux matelots, perdus au milieu des vagues qui menaçaient, à tout instant, de les emporter, s'étaient sentis étreints par une angoisse.

- Je ne pensais pas être si éloigné de la *Persévérante*, avait alors murmuré Pierre. Nous avons dû être entraînés hors de notre route par quelque courant.

Et, encourageant son compagnon, il avait ajouté :

- Souque, Petit-Jean, souque, mon gars... Nous n'avons

pas une seconde à. perdre.

Petit-Jean *souquait*(7), en effet, et de toute la force dont il était capable, maniait ses avirons ; mais, que pouvait son énergie contre la puissance ennemie des éléments ? Un vent terrible s'était levé, tout à coup, et les lames avaient grossi avec une rapidité foudroyante. Battu par la tempête, le frêle esquif que montaient les deux hommes, n'avançait qu'avec une extrême difficulté, semblait même devoir disparaître, à tout jamais, dans les gouffres successifs que les vagues creusaient sous lui.

Pourtant, Pierre et Petit-Jean étaient sortis vainqueurs de cette bataille contre la mer. Comme ils s'acharnaient à retrouver leur route, une masse noire, dans la nuit, s'était soudain dressée devant eux, et ils avaient reconnu la *Persévérante*.

Ils avaient alors hélé le navire et leurs camarades de bord avaient assuré leur sauvetage.

Et, maintenant, ils reposaient, oublieux du péril qu'ils venaient d'affronter, résignés aux nécessités de leur misérable vie, prêts à courir au-devant du même danger, indifférents à la peine de la veille ainsi qu'à la peine du lendemain.

Ils étaient des matelots, c'est-à-dire des êtres voués aux pires souffrances, désignés par le Destin pour un corps à corps constant avec la mer, et ils acceptaient leur rôle de lutteurs que n'effraie guère l'idée de la mort, avec la même placidité que témoigne le paysan qui laboure son champ.

Pierre et Jean reposaient, mais leur paix, leur sommeil, ne pouvaient être que de courte durée.

Un appel, en effet, les réveilla dès que l'aube parut, et une scène qui avait lieu, en même temps, sur toutes les goélettes de pêche, se passa à bord de la *Persévérante*.

- Branle-bas !...

À ces mots, dans le poste du navire, les hommes qui dormaient tressaillirent et se tournèrent vers le panneau d'où le cri était tombé.

- Branle-bas ! Branle-bas !...

Cette simple exclamation contenait un commandement et signifiait que l'heure étant venue de relever les lignes placées la veille, au large de l'Océan, les hommes devaient se rendre à leur corvée.

- Branle-bas !...

Cri de guerre ou de travail, c'est le même qui ordonne aux marins de remettre leur vie au hasard.

Lentement alors, les couchettes se vidèrent et ceux des pêcheurs qui avaient quitté leurs bottes pour dormir, s'assirent sur les coffres afin de les rechausser. Ces bottes n'ayant pas eu le temps de sécher dans la nuit, étaient encore détrempées.

Les matelots les reprirent docilement et de même aussi, qu'ils avaient sommeillé enveloppés de leurs vêtements mouillés, ce fut encore en ces loques presque pourries d'humidité qu'ils montèrent sur le pont, grelottants sous la brise glacée.

Le vent, vers le matin, avait perdu de sa violence, mais la mer était houleuse encore, traînant des lames longues, tout autant traîtresses dans leurs mouvements, en apparence réguliers, que dans leur brutalité d'ouragan.

Lorsque les hommes furent tous réunis sur le pont, la voix du capitaine Coëtmeur se fit entendre de nouveau.

- Avancez pour la goutte... dit-il.

Et les matelots se dirigèrent vers l'arrière de la goélette, en roulant leurs hanches et en traînant leurs bottes.

Là, chacun à son tour défila devant le capitaine. Tirant

leur *chique* de leur bouche et la gardant dans leur main gauche, les marins saisirent, de la droite, la petite mesure en fer-blanc qui leur servait de gobelet, et avalèrent avec joie la liqueur alcoolique qui leur était versée. Puis, ils redescendirent dans le poste pour y absorber un peu de café et pour y manger quelques biscuits. Mais, comme ils s'attardaient dans cette satisfaction, le capitaine parut au haut de l'échelle conduisant à leur réduit.

- Allons, en route, les gars !... fit-il. La brise *mollit*... la mer tombe... Il est temps de relever les lignes...

L'équipage, alors, abandonnant son abri, remonta sur le pont.

La brise mollit... la mer tombe... avait dit le capitaine Coëtmeur. Cependant, la mer ne paraissait guère apaisée. La crête de ses lames était moins blanche, sans doute, et l'écume n'en voltigeait plus avec autant de furie que la veille ; mais, des abîmes auxquels, toujours, succédaient d'autres abîmes, tourbillonnaient autour de la goélette et les hommes, indécis, regardaient ce spectacle, la pensée comme hésitante entre leur instinct de conservation, leurs intérêts, l'obligation de leur profession et l'incertitude du retour.

Pourtant, leur inertie fut brève, et Pierre ayant saisi les *bastaques* qui furent crochées à chaque extrémité des doris, une à une, bientôt, les légères embarcations, mises à l'eau, quittèrent la *Persévérante*.

Et elles s'en allèrent, les frêles coques de noix, sur la mer mugissante, à la recherche de leurs bouées numérotées.

Elles s'en allèrent désunies, un peu à l'aventure, voguant tantôt d'un côté, tantôt d'un autre, ainsi que de petites choses destinées à amuser les éléments.

Des rafales glissaient au ras des lames, dans le jet

d'un éclair, et des vagues, se séparant de la masse liquide, s'émiettaient, volaient, tournoyaient, retombant en pluie, sur les doris, avec un bruit de grésillement.

Mais, eux, les doris, allaient quand même, allaient toujours, les uns *debout au vent*, les autres *vent arrière*, fuyant la mort, comme entraînés dans une course folle et sans but.

III

De Grouin au cap Fréhel, la côte de Bretagne borde un pays étrange, habité par des êtres plus étranges encore. On ne peut affirmer que cette contrée soit restée primitive, puisque la ville de Saint-Malo serait là, pour donner à cette déclaration un démenti. Cependant, au nord-est de la cité fameuse se trouve une presqu'île rocheuse, accidentée, très pittoresque, où tout - êtres et choses - est sauvage.

Ici, la côte, déchiquetée, dangereuse, est le témoin des plus hautes marées de tout le littoral et les roches terribles qui masquent le port de Cancale ne connaissent guère l'apaisement des flots.

C'est de là, seulement, que semblent partir les vrais rivages de la Bretagne. Au sud-est, en effet, vers Dol, ce ne sont que marais verdoyants et fertiles. Plus loin encore, se trouvent les grèves grises et le Mont-Saint-Michel. Mais, de Cancale à Saint-Malo, c'est le granit - le granit breton *fantômatiquement* superbe lorsque la mer, vaincue, s'en vient mourir à sa base.

Les femmes de ce pays sont d'un type très particulier. La brise du large qui passe sur la côte, leur procure un hâle qui durcit les visages et leurs yeux, très fiers, ont des profondeurs qui font songer aux abîmes de l'Océan. Leurs allures sont brusques et leurs traits sont heurtés, d'où l'aspect masculin qui leur est spécial et que la structure, les mouvements de leurs corps ne font qu'accentuer.

Sur cette côte, et par un soir de juin, une jeune fille cheminait, regagnant sa demeure.

Elle venait de Cancale, sans doute, et le mauvais temps qui semblait devoir se lever, l'inquiétait, l'excitait à précipiter sa marche. Elle se dirigeait, non par la grande route, mais par des sentiers de traverse qu'elle paraissait fort bien connaître et tantôt son regard soucieux se tournait vers l'ouest menaçant, tantôt, de sa main droite, elle ramenait sur sa tête quelques mèches de cheveux que le vent rejetait sur son visage.

Elle marchait, alerte et sûre, parmi les aspérités des rochers, dans la direction du nord, vers la mer dont les eaux noires se marbraient de blanc et faisaient une tache sur la nuit qui, graduellement, enveloppait les choses.

La jeune fille arriva ainsi devant une masure faite de pierres et couverte de chaume, très basse, assez vaste, et présentant une solidité suffisante pour résister à la violence des ouragans si fréquents dans ces parages.

Là, Marie-Margot - car cette enfant n'était autre que la *promise* de Petit-Jean - s'arrêta, ouvrit d'une légère poussée la porte de son logis et y entra ; puis, elle referma soigneusement l'huis de sa pauvre cabane et s'approchant d'un feu de goémon qui, doucement, brillait dans l'âtre, elle le ranima par quelques poignées d'herbes marines dont elle recouvrit les cendres. Enfin, ayant allumé une petite lampe, elle s'assit sur un escabeau à demi brisé, laissa tomber sa tête entre ses mains et pleura.

La tempête qui, maintenant, éclatait, faisait rage au dehors, mettait en elle de sombres pensées et ces pensées s'en allaient vers le Banc de Terre-Neuve où, sans doute, celui qu'elle aimait devait souffrir, était aux prises avec cette mer qui déferlait presque sur la muraille de sa maisonnette.

Pourtant, Marie-Margot quitta bientôt son siège, essuya ses larmes, et l'oreille comme tendue vers les hurlements qui montaient de l'Océan, elle se mit à rêver.

Marie-Margot n'était âgée que de dix-huit ans, mais elle était *femme*, déjà. Son corps, très formé, était d'une souplesse merveilleuse et son visage possédait une délicatesse qui composait un contraste original avec les physionomies des femmes qui l'entouraient. Elle était brune et sa peau, très fine, avait le mât coloris des filles du midi. Des yeux très grands et des lèvres rouges complétaient l'ensemble charmeur de sa personne.

D'où venait-elle ? Nul ne le savait.

Marie-Margot, en effet, n'était point une fille de Bretagne, et son origine était toujours demeurée mystérieuse. Alors qu'elle avait une huitaine d'années, son père, un homme d'âge incertain et portant, sur la face, la trace de cruelles souffrances, était venu habiter avec elle la masure qu'elle occupait encore.

Il s'y était installé en ermite et, ayant fait l'acquisition d'une mauvaise barque, il avait vécu du produit de sa pêche.

Cet homme n'avait jamais laissé échapper une parole qui pût indiquer qui il était et, comme nul ne l'avait jamais interrogé à cet égard, on n'avait rien su de lui et de son enfant.

D'aucuns avaient prétendu deviner l'énigme de sa vie et avaient affirmé qu'il était un déserteur amnistié ou quelque aventurier. Certains matelots, naviguant au long cours, disaient l'avoir rencontré en de lointaines contrées.

À la faveur du silence dont cet homme s'enveloppait, une légende s'était vite établie à son sujet et bientôt, même, on ne l'avait désigné, dans le pays, que par ce nom : *Le Corsaire,* à défaut du nom véritable qui était le sien et qu'il n'avait jamais révélé.

L'étranger passait en indifférent auprès de tous et de tout. En revanche, il manifestait une tendresse infinie pour son enfant, et, en effet, il aimait éperdument la fillette qu'il appelait Marguerite.

Mais, comme tout semblait devoir être énigmatique dans l'existence de cet homme et de sa fille, si quelque personne, rencontrant cette dernière, lui demandait de dire son nom, elle affirmait, avec une grâce gentille et rêveuse, que ce nom était Marie. Il était résulté de cette contradiction, que les gens de la côte avaient, pour la désigner, réuni les deux prénoms dans une formule familière : Marie-Margot - qui lui était restée et à laquelle, elle-même, s'était habituée.

L'existence du père et de l'enfant s'était écoulée dans l'isolement et la fillette avait puisé, dans la retraite qui lui était imposée, comme des instincts farouches et sauvages. Lorsqu'elle eut seize ans, sa beauté se dessina et les gars d'alentour tentèrent de rôder auprès d'elle. Mais, ils abandonnèrent vite leurs projets de séduction. La jeune fille ne répondait aucunement à leurs avances et *Le Corsaire* était un gardien trop redoutable pour qu'ils eussent le désir de braver sa vigilance.

En somme, Marie-Margot vivait heureuse, dans l'affection de son père ; mais son bonheur devait être de courte durée. *Le Corsaire*, quoique robuste, mourut presque subitement, alors que la jeune fille atteignait sa dix-septième année.

Elle resta donc seule, sans protection, sans ressources

et, pour manger le pain de chaque jour, elle dut s'offrir à travailler dans les environs, soit chez l'un, soit chez l'autre, à des besognes de couture qui lui rapportèrent tout juste de quoi ne pas mourir de faim.

Cependant, comme elle était douce, charmante et très intelligente, elle se fit aimer par ceux qui l'employaient et elle ne ressentit point trop, dans sa solitude, dans sa détresse filiale, les atteintes de la misère. Des personnes charitables s'occupèrent d'elle, la mirent en mesure de vivre pauvrement, mais honnêtement, et tout en conservant pieusement le regret du père qu'elle avait perdu, elle put de nouveau se croire presque heureuse.

En sa cabane battue par l'ouragan, devant son feu de goémons, Marie-Margot rêvait...

Pourtant, comme il était tard et comme elle était fatiguée, elle se disposa à se coucher et s'étant déshabillée, après s'être assurée que sa porte était bien close, elle s'étendit sur son lit.

Mais, elle ne s'endormit pas. Le rêve qu'elle évoquait et qui la prenait toute, la tenait éveillée et elle en détaillait les phases diverses, tout en écoutant le bruit formidable de la mer qui se brisait sur les rochers.

Petit-Jean... Petit-Jean, sans cesse, se présentait à sa pensée et elle le suivait, en son dur labeur, là-bas, dans les brumes du Banc terrible et meurtrier.

Puis, des images plus consolantes descendaient en elle et, songeant au soir de ses fiançailles, elle souriait au souvenir qui liait désormais sa vie à celle du jeune homme.

Petit-Jean, ce soir-là, ne l'avait-il pas rencontrée comme elle longeait la côte, ainsi que ce jour même, et comme elle rentrait chez elle ?

Il lui avait parlé et elle l'avait écouté. Puis, ils s'étaient attardés tous deux à bavarder, et elle se rappelait que son compagnon s'était montré d'une extrême timidité devant elle.

Cette timidité lui avait plu. Elle s'était alors assise auprès de lui, sur un rocher, en face de la mer paisible et berceuse, en cette heure, et elle avait attendu l'aveu d'un amour qu'elle-même avait pressenti et espéré.

Mais, le jeune homme était devenu soudain silencieux, et elle avait dû, presque, le forcer à la confidence si chère qui allait faire d'elle et de lui des heureux.

- N'allez-vous pas bientôt partir pour Terre-Neuve, Petit-Jean ? lui avait-elle demandé.

Le matelot, à cette question, avait eu un tressaillement.

- Oui, Marie-Margot, avait-il répondu, je vais partir. La *Joyeuse* appareille la semaine prochaine et je dois m'embarquer à son bord, comme passager se destinant à la pêche du Banc.

La jeune fille avait paru réfléchir, puis elle avait murmuré :

- Et ce départ ne vous cause aucun regret ?

Petit-Jean, alors, avait eu comme un élan.

- Ce départ me désole, s'était-il écrié, car je voudrais demeurer ici, ne plus jamais m'éloigner de ce pays ; mais, je suis pauvre ; mais...

Marie-Margot l'avait interrompu.

- Et pourquoi, avait-elle demandé encore, voudriez-vous tant demeurer ici, ne plus jamais vous éloigner de ce pays ?

Cette fois, l'interrogation était trop nette pour que Petit-Jean, en dépit de sa timidité, n'y répliquât que par une phrase banale et vague.

- Oh ! Marie-Margot, avait-il dit, ne le devinez-vous pas ?

Et comme la jeune fille le regardait, souriante, il avait continué, à voix basse, si basse qu'on l'entendait à peine :

- C'est parce que je t'aime que je ne voudrais plus m'en aller, afin d'être toujours auprès de toi, afin de te garder sans cesse...

Marie-Margot, alors, s'était faite grave.

- Moi aussi, avait-elle déclaré, en mettant sa main dans celle du matelot, moi aussi, Petit-Jean, j'éprouve du chagrin à te voir t'éloigner, car, moi aussi, je t'aime et je veux être ta femme...

À ces mots, une grande émotion s'était emparée des deux jeunes gens et, sans qu'ils le voulussent même, dans l'inconscience de l'amour qui jaillissait de leurs cœurs, un baiser avait scellé leurs lèvres, avait consacré l'aveu qu'ils venaient d'échanger.

En son lit, Marie-Margot songeait à cette scène charmante et triste à la fois, car peu de jours après l'avoir vécue, elle avait dû recevoir l'adieu de son fiancé.

Sa rêverie, aussi, n'était pas exempte de mélancolie. Petit-Jean l'aimait et elle aimait Petit-Jean. Mais, ne savait-elle pas qu'un autre homme, Pierre Kervella, aussi honnête, aussi bon que son fiancé, l'aimait d'une égale tendresse ? Ne savait-elle pas que cet homme, quoiqu'il ne lui eût jamais adressé une parole qui pût lui faire deviner son affection, la chérissait au point de sacrifier sa vie même pour elle ?

Il souffrirait, certes, de la savoir à un autre, et à la pensée de la peine qu'ainsi elle lui infligerait, bien malgré elle, une amertume l'envahissait.

Mais, quoi ?... Elle aimait Petit-Jean et non Pierre Kervella...

Dans le trouble qui la saisissait, elle eut comme un sanglot. Mais, ses paupières, à peine touchées par les larmes, se fermèrent et, bercée par la clameur du large qui venait mourir à son seuil, elle s'endormit.

IV

Le mois de juillet allait finir et, sur la rade de Saint-Pierre et Miquelon, la *Persévérante se* préparait à prendre la mer, pour sa troisième pêche.

Le crépuscule - un crépuscule radieux comme on en voit rarement en ce morne pays - tombait, et le soleil qui avait brillé, tout le jour, dissipant pour un temps, le brouillard, se couchait, triomphant, derrière les montagnes de l'île. Le Petit-Saint-Pierre se détachait vivement sur le fond clair de la passe de l'est et, plus loin, l'île aux Pigeons, plus loin encore l'île Verte apparaissaient, se découpant sur la masse des montagnes de Terre-Neuve dont la cime neigeuse pointait vers le ciel dans l'éclat polychrome des lueurs du soir. Au sud de la rade, l'île aux Chiens se dessinait dans toute sa nudité, avec ses champs de pierre, ses côtes hérissées de brisants ; et son phare rouge se dressait, rayant l'espace, dans l'attente de l'heure où son feu sanglant se refléterait dans les flots. Enfin, l'île du Massacre, avec sa misérable petite hutte abandonnée, s'estompait dans le jour qui s'amoindrissait graduellement et, par-dessus toutes ces choses, surplombant l'Océan, le sémaphore de Galantri se profilait sur l'infini, pareil au squelette d'un immense oiseau.

L'eau, verdâtre et plus sombre à mesure que la nuit augmentait, était couverte de doris allant des navires à terre et de la terre aux navires, les uns guidés par un seul homme, les autres portant cinq ou six pêcheurs à moitié ivres, hurlant des refrains de cabaret et gesticulant à faire croire qu'ils allaient bousculer leurs légers esquifs. Quelques doris, aussi, plus grands que ceux qui appartenaient aux goélettes de pêche, traversaient la rade, se dirigeant vers l'île aux Chiens. C'étaient des *gouaris*. Ils étaient montés par les pêcheurs de la côte et n'avaient rien de commun avec la flottille terre-neuvienne.

La *Persévérante* était mouillée en grande rade et prête à partir pour la pêche. Depuis une semaine environ, elle était de retour du Banc et elle se trouvait à Saint-Pierre pour y décharger sa cargaison de morues, ainsi que pour y embarquer les provisions diverses qui lui étaient nécessaires pour sa troisième pêche.

On avait tout d'abord transbordé la morue sur un *bateau-primeur* en partance pour Bordeaux. Afin de faciliter cette opération, les deux navires avaient été rapprochés et retenus solidement l'un à l'autre. Puis, on avait établi un échafaudage contre la coque du plus grand, on avait installé une bascule sur son pont et le transbordement s'était effectué.

- Une et deux ... trois et quatre... cinq et six... taille !

Pendant un long temps, le compteur avait ainsi dénombré les morues que les hommes, faisant la chaîne, se passaient de mains en mains, en les tenant par la queue par groupes de cinq. Petites et énormes, la peau blanche ou noire, barbues, rougets, ânes, flétans, les morues aux multiples espèces s'étaient entassées sur le pont du bateau-primeur, et le tout avait été soigneusement trié et arrimé dans la cale.

Lorsque la *Persévérante* avait été complètement délivrée de sa cargaison, on avait accosté un autre bâtiment contenant un chargement de sel et la goélette en avait fait sa provision, par *bailles* faites de barriques sciées aux deux tiers de leur hauteur.

Enfin, on avait embarqué les vivres et *l'encornet*, sorte de poulpe qui sert d'appât pour la pêche.

Cette dernière opération terminée, les matelots avaient eu la permission de descendre à terre pour y chercher les objets qui devaient leur être utiles, lorsqu'ils se trouveraient au large, et qui consistent, uniquement, le plus souvent, en tabac, en allumettes, et, principalement, en bouteilles de tafia ou d'absinthe qui sont absorbées dès les premiers jours de la campagne.

Toutes ces diverses choses sont habituellement procurées aux matelots, à titre d'avances sur leur paie, par les armateurs, car les malheureux n'ont jamais d'argent au commencement d'une campagne de pêche. On les vole abominablement alors, en leur comptant fort cher ces quelques marchandises dont ils ne peuvent se passer et il arrive, ainsi, par suite de l'exploitation dont ils sont les victimes, qu'à la fin d'une campagne au cours de laquelle ils ont atrocement souffert, risqué vingt fois leur vie, ces pauvres gens ne recueillent qu'une somme dérisoire, en récompense de leurs services et de leur travail. Le Terre-neuvas n'a point le souci des chiffres et ne réclame jamais. Les armateurs des goélettes de Saint-Pierre connaissent sa naïveté et en tirent profit.

Or, ce soir-là, la *Persévérante* était *parée* et ses matelots, revenus de terre, chantaient et buvaient, sur le pont avant.

Deux hommes, cependant, Pierre Kervella et Petit-Jean, ne prenaient pas leur part de la gaîté de l'équipage. Comme ils étaient sobres, ils s'étaient un peu éloignés de leurs compagnons et, appuyés contre un panneau, ils causaient.

Depuis quelques instants pourtant, un silence s'était établi entre eux que rompit tout à coup Petit-Jean.

- Crois-tu, Pierre, demanda-t-il à son ami, que le courrier de France arrive ici bientôt ?

- Il sera ici ce soir, répondit Pierre Kervella, et tu ne tarderas pas à le voir *débouquer*.

- Nous aurons donc le temps, avant de nous coucher, observa Petit-Jean, de recevoir et de lire les lettres qu'il nous apporte.

À ces mots, Pierre eut un haussement d'épaules et une tristesse voila son regard.

- Le courrier, dit-il, amer, n'a aucune lettre pour moi, car personne, là-bas, ne pense à moi.

Et, se tournant vers son camarade, il ajouta :

- Oublies-tu donc que je suis seul au monde ?...

Un silence tomba de nouveau entre les deux amis, et comme Pierre était devenu songeur, Petit-Jean évita de troubler sa méditation.

Lui aussi, d'ailleurs, se prit à rêver, car la solitude, la mélancolie de son camarade le touchaient profondément. En les comparant à l'espérance qui était en lui - car il attendait une lettre de Marie-Margot, sa promise - à la joie qu'il allait éprouver, lorsqu'il parcourrait cette lettre, il sentait qu'une grande pitié envahissait son cœur et il plaignait, sincèrement, le pauvre gars, son compagnon de labeur et de misère qui, lui, était condamné par le Destin à ne jamais tressaillir devant le souvenir d'un être aimé.

Mais ces réflexions moroses furent brèves. L'apparition du courrier tant souhaité les interrompit et Petit-Jean, obéissant à cet instinct égoïste qui existe en tout être, n'eut plus de pensée que pour la prompte réalisation de son bonheur.

Le courrier était apporté par un paquebot d'Halifax, petit vapeur en bois, très vieux, qui entra dans le port de

Saint-Pierre vers neuf heures du soir. Il avait à bord les nouvelles tant attendues de tous ceux qui possédaient, en France, une affection : amitié ou amour.

Dès qu'il fut à quai, des embarcations se détachèrent bien vite des navires en rade et se dirigèrent vers la terre où la poste fut rapidement encombrée, chacun ayant hâte de recevoir la missive qui lui était destinée.

Vers dix heures, le capitaine de la *Persévérante,* qui se trouvait à Saint-Pierre, revint à bord avec une demi-douzaine de lettres dont il s'empressa de faire la distribution à ses matelots, et Petit-Jean eut la sienne qu'il saisit en tremblant, car elle était de Marie-Margot.

Il la tint longtemps entre ses mains, n'osant pas l'ouvrir, tant il était ému à la pensée des tendresses qu'elle contenait ; puis, soudain, il en déchira l'enveloppe et descendit dans le poste où, à la lueur de la lampe fumeuse, il put enfin la lire.

Comme il achevait de la parcourir, la haute silhouette de Pierre surgit devant lui.

Petit-Jean crut que le matelot, quoiqu'il n'espérât personnellement aucune communication de France, serait heureux, quand même, de recevoir un écho de son pays. Au lieu donc de remettre la lettre dans son enveloppe, il la tendit affectueusement à son ami.

- Lis, toi aussi, lui dit-il. Il y a là des nouvelles de là-bas, de chez nous...

En entendant ainsi parler Petit-Jean, Pierre eut un mouvement d'étonnement et de mauvaise humeur à la fois.

- Je te remercie, répliqua-t-il brusquement ; ce que renferme ta lettre ne me regarde pas et les nouvelles de là-bas ne m'intéressent pas...

Et, tournant le dos à son camarade, il s'éloigna.

Petit-Jean ne releva point la maussaderie de Pierre. Mais, il en fut blessé dans son amitié et sous l'influence de la tristesse subite qu'elle provoqua en lui, il monta sur le pont de la goélette, sans chercher à rejoindre son compagnon.

Pierre demeura un instant dans le poste, avec les matelots de la *Persévérante* qui déchiffraient, tant bien que mal, et à haute voix, les quelques lignes qui leur avaient été adressées ; mais, comme le spectacle de ces pauvres gens ne tarda pas à l'exaspérer, il se dirigea, lui aussi, vers l'escalier qui conduisait au pont et il aperçut bientôt Petit-Jean qui, seul, accoudé à la lisse, semblait perdu en de douloureuses réflexions.

Le matelot, résolument, alla à lui et mit sa large main sur son épaule.

- Pardonne-moi, Petit-Jean, fit-il, si tout à l'heure j'ai si mal répondu à ton offre amicale. J'avais mes nerfs, vois-tu, comme une petite femme, mais je ne voulais pas te causer de peine...

Devant ces paroles de tendresse plutôt que d'excuse, Petit-Jean oublia vite sa contrariété.

- Je n'ai rien à te pardonner, mon bon Pierre, dit-il, en étreignant les mains du matelot. Je croyais t'être agréable en partageant avec toi les nouvelles du pays et je ne me rappelais pas que tout ce qui se rapporte aux choses de là-bas paraît t'irriter, depuis quelque temps... C'est moi qui aurais besoin de pardon, en ce cas...

Comme Pierre restait muet, Petit-Jean reprit :

- C'est vrai, cela, que tu es triste, depuis que nous nous sommes embarqués pour le Banc. Et je me creuse vainement la cervelle pour connaître la cause de ton chagrin... Car, tu as un chagrin, Pierre, tu ne pourrais le nier...

Et il ajouta :

- Voyons, dis-le-moi, ce chagrin... je t'en prie... nous sommes plus que des amis, nous deux ; nous sommes comme des frères... Alors, quoi, si tu as de la peine, ne faut-il pas que j'en aie ma part ?...

Pierre eut un tressaillement et fut, une seconde, comme hésitant à répondre. Puis, il secoua la tête et un murmure tomba de ses lèvres.

- Oui, fit-il, nous sommes comme des frères et, vois-tu, Petit-Jean, je donnerais ma vie pour toi... Mais, si j'ai de la peine, ne t'en soucie pas... Car tu ne dois pas, tu ne peux pas savoir quelle est cette peine...

Devant le mystère soudain entrevu de cette dernière phrase, Petit-Jean s'apprêtait à protester. Mais, Pierre ne lui permit pas de prononcer un mot.

- Allons..., dit-il, tu voulais, il y a un instant, me faire lire la lettre que tu as reçue et qui est de ta promise, pas vrai ?... Eh bien, tu avais raison, mon gars, et je n'étais qu'une bête ... Les nouvelles du pays me feront du bien, après tout... Donne ta lettre et ne pensons plus, tous deux, qu'à ton bonheur...

Pierre s'empara, alors de la lettre de Marie-Margot, de celle qu'il aimait sans espoir, à l'insu de son camarade, et il la parcourut à son tour, s'infligeant ainsi un supplice volontaire, autant dans le but de contenter son ami que dans l'amère satisfaction de toucher, lui aussi, ce papier qu'une main chérie avait touché, de recueillir des paroles de tendresse destinées à un autre et prononcées, sans doute, au fur et à mesure que la plume les inscrivait, par une bouche qui ne lui sourirait jamais, mais qui aurait pu - il l'avait un jour, espéré - avoir des baisers pour lui.

Cependant, l'impression que Pierre ressentit en lisant la lettre de Marie-Margot, fut si fortement douloureuse, si lamentablement poignante, qu'il ne put la dissimuler et que Petit-Jean, en le regardant, se recula, stupéfait, presque effrayé, tant la contraction de son visage décelait d'intimes tortures.

Mais, cette expression de souffrance fut rapide chez le matelot ; lorsqu'il eut terminé sa lecture et lorsqu'il rendit à Petit-Jean sa missive, sa figure avait repris son impassibilité habituelle.

- Marie-Margot est une brave fille, dit-il, et tu seras heureux avec elle, mon gars... Et, maintenant, il est tard... Allons dormir...

Le lendemain de ce jour, la *Persévérante* allait prendre la mer, courir vers le large et, à bord, la manœuvre de départ était commencée.

As-tu connu le pèr' Lancelot ?
Good buy falloë, good buy falloë.
As-tu connu le pèr' Lancelot ?
Good buy falloë, good buy Mexico.

À mesure que les matelots rythmaient la besogne, la chaîne d'ancre qui retenait la goélette montait dans l'écubier, toute recouverte d'herbes marines arrachées du fond où elle traînait.

Il a trois gosses qui vont sur l'eau.
Good buy falloë, good buy falloë.

C'était le matin, à l'appareillage, et tout l'équipage était sur le pont, la moitié de chaque bord suspendu aux bouts de corde pendant à l'extrémité des *bringue-balles de guindeau.*

Les linguets de fonte, dans leurs *clac… clac... clac... clac...* réguliers, tombaient l'un après l'autre, en une cascade sèche et cadencée.

L'un est à Paris, l'autre à Bordeaux,
Good buy falloë, good buy falloë.

Sous le chant des matelots, la chaîne continuait de monter et la goélette ne tarda pas à courir, lentement, de l'avant. Bientôt, les linguets tombèrent moins rapidement sur le guindeau et le chant s'arrêta : la chaîne était *à pic*. Il y eut alors une minute de pénible effort chez les matelots, pour arracher l'ancre du fond où elle était ensablée et ce fut dans une reprise énergique du refrain de bord qu'elle s'enleva.

Le troisième est à Valparaiso.
Good buy falloë, good buy falloë.

- Stop !... cria le maître d'équipage.

L'ancre était à l'écubier. On la *caponna*, après quoi elle fut *traversée*, c'est-à-dire fixée et *mise à poste*.

La *Persévérante* était libre de ses mouvements.

- Hisse le grand foc !...

La goélette, comme un enfant docile à l'ordre du Maître, tourna sur elle-même, prit le vent par le travers et dans l'enflure de sa grand' voile, déjà bordée, fit face au large.

- Hisse la misaine !...

La toile s'éploya dans l'espace, avec de furieux battements, les voiles s'emplirent de vent et le bâtiment, s'inclinant légèrement, sembla hésiter devant son chemin, ainsi qu'un cheval qui va s'élancer ; puis, l'avant se dressa brusquement, retomba dans l'eau qui rejaillit, écumeuse, et la goélette se couchant gracieusement, prit son allure de route, entraînée, semblait-il, par la Walkyrie de bois dont la longue chevelure, grossièrement peinte et sculptée, se baignait dans la pluie des vagues et dont les regards sans âme fixaient l'horizon.

V

On était à la fin de septembre, la pêche s'achevait sur le Banc de Terre-Neuve et quelques goélettes étaient déjà revenues à Saint-Pierre pour désarmer, en vue de l'hiver prochain.

La *Persévérante* se préparait aussi à ce désarmement ; mais, comme sa dernière pêche n'avait pas été très heureuse, le capitaine Coëtmeur avait décidé de passer encore quelque temps à la mer pour ne pas rentrer au port la cale vide.

Depuis quelques jours la brise du nord-ouest se faisait plus vive, plus violente, et un hiver précoce s'annonçait. Cependant, la mer était calme, le silence, le repos des flots étaient absolus et aucune ride ne plissait la surface des eaux, aucun souffle n'agitait l'atmosphère.

En revanche, une brume épaisse, froide, terriblement sinistre, qui s'était levée durant la nuit, tout d'un coup, sortant on ne savait d'où, couvrait la mer.

La goélette semblait toute percluse, toute transie dans ce brouillard. L'humidité descendait le long des *galhaubans* et des mâts en petits ruisselets qui allaient s'éparpillant et courant sur le pont jusqu'aux *dalots*.

Par intervalles, un bruit sourd et prolongé montait, dans cette nuit grisâtre, indiquant le voisinage d'un navire naviguant sous vapeur. Puis, le bruit s'affaiblissait et se perdait dans le large.

C'était encore le tintement, de cloche de quelque bâtiment au mouillage, qui retentissait. Mais, dans cet air alourdi, le son ne vibrait pas, restait lugubre.

C'était le matin. Dans le poste de la *Persévérante,* les matelots déjeunaient ; vêtus de leurs *cirés* ramollis par le brouillard, encore coiffés de leurs *suroits*, sur le bord desquels quelques gouttelettes d'eau demeuraient suspendues, ils étaient assis sur leurs coffres, autour de l'étroite et crasseuse table supportant une gamelle de bois contenant le café.

Devant eux, il n'y avait ni verres ni tasses, car on ne boit pas le café, à bord des terre-neuviens : on le mange. Les hommes de la *Persévérante* se régalaient, en effet, de plusieurs cuillerées de biscuit trempé dans l'infusion bouillante et la gamelle avait été rapidement vidée. Le mousse s'en était alors emparé pour la nettoyer et les pêcheurs avaient bourré leurs pipes. Puis, réconfortés, ils s'étaient entretenus, avec entrain, de leur prochain retour en France.

Pour se préserver du froid, les matelots avaient fermé la petite porte du capot qui donnait accès dans leur logement. Et, comme le jour n'avait pas encore percé le chaos de nuit et de brouillard qui enveloppait la goélette, le lieu sombre où ils se tenaient ressemblait à quelque repaire de bandits. La lampe huileuse qui charbonnait, augmentait encore cette vision ; et ses reflets blafards donnaient aux hommes, à travers la fumée des pipes, l'aspect de fantastiques géants complotant quelque crime.

Côte à côte, dans un coin, assis sur le même coffre, Petit-Jean et Pierre étaient silencieux. Certes, comme leurs compagnons, ils pensaient au retour en France, et plus que les autres, même ; mais, ils ne parlaient pas.

Petit-Jean songeait à Marie-Margot et son cœur battait violemment, à cette évocation, sous ses grossiers vêtements de pêche. Quant à Pierre, il se disait qu'il allait, lui aussi, revoir la jeune fille, cette jeune fille qu'il aimait si profondément, dont il était si lamentablement ignoré, et à qui il ne confesserait jamais le secret qui torturait tout, son être. N'avait-elle pas, en effet, choisi pour fiancé celui qu'il chérissait ainsi qu'un frère et pour qui il eût sacrifié sa vie ?

Tout à coup, la voix rude du capitaine Coëtmeur interrompit la rêverie des deux jeunes gens ainsi que les propos de leurs camarades : les lignes étaient dehors et, malgré la brume, le capitaine Coëtmeur donnait l'ordre de les relever.

Les hommes gravirent l'échelle de fer conduisant sur le pont et les doris furent mis à la mer. Puis, bientôt et une fois de plus, chaque embarcation disparut dans les humides ténèbres.

Vers le soir, les pêcheurs se retrouvèrent à bord de la *Persévérante* avec leur chargement de morues, et une autre besogne, presqu'aussi rude que celle qu'ils venaient d'accomplir, s'imposa à eux.

Les morues que rapportent les doris sont, en effet, lancées sur le pont des goélettes où un *piqueur* les ouvre, les nettoie et les passe à un *saleur* dont les fonctions consistent, ainsi que son qualificatif l'indique, à l'arrimage du poisson dans le sel de la cale.

Lorsque les embarcations sont déchargées, les matelots remontent à bord, non pour se reposer, comme on pourrait le supposer, mais afin de préparer de nouvelles lignes - ce qu'en langage du Banc on appelle *boëtter* les hameçons.

Les matelots se mettent à l'œuvre, alors, en dépit de leur fatigue, sans un murmure, sans un découragement. Ils prennent des morceaux de *boëtte*, tronçons d'encornet conservés dans le sel, et ils en garnissent leurs engins de pêche.

L'encornet est une sorte de poulpe dont la chair contient un puissant corrosif qui ronge les mains et provoque de cuisantes douleurs. Les matelots semblent ignorer la souffrance qui leur est ainsi infligée.

Lorsque le travail de la préparation des lignes fut enfin terminé, les hommes de la *Persévérante* purent se coucher, après avoir absorbé leur maigre repas.

La brume qui enveloppait la goélette s'était encore épaissie et ce fut dans une nuit de gouffre que Pierre, dont c'était le tour de prendre le quart, assujettit son suroit qui lui cacha les oreilles et tomba sur ses yeux, et endossa sa capote cirée pour monter sur le pont.

Durant quelques minutes, comme s'il eut craint qu'un danger menaçât le navire, Pierre écouta attentivement les bruits qui auraient pu percer le brouillard et arriver jusqu'à lui. Mais, comme aucun son suspect ne venait l'inquiéter, il commença sa promenade lourde, le long des dromes, promenade cadencée, rythmique, qu'il interrompait par intervalles pour agiter fortement et longuement la cloche du bord, afin d'éviter quelque abordage.

Cependant, sa faction prit fin vers dix heures environ et Petit-Jean dut alors le remplacer dans la garde du bâtiment.

Pierre descendit l'échelle du poste aussi doucement que son corps d'athlète et ses bottes massives le lui permirent, pour ne pas troubler ses compagnons étendus sur leurs paillasses, et il se dirigea vers la couchette où reposait Petit-Jean qui dormait profondément.

Avant de le réveiller, Pierre se prit à le regarder, avec un sourire. Il le trouvait joli, en effet, avec son visage d'adolescent, avec son corps frêle, et il fut tenté de le laisser sommeiller, de remonter sur le pont, de se charger de son quart.

Mais, le matelot était très fatigué, ce soir-là. Dans un geste de résolution attristée, il posa sa main sur l'épaule de Petit-Jean et il l'interpella :

- Allons, mon gars, debout... C'est l'heure de la *relève*.

Le jeune homme, brusquement tiré de son repos, se mit à bâiller ; puis, il s'habilla et, sortant du poste, apparut sur le pont où Pierre était retourné, en l'attendant.

- Quel temps ! ne put-il se défendre de s'écrier en plongeant, pour ainsi dire, dans le brouillard opaque qui s'étendait sur la mer.

- Un temps de failli chien ... grogna Pierre.

Puis, il ajouta, presque avec anxiété, en s'adressant directement à Petit-Jean :

- Veille bien, surtout, mon gars... Je ne suis pas plus rassuré que ça, vois-tu, sur notre sécurité, dans ces maudits parages, et un malheur est vite arrivé.

- Que redoutes-tu donc ? demanda Petit-Jean.

- Nous sommes sur la *queue* du Banc, répliqua Pierre, sur la route que suivent les steamers qui viennent d'Europe et se rendent à New York. Un accostage est à craindre ici, même par beau temps. Or, si tu entendais le moindre son de corne ou de sifflet, ne cesse d'agiter la cloche... Il y va de la vie de l'équipage...

- Sois tranquille, déclara le jeune homme. Je connais mon devoir.

Sur cette affirmation, les deux amis se serrèrent la main et se séparèrent.

Tout d'abord, resté seul, Petit-Jean, à l'imitation de Pierre, prêta une oreille attentive aux bruits qui couraient sur les flots invisibles ou que son imagination lui créait. Mais, comme rien ne semblait devoir troubler la quiétude de la goélette, il se mit, lui aussi, à se promener, lentement, méthodiquement, sur le pont.

Les appréhensions de Pierre étaient pourtant très légitimes. Ces parages sont dangereux, en effet, aux navires qui les fréquentent. Par un phénomène bizarre, incompréhensible même, il arrive souvent qu'un abordage se produit, dans les mers de Terre-Neuve, sans que les deux bâtiments en présence aient entendu leurs avertissements réciproques.

Que se passe-t-il en cette occurrence ? Les intervalles espaçant les signaux sont-ils trop longs par rapport à la vitesse du bâtiment abordeur ?... Existe-t-il, de part et d'autre, de la négligence, de l'imprudence, de l'incapacité ?... On ne saurait rien préciser, à cet égard, et l'on ne peut que constater que les sinistres se succèdent, nombreux, en cette tragique région maritime. Les protestations des pêcheurs, pour obtenir la neutralisation du Banc, pendant le temps de pêche, ne sont point, hélas, écoutées.

Toutefois, rassuré par le calme qui régnait autour de lui ; Petit-Jean oublia vite les craintes que Pierre avait exprimées et, bercé par le doux rêve d'amour qui le hantait et qui, sans doute, serait bientôt réalisé, il laissa sa pensée s'en aller vers cette Bretagne où sa promise l'attendait.

Il s'était arrêté dans sa promenade, et, les coudes appuyés sur le plat-bord du navire, il évoquait, pour la centième fois peut-être, la scène de ses fiançailles, cet échange d'une tendresse qui avait uni sa vie à celle de Marie-Margot.

Les souvenirs affluaient, précis, intenses, à son esprit,

et Petit-Jean s'abandonnait à leur caresse, délicieusement.

Mais, soudain, comme il souriait à l'image de Marie-Margot, comme il lui tendait presque les bras, un cri, un hurlement affolé jaillit de sa gorge et il bondit vers la cloche d'alarme de la *Persévérante*.

En face de lui une sorte de monstre, un grand steamer naviguant à toute vapeur, venait de surgir et fonçait, pareil à une bête apocalyptique, sur la goélette.

Petit-Jean voulut atteindre la cloche ; mais, il était trop tard pour avertir ses camarades du danger qui les menaçait. Le steamer était sur la goélette, écartant de sa masse noire, les vagues, dans une rumeur de marée.

Le choc eut lieu et ce fut une épouvante.

Abordée par le travers, la *Persévérante* fut coupée en deux et l'eau s'engouffra avec un grondement de torrent, en son flanc grand ouvert. Puis, l'arrière s'enfonça tout à coup ; un craquement retentit et les deux parties de la goélette se séparèrent.

Le steamer était un bâtiment mixte gréé ainsi qu'un navire à voiles. Son beaupré s'était engagé dans les haubans de misaine de la *Persévérante,* dont l'avant restait ainsi comme suspendu.

Petit-Jean, traqué par l'instinct de la conservation, se hissa sur le navire abordeur par ce chemin improvisé et il s'y trouvait à peine que la dernière partie de la *Persévérante* s'abîmait dans les flots, emportant avec elle le beaupré du steamer.

La catastrophe avait été terrible, foudroyante, et les pêcheurs, surpris dans leur sommeil, n'avaient point eu le temps de procéder à leur sauvetage.

Pourtant, Pierre qui, heureusement, ne dormait que faiblement, s'était élancé, rapide, hors des débris où se trouvait le poste et il s'était jeté à l'eau, nageant vigoureusement, afin de s'éloigner au plus vite du remous produit par l'engloutissement de la goélette.

Ses compagnons, moins favorisés, avaient roulé parmi les planches et les cordages, et meurtris, écrasés, affolés, ils avaient été emportés par les vagues, bousculés par les épaves qui s'entre-heurtaient.

Le drame n'avait eu la durée que de quelques minutes, après lesquelles la mer avait recouvré son aspect habituel.

Quant au steamer, un moment arrêté par son œuvre de mort, il avait continué sa route sans se soucier des victimes qu'il venait d'offrir au Destin.

VI

Le steamer qui avait abordé la *Persévérante* et qui l'avait coulée, était de nationalité anglaise.

Comme Petit-Jean venait de se hisser à son bord par les haubans de la goélette et par les agrès du mât de beaupré, le matelot qui était de veille au *bossoir* l'aperçut, courut à lui, et le pêcheur ne fut pas peu surpris, alors, de s'entendre interpeller en langue française, et son étonnement s'accrut encore, lorsqu'il remarqua l'empressement, la hâte que mettait cet homme à le faire descendre sur le pont et à le cacher dans une cage à bestiaux, à moitié pleine de paille et de foin.

Puis, l'étranger, avant de le quitter, murmura à son oreille comme une suprême recommandation.

- Si vous tenez à la vie, lui dit-il, restez là, sans bouger, jusqu'à ce que je revienne auprès de vous. Dans une demi-heure je serai relevé au bossoir et, alors, nous causerons.

Petit-Jean était trop stupéfait, trop ému pour formuler quelque objection à cet ordre ou pour en demander l'explication. La perte de la goélette, son propre sauvetage, l'engloutissement probable de ses camarades, toutes ces choses, tous ces faits s'étaient produits avec une telle rapidité qu'il n'était pas très sûr, maintenant, de n'avoir point été le jouet d'un cauchemar. Malheureusement, l'endroit en lequel il se trouvait ne pouvait lui permettre une illusion bien longue sur sa situation et sur celle de ceux dont un drame l'avait séparé.

Précisément, ce fut à ceux-là qu'il se prit à songer, bientôt, dans sa prison ; ce fut vers Pierre, surtout, que sa pensée se reporta et à l'idée que son ami avait pu périr dans la catastrophe, due à sa négligence d'un instant, des larmes mouillèrent ses paupières et il pleura, doucement, désespérément. Puis, le souvenir de Marie-Margot vint hanter son esprit et une sorte de prostration succéda à ses sanglots.

Sa pensée, aussi, s'en revint vers lui-même et des questions concernant sa situation, se pressèrent en son imagination.

Qu'allait-il devenir, à présent ?... Vers quelle contrée le navire sur lequel il se trouvait, se dirigeait-il ?... Quel était cet homme qui l'avait secouru et caché avec tant de mystère ?... Pourquoi lui avait-il défendu si expressément de faire connaître son aventure à tout autre que lui ?...

C'étaient là, pour lui, en cette heure, autant d'énigmes qui l'enfiévraient et les quelques minutes durant lesquelles il demeura immobile, en sa cachette, lui parurent interminables.

Cependant, son angoisse eut une fin, lorsque l'homme qui lui avait déjà parlé, reparut devant lui.

- De quel bord étiez-vous et que faisiez-vous dans ces parages ? demanda-t-il, alors, à Petit-Jean.

- J'appartenais à l'équipage d'un terre-neuvien, répondit le jeune homme, et, la pêche étant terminée, nous nous apprêtions à retourner en France.

- Eh bien ! reprit l'inconnu, je suis Français, moi aussi, quoique je navigue sur un bâtiment anglais, car pour des raisons qui ne regardent que moi seul, je ne puis rentrer dans mon pays. Nous venons de Southampton, mais je ne resterai pas à bord de ce navire. Il est heureux que vous m'ayez rencontré, car on ne vous eût point, sûrement, offert l'hospitalité ici.

- Et pourquoi cette inhumanité ? demanda Petit-Jean.

Le matelot eut un rire.

- Vous êtes naïf, fit-il. Ne comprenez-vous pas que le capitaine de ce steamer n'encourt aucune responsabilité pour avoir coulé un bateau, si nul témoin de cette catastrophe n'existe pour l'accuser, pour le reconnaître. Or, s'il ne redoute aucunement d'être reconnu par vos compagnons, en admettant que l'un d'eux ait pu se sauver, il a tout à craindre de vous. Il faudrait qu'il fût bien sot, avouez-le, pour garder et soigner à son bord le seul homme qui, au débarquement, est en mesure de le désigner aux autorités maritimes.

- Que serait-il donc advenu de moi, interrogea encore Petit-Jean, au cas où un autre que vous m'eût découvert ?

Le matelot haussa les épaules.

- On vous aurait assommé, déclara-t-il, et l'on vous eût rejeté à la mer.

Le Breton était, certes, habitué, familiarisé même, si l'on peut employer cette expression, avec les mœurs brutales et meurtrières des marins. Cependant, tant de cruauté, de cynisme et d'égoïsme, provoquèrent en lui un mouvement de révolte et d'indignation.

- Comment, protesta-t-il, votre capitaine eût permis une telle atrocité ?

- Sans se gêner, oui, mon camarade, affirma l'inconnu.

- Je vous dois la vie, alors, conclut Petit-Jean, et mon amitié, ma gratitude vous sont acquises.

Le matelot esquissa un geste vague qui pouvait signifier ou de l'indifférence ou un remerciement poli.

- Vous êtes Français, dit-il, et il est tout naturel qu'étant votre compatriote, je vous secoure.

- Votre nom ? réclama Petit-Jean.

- Bertrand, répondit l'homme.

Puis, après une seconde de réflexion, il continua :

- Mais assez causé, pour l'heure. Vous n'êtes pas en sûreté ici, et comme je vous protège, je ne suis guère plus que vous rassuré sur mon sort. Si l'on nous surprenait ensemble, je n'aurais qu'une ressource pour sauver ma vie : vous sacrifier en vous abandonnant, en vous livrant au capitaine ; mais, comme je ne commettrais pas cette lâcheté, mon compte ainsi que le vôtre serait bon.

- Qu'allez-vous donc faire de moi ?

- Je vais vous cacher.

- Et où cela ?

- Dans la cale aux marchandises où vous resterez jusqu'à notre arrivée à New York. Je vous y apporterai chaque jour à boire et à manger. Le temps, en somme, ne vous paraîtra pas trop long, puisque nous serons à quai bientôt et si vous êtes prudent, on ne saura jamais que vous avez été, bien malgré vous, l'un des passagers de ce steamer.

- Je vous obéis, déclara le Breton. Et il ajouta : pourvu que votre dévouement ne se retourne pas contre vous : je ne m'en consolerais pas.

Quelques instants après cet entretien, Petit-Jean, guidé par Bertrand, se créait un gîte dans les flancs du steamer et s'endormait, car la fatigue le terrassait, sur un tas énorme de sacs vides.

Cependant, tandis que Petit-Jean s'éloignait du Banc, le jour se levait, et, la brume s'étant dissipée, le soleil ne tarda point à briller d'un vif éclat.

Or, en cette heure, et presque sur le lieu où le drame en lequel s'était effondrée la *Persévérante* s'était accompli, une goélette, toutes voiles dehors, naviguait vent debout et se dirigeait vers la terre, afin d'y déposer sa dernière cargaison de morues, ainsi que son équipage dont les hommes allaient s'embarquer pour le retour en France.

Sur le pont de la goélette, le capitaine allait et venait, heureux, comme ses matelots, à la pensée de revoir bientôt le sol natal.

Muni d'une longue-vue, il examinait la côte afin d'y découvrir quelque indication nécessaire à l'atterrissage, quand, soudain, son regard s'étant porté sur les flots, il tressaillit. Et, comme s'il eût craint d'être le jouet d'une vision mensongère, il s'arc-bouta contre le porte fanal de tribord et se mit, à l'aide de son instrument d'optique, à fixer très attentivement, sur les vagues, un point qui paraissait l'intriguer. Il demeura durant quelques secondes dans cette attitude ; puis, se redressant, une expression d'étonnement, d'angoisse même, courut sur son visage et, posant sa longue-vue sur un paquet de cordages, il se précipita vers la barre qu'il *renversa*, en même temps qu'un commandement jaillissait de ses lèvres :

- Pare à virer... File les focs...

Les voiles battirent, subitement *masquées* ; la goélette, tournant, prit le vent par bâbord et continua sa course dans une nouvelle voie.

Lorsque ce mouvement fut exécuté, les matelots s'approchèrent, curieux, de leur capitaine, pour lui demander de le leur expliquer.

- Mes enfants, leur dit-il, ou je me trompe fort ou j'ai aperçu un homme, là-bas, à demi étendu sur une épave qui s'en va à la dérive. Nous allons à son secours.

Tous les yeux, à ces mots, se portèrent dans la direction qu'indiquait le capitaine ; mais ; la distance qui séparait la goélette du lieu désigné était encore trop grande pour qu'on pût apercevoir autre chose qu'un point indécis et sombre bercé par les lames.

Pourtant, comme le navire marchait rapidement, le point se dessina bientôt et les hommes purent reconnaître que leur capitaine ne s'était pas abusé : sur un morceau de bois, un homme était couché, immobile, et glissait, au gré des flots.

Quand on fut arrivé à une centaine de mètres du naufragé, le capitaine de la goélette fit mettre en panne et, aussitôt, un doris descendu à l'eau, sous l'impulsion de ses deux rameurs, fila vers l'épave.

Ce ne fut pas sans difficulté que l'on arracha à son morceau de bois le malheureux naufragé, en qui les matelots de la goélette venaient de reconnaître l'un de leurs camarades du Banc - Pierre Kervella - échappé, comme par miracle, à l'engloutissement de la *Persévérante*.

Il était comme mort, en effet, accroché au débris qui le supportait ; dans une crispation suprême de ses bras et de ses jambes.

Mais, bientôt hissé à bord du bâtiment où des soins lui furent prodigués, il recouvra ses sens et put raconter à ses compagnons le désastre dans lequel il avait failli périr.

L'amitié qui unissait Pierre et Petit-Jean était presque proverbiale parmi les terre-neuviens, et les matelots, en entendant le récit qui venait de leur être fait, songèrent immédiatement au sort du petit Breton.

- Et Petit-Jean, demanda l'un d'eux à Pierre, et Petit-Jean ?... qu'est-il devenu, dans tout ce chambardement ?... Tu n'as donc pas pu le sauver, mon gars ?...

Pierre tressaillit au nom de son camarade.

- Hélas, répondit-il, Petit-Jean a péri avec les autres... Je n'ai pu savoir où il se trouvait, dans la bagarre, et il m'a été impossible de le rechercher, tant la disparition de la *Persévérante* a été soudaine.

- Il avait une promise, le pauvre p'tiot, observa un matelot, la Marie-Margot, à c'qu'il paraît... une belle fille de Cancale... C'est-y toi, Pierre, qui lui apprendra son malheur ?...

En écoutant le matelot, Pierre avait pâli affreusement.

- C'est moi, oui, fit-il, comme dans un murmure, qui annoncerai à Marie-Margot la mort de son fiancé. C'est mon devoir d'ami d'agir ainsi et je ferai mon devoir.

- Eh ben, mon gars ! conclut le matelot, pour une commission embêtante, c'est une commission embêtante, ça...

Et il ajouta :

- J'aime mieux que ce soit toi qui la fasses, que moi...

En cet instant, le capitaine qui avait ordonné qu'on remît en marche la goélette et qu'on reprît la direction de la terre, s'approcha de Pierre Kervella et de ceux qui l'entouraient.

- Portez le camarade dans le poste, commanda-t-il, et couchez-le. Il dormira et, demain, il aura oublié son accident...

Et, comme Pierre, bouleversé par le souvenir de Petit-Jean et l'évocation de Marie-Margot, éclatait en sanglots, le marin lui posa sa large main sur l'épaule.

- Pleure, mon gars, dit-il, pleure... ça te fera du bien, car tes nerfs ont reçu une rude secousse... Mais, que veux-tu ?... Faut te faire une raison... La mer a pris tes compagnons et ton ami... La mer est une mangeuse d'hommes, vois-tu... Un peu plus tôt, un peu plus tard, elle nous dévore tous... C'est notre lot et il n'y a rien à faire contre cela...

Comme Pierre était soigné par des camarades miraculeusement rencontrés, Petit-Jean, sur son tas de sacs vides, dans la cale du steamer anglais, se réveillait.

Le bâtiment arrivait alors à New York, où le Breton, grâce à l'aide de son nouvel ami, le matelot Bertrand, put débarquer sans encombre, sans éveiller les soupçons du capitaine qui, à son insu, avait été son hôte.

À partir du moment où ils touchèrent le sol américain, les deux hommes ne se quittèrent plus et comme Petit-Jean était dénué de toutes ressources, Bertrand mit à sa disposition quelque argent pour qu'il pût se vêtir convenablement.

Puis, les deux compagnons se concertèrent sur les moyens à employer pour sortir, le plus avantageusement qu'ils le pourraient, de la situation précaire en laquelle ils se trouvaient.

Tout en devisant, Petit-Jean fit connaître son existence au matelot et ne lui cacha pas le chagrin qu'il éprouvait au souvenir du camarade qu'il venait de perdre si dramatiquement, ainsi qu'à celui de la fiancée qui allait l'attendre, le croire mort, le pleurer. Et il conclut en exprimant le désir de rentrer en France, au plus tôt, afin de reparaitre devant celle qu'il aimait.

Bertrand écouta la confidence du jeune homme, très attentivement ; puis, lorsque Petit-Jean se tut, il hocha la tête avec tristesse.

- Il est certain, mon pauvre gars, lui dit-il, que ton aventure manque de gaîté. Cependant, il me parait nécessaire, dans ton cas, d'en accepter les conséquences.

- Que voulez-vous dire ? demanda Petit-Jean.

- Simplement ceci, reprit le matelot, que tu ne peux, présentement, rentrer en France aussi facilement que tu le souhaiterais.

- Et pourquoi ?

- Parce que tu es sans argent et que, pour retourner dans ton pays, tu devras réclamer le rapatriement. Or, pour obtenir le rapatriement, il faudra te rendre chez le consul de France qui, naturellement, t'interrogera et à qui tu seras obligé d'apprendre comment tu es ici, c'est-à-dire à qui tu seras forcé de faire connaître la catastrophe à laquelle tu as échappé.

- Eh bien ?

- Comment, tu ne comprends donc pas que c'est justement cette catastrophe que le consul doit ignorer ? Car ton récit provoquerait une enquête dont les résultats les plus clairs seraient, sans doute, de me faire comparaître, à mon tour, devant ledit consul, puisque je suis le seul témoin que tu peux invoquer à l'appui de tes affirmations. Or, je ne tiens nullement à cette comparution qui aurait, sûrement, pour moi, comme conclusion, une arrestation que je veux éviter.

Comme, à ces derniers mots, Petit-Jean esquissait un mouvement de curieuse inquiétude, Bertrand, qui vit ce mouvement, eut un sourire.

- Oh, fit-il, ne vois pas dans mes paroles ce qui n'y est pas. Rassure-toi, mon gars, je n'ai pas commis de crime et tu peux continuer de me regarder en ami. J'ai déserté, simplement, à la suite d'une correction que j'avais infligée à un officier, parce qu'il la méritait, et j'ai été condamné, pour ce fait, uniquement.

- Que faut-il donc que je fasse ? interrogea de nouveau le Breton.

- Écoute-moi bien, répliqua Bertrand. En admettant même que ton rapatriement puisse se produire sans que tu sois obligé de me compromettre devant le consul, en réclamant mon témoignage, car, à la rigueur, tu pourrais lui dire que tu t'es caché, seul, à bord du steamer abordeur, que deviendras-tu, privé de toutes choses ainsi que tu l'es ? Tu rejoindras ta promise et tu te marieras, me répondras-tu ?... Belle noce, en vérité, que sera la tienne, accomplie ainsi dans la pauvreté, dans la misère les plus absolues... Ce n'est pas cela que tu désires ; n'est ce pas, et puisque tu as tout perdu dans le naufrage de ton bateau, tu ne dois vouloir reparaître devant ta fiancée que lorsque tu auras refait ta petite fortune.

Petit-Jean, malgré lui, se prit à rire.

- Je ne demande pas mieux, fit-il, que de revenir sinon riche, du moins avec quelque argent, en France, pour rendre heureuse celle que j'aime. Mais, sapristi, camarade, la chose est plus aisée à souhaiter qu'à réaliser. Et vous en parlez un peu trop facilement.

- J'en parle, continua Bertrand, en homme qui sait ce qu'il dit. Depuis les quelques jours que nous sommes à New York, j'ai songé à nous tirer de l'embarras en lequel nous nous trouvons et je crois avoir imaginé une solution favorable à nos desseins réciproques. Si j'avais eu le moindre espoir qu'en dénonçant le capitaine du steamer qui nous a amenés ici, tu aurais eu la chance de percevoir une part de l'indemnité qui eût pu être versée à l'armateur de la *Persévérante,* je ne me serais occupé que de moi seul. Mais, comme je n'ignore pas que cette indemnité, fût-elle accordée, tu ne toucherais pas un sou, comme je n'ignore pas que tout cet argent disparaîtrait dans la caisse de l'armateur, j'ai pensé à t'associer, tout au moins pour un temps, à ma vie.

Petit-Jean, intéressé, écoutait son compagnon.

- Je suis prêt, dit-il, à accepter vos conseils et votre concours. Qu'avez-vous donc décidé ?

- J'ai vu, ce matin, poursuivit le matelot, le capitaine d'un grand navire à voiles qui a besoin de deux hommes pour compléter son équipage. Je me suis proposé à lui et je t'ai mis de moitié dans mon offre ? Ce bâtiment, qui se nomme le *West-India* et qui est américain, appareille demain. Veux-tu t'y embarquer avec moi ? Le voyage durera dix-huit mois environ et la besogne sera moins pénible que celle du Banc. Et puis, lorsque nous nous quitterons, tu auras en poche une somme de quinze cents francs qui te permettra de boire à ma santé, le jour de ton mariage... Allons, l'affaire te convient-elle ?

Petit-Jean ne répondit pas, tout d'abord, aux paroles de son camarade. Il semblait réfléchir. Pourtant, il eût un mouvement de nette résolution et tendit la main à Bertrand.

- Je suis à vous, dit-il, et je vous remercie bien vivement de tout ce que vous faites pour moi.

Puis, il demeura une seconde encore comme sous l'influence d'une pensée anxieuse et il ajouta :

- Mais, que pensera ma promise de cette longue absence ?

Bertrand eut un rire gai.

- Elle pensera, affirma-t-il, que tu n'es pas une bête, que tu as bien agi en te *débrouillant* ainsi. Et, d'ailleurs, je suppose bien que tu ne vas pas attendre d'être de retour auprès d'elle, pour la mettre au courant de ton existence, pour la rassurer sur ton sort, car la pauvre enfant, en ne voyant pas revenir les matelots de la *Per-*

sévérante, te croirait sûrement perdu avec eux.

- Vous avez raison, dit Petit-Jean. Je vais écrire à Marie-Margot et j'espère qu'elle pardonnera mon retard, puisque ce retard a pour but de lui donner du bonheur.

- Et moi, conclut Bertrand, je vais rejoindre le capitaine du *West-India* pour lui signifier notre engagement.

Le lendemain de cette conversation, le *West-India,* grand voilier américain de trois mille tonneaux, ayant à bord les deux Français, prenait la mer, conduit par un puissant remorqueur chargé de le mener au large.

La manœuvre de départ s'exécutait. Les matelots couraient sur le pont, remuant les amarres, disposant les *drisses* et les *écoutes* des voiles, rentrant les *défenses* qui traînaient dans l'eau, le long de la coque, achevant, enfin, de fixer les ancres à leur poste, en vue de la traversée qui allait être entreprise.

Bertrand se montrait familiarisé avec ces dispositions de l'appareillage ; mais Petit-Jean se sentait *dépaysé* sur cette masse énorme et mouvante auprès de laquelle la *Persévérante* eût produit l'effet d'une infime embarcation.

La mâture du *West-India,* élégante et élevée, l'effrayait presque avec ses innombrables cordages dont il ne connaissait même pas les noms.

Toutes ces *manœuvres* s'entrecroisant, allant d'un mât à l'autre, descendant le long des haubans, lui inspiraient comme une sorte de crainte superstitieuse.

- Jamais, murmurait-il, à l'oreille de Bertrand, jamais je ne retiendrai les noms de toutes ces choses. On va se moquer de moi, ici, c'est certain.

- Sois donc sans inquiétude, lui répondait le matelot. Tu n'es pas un sot et tu sauras bien vite démêler ton écheveau de fil. D'ailleurs, tu as été gabier, tu as fait ton service dans les équipages de la flotte, chez nous, et tu ne tarderas pas à compléter, ici, ton instruction.

Malgré l'assurance de son ami, Petit-Jean ne parvenait pas à se débarrasser de ses appréhensions. Il lui semblait, en vérité, qu'il ne réussirait jamais à se rendre utile à bord du *West-India*.

Il avait été gabier, cependant, ainsi que le lui avait rappelé Bertrand. Mais, que lui avait-on appris, lors de son temps de service maritime à bord de nos cuirassés ? On lui avait enseigné à serrer une voile, à travailler le filin, à faire du *matelotage*, en un mot, et il sentait que ses aptitudes professionnelles étaient bien précaires devant un trois-mâts franc de trois mille tonneaux, tel que le *West-India*.

Pourtant, il observait ce qui se passait autour de lui. Le capitaine ordonnait, maintenant, d'établir les *huniers* ainsi que les *perroquets*. Puis, la brise *fraîchissant* et l'aide du remorqueur devenant inutile, l'aussière en fil d'acier qui la rattachait au navire fut retirée. Le pavillon américain qui flottait à la corne de brigantine fut, alors, abaissé trois fois, dans un salut au port dont on s'éloignait, les basse-voiles furent bordées et le *West-India* décrivant une courbe gracieuse, prit ses allures de route.

Le bâtiment se rendait à Calcutta avec un chargement de charbon. Il devait ensuite embarquer du riz à destination de l'Australie et, de là, continuer son voyage jusqu'aux îles Vancouver où l'attendait une cargaison de bois précieux qu'il devait transporter en Europe.

Sous toutes ses voiles, il s'en allait *bien appuyé*, filant ses treize nœuds, à la faveur d'une mer belle et d'une brise *maniable*. Et il était vraiment superbe, le *West-In-*

dia, avec sa coque tout en acier, sa mâture de fer, son gréement solide et léger, tandis qu'il s'enfonçait dans le large et disparaissait dans la brume qui semblait le vêtir tel un immense et mystérieux manteau.

VII

Deux mois s'étaient écoulés depuis le naufrage de la *Persévérante,* depuis que Petit-Jean avait contracté un engagement à bord du *West-India* et, déjà, la plupart des hommes qui avaient accompli la campagne de pêche à Terre-Neuve, étaient rentrés en France.

Par suite d'une ignorance très fréquente, chez ces hommes, relativement aux faits et aux événements qui ne concernent pas directement le bord auquel ils appartiennent, aucun de ceux qui étaient de retour ne se trouvait au courant de la catastrophe qui avait entraîné la perte de la goélette et nul n'avait pu dire ce qu'étaient devenus Pierre, Petit-Jean ainsi que leurs camarades.

Cependant, comme beaucoup de pêcheurs encore étaient attendus, les parents ou les amis des malheureux naufragés ne s'inquiétaient pas trop, quant à leur sort, et remettaient quotidiennement au lendemain l'espoir de les voir reparaître, de les embrasser, de leur serrer les mains.

Toutefois, Marie-Margot, devant le retard de Petit-Jean, n'acceptait pas l'attente qui lui était imposée avec autant de résignation. Elle aimait, et dans sa tendresse, elle s'imaginait que son fiancé eût dû être des premiers à débarquer sur le quai de Saint-Malo. Elle était nerveuse et, sous l'influence de sa préoccupation, de sombres pressentiments l'agitaient.

Marie-Margot eût dû être rassurée pourtant, sur le sort de Petit-Jean, eût dû connaître même le désastre qui avait frappé la *Persévérante,* puisque le jeune homme, avant de quitter New York, lui avait adressé une lettre pour lui faire part des incidents auxquels il avait été mêlé, ainsi que du voyage qu'il avait résolu d'entreprendre afin de lui revenir riche et en mesure de la rendre heureuse.

Mais, la fatalité qui s'était appesantie sur Petit-Jean, avait touché, également, le cœur de Marie-Margot, et la jeune fille, qui n'avait pas reçu la missive que lui avait écrite son promis, se lamentait.

Elle ne devait même jamais lire la lettre de Petit-Jean. Un incendie ayant éclaté à bord du paquebot qui portait cette lettre, dans la partie du navire réservée au service postal, les pages tracées par le Breton avaient, avec tant d'autres, été détruites, et le vent du large ainsi que les lames avaient gardé leur secret.

Chaque jour, la pauvre enfant s'en allait aux nouvelles, tressaillant lorsqu'une voile était signalée à l'horizon et lorsqu'un débarquement de pêcheurs avait lieu dans le port ; chaque jour, aussi, elle s'en retournait vers sa maisonnette, la gorge serrée par les sanglots, le cœur lourd d'une amertume de plus.

Bientôt même, ce pèlerinage, cette marche vers une espérance qui la fuyait sans cesse, ce retour vers son logis trop solitaire, lui devinrent si douloureux, si cruels qu'elle renonça à les répéter et, comme courbée sous la menace d'un malheur dont la certitude maintenant, l'obsédait, elle demeura chez elle, dans le désir et dans l'effroi, tout ensemble, d'une révélation qui l'arracherait à l'horrible tourment qu'elle endurait.

Elle vivait ainsi depuis une semaine environ, dans une prostration de tout son être moral et physique, lorsqu'un soir, comme elle préparait, accroupie devant son foyer, un maigre repas, la porte de sa cabane s'ouvrit brusquement et un homme - une sorte de géant - en franchit le seuil. Dans le crépuscule bas et opaque de décembre, l'homme se silhouettait vaguement. Pourtant, Marie-Margot qui, à son approche, s'était vivement redressée, le reconnut et un cri se brisa dans sa gorge.

- Pierre... dit-elle, Pierre Kervella.... Ah, Dieu soit loué... Vous voilà donc, enfin...

Et, comme le matelot restait muet, demeurait immobile, elle s'avança vers lui et elle eut un murmure angoissé.

- Et Petit-Jean ?... demanda-t-elle, où est Petit-Jean ?... Pourquoi n'est-il pas avec vous ?...

Pierre Kervella, dont la face était livide, dont les rudes mains tremblaient, entra alors résolument dans la maison, après en avoir refermé la porte et eut un geste de naïf embarras. Puis, comme la jeune fille, aussi pâle que lui, le regardait fiévreusement, il se décida à parler.

- Marie-Margot, fit-il à mi-voix, comme s'il se fût trouvé dans un temple, Petit-Jean n'est pas avec moi, parce que...

La pauvre enfant haletait.

- Parce que ?... interrompit-elle.

Mais, Pierre n'eut point le courage d'achever sa phrase. Il baissa la tête et deux larmes coulèrent le long de ses joues bronzées.

Devant cette attitude, la jeune fille devina le drame qui s'était accompli, le deuil.qui la frappait.

- Ah ! gémit-elle, Petit-Jean est mort...

Et, s'écroulant dans les bras du matelot, elle s'évanouit.

Pierre, devant cette détresse, recouvra son calme et prodigua à la jeune fille les soins que nécessitait son état.

Lorsqu'elle reprit ses sens, elle pleura longuement, éperdument, et le marin contempla, silencieux, cette crise de souffrance.

Puis, Marie-Margot voulut connaître les circonstances dans lesquelles son fiancé avait péri et Pierre dut lui faire le récit du naufrage de la *Persévérante,* ainsi que celui de son propre sauvetage.

Quand il eut terminé sa narration, la jeune fille, qui l'avait écouté ardemment, était plus calme. Et comme Pierre, alors, se levait pour prendre congé d'elle, elle mit sa main dans la sienne.

- Nous étions deux à aimer Petit-Jean, dit-elle, nous resterons deux à nous en souvenir. Revenez me voir, Pierre... Nous causerons de lui, ensemble, et cela peut-être adoucira notre douleur.

L'hiver qui suivit le retour de Pierre Kervella fut très rigoureux et Marie-Margot, dans sa maisonnette, serait morte de chagrin et d'ennui, si le jeune homme ne s'était habitué à la visiter presque quotidiennement.

Il s'était souvenu, en effet, de l'invitation que lui avait adressée l'infortunée fiancée de Petit-Jean, et comme lui-même aimait à rappeler la mémoire de l'ami qu'il croyait perdu, il éprouvait, en dehors de l'amour qui le portait vers Marie-Margot, une sorte de satisfaction mélancolique à se rendre auprès d'elle et à unir sa pensée à la sienne, dans une évocation pieuse du disparu.

Cependant, la jeune fille, fidèle au souvenir de son promis, et n'ignorant pas que Pierre l'aimait, n'eût-elle point dû, dans un sentiment de pitié pour celui qui, semblait-il, ne devait jamais espérer lui offrir son nom, sinon mettre un terme aux visites de Pierre, du moins le prier de les faire moins fréquentes ?

Elle ne pouvait se dissimuler que, dans son contact

répété, que dans l'intimité qui naissait fatalement entre elle et le matelot, de ce contact, un danger pour sa quiétude et pour celle de Pierre, résulterait nécessairement. Et puisqu'elle-même, naguère, s'était avouée, dans la tendresse qui lui venait de Petit-Jean, qu'elle n'aimait pas Pierre, ne devait-elle pas préserver ce dernier de toute illusion qui, non réalisée, le conduirait à une souffrance ?

Pierre, en effet - la jeune fille n'aurait pu même, alors, feindre de l'ignorer - s'éprenait chaque jour davantage de celle qu'il continuait pourtant de considérer comme une camarade, comme la veuve du compagnon, du frère dont la mort, pensait-il, l'avait séparé.

Marie-Margot, qui était fort intelligente, songeait sûrement aux périls, aux difficultés de la situation que les circonstances avaient créées entre elle et Pierre, mais, soit dans une indifférence de ces périls, de ces difficultés, soit dans un instinct secret dont elle ne se rendait peut-être pas très bien compte elle-même, elle ne prononçait aucune parole susceptible de mettre une barrière entre elle et Pierre.

Elle avait une excuse, d'ailleurs, dans le sentiment, en apparence inconséquent, qui la tenait rapprochée du jeune homme ; elle avait été touchée par le malheur et elle avait peur de nouvelles détresses, et elle se réfugiait dans la pensée généreuse et protectrice du matelot, comme dans un asile où l'adversité ne pourrait l'atteindre.

À parler des morts, de ceux que l'on a chéris et qui s'en sont allés, on s'habitue plus vite que dans le silence à évoquer paisiblement leur souvenir, et il arrive même que la peine violemment ressentie aux heures du deuil, se change en une tristesse douce qui recèle comme une étrange volupté.

Ce fut ce qui se produisit relativement à Pierre et à Marie-Margot.

À tant s'entretenir de Petit-Jean, ils finirent par prononcer son nom en l'enveloppant, pour ainsi dire, d'un sourire voilé et s'ils le pleuraient encore, parfois, leurs larmes n'eurent plus l'amertume angoissante qu'elles avaient possédée.

Leur chagrin s'atténua ou plutôt s'estompa, sous ce repos de leur être moral, ainsi qu'une ligne de fusain se fond sous le frottement de la mie de pain, et, tandis que Pierre se prenait à espérer que la jeune fille lui permettrait, un jour, de lui faire l'aveu de son amour, Marie-Margot, comme sortant d'un long sommeil, écouta les battements de son cœur et se demanda si, vraiment, elle avait aimé, en amante, le malheureux Petit-Jean ; si, vraiment elle ne s'était pas trompée, naguère, sur la nature de ses sentiments ; si, vraiment, au temps où elle déplorait que Pierre eût de la tendresse pour elle, où elle redoutait de lui infliger une peine en choisissant Petit-Jean pour mari ce n'était point, justement, Petit-Jean qu'elle aimait ainsi qu'un camarade, ainsi qu'un frère, et Pierre qu'elle désirait, dans l'inconscience de son intimité, pour époux.

Marie-Margot se fût sans doute longtemps interrogée à cet égard, sans oser ou sans pouvoir répondre nettement à sa propre question, si une circonstance ne l'avait aidée dans la connaissance de soi-même et ne lui avait procuré l'énergie qui lui était nécessaire pour se ressaisir, pour s'évader du passé.

L'hiver finissait et les capitaines des goélettes terre-neuviennes réunissaient leurs équipages, en vue des prochaines campagnes de pêche.

Pierre avait été engagé l'un des premiers, parmi les matelots de la côte bretonne, et, dans le chagrin qu'il éprouvait à quitter Marie-Margot, il ne savait trop comment lui annoncer son départ imminent.

Cependant, la jeune fille ne pouvait ignorer bien longtemps son nouvel enrôlement pour le Banc et comme ce voyage ne devait même pas la surprendre, puisqu'il comptait au nombre des meilleurs et des plus sûrs pêcheurs de Terre-Neuve, il se décida à l'en informer.

Ce fut par un soir assez doux de fin d'hiver, tout plein des tiédeurs avant coureuses du printemps, que le jeune homme se rendit chez son amie.

- Marie-Margot, dit-il, après s'être assis auprès d'elle, devant l'âtre, je viens vous faire mes adieux.

La jeune fille eut comme un sursaut.

- Vos adieux ?... murmura-t-elle-

- Oui, reprit Pierre, car, dans deux jours, je m'embarque pour le Banc.

Un silence, alors, s'établit entre les deux jeunes gens.

Puis, un soupir long, angoissé, glissa sur les lèvres de Marie-Margot, et Pierre vit qu'elle pleurait.

- Mon absence, demanda le matelot, ému par le chagrin qui venait de s'emparer de son amie, vous cause donc vraiment de la peine ?

- Oui, répondit la jeune fille, votre éloignement fait naître en moi une grande douleur ; car j'avais espéré qu'après le naufrage de la *Persévérante,* vous renonceriez à cette maudite pêche de Terre-Neuve.

Pierre regarda sa compagne avec une sorte d'étonnement.

- Et pourquoi, fit-il, aviez-vous supposé que je ne retournerais pas là-bas ?... N'est-ce point mon métier de pêcheur qui m'y appelle ?... Ne suis-je pas un Terre-neuvas ?...

Marie-Margot eut comme une hésitation avant de parler à nouveau.

- J'avais pensé, expliqua-t-elle, avec timidité, que la mort de Petit-Jean eût été, pour vous, une raison pour ne plus vouloir vous rendre au Banc et pour chercher ici, sur nos côtes, un engagement moins périlleux.

Pierre secoua la tête avec tristesse.

- Il est vrai, approuva-t-il, que j'aimerais mieux ne jamais revoir les lieux où notre pauvre ami a trouvé la mort... Il est vrai, également, qu'un emploi, chez quelque armateur de nos parages, ne m'eût pas déplu... Mais, je vous le confesse, je n'ai songé aucunement à éviter ce nouveau voyage, car, pourquoi aurais-je tenté de ne le point accomplir ? Je n'ai pas de famille, je n'ai pas de promise qui me retiennent ici et, dans ces conditions, je me demande bien pour quel motif je prendrais tant souci de moi...

La jeune fille leva sur le marin un regard mélancolique.

- Et moi, fit-elle, doucement, presque à mi-voix, et moi, Pierre, m'oubliez-vous ?...

- Que voulez-vous dire ? interrogea le matelot, avec anxiété.

- Ne suis-je pas un peu votre sœur, continua Marie-Margot, et ne comptez-vous pour rien l'affection qui nous unit, la reconnaissance que je vous dois pour m'avoir consolée et la protection que vous me devez ?...

À ces mots, un souffle haletant gonfla la poitrine du marin.

- Ah, certes, s'écria-t-il, je compte pour beaucoup notre amitié, Marie-Margot... Mais, vous est-elle réellement assez précieuse pour qu'elle vous inspire le désir de me voir rester auprès de vous ?...

Et comme la jeune fille ne lui répondait que par de nouvelles larmes, il poursuivit avec une sorte d'exaltation :

- Quant à moi, cette amitié m'est chère, plus que vous ne pouvez le croire...

Puis, s'étant tu une seconde, il continua :

- Et tenez, écoutez-moi... Il y a même des moments où j'en ai peur de cette amitié, car je redoute qu'elle ne soit, pour ma part, du moins, que le masque d'un sentiment plus intime...

La jeune fille devint très pâle.

- Oh, Pierre... murmura-t-elle.

Mais, le matelot l'interrompit.

- J'ai commencé de parler, déclara-t-il, de vous faire connaître la pensée qui m'obsède depuis longtemps, et j'irai jusqu'au bout de mes paroles... Oui, j'ai peur de notre affection soi-disant fraternelle, car je sens qu'en moi cette affection n'est autre que de l'amour ; et comme vous ne m'aimez pas, Marie-Margot, comme vous ne m'aimerez jamais, je ne regrette pas de partir, mieux vaut même que je m'en aille... Petit-Jean ne sera-t-il pas, éternellement, entre nous, en effet ?... Petit-Jean que je ne dois pas trahir, même dans la mort... Petit-Jean dont le souvenir restera à jamais en vous...

Devant cette véhémence à laquelle Pierre si réservé, habituellement, ne l'avait pas préparée, la jeune fille tressaillit profondément et se leva.

- Eh bien, fit-elle, puisque vous me faites l'aveu d'un sentiment que je connaissais, d'ailleurs, depuis longtemps, mais auquel je ne pouvais, répondre, ayant donné ma foi à un autre. Eh bien ! Qui vous dit que, moi aussi, je ne vous aime pas... qui vous dit que, moi aussi, je n'ai pas deviné que l'affection que j'éprouve pour vous n'est autre que de l'amour ? Vous voyez bien que j'ai raison de pleurer parce que vous partez et qu'il n'est pas vrai qu'il vaut mieux que vous vous éloigniez.

- Oh, Marie-Margot, implora Pierre, que dites-vous là ? Et Petit-Jean... Ne songez-vous donc pas à Petit-Jean ?...

La jeune fille devint très grave.

- Détrompez-vous, observa-t-elle, je songe à Petit-Jean et je le pleure ainsi qu'au jour où vous m'avez annoncé sa mort... Mais, dois-je me confesser à vous ? Je le pleure comme un frère et non comme un fiancé, comme l'homme qui aurait dû être mon mari.

- Eh, quoi ?... s'exclama Pierre.

- Comprenez-moi bien, reprit la jeune fille, et ne me croyez pas parjure... J'ai aimé Petit-Jean, sincèrement, avec tout mon cœur, et je l'aime ainsi toujours, disparu... Je lui avais donné ma foi et j'eusse été sa femme fidèle et dévouée. Mais, depuis que vous êtes revenu, depuis que nous avons vécu ensemble, partageant les mêmes pensées, j'ai, dans un instinct que je ne m'explique même pas, compris que j'aimais Petit-Jean comme un frère, je le répète, et non comme un amant... J'ai compris que c'est vous que j'ai toujours aimé, que j'aime comme un promis et que si je ne suis pas morte pour avoir perdu Petit-Jean, je mourrais sûrement si, comme lui, vous ne reveniez plus...

Pierre était à genoux devant la jeune fille et, comme elle, il pleurait.

- Oh, Marie-Margot, gémissait-il, pourquoi ne nous être pas ainsi confiés l'un à l'autre plutôt ?... Si vous saviez comme je suis heureux et malheureux, tout à la fois, en ce moment...

La jeune fille mit sa main dans celle du matelot.

- Relevez-vous, Pierre, dit-elle, et ramenez bien vite, ici, l'espérance que je dépose en votre cœur, ainsi qu'un dépôt sacré.

Et elle ajouta :

- Quant à Petit-Jean, s'il y a un ciel et qu'il y soit, je suis certaine qu'il approuve notre amour et qu'il sera heureux lorsque je deviendrai votre femme...

- Je ferai célébrer pour lui, conclût Pierre, dans cette instinctive naïveté qui n'abandonne jamais entièrement les matelots, deux messes par an, et, ainsi, il ne pourra nous en vouloir...

VIII

Cependant, le *West-India* sur lequel Petit-Jean s'était embarqué avec son nouvel ami, le matelot Bertrand, poursuivait sa route et traversait maintenant l'Océan Indien. Dans quelques jours, il allait être en vue de Calcutta et l'équipage attendait impatiemment le moment où le bâtiment entrerait dans le port, car ce moment mettrait un arrêt, tout au moins passagèrement, à la dure existence du large.

Cette existence avait été cruelle, surtout à Petit-Jean.

Pour un vrai marin, elle eût été certainement préférable à celle d'un Terre-Neuvien. Mais, pour un petit pêcheur de morues, tel qu'était Petit-Jean, elle devait être atroce.

À bord du *West-India,* en effet, le pauvre garçon s'était montré absolument incapable de seconder utilement ses camarades, non seulement parce qu'il était très faible, physiquement, mais encore parce qu'il se trouvait entièrement ignorant des choses avec lesquelles il avait pris un contact si soudain.

Tout d'abord, chefs et matelots lui avaient témoigné de l'indulgence, de la bienveillance même, afin de l'encourager dans l'accomplissement souvent difficile de ses fonctions ; mais, devant son impuissance et ses hésitations à exécuter les ordres qui lui étaient donnés, on l'avait pris en une sorte de pitié, on s'était habitué à le considérer comme un personnage inutile installé à bord du navire et on ne l'avait plus employé qu'à des besognes basses et infimes.

De cet état de choses, il était résulté une profonde tristesse chez Petit-Jean, tristesse à laquelle avaient succédés une réelle désespérance, une indifférence presque absolue envers tout ce qui pouvait, désormais, le toucher.

Ce fut ainsi qu'après s'être promis d'écrire, de nouveau, à Marie-Margot, aussitôt qu'il remettrait le pied à terre, il avait formé la résolution de ne pas communiquer avec elle et de lui laisser ignorer, jusqu'à son retour, la lamentable situation en laquelle il se débattait.

Sa prostration était en effet si grande, qu'il n'eût su que chagriner sa fiancée en lui faisant le récit de sa misérable vie et il jugeait inutile de la tourmenter. Aurait-il même, alors, possédé la lucidité d'esprit nécessaire pour griffonner une simple lettre ? Le doute était permis, à cet égard, et Bertrand qui observait l'affaissement moral et physique de son compagnon, approuvait son silence.

Cet affaissement même, devint tel qu'il fit naître dans le cœur de Bertrand des craintes pour la raison et pour l'existence du jeune homme.

On ne se contentait plus, en effet, à présent, à bord du *West-India,* de le mépriser ; on le rudoyait, on le frappait et il était devenu le jouet de l'équipage, à l'égal d'un mousse.

Et, lorsque le pauvre Breton s'avisait de se révolter, de protester contre tant de mauvais traitements, c'étaient, autour de lui, des rires, des outrages sous lesquels sa voix était étouffée.

Et puis, un mot - le même toujours - terminait ces querelles, le cinglait à la face :

- Terr' Neuva !

- Terr' Neuva... Ce mot, dans la bouche des matelots

du *West-India,* constituait la suprême injure qu'on pût adresser à Petit-Jean.

Terr' Neuva... c'est-à-dire paresseux, avorton, incapable, marin de carnaval, bon tout au plus à pêcher quelques poissons.

Ce qualificatif dont il était fier, naguère, Petit-Jean le portait, maintenant, comme une marque d'infamie, comme un stigmate dont l'empreinte lui aurait été imprimée au fond de quelque bagne.

Ah, combien, à présent, il regrettait d'avoir, à New York, écouté les conseils de Bertrand et de s'être embarqué à bord de ce maudit navire. L'espoir de revenir riche vers sa fiancée l'avait, il était vrai, incité à suivre son sauveteur. Mais, à mesure que la traversée s'accomplissait, cet espoir même fuyait de lui-même. Il se disait qu'il ne supporterait pas la vie infernale qui lui était faite, jusqu'au terme du voyage, et qu'il se tuerait, sûrement, avant d'avoir revu la terre. Alors, cet argent même qu'on lui reprochait de ne pas savoir gagner, resterait aux mains de ceux qui l'avaient tant fait souffrir et son sacrifice que Marie-Margot ne connaîtrait même jamais, demeurerait, pour elle, stérile.

Pourtant, lorsqu'il sut que l'on approchait de Calcutta, il recouvra un peu d'énergie, il se raccrocha à l'existence, et, tout d'un coup, dans la fièvre qui l'envahissait à la pensée de toucher le sol, il ébaucha un projet de délivrance, il forma le dessein de se soustraire, par la fuite, à l'engagement qu'il avait contracté, sans songer même qu'en agissant ainsi, qu'en supposant possible la réussite de son évasion, il se privait volontairement de toutes ressources, il renonçait, à tout jamais, au gain qu'il venait d'amasser si durement.

Un sentiment plus intime et très doux s'était aussi

levé en lui à l'approche de la terre et lui avait procuré le courage de résister à son abattement. Il avait pensé que, peut-être, à Calcutta, il trouverait une lettre, une chère lettre que Marie-Margot lui aurait écrite, sur ses indications, et dont la tendresse panserait les blessures qu'il avait reçues.

À l'idée de recueillir une parole, un baiser de sa promise, le pauvre garçon sentait comme une force nouvelle couler en ses veines et se reprenait à aimer cette existence qui, cependant, lui était si lourde. Alors, sa résolution de ne pas correspondre avec la jeune fille s'évanouit et, avec une joie d'enfant, il goûta, par avance, le bonheur qu'il aurait à lui envoyer une longue missive en laquelle il lui tairait ses souffrances et ne lui exprimerait que la constance de son affection.

L'heure qu'il souhaitait avec tant d'ardeur, l'heure qui devait marquer l'arrivée du *West-India,* à Calcutta, sonna enfin, et le capitaine, après avoir subi les formalités d'usage, de la part des autorités, se rendit à terre pour y chercher la correspondance qui lui était personnelle et celle qui était destinée à ses matelots.

Durant les derniers jours de la traversée, Petit-Jean s'était tellement familiarisé avec la pensée qu'il allait recevoir une lettre de Marie-Margot, qu'il ne doutait aucunement de lire cette lettre, dès le retour du capitaine.

Sa déception, son désespoir furent atroces lorsqu'il constata que son chef n'avait à lui remettre aucune enveloppe.

Comme il ignorait la destruction de la lettre qu'il avait adressée, de New York, à Marie-Margot, il pensa que la jeune fille, le sachant vivant, l'avait oublié ; il l'accusa d'infidélité, il maudit presque son souvenir et se retourna, tout entier, farouche vers le projet d'évasion qu'il avait ébauché et à la réalisation duquel il consacra, désormais, toute sa volonté, afin de rentrer en France, au plus tôt, et de se rendre compte, par lui-même du malheur intime qui le frappait, ou - qui aurait pu démêler le chaos de son esprit, alors ? – afin de ressaisir celle dont il se croyait délaissé.

Mais, s'il était aisé de penser à s'évader du *West-India,* il était difficultueux de mettre en pratique un tel dessein, un matelot appartenant à l'un des navires occupant une place dans le port de Calcutta, ne pouvant cacher longtemps sa fuite et devant être fatalement retrouvé.

Pourtant, grâce à la complicité de Bertrand, le Breton fut favorisé par le sort, en cette circonstance.

Un Français, commandant un bâtiment entré récemment dans le port de Calcutta, mis au courant par Bertrand du naufrage, de la détresse, de la misérable existence de Petit-Jean, consentit généreusement à prendre et à cacher, à son bord, le jeune homme, et à le ramener en France.

Or, comme le *West-India* faisait ses préparatifs de départ, Petit-Jean n'avait pas une heure à perdre et, aidé par son camarade Bertrand, il se mit en devoir de quitter le bâtiment américain.

Les deux compagnons attendirent que la nuit eût enveloppé le port, afin d'agir plus sûrement, et lorsqu'ils jugèrent que nul ne prêtait attention à eux, ils s'emparèrent du youyou du bord et, prudemment, doucement, après l'avoir détaché de ses crochets, ils le laissèrent glisser à la mer. Puis, le Breton s'étant muni des objets qui lui appartenaient, tous deux descendirent dans l'embarcation et, ramant silencieusement, s'éloignèrent *West-India.*

Ils ne tardèrent pas à accoster le navire français où Petit-Jean fut accueilli avec joie par ses compatriotes.

Le jeune homme eut bien souhaité de garder avec lui son ami Bertrand, qui, une seconde fois, le sauvait de la mort, peut-être. Mais, décidément, Bertrand avait des raisons sérieuses pour ne point vouloir toucher longtemps le sol de son pays, car il refusa les offres de son camarade et, après l'avoir fraternellement embrassé, s'en retourna vers le *West-India*.

Cette fois, Petit-Jean ne fut pas malheureux parmi ses compatriotes et la fortune, même, en une heure où il se croyait ruiné, sans ressources, lui sourit étrangement.

Comme le bâtiment sur lequel il se trouvait, revenait en France et se trouvait dans les parages des îles Madères, on rencontra une épave - un magnifique trois mâts abandonné - qui s'en allait à la dérive.

Le capitaine français le mit à sa remorque et la prime qui fut adjugée au Breton, en cette occurrence, après évaluation de la prise, se monta à la somme de huit mille francs.

Bertrand n'avait pas cru si bien prédire l'avenir, lorsqu'il avait affirmé à Petit-Jean qu'il serait riche, quand il rentrerait en France.

IX

Ainsi que les années précédentes, au mois de novembre, Pierre Kervella rentra en France, de retour du Banc, et comme dans la correspondance qu'il avait échangée durant son absence avec Marie-Margot, les sentiments de la jeune fille s'étaient affirmés à son égard, il n'eut pas de peine à la décider à devenir sa femme.

Pierre possédait quelque bien, ainsi qu'une gentille maisonnette, à Cancale, qui lui avait été léguée par une vieille parente. Il la fit aménager confortablement pour recevoir sa jeune femme et, ainsi, son mariage qui eut lieu quelques jours avant les fêtes religieuses de Noël, s'accomplit sous des auspices favorables.

Il y avait déjà trois semaines que Pierre et Marie-Margot étaient unis légalement, quand Petit-Jean, riche des huit mille francs si miraculeusement gagnés, riche, plus encore, de la joie de revoir sa promise, de l'espérance de la tenir embrassée contre sa poitrine et du bonheur qu'il comptait retrouver auprès d'elle, débarqua à Saint-Nazaire, d'où il ne fit qu'un bond, pour ainsi parler, jusqu'à Cancale.

Ce fut l'après-midi qu'il y arriva et sa première, son unique pensée fut de se rendre immédiatement chez Marie-Margot.

Au lieu donc de traverser la ville où il aurait pu être reconnu et retardé dans la chère visite qu'il avait projetée, il se dirigea, par la côte, directement vers la demeure de la jeune fille.

La masure, si triste lorsqu'elle était habitée, présentait, après les quelques semaines d'abandon qui venaient de s'écouler, l'aspect lamentable de tous les gîtes délaissés et, en l'apercevant, Petit-Jean ressentit comme un serrement de cœur. Mais, secouant le pressentiment mauvais qui l'envahissait, il ne s'attarda point dans l'impression qu'il avait éprouvée et s'avança résolument vers la cabane solitaire.

Le crépuscule enveloppait toutes choses, déjà, et c'était l'heure habituelle à laquelle Marie-Margot, rentrée chez elle, s'occupait aux soins de son humble ménage.

Pourtant, comme nulle lumière ne brillait à travers les vitres de la fenêtre de la maisonnette, comme nul bruit n'en sortait, comme nulle fumée ne s'élevait de la cheminée qui pointait vers le ciel, Petit-Jean fut repris par son inquiet pressentiment et ce fut presque en tremblant qu'il posa la main sur le loquet de la porte et qu'il en passa le seuil.

Le silence, l'immobilité des choses, les ténèbres aussi qui emplissaient la cabane lui inspirèrent, soudain, comme une crainte superstitieuse, et pour se débarrasser de l'obsession qui l'enveloppait, il se hâta d'allumer une allumette-bougie à la lueur de laquelle il allait, sans doute, reconnaître le logis tel qu'il l'avait laissé, jadis.

Mais, devant le vide, la solitude de la cabane, il tressaillit, un grand frisson le prit tout entier, et il eut une plainte déchirante.

- Marie-Margot ... Marie-Margot ! s'écria-t-il.

Puis, dans une divination de faits qui lui paraissaient probables, il gémit :

- Ah ! Marie-Margot est morte... La pensée, en effet, que la jeune fille eût pu l'oublier, choisir un autre que lui pour promis ou époux, ne le visitait même pas.

- Ah ! répéta-t-il, Marie-Margot est morte...

Et il eut un murmure désespéré :

- Je n'ai donc plus qu'à mourir aussi...

Cependant, sous l'influence du vague espoir qui demeurait en lui et qui reste en l'être des plus désemparés, jusqu'à ce que l'illusion du bonheur s'efface irrémédiablement, Petit-Jean voulut ne point quitter la maisonnette sans avoir encore attendu celle qu'il aimait, se raccrochant ainsi à l'hypothèse de son retour quotidien et familier.

Mais, comme les heures s'écoulèrent sans que Marie-Margot parût, le pauvre garçon sortit de la masure, la referma avec soin - avec le même soin qu'il prenait, autrefois, lorsqu'il se séparait de la fiancée qui résidait là - et s'achemina vers la ville où il se promettait de recueillir des renseignements précis sur le sort de la jeune fille.

Ayant avisé, près de Cancale, un cabaret, il y entra, se fit servir à dîner et, discrètement, se mit en devoir d'interroger son hôte dont, heureusement, il constata que lui-même n'était pas connu.

- Dans une maisonnette qui borde la côte, non loin d'ici, m'a-t-on indiqué, n'existe-t-il pas une jeune fille du nom de Marie-Margot ? demanda-t-il.

Le cabaretier eut un hochement de tête.

- La fille du *Corsaire*... fit-il. Si fait... elle habite, ou plutôt elle habitait la cabane en question...

En entendant son interlocuteur s'exprimer au passé, Petit-Jean eut un mouvement nerveux. Mais, domptant son émotion, il continua :

- Je suis chargé d'une commission pour elle et je serais bien aise de m'en acquitter au plus vite.

- En ce cas, mon garçon, répliqua l'aubergiste, ce n'est pas à la côte qu'il vous faut aller, car la Marie-Margot n'y est plus.

- Pourriez-vous me dire où elle est, actuellement ?

- À Cancale, avec son mari.

À ces mots, Petit-Jean pâlit affreusement ; mais il s'efforça à conserver tout son calme.

- Ah ! dit-il, Marie-Margot est mariée ?

- Et bien mariée, même, confirma le cabaretier. Elle a épousé Pierre Kervella, un rude gars qui n'est pas bête, qui a du bien et qui, parait-il, va retourner au Banc en qualité de capitaine de goélette. En voilà un qui revient de loin, par exemple, et qui n'a pas volé son bonheur. Il a failli périr l'an dernier, dans un abordage ; il y a perdu un camarade qu'il aimait beaucoup, dit-on, et qui était le promis de celle qui est, maintenant, sa femme. Mais quoi, la pauvre fille ne pouvait pas toujours pleurer son promis, pas vrai, et le proverbe n'est pas menteur : « *Qui va à la chasse, perd sa place...* »

Et l'hôte, secoué d'un gros rire, ajouta :

- Mourir au lieu d'aller à la chasse, c'est même chose en l'occasion, n'est-ce pas ?

Petit-Jean savait ce qu'il voulait savoir, désormais. Il pria son interlocuteur de lui donner l'adresse de Pierre Kervella, le remercia de son obligeance et rompit la conversation.

Comme il était brisé autant par l'émotion qui venait de l'envahir que par la fatigue du voyage, il demanda une chambre et s'y retira, ayant hâte d'être seul.

Mais, ses nerfs trop surexcités se détendirent alors, et il eut une crise terrible de désespoir.

Pourtant, vers le matin, il recouvrit quelque calme et se prit à réfléchir aux faits qui s'étaient produits pendant son absence et qui le stupéfiaient.

- De deux choses l'une, se dit-il, alors : ou bien Marie-Margot a reçu la lettre que je lui ai écrite de New York et elle m'a trahi en m'oubliant, en laissant croire à tous que j'étais mort ; ou bien cette lettre ne lui a jamais été remise et je suis la victime d'une fatalité. Lorsque je connaîtrai la vérité, à cet égard, j'aviserai sur ce qu'il me restera à faire.

Ce fut sous l'impulsion de cette pensée qu'il quitta son auberge et qu'il se rendit à Saint-Nazaire pour y recueillir des informations exactes, au sujet du courrier auquel il avait confié son épître.

Lorsqu'il apprit que ce courrier avait été détruit par un incendie, il demeura comme assommé. Il avait prononcé, la veille, en méditant sur sa situation, le mot : fatalité. Décidément, oui, songea-t-il, en ce moment, la fatalité était sur lui et il comprenait qu'il ne devait pas tenter de défaire ce qu'elle avait fait.

Il pouvait reparaître devant Pierre, devant Marie-Margot qui le croyaient mort. Mais, à quoi bon, ce retour, cette sorte de résurrection ? Empêcherait-il, en agissant ainsi, que son ami eût épousé celle qu'il avait aimée, qu'il aimait encore, hélas ; chercherait-il à détruire leur félicité ? Rien ne vaudrait contre les choses accomplies - il le reconnaissait - et il repoussait, avec indignation, la pensée de troubler le bonheur des deux seuls êtres qu'il chérissait. Après tout, il était considéré comme mort. Eh bien ! Il continuerait de vivre, puisque Marie-Margot vivait, tout en étant mort pour tous... Ah, combien il regrettait, en cette heure, de n'avoir plus écrit à la jeune fille... Elle aurait su, ainsi, qu'il n'avait point péri dans le naufrage de la *Persévérante ;* elle l'aurait attendu et il occuperait, à présent, auprès d'elle, la place que Pierre y avait prise... Mais, Pierre, qui aimait Marie-Margot, serait malheureux... Le Destin avait peut-être, en somme, bien arrangé le présent, pour tous trois, en cette occurrence... Le Destin arrangerait encore peut-être, tout aussi bien l'avenir...

Et Petit-Jean, mettant comme une conclusion à ces réflexions, prononça, en un murmure, le mot fatidique du marin.

- À Dieu vat !... fit-il.

Et il s'en alla, par la ville, courbé sous son chagrin.

Deux jours plus tard, comme Pierre allait se mettre à table, avec sa jeune femme, pour le repas de midi, le facteur lui présenta une lettre chargée, timbrée du Havre, et portant comme valeur déclarée la somme de sept milles francs.

Tout d'abord, le matelot s'étant emparé du pli, le tourna et le retourna entre ses mains, comme pour s'assurer qu'il lui était bien adressé.

Puis, lorsque le facteur, ayant recueilli sa signature, se fut retiré, Pierre regarda sa femme, plus encore que lui, stupéfaite, devant l'énoncé de la somme que contenait l'enveloppe.

- Sept mille francs... on m'envoie sept mille francs... une fortune... murmura le matelot... Qui diable peut m'adresser cela ?

Et, tout en parlant ainsi, il ouvrit le pli.

La valeur annoncée s'y trouvait enfermée ; mais la lettre qui l'accompagnait était anonyme.

« Monsieur, disait cette lettre, un homme que vous avez sauvé, jadis, d'un danger, se souvient de vous pour vous prier d'accepter un témoignage de sa reconnaissance. Il vient d'apprendre que vous avez épousé une femme que vous aimez et qui vous aime et tient, ainsi, à contribuer au bonheur, au bien-être de celle que vous avez choisie pour compagne. Ne cherchez pas à vous rappeler le nom de celui qui reste toujours votre obligé et soyez heureux. »

Il y eut un silence, après la lecture de cette lettre.

Marie-Margot le rompit.

- Tu ne parviens pas, demanda-t-elle, à te rappeler le fait auquel pourraient se rattacher ces lignes mystérieuses ?

- Ma foi, déclara Pierre, je veux bien même que le diable m'emporte si je sais seulement ce que tout cela signifie...

Et, après une brève réflexion, il ajouta :

- Il se peut, vraiment, que ce soit là le don d'une personne que j'aurais sauvée d'un péril, à la mer... La chose m'est arrivée assez souvent... Mais, rien, non, rien, ne vient m'éclairer sur l'incident dont il est question ici.

- Alors, interrogea Marie-Margot, nous gardons cet argent ?

- Certes, s'écria Pierre, puisqu'il est la récompense d'une bonne action que j'avais oubliée...

- Il ne sera pas de trop, en effet, fit la jeune femme, en rougissant un peu, pour procurer une bonne instruction au bébé qui nous viendra bientôt...

Et, se penchant vers son mari, qui se prit à rire à cette conclusion de l'entretien, elle le tint longuement embrassé.

Après avoir erré jurant quelque temps dans Saint-Nazaire, Petit-Jean avait pris, soudain, la résolution de s'éloigner des lieux où il avait cru trouver le bonheur et il s'était dirigé sur le Havre où il comptait contracter un engagement à bord de quelque bâtiment en partance pour un long voyage.

Aussitôt arrivé en cette ville qu'il ne connaissait pas, d'ailleurs, il s'était rendu à la poste et il avait expédié la lettre qui devait si fort intriguer Pierre et Marie-Margot, tant par son contenu que par sa teneur énigmatique.

Il n'avait gardé, pour lui, qu'une somme de mille francs, destinée à subvenir à ses besoins et, ayant ainsi agi, heureux dans la cruauté de sa désillusion même, d'accroître le contentement de celle qu'il aimait et qu'il avait perdue, il s'était préoccupé de chercher un gîte.

Quelques matelots dont il fit la rencontre lui indiquèrent une *hôtesse*(8) dont c'était la spécialité de loger les marins et Petit-Jean s'achemina vers cette demeure provisoire, en compagnie de ses nouveaux camarades qui étaient affublés d'accoutrements bizarres, de vêtements trop étroits ou trop larges, achetés en quelque louche magasin pour matelots, à des prix doubles de leur valeur réelle.

Le groupe arriva bientôt devant une maison sombre et puante, restaurant, hôtel, cabaret et mauvais lieu, tout à la fois, et Petit-Jean ayant fait marché avec la *patronne* de l'établissement, pour une pension de quelques jours, s'y installa.

Dès le lendemain, il se rendit chez un *marchand d'hommes*, c'est-à-dire chez l'un de ces agents d'affaires ou courtiers qui s'occupent du placement des matelots sans emploi, à bord des navires dont les capitaines complètent les équipages, et une nouvelle déception faillit le frapper, lorsque cet intermédiaire refusa de lui être utile, en constatant que le jeune homme ne possédait, depuis le naufrage de la *Persévérante,* qu'un état d'identité fort irrégulier.

Mais, comme il lui prouva, par quelques documents, qu'il venait de naviguer au long cours sur un navire américain et sur un navire français, il trouva enfin l'engagement qu'il désirait.

Le bâtiment sur lequel il s'embarqua était le *Santiago* et devait se diriger sur Valparaiso.

Petit-Jean y retrouva les mêmes tortures qu'il avait subies à bord du *West-India* et lorsque, dix mois plus tard, il rentra en France, par Bordeaux, il crut être délivré d'un cauchemar abominable, et il se jura, décidément, qu'il ne tenterait plus l'aventure d'une navigation à bord d'un voilier ou d'un vapeur de commerce.

Il était trop débile, en vérité, pour pouvoir supporter les fatigues du rude travail qui incombe aux matelots composant les équipages de ces bâtiments, et il se verrait, toujours par ses compagnons robustes et souvent obligés de prendre sa part de besogne, jeter à la face, comme une éternelle et suprême injure, le mot de *Terr'-Neuva.*

Ayant ainsi réfléchi, il se dit qu'il irait en Bretagne, à Saint-Malo, et que tout en évitant que Pierre sût qu'il était si près de lui, il reprendrait, tout simplement, son ancien métier de pêcheur et s'en retournerait au Banc.

Quelque temps, en effet, après avoir ainsi décidé de lui-même, Petit-Jean se trouvait au nombre des passagers terre-neuviens, à bord de la *Marie-Joséphine,* qui faisait route pour Saint-Pierre.

Vers la même époque, Pierre, dans sa maison de Cancale, se disposait à dire adieu à sa jeune femme et à s'en aller, lui aussi, vers ce Banc où elle le voyait sans cesse partir avec l'appréhension de ne plus jamais être réunie à lui.

Cependant, cette fois, tout en regrettant de quitter son foyer, où, maintenant, un gentil garçonnet gazouillait, Pierre était vraiment heureux. Il ne retournait point, en effet, à Terre-Neuve comme matelot ; il avait obtenu d'un armateur le commandement d'une goélette importante et il espérait que le bénéfice attaché à cette situation, contribuerait à affirmer sa joie familiale.

Pourtant, Marie-Margot, quoique fière du poste qu'occupait désormais son mari, le suppliait de renoncer à ces incessants départs pour le Banc.

- Ne pourrais-tu, lui demandait-elle souvent, trouver ici, dans nos parages, le commandement de quelque bâtiment de commerce, voyageant au cabotage ?... Nous serions ainsi moins séparés.

Le marin souriait à ces paroles de sa femme et n'y répondait que par des phrases vagues : il aimait sa profession de terre-neuvien et il lui semblait difficile de l'abandonner.

Mais, comme devant ce nouvel éloignement, les plaintes de Marie-Margot s'étaient faites plus profondes, Pierre comprit que, sous peine de laisser se produire en elle un germe de désespoir, il la devait satisfaire.

- Rassure-toi et sois heureuse, lui dit-il, au moment de s'embarquer. Je te promets que ce voyage est le dernier que je fais à Terre-Neuve. À mon retour, nous recauserons de ton projet et nous mettrons les baisers doubles pour rattraper le temps perdu loin de l'autre.

X

La *Marie-Joséphine,* le bâtiment sur lequel se trouvait Petit-Jean ; était un excellent marcheur et la traversée de Saint-Malo à Saint-Pierre fut relativement rapide.

Dès leur arrivée à Terre-Neuve, les équipages s'empressèrent d'armer les goélettes qui reposaient dans le *barachoi* depuis l'année précédente et le port, si tranquille depuis des mois, changea tout d'un coup d'aspect.

Les bateaux, dénudés, reprirent leur gréement et leurs voiles nouvellement tannées ; les drisses neuves se balancèrent le long des mâts et des haubans ; les coques furent repeintes et les engins de pêche embarqués ainsi que les vivres et provisions pour la mer ; puis, lorsque tout fut prêt, les petits navires se rendirent en rade pour emplir leur cale de sel et se préparer à gagner le large.

Petit-Jean se trouva enrôlé parmi l'équipage de la *Belle-Brune,* une minuscule goélette, dont le personnel se composait de six hommes seulement, y compris le patron et le mousse.

En cette occurrence, Petit-Jean n'eût point encore de chance, car, sur un bâtiment de si mince importance, son insuffisance, sa faiblesse physique devaient être vite remarquées et il était certain qu'on lui ferait payer cher la hardiesse qu'il avait eue d'occuper la place de quelque solide gars capable de mener à bien sa part de besogne.

- Malheureusement pour lui, aussi, ses trois compagnons de travail se trouvaient être de véritables géants, à l'apparence de bêtes, aux allures sauvages, aux traits durs, aux yeux féroces.

Le pauvre garçon, en les observant, se crut jeté en une société de loups prêts à le déchirer. Le patron, surtout, lui inspira une crainte profonde. Son regard méchant, sa parole rude, ses gestes violents, firent naître en lui comme une sorte de vertige.

Le mousse, seul, un enfant de quatorze ans, lui plut à cause de sa physionomie souriante, de sa débilité qui lui rappelait la sienne, et de la timidité presque inquiétante qui enveloppait tous ses gestes ou toutes ses paroles.

Instinctivement, un lien sympathique, affectueux, s'établit entre Petit-Jean et le gamin, malgré la différence d'âge qui existait entre eux et l'un et l'autre, dès le premier jour de leur rencontre, se devinèrent. Ils comprirent qu'ils devaient être amis parce que les mêmes périls les menaçaient, parce que les mêmes terreurs allaient les hanter, parce que les mêmes souffrances les attendaient.

Petit-Jean, en évoquant le passé, ne pouvait douter, en effet, du genre d'existence qui lui était réservé, Pierre n'était plus auprès de lui pour le protéger, pour lui éviter les corvées trop cruelles et pour le consoler.

En constatant son isolement et sa misère, il eut une crise de désespoir et regretta d'être revenu à ce Banc d'où, cependant, un souvenir de mort eût dû l'éloigner. Mais, il était trop tard pour se livrer à des lamentations sur sa situation. Il avait accepté un engagement pour une saison de pêche et il était tenu, désormais, à exécuter cet engagement.

La veille de l'appareillage, les hommes descendirent à terre pour acheter quelques provisions, selon la coutume du Banc. Ils n'avaient pas besoin de vêtements, puisqu'ils venaient de France directement ; mais du tabac et de l'alcool leur étaient nécessaires et leur armateur leur fournit ces diverses choses, comme avances sur leur solde.

C'était le dernier jour qu'ils passaient à Saint-Pierre et ils l'employèrent à s'enivrer dans les nombreux cabarets qui s'échelonnent sur le quai. Vers la nuit, lorsqu'ils voulurent rentrer à bord et chercher le doris qui les avait amenés, ils ne purent le retrouver. Ils se trompèrent même d'embarcation et s'emparèrent de la première qu'ils aperçurent ; mais, comme cette embarcation appartenait à une goélette concurrente, les hommes qui devaient la monter s'opposèrent à ce que leurs camarades de la *Belle-Brune* s'en servissent. Il y eut bagarre, après quoi le malentendu fut éclairci et chaque groupe s'en alla de son côté.

De retour à leur bord, les matelots de la *Belle-Brune,* parmi lesquels était Petit-Jean, se rendirent dans le réduit qui leur tenait lieu de poste et qui abritait, en même temps, le capitaine et son équipage.

Le patron attendait la réapparition de ses hommes afin de boire avec eux, et quand tous furent réunis, il commanda au mousse de disposer devant eux des verres et des bouteilles.

Le pauvre enfant exécuta l'ordre qui lui était donné, en tremblant ; mais, comme il eut quelque peine à trouver les objets qu'on lui réclamait, dans son ignorance des dispositions ménagères de la goélette, le patron le saisit brutalement et l'apostropha.

- Eh bien, vermine, hurla-t-il ; tu prends ton temps, hein, pour nous servir... Il faut obéir mieux que ça, tu sais... sinon gare aux *bouffes* !

Et, comme l'enfant ne répondait pas, mais semblait

souffreteux, dans un cache-nez qui lui enveloppait le cou, la brute le secoua de nouveau.

- Ah ça, chien, es-tu muet ? gronda-t-il. Et puis, qu'as-tu là, autour du cou ?... Un cache-nez, ma parole !... Vraiment, monsieur se donne des airs de milord... Un cache-nez... rien que ça de luxe... allons, enlève-moi ce chiffon, et vite... Si tu as froid, tant pis pour toi...

Et, joignant le geste à la voix, le patron dénouant le cache-nez qui protégeait la gorge de l'enfant, le jeta dans un coin.

Le mousse se retira alors, sans oser se plaindre, sans oser pleurer, car chaque larme qui aurait jailli de ses paupières, lui eût valu un coup, sans doute.

Petit-Jean, dont le visage s'était contracté devant cette scène, suivit l'enfant du regard et une pensée lamentable vint le troubler. Il songea qu'on s'adressait à lui, encore, sur cette goélette, comme on s'adresse à un homme ; mais il eut le pressentiment qu'une heure viendrait où on ne le traiterait pas mieux que le mousse et où, lui aussi, chétif, sans force physique, devrait se taire devant les outrages ou les mauvais procédés qui l'atteindraient.

Fut-ce pour oublier l'angoisse qui l'étreignait ?... Fut-ce pour ne point se séparer de ses compagnons dans l'ivresse même ?... Petit-Jean, dès que le mousse se fut éloigné, se mit à boire avec les matelots de la *Belle-Brune,* et bientôt son regard, comme celui des hommes qui l'entouraient, devint hagard.

Puis, ces hommes se firent très loquaces, éclatèrent en rires nerveux qui ressemblaient plus à des halètements de fauves qu'à des rires et des ignominies tombèrent de leurs bouches, avec la bave d'alcool qui en jaillissait.

Cependant, comme la nuit s'avançait, comme onze heures sonnaient, une querelle s'éleva, soudain, entre deux des matelots, sur une question concernant leur profession.

Dressés l'un en face de l'autre, l'ivresse, la colère enlaidissant plus encore leurs visages, les deux hommes se menaçaient et cherchaient à en venir aux mains.

Comme la table sur laquelle étaient placés les verres et les bouteilles les séparait, l'un d'eux abattit sur elle son poing énorme et tout ce qu'elle supportait, sous la violence du coup, s'en alla rouler sur le plancher.

Petit-Jean, dans l'espoir de mettre un terme à cette scène, voulut s'interposer entre ses deux compagnons.

Mais, celui qui venait de bousculer la table, se retourna farouche vers lui.

- Ah, laisse-nous tranquilles, toi, gringalet du diable, cria-t-il, ou *gare dessous...*

Et, saisissant enfin son adversaire, il s'écroula avec lui, dans un coin du réduit, non loin de l'endroit où le mousse, précédemment, était allé cacher son chagrin.

Cette querelle avait déplu au patron ; mais, comme il n'osait réprimander ses hommes, redoutant leur fureur et leur terrible force, ce fut sur le mousse qu'il fit peser toute sa contrariété.

- Tiens, vermine, lui cria-t-il, en lui montrant du poing la verrerie qui s'étalait sur le plancher, tiens... regarde cela... C'est ton ouvrage... Tu devrais ramasser ces verres et ces bouteilles... mais, tu te croises les bras, en espérant que je vais prendre ta besogne à mon compte, pas vrai… ah ! fainéant, je ne sais ce qui me retient de te rompre les os... Allons, ici... et balaie-moi tout ça…

L'enfant se hâta d'accomplir la tâche qui lui incombait. Mais, comme il se disposait à rentrer dans l'ombre, encore, afin qu'on l'oubliât autant que possible, un cri sourd s'échappa de ses lèvres.

- Eh bien, quoi ?... Qu'as-tu encore ?... rugit le patron qui avait entendu l'exclamation.

Alors, le mousse indiqua du doigt, à son maître, une flaque rougeâtre et gluante qui couvrait le plancher.

- Du sang ... fit-il, et un frisson secoua tout son corps.

- Du sang...répéta le patron.

Et, se penchant vers le plancher, il examina le liquide qui le salissait.

- C'est pardieu vrai, dit-il, en se relevant. C'est du sang... Ces deux animaux-là se sont blessés en se battant...

Une hésitation sembla, alors, s'emparer de lui comme s'il se fût demandé s'il devait secourir les blessés. Mais, il eut un haussement d'épaules et, se dirigeant vers sa couchette, il s'y étendit tout habillé.

- Ma foi, murmura-t-il, que ces sauvages-là se débrouillent entre eux... S'ils se crèvent, après tout, c'est leur affaire...

Toute la philosophie du Banc était dans cette phrase : la vie d'un homme, en quelque circonstance que ce soit et dès lors que cet homme peut être remplacé, n'y compte pas.

Cependant, les deux combattants étaient restés étendus dans leur coin où ils s'étaient endormis et y cuvaient leur alcool mêlé de sang.

Le patron et le troisième matelot étant couchés, Petit-Jean et le mousse restèrent seuls debout dans le poste de la *Belle-Brune*.

Quant à Petit-Jean, il s'était affaissé sur la table et la tête appuyée sur ses bras croisés, il paraissait lui aussi dormir.

Ce fut dans cette posture que le mousse l'aperçut, au moment où il se disposait à prendre quelque repos.

À la vue de cet homme qu'il devinait bon, qu'il devinait différent de ceux qui l'entouraient, l'enfant ressentit comme une grande pitié l'envahir.

Il alla à lui, le réveilla, l'aida à se dévêtir, à monter dans sa couchette et lorsqu'il eut accompli cet acte de bonté fraternelle, il se dirigea vers sa misérable paillasse sur laquelle il se jeta en pleurant doucement, silencieusement, désespérément.

XI

La *Belle-Brune* possédait trois doris ; mais deux seulement servaient à la pêche, car le patron et le mousse restaient constamment à bord de la goélette, le premier pour saler et arrimer les morues dans la petite cale du bâtiment, le second pour préparer les repas des matelots.

Ce matin-là, le vent du nord-ouest soufflait avec violence ; mais, comme au Banc il n'est point de temps, si mauvais soit-il, qui arrête ou la pose ou la *relève* des lignes, les deux doris en usage, à bord de la *Belle-Brune,* s'étaient éloignés et s'en étaient allés, l'un vers le nord, ayant vent debout, l'autre vers le sud, ayant vent arrière.

Petit-Jean se trouvait dans l'embarcation qui courait au sud et le doris, poussé par la rafale, fuyait devant la tempête.

Des lames vertes, casquées d'écume blanche, poursuivaient le fragile esquif, se ruaient sur lui, le soulevaient en lui communiquant une impulsion qui doublait sa vitesse.

Petit-Jean et son compagnon maniaient habilement leurs avirons, malgré la bourrasque, et s'efforçaient à maintenir le doris en bonne posture, c'est-à-dire évitaient qu'il ne présentât le travers, le flanc aux lames, car si cette éventualité s'était produite, c'en eût été fait de la barque comme d'eux-mêmes.

Le matelot qui accompagnait Petit-Jean et qui avait la

qualité de patron du doris que tous deux montaient, était cet homme, sorte de géant, qui, précédemment, avait eu une querelle avec l'un de ses camarades de la *Belle-Brune*. Une longue cicatrice, au-dessus de son sourcil droit, rappelait encore la blessure qu'il avait reçue, dans la bataille qui avait succédé à la discussion. Cet homme était un athlète, en vérité, et présentait l'ensemble d'une brute féroce. Son visage était couvert de poils roux et rudes ; son nez était court et énorme, comme écrasé ; ses cheveux plantés drus, descendaient très bas sur son front dont la structure carrée révélait les instincts les plus primitifs, les plus bestiaux. Ses yeux, enfin, très petits, reflétaient une méchanceté qui, jamais, ne devait désarmer.

L'homme - il se nommait Coutellec - était bien tel que le désignait son aspect physique. Mais, peut-être, comme tant d'autres qui étaient pareils à lui, avait-il une excuse dans sa méchanceté. Dès l'âge de treize ans, en qualité de mousse, on l'avait embarqué à bord d'une goélette terre-neuvienne, et il avait commencé l'atroce existence du Banc. Maltraité, outragé, battu, laissé pour mort plus d'une fois, à la suite de quelque brutalité, il avait tout supporté, avec patience ; mais, dans son silence même, le germe d'une haine farouche se levait contre ceux qui le faisaient souffrir et cette haine, en grandissant, au lieu de lui inspirer de la pitié envers les malheureux qui subissaient, ainsi que lui, l'abominable iniquité d'hommes que la force seule eût rendus moins mauvais, l'avait incité à martyriser, à son tour, ceux qu'il jugeait plus faibles que lui.

Coutellec était méchant, en souvenir des peines endurées, et, maintenant, il éprouvait comme une sorte de jouissance de bête à manifester sa méchanceté. La colère, la férocité étaient entrées en lui pour ne plus en sortir, étaient devenues, selon l'expression de ses compagnons, son état naturel.

Tel était l'homme avec qui l'infortuné Petit-Jean avait été accouplé, tel était l'homme qu'il devait servir, aux heures de pêche, comme *avant* de doris.

Ce matin-là, donc, la barque conduite par Coutellec et Petit-Jean était enfin parvenue, malgré l'ouragan, près de la bouée qui indiquait la place où baignaient les lignes de la *Belle-Brune* et l'opération de la *relève* avait été aussitôt exécutée.

Les deux matelots, sans prononcer un mot, rentraient les lignes, et, dans ce travail, leurs mains se coupaient, se crevassaient, et l'eau corrosive de la mer, en pénétrant en leurs chairs vives, les faisait horriblement souffrir. Cependant, sans une plainte, sans une hésitation dans leur tache, ils décrochaient les morues et les entassaient dans le doris.

La pêche avait été heureuse et bientôt, l'ancre qui retenait la bouée ayant été hissée à bord, le canot se trouva si chargé qu'il ne s'éleva plus que de quelques centimètres au-dessus des vagues. Cette particularité l'exposait à un danger réel, surtout par la tourmente qui faisait rage, et Petit-Jean eut volontiers sacrifié quelques morues pour assurer la sécurité de la barque ; mais Coutellec n'eut pas facilement consenti à jeter à l'eau une partie de sa pêche et son compagnon, prudemment, ne lui communiqua ni ses craintes, ni sa pensée.

Les deux matelots ayant donc terminé leur besogne, se disposèrent au retour vers la *Belle-Brune* et, s'emparant des avirons, ils se mirent en devoir de lutter contre le vent qui, maintenant, leur frappait la face avec violence.

- Attention à *souquer*, avait crié Coutellec, en jetant sur Petit-Jean un mauvais regard.

Et le pauvre garçon, sans répondre à cet ordre, s'était mis courageusement à *nager*, quoiqu'il comprît que c'était folie, presque, de la part de son compagnon, de vouloir faire route contre la tempête.

L'embarcation, trop chargée, ne s'ouvrait que difficilement, en effet, un passage sur les eaux bouleversées et l'impulsion que les avirons réussissaient à lui imprimer se trouvait paralysée par la force de résistance de la bourrasque. Les *pelles* semblaient s'enfoncer, couper l'eau à la même place, inutilement, et lorsqu'une lame surgissait à l'avant du doris, celui-ci reculait en dépit de toutes les tentatives susceptibles de le maintenir et de lui faire gagner quelques mètres de chemin. Bientôt même, le canot dévia de sa route et menaça de s'immobiliser, en travers au vent.

Cette situation devenait intolérable et, quoiqu'il eût résolu de demeurer muet, Petit-Jean s'aventura à soumettre une observation à Coutellec.

- J'ai bien peur, lui dit-il, que nous ne puissions jamais retrouver la *Belle-Brune* si nous ne nous débarrassons pas de quelques morues. Le doris est trop lourd, ainsi, et nous ne le dirigeons plus.

Ces paroles produisirent, sur Coutellec, comme l'effet d'une commotion électrique. Il regarda Petit-Jean, tout d'abord avec ahurissement, comme s'il n'avait pas bien compris ce que le Breton lui avait dit ; puis, tout d'un coup, il se mit à hurler :

- Comment, tu veux que je jette mes morues à la mer !... Mais, tu es donc fou ; mais, tu n'es donc qu'un propre à rien, pour me proposer cela... C'est de ta faute, vermine, si nous n'avançons pas... Tu es un paresseux, un maladroit, et si tu souquais mieux, nous marcherions... Mais, tu me laisses toute la besogne sur les bras... Ah, je suis bien tombé avec un avorton comme toi... Tu ne vaux même pas le plus stupide des moussaillons qui font le cabotage, là-bas, au pays... Et dire que tu voles, ici, la place d'un homme qui ferait honnêtement son métier !...

Une colère terrible envahissait le matelot. Il la contenait encore, cependant, et comme s'il eût voulu apaiser sa fureur en ne s'occupant plus de son compagnon, il se mit à nager avec une sorte de frénésie, ployant et redressant son corps formidable et lançant les pelles de ses avirons dans l'eau qu'elles creusaient et qu'elles battaient, comme si elles eussent touché une chair humaine, une matière capable de ressentir leur contact et de frémir de douleur.

Coutellec, dans son exaltation, pourtant, ne prononçait plus un mot, et Petit-Jean espérait qu'il n'entendrait plus ses injures, jusqu'au retour à la goélette, quand un incident vint ranimer la rage de la brute et la porter à son paroxysme.

Soudain, l'un des avirons que maniait Coutellec se brisa et le matelot, contrarié dans son élan, fut renversé, s'affala, les pieds en l'air, au fond du doris.

Il se releva vivement et il hoqueta des outrages, à l'adresse de Petit-Jean.

- Ah, vermine, ah, moussaillon de malheur, ah ! gredin, vociféra-t-il, c'est encore de ta faute ce qui m'arrive... Si tu savais nager, si tu pouvais m'aider, je ne casserais pas mon aviron... Allons, donne-moi le tien, puisque tu n'as ni la force ni le courage de t'en servir...

Devant cette colère renaissante, Petit-Jean redouta une catastrophe, un drame, et en eut la vision très nette.

Mais, comme il était à la merci de son bourreau, il ne répliqua rien et se contenta de lui passer l'aviron qu'il lui réclamait.

Coutellec recommença de ramer et durant quelques instants fut silencieux. Mais, constatant enfin son impuissance à conduire le doris trop chargé de poissons, il se tourna de nouveau vers Petit-Jean et l'interpella.

- Ah, quel malheur... gronda-t-il, je suis seul pour mener le doris et il va falloir l'alléger... Tu es content, pas vrai, failli chien, et tu as ce que tu voulais... Je suis obligé de jeter des morues à la mer... Allons, qu'attends-tu, pour obéir... Sauras-tu même jeter des morues à la mer ?... Tu vois bien que nous allons couler si tu n'en débarrasses pas le doris... C'est peut-être, d'ailleurs, ce que tu souhaiterais… car tu serais bien aise, n'est-ce pas, vermine, si je me noyais...

Petit-Jean, toujours sans répondre, fit ce que lui commandait Coutellec et délivra le canot du poids qui entravait sa marche.

Mais, le matelot qui l'observait, l'arrêta bientôt dans cette besogne.

- Assez... hurla-t-il encore... En voilà assez, des morues, de belles morues perdues pour ton plaisir... Tu flanquerais tout le tas au vent, si on n'y prenait garde... On voit bien que ça ne te coûte guère de peine, la pêche de ces poissons-là… Ah, vaurien !

Tout en injuriant son compagnon, Coutellec fit un mouvement qui amena, de sa part, une fausse manœuvre et le doris, pivotant sur lui-même, présenta, soudain, son travers aux lames. Il allait être englouti ; mais Coutellec, devant le danger qui menaçait l'embarcation, retrouva son calme de marin attentif aux choses de sa profession et rétablit, en un suprême effort, sa position.

Toutefois, il ne put éviter que la masse d'eau ne heurtât violemment l'avant du doris et ne l'emplit presque jusqu'aux bords.

Cette brute, en face du nouveau péril qui l'atteignait, pâlit affreusement et sans plus se soucier, en apparence, maintenant, du malheureux qu'il poursuivait de sa colère, de sa haine, il se hâta de vider l'eau qui alourdissait le canot, à l'aide de son *suroit*, tout en ne quittant pas ses avirons qui seuls, en cet instant, car Petit-Jean demeurait terrifié sur son banc, pouvaient contribuer au sauvetage du doris.

La barque fut assez rapidement débarrassée de l'eau qui l'emplissait, et Petit-Jean espérait que Coutellec, trop préoccupé de la conduite de l'esquif, le laisserait en paix ; mais, il comptait sans la ténacité méchante du matelot à le torturer. Lorsque le doris en effet, eut repris un niveau normal, au-dessus des vagues, Coutellec se dressa, terrible ; contre le pauvre garçon.

- Ah, failli chien, rugit-il, tu vas payer toute la peine que j'endure, à cause de toi...

Et, sauvage, il empoigna Petit-Jean aux épaules, le courba devant lui, comme il eut fait d'un roseau, l'étendit au fond du canot, parmi les morues, et sautant sur ses reins, enfonçant dans sa chair les clous de ses énormes bottes, il se mit à le piétiner abominablement, sans paraître entendre les cris affolés, les plaintes lamentables du malheureux.

- Tiens, vermine... tiens, failli chien... tiens, moussaillon... rugissait Coutellec.

Et chaque injure était accompagnée d'un coup formidable qui tombait sur Petit-Jean, dans un *han* sourd de bûcheron frappant un tronc de sa cognée.

Puis, tout à coup, cessant de martyriser son compagnon, Coutellec le saisit par le milieu du corps, le souleva, le balança une seconde au-dessus des flots et le précipita à la mer, en accompagnant cet acte d'un ricanement sinistre.

Petit-Jean savait nager ; mais, les meurtrissures qu'il venait de recevoir avaient épuisé ses forces et il se débattait, au milieu des vagues qui roulaient sur lui.

Pourtant, l'instinct de la conservation lui permit de recouvrer quelque énergie et il tenta désespérément de rejoindre le doris. Mais, à chaque essai qu'il faisait pour s'en rapprocher, Coutellec, du bout de l'un de ses avirons, l'en repoussait et l'empêchait ainsi d'aborder. Comme à un moment même, le pauvre garçon avait réussi à saisir la bordure du canot, de ses mains crispées, la brute lui fit lâcher prise en lui écrasant les doigts.

Petit-Jean jeta, dans l'espace, alors, un cri déchirant, un appel d'agonisant, et, se renversant, il disparut entre deux lames, non sans avoir reçu, encore, sur la tête ; un coup de pelle d'aviron.

C'en eut été fait de lui, sûrement, en cette minute, si Coutellec, ayant assouvi sa rage et obéissant à un instinct machinal, n'avait agrippé le malheureux par ses vêtements, comme il revenait sur l'eau, et ne l'avait lancé, ainsi qu'un paquet de chiffons, sur les morues qui s'entassaient au fond du doris(9).

Puis, sans parler, il se reprit à ramer vigoureusement pour regagner la *Belle-Brune* qu'il accosta après une lutte admirable contre la mer déchaînée.

Petit-Jean fut hissé sur le pont de la goélette, inanimé, sans avoir recouvré l'usage de ses sens.

- Belle acquisition que j'ai faite là, murmura le patron, en l'apercevant.

Et ce fut toute la pitié qu'il accorda à l'infortuné Breton dont il se détourna, aussitôt, sans même se soucier de commander qu'on lui donnât quelques soins.

Les deux autres matelots composant l'équipage de la *Belle-Brune* ne s'émurent pas davantage, devant le corps ensanglanté et brisé du malheureux, et n'eurent point une parole de reproche vis-à-vis de celui qui l'avait ainsi maltraité, on pourrait presque dire assassiné.

Cependant, Petit-Jean rencontra un cœur compatissant, perdu au milieu de ces fauves. Le mousse ayant obtenu du patron l'autorisation de secourir le pauvre matelot, lui prodigua tous les soins, toutes les consolations qu'il était en mesure de lui procurer, et Petit-Jean, en rouvrant les yeux, ayant reconnu son petit ami qui s'empressait auprès de lui, l'attira à lui et l'embrassa avec une sorte de fiévreuse exaltation.

XII

Un matin, comme les matelots de la *Belle-Brune* étaient partis pour relever leurs lignes, une brume lourde et glacée se leva sur la mer. De distance en distance, sur l'Océan, le son de quelque corne troublait le silence des choses, ou bien les vibrations d'une cloche couraient dans l'espace, pareilles à l'écho prolongé d'un glas. Une houle assez forte berçait la goélette sur la coque de laquelle l'eau clapotait, et la chaîne d'ancre du petit navire grinçait dans son écubier, sous l'influence du roulis. Le soleil, évidemment, devait, en cette heure, briller derrière l'épais brouillard qui couvrait la mer ; mais, autour de la *Belle-Brune,* c'était une obscurité grise qui semblait ne pouvoir jamais se dissiper.

Le patron de la goélette ne s'était pas réveillé en même temps que ses matelots, ce matin-là ; cependant, il venait d'apparaître sur le pont et il se dirigea aussitôt vers la cuisine où le mousse devait être occupé à préparer le café, afin de le servir aux hommes, dès leur retour. Mais, comme il se présentait devant la porte du réduit, il ne put se défendre d'un mouvement d'extrême stupéfaction. Cette porte, en effet, était fermée ; le mousse n'était pas à son poste et le fourneau était sans feu.

Le patron, en constatant ce manquement à toutes les règles du bord, eut une exclamation sourde et, se précipitant vers la chambre commune où couchait l'enfant, il aperçut ce dernier qui, étendu sur son lit et enveloppé de couvertures, reposait, quoiqu'éveillé.

À cette vue, l'étonnement et la fureur du patron atteignirent un tel degré qu'il fut quelques secondes sans pouvoir articuler une parole.

À l'entrée de son maître, l'enfant n'avait pas bougé, mais son regard avait exprimé comme une angoisse, folle, et un tremblement convulsif s'empara de lui, lorsque le patron portant sur lui une main brutale, le découvrit et lui asséna une série de coups de poings, en proférant d'incohérentes injures.

Le mousse comprit, alors, qu'il lui fallait expliquer sa conduite et il espéra que son bourreau, à la faveur des raisons qu'il lui donnerait, pour excuser son inaction, cesserait de le tourmenter.

- Je vous demande pardon, capitaine, gémit-il, si je ne suis pas à l'ouvrage, ce matin... Mais, je suis malade... je me sens tout brisé... je ne sais pas ce que j'ai... je souffre... et je ne peux pas me lever... À ces mots, l'homme bondit.

- Malade !... hurla-t-il, tu es malade... qu'est-ce que tu dis là, vermine, et que veux-tu que cela me fasse, à moi, que tu sois malade... Il est défendu d'être malade, ici, tu m'entends, et tu n'es pas payé pour rester au lit... Allons... à ta cuisine, fainéant... Et plus vite que ça…

Les yeux de l'enfant, devant cet ordre, se remplirent de larmes ; mais, il tenta d'obéir, et, péniblement, essaya de se dresser sur sa couchette. Une pâleur affreuse, alors, envahit son visage, et, dans un soupir de détresse, il retomba sur le lit, puis roula su le plancher.

Le patron de la *Belle-Brune* l'examina, ainsi inanimé, durant un moment ; puis, haussant les épaules, il le saisit, l'enleva, et le planta, debout, au milieu de la pièce. Le pauvre petit se raidit pour surmonter sa souffrance et pour satisfaire son persécuteur, en demeurant en équilibre. Mais, le mal, en lui, fut plus puissant que sa volonté et, une seconde fois, il vint s'abattre, les mains ouvertes comme pour se raccrocher à quelque objet, aux pieds de l'homme.

Le patron, alors, eut un ricanement.

- Failli chien ! gronda-t-il.

Et, à toute volée, il envoya à l'enfant un formidable coup de botte dans le flanc qui, sous le choc, rendit un bruit mat de chair meurtrie.

Mais, cette violence odieuse n'eut point le résultat qu'en attendait le patron de la goélette.

Le mousse, râlant presque, resta étendu sur le plancher et l'homme, après l'avoir ramassé et jeté sur son lit, remonta sur le pont ; puis, comme il fallait que ses matelots trouvassent à se restaurer, lorsqu'ils reviendraient de la pêche, il entra dans la cuisine et se mit à préparer lui-même leur café.

Lorsque les marins de la Belle-Brune reparurent, ils purent absorber, en effet, leur traditionnel breuvage mêlé de biscuit ; mais, lorsqu'ils apprirent l'aventure du mousse, ils éclatèrent en récriminations, en menaces.

Ils déclarèrent que le café était détestable, n'était pas fait selon qu'ils le désiraient et leur colère, bientôt, dans l'excitation mutuelle qui les emportait, n'eut plus de bornes.

Ce fut, à ce moment, que Coutellec, le terrible compagnon de doris de Petit-Jean, aperçut le pauvre enfant qui s'était, de nouveau, enveloppé dans une couverture et qui sommeillait, dans son lit.

La brute alla vers lui, violemment.

- Eh bien ! vermine[10], cria-t-il, il paraît que tu t'offres des douceurs, pendant que nous travaillons... Monsieur fait la grasse matinée... Ah !... Ah !... Et tu crois que je vais te laisser, comme ça, piquer ta *flemme* tout le jour... Allons, chien... lève-toi ou je t'assomme...

Le mousse, brutalement rendu à la réalité poignante de sa situation, tourna la tête vers Coutellec ; mais, il semblait paralysé par le mal autant que par la terreur et, ne répondant au matelot que par un faible gémissement, il resta immobile.

Coutellec, alors, devenant muet ainsi qu'il en avait coutume, en ses accès de rage, se rua sur l'enfant et le frappa cruellement, impitoyablement, tantôt de ses poings crispés, tantôt de ses pieds chaussés des terribles bottes de pêche, armées de clous.

Le pauvre petit paraissait résigné à son sort, à mourir, sans doute, et aucun cri, aucune plainte ne s'échappa de sa bouche.

Les matelots de la *Belle-Brune* regardaient cette scène, paisiblement, presque souriants, sans qu'un muscle de leurs faces de fauve ne trahît, en eux, la plus légère émotion.

Cependant, une voix, tout à coup - celle de Petit-Jean - s'éleva, pour protester contre une telle sauvagerie.

- Je vous en prie, Coutellec, dit-il, laissez cet enfant... Vous voyez bien qu'il est vraiment malade et que la paresse n'est pour rien dans son inaction, ce matin.

Ces quelques mots produisirent sur Coutellec un effet diamétralement contraire à celui qu'en espérait Petit-Jean.

Lâchant une nouvelle distribution de coups sur le mousse, il se tourna ensuite vers son avant de doris et marcha sur lui, l'œil injecté de sang, les deux mains largement ouvertes, comme pour l'étrangler.

- Ah, bandit, tu oses protéger le mousse, vociféra-t-il. De quoi te mêles-tu, hein ?... Tu ne vaux pas mieux que lui, d'ailleurs, et puisqu'il te faut une correction, à toi aussi, tu vas l'avoir...

Tout en parlant, il sauta à la gorge du Breton et le renversant, il l'eut bientôt sous ses talons. Puis, il se mit, comme précédemment, dans le doris, à l'écraser, à lui déchirer le visage et le corps jusqu'à ce que sa folie meurtrière fût apaisée. Et, ce nouveau crime - le mot est à sa place, ici - accompli, il revint vers la table autour de laquelle se trouvaient les deux autres matelots de la *Belle-Brune* et se versa un plein verre de tafia qu'il avala d'une seule lampée.

La scène de torture était enfin terminée, et le mousse ainsi que son infortuné et trop faible protecteur, pouvaient espérer quelques heures de repos.

Scène de torture... C'est bien le terme, qu'il faut appliquer aux souffrances quotidiennes que l'on inflige aux pauvres enfants que l'on embarque à bord des goélettes terre-neuviennes ou des bâtiments marchands.

Et ces tortures sont la joie des équipages ainsi que de leurs chefs qui, d'ailleurs, s'ils se trouvent, par exception, animés d'un sentiment de pitié, dissimulent prudemment ce sentiment, car s'ils se dressaient, entre l'enfant martyrisé et ses persécuteurs, ils risqueraient de n'être plus maîtres de leurs hommes, esclaves de leurs instincts sanguinaires autant que du besoin de manger et de boire.

Scène de torture... Jadis, dans la superstition qui hantait les équipages de l'État et du Commerce, lorsqu'une tempête survenait et surprenait un navire, on fouettait les mousses, sous l'œil indifférent des chefs, pour conjurer le danger.

On ne fouette plus les mousses, aujourd'hui, à bord

des bâtiments de l'État ; mais on les assassine à bord des navires libres.

Et ce spectacle sanglant se reproduit, journellement, sans qu'un cri indigné - parmi tant de cris humanitaires qui s'élèvent de la terre, actuellement - se fasse entendre pour arracher de pauvres enfants aux griffes des assassins.

Le tableau de l'existence d'un mousse, cependant, à Terre-Neuve ou ailleurs, mérite de retenir l'attention émue de la foule.

Dans le trou qui leur sert de poste, les matelots sont couchés tout habillés, ne dormant pas.

Sur le pont, aucun homme, aucun bruit. Autour du navire, le seul bourdonnement des vagues et les coups sourds des lames qui heurtent la coque.

Soudain, d'une boîte rectangulaire, aussi grande qu'une niche de chien, sort une créature étrange. C'est un enfant... Quel âge ?... Douze ans, peut-être... À le voir, on dirait un négrillon, avec sa figure noircie de fumée et de crasse. Les mains jamais lavées, n'ont plus qu'une couleur vague et sans nom ; de grandes bottes en cuir épais montent jusqu'à ses cuisses et alourdissent ses pas.

Les yeux de l'enfant disent la misère de sa vie ; son regard est navré et soumis. Couvert de loques insuffisantes, il grelotte sous la brise. Il erre sur le pont désert, craintif et sans but ; puis, les rafales le cinglent au visage, aux jambes. Alors, il revient à sa niche et se blottit près du fourneau sur lequel il fait la cuisine du bord, car il est mousse et cuisinier, tout à la fois. Cette niche noire, surmontée d'un bout de tuyau en tôle, c'est son habitation. C'est là qu'il se réfugie, apeuré.

Mais, un matelot est apparu sur le pont, traînant ses

bottes, roulant ses hanches. Pendant quelques secondes, la pipe aux dents, il hume l'air comme un oiseau de proie sentirait de la chair, puis il se dirige vers la cuisine. Il voit le petit, ramassé sur lui-même, accroupi et pensif.

- Allons, dit-il, vas-tu te *mâter*(11) moussaillon.

Et, sans attendre la réponse du petit, d'un grand coup de botte dans le flanc, il l'allonge sur le parquet.

Puis, la brute saisit le gamin par ses loques, le soulève comme il ferait d'une plume, et le laisse retomber, en jurant.

Et cette scène est peut-être la dixième de la journée.

Avec des soupirs étouffés, l'enfant se redresse et guette le moment où s'éloigne son bourreau. Nulle plainte ne s'échappe de sa bouche, malgré la tristesse de son regard.

Puis, comme il s'occupe de sa cuisine, une voix l'appelle :

- Eh, mousse !...

C'est du poste que vient la voix. L'enfant, vivement, y court et s'informe.

-Eh ben ! dit un matelot, quand voudras-tu « *t'amener* ?... Va-t-y pas te falloir une *cahorne*(12) pour te *déhaler*(13) à c'heure ?... Tiens, prends ma pipe, bourre-la, allume-la et apporte-moi ça, tout de suite...

L'ordre est donné d'un ton dur, impérieux, et part d'une couchette puante, pleine de paille humide, sur laquelle un homme se vautre.

Puis, les commandements se multiplient, se croisent :

- Un quart d'eau, fait l'un.

- Mon tabac, fait l'autre.

- Donne-moi ceci... passe-moi cela...

Et le mousse, perdant la tête, ne sachant plus à qui

obéir, se trouble et reste immobile, hébété.

Alors, on l'outrage. Des matelots se lèvent. L'un lui applique une gifle, l'autre un coup de pied ; celui-ci le frappe du poing jusqu'à ce qu'il tombe, à moitié assommé, sur le tas de paille pourrie qui jonche le parquet, parmi des ordures.

Qui donc pénétrera jamais dans un de ces repaires de fauves, pour entraver leur œuvre de mort ?... Cette œuvre, hélas, s'accomplit au large, loin de toute civilisation, là où la loi des hommes fait place à l'instinct de la brute.

Ah ! pauvres mousses qui souffrez, qui agonisez, il faut vous plaindre... Il faut vous plaindre, oui, non seulement parce que vous êtes suppliciés, mais parce que, plus tard, lorsque vous serez, à votre tour, des matelots, vous serez méchants et lâches, envers les tout-petits qui vous seront confiés, comme l'on a été lâches et méchants envers votre enfance[14]...

XIII

Dans le même temps où Petit-Jean subissait le martyre ; à bord de la *Belle-Brune,* Pierre Kervella, commandant la goélette *La Malouine,* se trouvait en rade de Saint-Pierre.

Les deux amis vivaient ainsi côte à côte, presque, depuis plusieurs mois, depuis que la saison de pêche était commencée et ils s'ignoraient, cependant, le hasard, les circonstances, ne les ayant point placés l'un en face de l'autre. Il arrive, en effet, chaque année, que, dans ces parages, des équipages demeurent à la mer, non loin des autres, sans se connaître jamais, sans avoir, entre eux, les plus simples relations. Des matelots se quittent, souvent, aussitôt après leur débarquement à Saint-Pierre, venant de France, et ne se revoient que lors de leur retour au pays.

Pierre, très accaparé par ses devoirs de chef, car son équipage était l'un des plus importants de Terre-Neuve, ne songeait donc plus à Petit-Jean, lorsqu'un incident, en lui rappelant le souvenir, l'image même du jeune homme qu'il croyait mort, vint jeter le trouble en son être.

La *Malouine* devait reprendre le large, pour achever sa campagne de pêche, et se balançait encore en rade de Saint-Pierre, en attendant l'appareillage, quand, un soir, comme le crépuscule tombait, une petite goélette, qui n'était autre que la *Belle-Brune,* et qui se rendait, elle aussi, en rade de Saint-Pierre, s'approcha du bâtiment que commandait Pierre et passa à quelques encablures de son bordage.

Or, à ce moment, Pierre Kervella se trouvait sur le pont de sa goélette et semblait examiner la manœuvre du navire qui *venait à lui.*

La nuit n'était point encore assez épaisse pour que l'on ne pût pas distinguer les choses, et les silhouettes des hommes qui montaient la *Belle-Brune* se découpaient très nettement au-dessus de son plat-bord.

Pierre, appuyé sur le bastingage de son bâtiment, regardait filer, parallèlement à la *Malouine,* la petite goélette, quand, soudain, il eut un cri étouffé, se rejeta en arrière, comme si une apparition terrifiante eût surgi devant lui, et une pâleur livide envahit son visage.

Puis, il eut un murmure.

- Lui... lui... fit-il. Ah ! ce n'est pas possible...

Et, passant sa main sur ses yeux, comme pour chasser la vision, l'hallucination qui les avait frappés, il revint vers le bastingage d'où, la moitié du corps porté dans le vide, il examina de nouveau la goélette qui s'éloignait.

Un homme, sur la *Belle-Brune,* tenait la barre et cet homme était Petit-Jean.

Pierre l'aperçut encore, le reconnut, et une sorte d'exaltation s'empara de lui.

- Lui, oui, c'est bien lui, dit-il, c'est bien Petit-Jean ou plutôt son fantôme... Ah ! je deviens fou... je deviens fou...

Un flux de sang monta alors à son cerveau, le pont de la *Malouine* lui parut se détacher de ses pieds, les mâts du bâtiment semblèrent danser une sarabande autour de lui, et battant l'air de ses deux bras, il s'écroula sur le plancher.

Lorsqu'il recouvra ses sens, soigné par ses matelots

qui l'adoraient, car il était bon pour eux, il ne se rappela que vaguement le fait qui l'avait terrifié et il éprouva l'impression de délivrance que fait naître, chez un dormeur, le réveil, après un cauchemar.

- Quelle sotte indisposition j'ai eue là, se dit-il. J'ai rêvé tout éveillé et je me suis conduit comme une femme à qui l'on raconte des histoires de revenants...

Et, réfléchissant pourtant à l'hallucination qui l'avait bouleversé, il attribua la naissance de cette hallucination à une ressemblance de l'homme qui tenait la barre de la *Belle-Brune,* avec Petit-Jean, et, aussi, à l'influence ambiante des lieux en lesquels il se trouvait et qui, trop souvent et trop cruellement, ramenait son esprit vers le naufrage de la *Persévérante,* vers cette nuit où son ami, pour toujours, l'avait quitté.

- Ah ! Banc maudit... gronda-t-il, je jure bien que, cette pêche terminée, je ne te reverrai plus...

Cependant, à partir de cette soirée où le spectre de son ami lui était comme apparu, Pierre ne recouvra point complètement sa belle humeur, sa gaîté et, au grand chagrin de ses matelots qui ne comprenaient rien à cette métamorphose, il demeura sombre, anxieux.

Le souvenir de Petit-Jean le hantait, obstinément.

Il croyait peu, certes, à la réalité des fantômes dont les légendes affirment l'existence et, pourtant, il ne pouvait se démentir dans la vision qui l'avait frappé, il ne pouvait nier, devant sa propre conscience des choses, avoir vu se dresser, en face de lui, la silhouette de son ancien camarade.

Obsédé par ces pensées, il sentait parfois l'épouvante le saisir, à l'idée que Petit-Jean eût échappé au désastre de la *Persévérante* et pût vivre encore.

- Mais, pourquoi, se demandait-il alors, ne serait-il jamais revenu au pays ?... Pourquoi aurait-il abandonné Marie-Margot qu'il aimait tant ?...

Et, soucieux, le front serré entre ses deux mains, il tentait de deviner l'énigme que l'existence supposée de Petit-Jean plaçait devant lui ; mais, il renonçait à déchirer le voile qui recouvrait cette énigme ; il se déclarait impuissant à la résoudre et il se réfugiait, pour recouvrer quelque quiétude, dans l'assurance qu'il avait été le jouet d'une simple hallucination, causée par quelque mauvaise disposition de son esprit ou de son corps.

Cette certitude fut bientôt assez forte en lui pour qu'elle lui permît de moins songer à l'incident qui l'avait tant ému, et il s'était ressaisi presque entièrement, moralement, quand un drame, en lui procurant le mot du problème qu'il essayait vainement de déchiffrer, vint de nouveau, mêler sa vie à celle de Petit-Jean.

On était en septembre. Pierre se disposait, après une campagne de pêche très heureuse, à rentrer en France et la *Malouine,* sur son ordre, se trouvait de nouveau en rade de Saint-Pierre, lorsqu'un soir la *Belle-Brune* vint s'ancrer non loin d'elle.

Le ciel était nuageux et, sur la mer, c'étaient des alternatives de clarté et d'ombre.

Tout reposait, à bord de la goélette que commandait Pierre, en cette heure, et le marin, avant de dormir, s'était rendu sur le pont où il s'était assis, en fumant, et ayant, à ses pieds, allongé, un énorme, un magnifique chien de Terre-Neuve, qu'il avait acheté récemment, à Saint-Pierre, et qu'il aimait beaucoup. Cet animal, en effet, s'était pris d'une affection profonde pour son maître et il lui obéissait aveuglément.

Mais, si tout était paisible à bord de la *Malouine,* il n'en était pas de même sur la *Belle-Brune*.

Une querelle avait éclaté parmi les hommes, au sujet d'une perte d'avirons et comme un doris se trouvait ainsi désemparé, ils se reprochaient mutuellement cet accident.

Ils allaient certainement en venir aux mains, s'entretuer peut-être, lorsque Coutellec qui, jusqu'alors, n'avait trop rien dit, interrompit la discussion.

- Pas la peine d'vous disputer, fit-il. Il nous manque des avirons... Eh bien, on remplacera ceux qu'on a perdus, voilà tout...

- Oui, répliqua un matelot, mais pour cela, il faudra aller à Saint-Pierre pour en acheter et comme ça ne se donne pas gratis, on nous en retiendra le prix sur notre paie...

Coutellec se mit à rire.

- On n'ira pas à Saint-Pierre, déclara-t-il, et les avirons que nous nous procurerons ne nous coûteront rien.

- Tu plaisantes, dit un homme.

- Non, affirma Coutellec, et la preuve, les gars, c'est que je vais vous dire, moi, où il y en a des avirons qui ne servent à pas grand-chose et qui feront notre affaire... On peut les avoir gratis, ceux-là... le tout est de s'en emparer.

- Sous quel vent prends-tu tes avirons ? questionna un matelot.

Coutellec, alors, étendit le bras et, du doigt, indiqua la masse de la *Malouine*.

- Vous voyez bien, dit-il, cette goélette. En venant ici, tantôt, j'ai aperçu un paquet d'avirons, amarré avec des garcettes(15), à son arrière. C'est du luxe, pour les lascars qui les possèdent ; donc, ils seront mieux chez nous.

Et il ajouta :

- On va descendre un doris à l'eau et l'un de nous ira

les décrocher. Avec un peu de prudence et d'adresse, le coup est facile à faire.

Il y eut un silence parmi les matelots. Coutellec leur conseillait un vol et le vol, avec ses conséquences possibles, les effrayait. Coutellec lui-même ne s'offrait pas à le commettre et à risquer le danger qu'il présentait.

- Par dieu, s'écria-t-il, tout à coup, nous sommes là, comme des bêtes, à nous demander qui nous rapportera les avirons... Je sais bien, moi, qui nous rendra ce service...

Et, sans attendre qu'on l'interrogeât, il enfla la voix et jeta un appel :

- Petit-Jean ! ... Eh, Petit-Jean... Viens ici, mon gars... on a à te parler.

À ce nom, un sourire mauvais glissa sur la face des matelots, et un même sentiment de soulagement les anima.

Petit-Jean se trouvait alors avec le mousse, dans le poste. En s'entendant héler par Coutellec, il monta sur le pont et s'avança vers le groupe de ses compagnons.

- Vous m'avez appelé, fit-il. Que me voulez-vous ?

Coutellec, contrairement à ses habitudes, lui parla doucement.

- Nous voulons te charger, dit-il, d'un travail que toi seul peux faire et qui, d'ailleurs, est de ton lot. Écoute...

Et, tranquillement, il expliqua au malheureux, le genre de besogne qu'on réclamait de lui.

Mais, devant l'acte coupable qu'on lui imposait, Petit-Jean eut une révolte.

- Je refuse de vous obéir, déclara-t-il ; c'est un vol que vous exigez de moi, et jamais je ne serai un voleur...

La réponse à cette protestation indignée ne se fit pas

attendre et elle se traduisit par une nouvelle torture.

Tout d'abord stupéfaits de l'audace que Petit-Jean avait témoignée en ne cédant pas à leur caprice, les matelots de la *Belle-Brune,* excités par Coutellec, se ruèrent sur le pauvre garçon et l'accablèrent d'outrages et de coups.

Puis, la voix de Coutellec s'éleva derechef, impérieuse.

- Puisque ce vaurien, dit-il, n'est même pas capable d'aller nous chercher les avirons dont nous avons besoin, on va envoyer le mousse à sa place...

Mais ces mots étaient à peine prononcés, que Petit-Jean se dressait en face de ses bourreaux.

- Non, fit-il, le mousse ne commettra pas l'action abominable que vous avez imaginée... Vous êtes des bandits ... Mais, puisqu'il faut que quelqu'un se sacrifie à votre volonté, ce quelqu'un sera moi...

Et lorsque le doris fut descendu à la mer, il y prit place et se dirigea vers la *Malouine*.

Quelques instants plus tard, il accostait la goélette et réussissait à s'emparer du paquet d'avirons.

Mais, comme il se dégageait du flanc du navire et manœuvrait pour s'en éloigner, un grognement formidable se fit entendre au-dessus de lui et il aperçut deux yeux de feu qui le fixaient terriblement.

Reick, le chien de Pierre, ayant perçu en effet le frôlement de Petit-Jean contre la *Malouine,* avait quitté son maître, s'était dirigé vers le point qui lui avait paru suspect et, découvrant un homme à l'arrière de la goélette, le menaçait de ses crocs.

Devant l'attitude du molosse, Petit-Jean fit un effort pour mettre, au plus vite, une distance sérieuse entre lui et la *Malouine*.

Mais, Pierre, qui avait entendu le grondement de son chien, s'était levé de son siège et avait rejoint l'animal.

En voyant l'ombre d'un canot et d'un homme, ainsi près de lui, dans une posture équivoque, il se pencha sur la lisse du navire et constata le vol de ses avirons.

Une colère violente l'envahit alors, et il proféra un juron. Puis, se tournant vers le chien qui semblait solliciter de lui un ordre, il commanda :

- À l'homme... à l'homme... Reick... Apporte-le-moi !...

À ces mots, le chien bondit prodigieusement par-dessus le *plat-bord* du bâtiment et, tombant à la mer, se lança à la poursuite du doris, et de celui qui le montait.

Pierre, toujours penché au-dessus de l'eau, suivit du regard, pendant quelques secondes, les mouvements de son chien ; mais la nuit l'empêcha bientôt de se rendre compte des recherches opérées par l'animal et un grand silence succéda au rapide brouhaha de cette scène tragique.

Le capitaine de la *Malouine* commençait même d'être inquiet sur le sort de Reick, lorsqu'un battement d'eau se produisit non loin de la goélette et Pierre, qui inspectait la mer, aperçut le chien qui, tenant en sa gueule une masse sombre, nageait difficilement vers lui.

Le marin se précipita alors vers un doris, le décrocha et le descendit vivement à la mer. Puis, s'y laissant couler, il appela l'animal :

- Par ici, Reick... par ici, mon chien...

Le Terre-Neuve se dirigea aussitôt vers son maître qui le débarrassa de son fardeau et qui l'aida à monter dans le canot.

Ce fardeau que rapportait Reick était l'homme qui avait dérobé les avirons de la *Malouine*. Mais, Pierre, sans s'attarder à reconnaître cet homme ; le prit à pleins bras et le hissa à bord de son navire ; puis, revenant à son chien, il le ramena, également, auprès de lui.

Alors, seulement, il s'occupa de son voleur, qui, inanimé, gisait sur le pont de la goélette et, s'emparant d'un falot, il en projeta la lueur sur son visage.

Mais, à peine eût-il exécuté ce mouvement qu'il se redressa comme mû par un ressort et qu'un cri terrible, surhumain, jaillit de sa poitrine.

- Petit-Jean ... clama-t-il. C'est Petit-Jean...

Et, tombant à genoux devant le pauvre garçon, il se hâta de l'examiner, afin de reconnaître s'il était blessé et de lui donner des soins, au plus vite.

Petit-Jean était blessé, en effet, et mortellement. Reick l'avait saisi à la gorge et lui avait déchiré les chairs, de ses crocs formidables. Une lutte s'était-elle produite, entre l'homme et le chien ? Cette hypothèse était peu probable, car l'animal ne portait trace d'aucune violence. Il était plus certain que Petit-Jean, découragé, considérant que sa misérable existence ne valait pas d'être défendue, révolté aussi à cette pensée que lui, si honnête, était désormais un voleur, s'était, comme dans une sorte de suicide, offert à la colère de l'animal, s'était laissé étrangler sans tenter de résister plus longtemps à la fatalité qui s'acharnait sur lui.

Cependant, comme il respirait encore ; Pierre, affolé, désespéré, sanglotant, réussit à lui faire recouvrer ses sens.

Mais, lorsque Petit-Jean, ouvrant les yeux, étouffant sous le sang qui coulait de sa gorge, aperçut celui qui lui prodiguait les soins les plus affectueux, ce fut une autre scène terriblement tragique qui se déroula sur le pont de la *Malouine*.

Le pauvre matelot pouvait à peine articuler un son ; pourtant, à la vue de son ancien ami, de celui qu'il avait, durant tant d'années, nominé son frère ; il eut la force de se soulever et de parler.

- Pierre... gémit-il... Pierre Kervella... Se peut-il, mon Dieu, que ce soit toi ?...

- Oui, c'est moi, dit Pierre, en pleurant, moi qui te demande pardon, mon pauvre Petit-Jean...

Le blessé n'avait plus très bien, en cet instant, conscience des choses qui le concernaient et des lieux où il se trouvait. Il savait, certes, encore, dans son agonie, qu'il s'était rendu coupable d'un vol, à bord d'une goélette, et que l'on avait lancé un chien après lui ; mais, il ne pouvait se douter que Pierre était celui qui l'avait ainsi fait poursuivre, chasser, et se retrouvant auprès de lui, meurtri, sanglant, déchiqueté, il pouvait penser qu'il avait été recueilli par lui, comme il s'en allait à la dérive.

- Pardon ?... fit-il, en regardant son ami, avec étonnement. Et pourquoi me demandes-tu pardon ?...

- Parce que, sanglota Pierre, qui n'eût même pas l'idée, en cette heure d'angoisse, de dissimuler la vérité à son camarade, parce que c'est moi qui t'ai tué.

Et, brièvement, avec égarement, avec fièvre, il lui conta comment l'ayant surpris dans le vol de ses avirons, il avait ordonné à son chien de le rejoindre.

Petit-Jean l'écouta attentivement et quand le matelot se tut, un sourire infiniment triste glissa sur les lèvres du blessé.

- Tu as bien fait, déclara-t-il, d'agir ainsi... Et je n'ai rien à te pardonner...

Puis, comme rassemblant ses forces, pour une justification suprême, il ajouta :

- Mais, je ne veux pas mourir en te laissant croire que je suis un voleur... Ah, Pierre, si tu savais !...

Et, rapidement, par saccades de phrases, il le mit au courant des faits odieux dont il était la victime ainsi que de son existence et du long martyre qu'il avait enduré, depuis leur séparation, depuis le naufrage de la *Persévérante*.

- Je n'ai pas eu de chance, dans la vie, murmura-t-il, en terminant son court récit ; tu le vois, mon bon Pierre. Et, pourtant, je ne me plains plus, puisque je meurs auprès de toi...

Pierre sanglotait éperdument.

- Tu ne mourras pas, s'écria-t-il. Je ne veux pas que tu meures... Ah, si mon sang pouvait te rendre la vie...

Petit-Jean saisit la main de son ami et hocha, douloureusement, la tête.

- Il vaut mieux que je meure, va... fit-il. D'ailleurs, je m'en vais content, puisque je sais qu'ELLE est heureuse...

ELLE, c'est-à-dire Marie-Margot, se dressait entre les deux hommes, en cette minute solennelle.

Pierre, devant cette évocation de celle qui avait été la promise de Petit-Jean et qui, maintenant, était sa femme, eut un tressaillement.

- Comment... dit-il, tu sais ?...

- Je sais tout, oui, affirma Petit-Jean. Je sais que Marie-Margot n'a jamais été coupable d'une trahison envers moi, en devenant ta femme, puisqu'elle n'a jamais reçu certaine lettre que je lui avais écrite et qui lui aurait permis de m'attendre... Je sais que je n'ai rien à te reprocher, puisque tu n'as épousé Marie-Margot que parce que tu m'as cru mort et, surtout, parce que, l'aimant, tu lui as donné le bonheur...

- Ah, gémit Pierre, nous sommes deux malheureux... et j'ignore si j'aurai le courage de te survivre...

Une flamme passa dans le regard de Petit-Jean.

- Tu n'as pas le droit d'abandonner Marie-Margot, protesta-t-il, et je te défends, en souvenir de tout l'amour que j'ai eu pour elle, de commettre cette lâcheté.

La voix du matelot s'affaiblissait.

- Écoute, dit-il, en indiquant à son ami d'avoir à se rapprocher de lui. Écoute... Tu vas me promettre, me jurer d'exécuter ma dernière volonté...

- Je jure... fit Pierre.

- Eh bien, continua le moribond, il ne faut pas que celle que nous avons aimée, que nous aimons encore, tous les deux, souffre du drame qui nous réunit aujourd'hui... Il ne faut pas qu'elle sache que je ne suis pas mort, jadis, avec tous ceux de la *Persévérante* et que nous nous sommes revus... Me comprends-tu bien ?

- Je te comprends, dit Pierre, et j'agirai ainsi que tu le désires...

Un râle monta dans la gorge de Petit-Jean et tout son corps fut secoué par un tremblement convulsif.

- C'est bien... conclut-il, je pars content...

Et, tournant ses pauvres yeux qui s'éteignaient vers son ami, il ajouta :

- Donne-moi ta main... Et reste ainsi, auprès de moi, jusqu'à ce que tout soit fini... Je ne veux pas mourir seul...

Ce furent, là, ses dernières paroles.

La terrible blessure qu'il avait reçue ne laissait aucun espoir de le sauver et Pierre avait constaté vite l'inutilité de toute tentative pour le rappeler à la vie.

Il demeura auprès du pauvre garçon, pleurant des larmes silencieuses, pendant quelques instants, et ne rompit l'étreinte qui l'unissait à lui que lorsque son soupir suprême eut été exhalé.

Alors, Pierre se redressa ; puis, comme fou, fit quelques pas sur le pont de la *Malouine,* et, dans un cri formidable de bête qu'on assomme, il s'abattit sur le plancher du navire.

XIV

Quelques jours après ce drame, Pierre tenant la barre, la *Malouine* rentrait à Saint-Pierre.

La campagne de pêche était terminée, enfin, et les équipages allaient bientôt se préparer à retourner en France.

Comme la goélette arrivait en rade de Saint-Pierre, Pierre aperçut un bâtiment de guerre français, un transport de l'État qui était en partance pour Lorient.

Une sorte de curiosité l'incita à se rapprocher de ce navire et il manœuvra, aussitôt, pour passer à quelques encablures de son bordage.

Mais, comme la *Malouine* ne se trouvait plus qu'a une faible distance du transport, Pierre pâlit, soudain, et fut saisi d'un grand frisson.

Contre la coque du bâtiment, un chaland était amarré et, dans ce chaland, s'entassaient, pêle-mêle, des coffres de matelots que des hommes réunissaient par *élinguées*(16) et qu'une grue déposait dans la cale du navire.

C'étaient, là, les coffres ayant appartenu aux pêcheurs qui ne devaient jamais revoir leur patrie, à tous ceux qui étaient disparus dans les abîmes du Banc. On les chargeait ainsi pour les ramener en, France et les rendre aux familles des morts.

Ces coffres étaient nombreux et leur ensemble ne manquait pas de pittoresque : les uns, en effet, étaient grossièrement peints, naïvement enjolivés de couleurs ou de sculptures ; les autres étaient misérables, simplement fermés par quelques cordes ou fils de fer.

De la dunette de la *Malouine,* Pierre vit ces objets qui représentaient tant de faits sinistres, et une immense pitié envahit son cœur.

Il songea que, parmi ces coffres, épaves suprêmes de lamentables existences, se trouvait, sans doute, celui de Petit-Jean, du pauvre et cher camarade qui reposait, en cette heure, et pour jamais, dans le petit cimetière de Saint-Pierre.

Il songea que c'était là, tout ce qui restait des misérables *Terr' Neuvas* pour lesquels la mer avait été implacable.

Terr' Neuva... Ah, comme en cet instant, ce nom, en glissant sur ses lèvres, lui semblait amer, lui semblait cruel.

Terr' Neuva... Son pauvre Petit-Jean l'avait été dans toute la douleur, dans toute l'ironie du mot... *Terr' Neuva*, Petit-Jean n'avait jamais cessé de l'être, selon le sens que le mauvais sort attache à ce qualificatif... *Terr' Neuva...* il l'avait été et dans les brumes du Banc, et sous le ciel ardent des Indes et sur le sol de sa Bretagne, même. *Terr' Neuva...* Il le restait encore, dormant son dernier sommeil, sous la terre glacée de Saint-Pierre.

Pierre sentit qu'un vertige allait l'envahir. Il donna un brusque coup de barre, et la *Malouine,* obéissant à l'impulsion nouvelle qu'il lui imprimait, s'éloigna du transport.

FIN

NOTES

[1] À toucher au retour, si l'homme couvre les avances qui lui ont été faites. Pour le denier à Dieu, on s'entend verbalement. La somme n'est pas inscrite sur le carnet.

[2] Ce chiffre que j'emprunte à M. Aujar (je n'ai pas pu le retrouver dans le rapport de M. faubournet), me paraît vraiment un peu exagéré.

[3] Soyons franc : j'ai visité aussi des hôtelleries sérieuses où les filles publiques n'avaient point accès, où des capitaines prévoyants et scrupuleux assuraient à leurs hommes un coucher confortable pour la nuit. On les aurait souhaitées plus nombreuses. L'état de choses dont nous nous plaignons ne date pas d'hier, d'ailleurs. Dans une lettre à Colbert, en date du 20 avril 1675, Monseigneur du Guémadeuc, évêque de Saint-Malo, manifestait son inquiétude au sujet des *2.000 matelots et gens de marine, prêts à s'embarquer, qui, s'étant eschauflés de vin, seroient plus à craindre avant leur départ qu'en aucun autre temps de l'année*.

[4] De ces 85 francs, il est vrai, 5 francs reviennent au représentant de l'armateur. 5 francs au recruteur, qui est généralement le préposé de la salerie ou le patron de la goélette saint-pierraise sur laquelle l'homme embarquera. Les steamers ne mettent pas plus de 10 jours pour aller à Saint-Pierre : cela fait 7 francs 50 par jour et par homme, qui, multipliés par 13 ou 14, représentent encore un fret assez coquet, d'autant que toute espèce de luxe est banni de l'ordinaire du bord. « Êtes-vous bien nourris sur les steamers pendant la traversée ? » demandais-je à des pelletas de Saint-Cast. Réponse : « un boujaron et une tasse de café le matin ; à midi une ratatouille quelconque et un verre de vin ; le soir, des « antilles » (lentilles) ou des « tuyaux de pipe » (macaroni) et un autre verre de vin. »

[5] On appelle *doris* les petites barques, montée par deux matelots seulement, qui appartiennent aux différents bâtiments terre-neuviens et qui servent à tendre et à relever les lignes, pour la pêche de la morue.

[6] Corde servant à remorquer, par exemple.

[7] ramer

[8] On appelle *hôtesse*, en langage populaire maritime, une auberge où s'abritent et mangent, exclusivement, des matelots. Ces gîtes tiennent autant de l'hôtel que de la maison mal famée. Ce mot *hôtesse* désigne aussi, dans le même langage, le maître ou la maîtresse du cabaret. Les matelots lui appliquent, grammaticalement, les deux genres, indifféremment.

[9] Cette scène de férocité, comme toutes les scènes de violence ou de misère, d'ailleurs, qui sont décrites en ce livre, est d'une exactitude absolue. Durant les saisons de pêche à Terre-Neuve, ainsi que durant les voyages au long cours qu'accomplissent les navires marchands, de pareilles atrocités se produisent dix fois par jour, et il serait vain de compter sur un sentiment d'humanité, de la part des matelots, pour les faire cesser. Une loi, une surveillance militaire, seules, en auront raison.

[10] Les expressions dont se servent les matelots, pour injurier les mousses, sont d'une grossièreté révoltante. On comprendra qu'en dépit de tout souci de l'exactitude, je ne puisse les reproduire en un livre destiné à être placé dans toutes les mains.

[11] Te bouger, te remuer

[12] Un soufflet.

[13] Te voir, te faire obéir.

[14] Je supplie instamment les lecteurs de ne point songer à une exagération littéraire en lisant ce chapitre consacré à la vie des mousses, à bord des bâtiments libres. Je pourrais citer les navires sur lesquels se sont commises, se commettent de pareilles infamies. Et j'en passe, qui sont relatives à la question passionnelle, aux mœurs des équipages, à l'égard des mousses. Il est de toute nécessité qu'une ligue de braves gens se forme ayant pour but la protection des enfants destinés à la mer. Chaque année, nous apprenons que des mousses sont morts à la suite des mauvais traitements qu'on leur a fait subir. Il est rare qu'un procès s'engage, au sujet de ces crimes. Mais, lorsqu'il y a procès, les coupables sont condamnés à des peines dérisoires, à quelque amende pour coups et blessures... Voir la formule, dans les gazettes judiciaires. Il faut que ce scandale cesse et qu'une loi soit édictée pour empêcher de tels forfaits.

[15] Des cordages

[16] Par gros paquets ou colis.

Table des matières

Dépôt Légal 4ème trimestre 2007
ISBN : 978-2-84583-181-0
EAN : 9782845831810
Imprimerie de Guingamp